KB039682

마이 샐린저 이어

마이 샐린저 이어

조애나 라코프 지음
최지원 옮김

잔

이 이야기의 시작과 끝인
키릴에게

그때는, 신은 알겠지만,
기호와 상징이 만연했을 뿐 아니라
문자를 통한 의사소통이 광범위하게 이루어진 때였다.
—《목수들아, 대들보를 높이 올려라》, J. D. 샐린저

작가 노트

애비게일 토머스는 회고록이란 '자신이 말할 수 있는 최대한의 진실'이라고 정의했는데, 이 책은 그야말로 내가 최선을 다해 털어놓은 진실이다. 책을 집필하면서 그때 알고 지낸 사람들을 인터뷰하고 당시와 직후 몇 년간 쓴 일기를 참고했다. 서술적 흐름을 유지하기 위해 몇몇 사건의 순서를 바꾸었고, 전부는 아니지만 많은 이의 이름을 (신원이 드러날 만한 특징과 함께) 바꿨다. 이처럼 소소한 수정 사항을 제외하면 나의 샐린저 시절(My Salinger year)을 다룬 실제 이야기다.

차례

우리 애송이들 모두

All of Us Girls

브루클린, 퀸스, 로어이스트사이드 등지에 어슴푸레 새벽빛이 밝아 오면, 나 같은 사람 수백수천 명이 신경 써서 옷을 차려입고 원고 뭉치 때문에 축 늘어진 큼직한 토트백을 어깨에 멘 채 아파트를 나섰다.

우리는 연하고 달달한 커피와 데니시 페이스트리를 주문하기 위해 폴란드 빵집, 그리스식 델리, 모퉁이 식당에 줄을 섰고, 기다리는 동안 원고를 읽었다. 그런 다음 지하철에 몸을 싣고 미드타운, 소호, 유니언스퀘어의 사무실로 향했다. 제발 앉을 자리가 있어서 출근 전에 원고를 조금 더 읽을 수 있기를 바라면서.

우리는 당연히 모두 여자였으며 51번가에 도착하자마자 6호선 열차에서 쏟아져 내려 파크애비뉴의 월도프 아스토리아 호텔, 시그램 빌딩을 지나 계속 걸음을 옮겼다. 조금씩 다르긴 해도 전부 같은 스타일(실비아 플래스의 스미스대학 시절이 떠오르는 니트 스커트와 스웨터)의 옷을 입었는데, 교외에서 안락하게 사는 부모님이 사 준 거였다. 우리의 쥐꼬리만 한 봉급으로는 월세를 내는 것만도 벅찼고, 회사 근처에서 점심을 먹거나 저녁을 사 먹는 건 엄두도 못 냈다. 비슷한 사람들이 북적이는 우리의 가난한 동네에서도 다른 여자들과 집을 나눠 썼는데, 룸메이트들도 에이전시나 출판사, 드물게는 비영리 문학 단체의 어시스턴트였다.

우리는 온종일 회전의자에 다리를 꼬고 앉아서, 보스에게 오는 전화를 응대하거나 열정과 무관심을 적절히 배합한 태도로 작가들을 안내했다. 그러면서 이 직업에 뛰어든 이유는 찾아오는 작가들에게 물이나 대접하려는 게 아니라 우리 자신도 작가가 되고 싶어서라는 사실을 숨기지 않았다.

작가가 되는 일과 아무 관계 없다는 것은 이미 분명해졌지만 사회적으로 용인되는 지름길처럼 보였다. 벌써 수년 전에 부모님들이 지적했듯이(우리 부모님도 끊임없이 지적했다) 남들은 우리를 비서라고 부르기도 했다. 그리고 부모님 시대에 비서 일을 한 여자들처럼, 우리 중에 승진하거나 소위 말하는 성공을 거머쥐는 건 극소수일 터였다.

보스에게 책 혹은 고객을 물려받거나 멘토링을 받은 여자들, 아니면 엄청난 진취성으로 규칙을 파괴하고 행운을 거머쥔 여자들에 대해 속삭이며, 우리도 그렇게 되고 싶어 애를 태웠다. 수년간 낮은 임금을 감내하고 보스가 시키는 대로 순종하며 언젠가 작가가 되어 보스의 방문을 당당히 두드리는 꿈을 놓지만 않는다면 우리도 그렇게 되지 않을까, 하면서.

겨울

Winter

누구나 어딘가에서 첫걸음을 떼야 한다. 내게는 벽면 가득 책으로 빽빽한 어두운 공간이 그런 장소였다. 작가별로 분류하여 바닥부터 천장까지 층층이 꽂아 놓은 책들은 상상 가능한 20세기의 모든 시대를 아우를 만큼 방대했다. 표지는 그 책이 세상에 나올 당시의 디자인 경향을 보여 주었고(1920년대의 재기발랄한 선화, 1950년대 말의 묵직한 겨자색과 적갈색, 1970년대의 옅은 수채 초상화), 책 자체는 나의 나날과 토끼굴처럼 어둑한 사무실에서 일하는 모든 이의 나날을 규정해 주었다. 책등에 적힌 이름을 언급할 때면 동료들은 갑자기 목소리가 그렁그렁해지며 경건한 목소리로, 문학을 사랑하는 이들에게는 신과 동격인 그 이름들을 발음했다. F. 스콧 피츠제럴드, 딜런 토머스, 윌리엄 포크너. 하지만 이곳은 예나 지금이나 문학 에이전시여서 책등에 적힌 그 이름들은 다른 무언가를 의미했다. 사람들이 자연스럽게 목소리를 낮춰 소곤거리게 되는 무언가. 이전에는 나 역시 책이나 문학과는 아무 관계가 없다고 생각했던 무언가. 바로 돈이었다.

1
3일간의 눈

  에이전시에 처음 출근하는 날, 사무직에 어울린다고 생각
되는 옷을 세심하게 골라 입었다. 런던의 중고 매장에서 장
만한 1960년대 스타일의 등에 지퍼가 달린 진초록색 터틀넥
스웨터와 블랙워치 무늬(검은색과 초록색 격자가 이중 삼중으로 겹
쳐진 복잡한 체크무늬—옮긴이)가 들어간 짧은 모직 스커트였다.
그리고 두툼한 검은색 스타킹에 이탈리아제 검은 스웨이드
로퍼를 신었다. 로퍼는 '좋은 구두'는 사치가 아니라 필수라
고 생각하는 엄마가 사 준 거였다. 사무실에서 근무해 본 적
은 없지만 연기 경험이 있어서(어릴 때와 대학 시절, 그 후
에도 어느 정도) 이 옷차림을 무대 의상으로 받아들였다. 내
역할은 '젊고 영리한 어시스턴트'였다. 뭐든 척척 해내는 조
수 말이다.
  어쩌면 너무 옷에만 신경을 썼는지도 모르겠다. 내가 할 일
이나 나를 고용한 회사에 대해서는 아는 게 없었으니까. 솔직
히 내가 정말 채용됐다는 게 아직 믿기지 않을 만큼 눈 깜짝
할 사이에 결정 나 버렸다. 3개월 전 런던에서 대학원을 그만

두고(혹은 석사 과정을 마무리 짓고. 둘 중 어느 쪽이냐는 보는 관점에 따라 다르다) 뉴욕주 교외의 부모님 집으로 돌아온 터였다. 커다란 책 상자 외에는 딱히 짐이랄 것도 없었다.

"내 시를 쓰고 싶어." 햄스테드(유니버시티칼리지 런던의 캠퍼스가 위치한 런던 북서부—옮긴이)의 기숙사 복도에서 구식 공중전화를 붙들고 대학 때부터 사귄 남자친구에게 털어놓은 직후였다. "남의 작품을 분석하는 건 이제 지긋지긋해." 하지만 부모님한테는 입도 뻥긋하지 않았다. 런던에서 혼자 지내는 게 외로웠다고만 말해 두었다. 우리 집은 예전부터 뭐든 모른 척 침묵해 주는 분위기여서 두 분 모두 장래 계획에 대해 아무것도 묻지 않았다. 대신 엄마는 날 데리고 로드앤테일러(신사복과 숙녀복을 판매하는 고급 브랜드—옮긴이) 매장에 가서 정장을 사주었다. 벨벳 장식이 있는 모직 개버딘 재킷과 캐서린 헵번이 영화《아담의 갈비뼈》에 입고 나온 것 같은 펜슬 스커트, 몸에 꼭 끼는 조끼, 스웨이드 펌프스까지 완벽한 한 벌이었다. 이 정장이 만족스러운 직업을 구하는 통로가 되기를 바라는 엄마의 마음을 (매장에 상주하는 재단사가 재킷 소매에 핀을 찔러 주는 동안) 불현듯 깨달았다.

크리스마스를 한 주 앞두고 친구 셀레스트를 따라 파티에 갔다가, 거대 단행본 출판사의 SF 임프린트에 다닌다는 그녀의 오랜 친구에게 짧게 이야기를 들을 기회가 있었다. "어떻게 그런 델 들어갔어?" 내가 이 질문을 한 건 채용 과정이 궁금해서가 아니라 영문학 전공인 데다 진지한 소설을 좋아하는 친구가 그런 일을 한다는 게 신기해서였다. 셀레스트의 친구는 명함 한 장을 쥐어 주는 방식으로 내 질문에 대답했다. "직업소개소야. 출판사 편집자는 다 여기를 통해서 어시스턴트를 구해. 너도 한번 전화해 봐." 다음 날 아침 머뭇거리며 전화를 걸었다. 애당초 출판사에 들어갈 계획은 없었지만 (물론 계획 따위를 세운 적도 없지만) 이건 운명이라는 예감에 사로잡혔고, 그 바람에 얼마 안 가서 곤경에 빠졌지만, 그러고도 몇 년씩이나 떨쳐 내지 못했다. 사실 나는 시끌벅적한 파티를 어색해하는 조용한 두 사람, 즉 셀레스트의 친구와 내가 한쪽 구석에서 만난 걸 운명의 신호로 받아들였다.

"오늘 오후에 이쪽으로 올 수 있어요?" 전화를 받은 여자가 물었다. 영어권이 아닌 듯한 억양이지만 영어에 능숙한 말투도 섞여 있었다.

그렇게 해서 정장을 차려입고 나랑 비슷한 스커트와 재킷을 입은 우아한 숙녀에게 급히 작성한 이력서를 건넸다. "영문학 석사 과정을 얼마 전에 마쳤네요?" 여자가 인상을 쓰며 묻는 동시에 그녀의 짙은 갈색 머리가 얼굴로 흘러내렸다. "네."

여자는 "그렇군요." 하며 한숨을 내쉬곤 내 이력서를 내려놓았다. "그걸 매력적으로 보는 편집자도 있고, 못마땅해하는 편집자도 있을 거예요. 아무튼 당신한테 맞는 곳을 찾아보죠." 그리고 의자 등받이에 몸을 기대며 덧붙였다. "새해가 밝으면 전화를 줄게요. 크리스마스를 코앞에 두고 직원을 채용하는 회사는 없으니까요."

직업소개소를 나와 집에 막 도착했을 때 전화벨이 울렸다. "적당한 회사를 찾았어요." 그녀가 숨을 헐떡이며 말했다. "출판사가 아니라 문학 에이전시에서 일해 볼 생각은 없어요?"

나는 "좋아요."라고 대답했다. 문학 에이전시가 뭘 하는 곳인지도 모른 채.

"잘됐네요. 아주 훌륭한 에이전시예요. 오래되고 권위 있는 곳이죠. 뉴욕에서 가장 오래된 에이전시일 거예요. 이쪽 업계에서 뼈가 굵은 베테랑 에이전트를 보조하는 일이에요." 그녀는 잠시 멈췄다가 말을 이었다. "그녀 밑에서 일하는 걸 힘들어한 어시스턴트들도 있지만, 만족스러워한 사람들도 있어요. 당신이라면 잘 맞을 것 같아요. 저쪽에선 지금 당장 사람을 구하고 싶대요. 크리스마스 전에 결정을 내리고 싶다는군요."

나중에 알고 보니 문제의 에이전트는 벌써 몇 달째 어시스턴트 면접을 보는 중이었다. 하지만 그걸 알 길이 없는 터, 추운 12월 어느 날 수화기를 목에 낀 채 정장을 샤워 부스에 걸어 놓고 수증기로 주름을 펴며 헤드헌터에게 말했다. "저도 꽤 엄한 어머니 밑에서 자랐거든요. 저라면 괜찮을 거예요."

다음 날 다시 똑같은 정장의 지퍼를 올리고 단추를 잠근 뒤 지하철을 타고 55번가와 렉싱턴애비뉴의 교차로에서 내렸다. 그리고 파크애비뉴를 가로질러 매디슨애비뉴에 있는 문제의 에이전트를 찾아갔다.

"어디 봅시다." 그녀는 기다란 갈색 담배에 불을 붙이며 입을 열었다. 왠지 돈 콜레오네(영화 《대부》에 등장하는 마피아 두목─옮긴이)와 로렌 바콜(허스키한 목소리로 인기를 끈 할리우드 여배우─옮긴이)이 동시에 떠오르는 동작이었다. 길고 가느다랗고 하얀 그녀의 손가락은 튀어나온 관절 하나 없이 매끈했고, 손톱은 완벽한 달걀형이었다. "타이핑은 할 줄 아나요?"

"할 수 있습니다." 나는 꼿꼿하게 고개를 끄덕이며 대답했다. 그보다는 더 어려운 질문이 쏟아질 걸 기대하고 있었다. 직업 윤리나 습관 같은 추상의 영역을 꼬치꼬치 캐묻는다든가, 내 석사 논문의 논지를 반박한다든가 하면서 말이다.

"타자기로요?" 그녀가 입술을 오므려 하얗고 은은한 담배 연기를 구불구불 내뿜으며 물었다. 아주 희미하기는 하지만 미소도 지었다. "컴퓨터를 뚝딱거리는 거랑은 비교가 안 되거든요." 그러더니 갑자기 혐오감을 드러내며 얼굴에서 웃음기를 거뒀다.

"그럼요." 나는 초조하게 끄덕이며 맞장구를 쳤다.

한 시간 후 하늘이 어둑해지며 크리스마스를 앞둔 도시가 텅 빌 무렵, 다시는 저 정장을 입을 일이 없기를, 스타킹까지

받쳐 신을 일은 더더욱 없기를 바라며 소파에 누워《설득》을
다시 읽고 있었다.

그때 또다시 전화벨이 울렸고, 나는 취직을 했다.

그렇게 새해가 밝고 처음 맞는 월요일, 아침 7시에 일어나
조용히 샤워하고 삐걱거리는 계단을 내려갔다가 세상이 멈
춰 버린 걸 알았다. 거리가 온통 눈으로 뒤덮여 있었다. 폭설
예보는 당연히 알고 있었지만, 아니 알았던 것 같지만, 나는
TV나 라디오도 없고 날씨에 대해 과도하게 떠들어 대는 사람
들 틈바구니에 끼는 일도 없었다. 우리에겐 더 심각하고 중
요한 토론 주제가 많았으니까. 날씨에 집착하는 건 할머니들
아니면 교외의 따분한 이웃들뿐이었다. 집에 라디오가 있었
다면 나도 온 도시가 셧다운(일시적 업무 정지—옮긴이)됐다는 걸
알았을 것이다. 교육부가 20년 만에 처음으로 휴교령을 내
렸고, 동부 해안을 따라 사람이 여러 명 죽어 가거나 이미 죽
었으며, 자동차는 발이 묶이고, 주택은 난방이 끊기고, 제설
작업이 안 된 길에선 낙상 사고가 일어났다는 것도. 내가 다
니게 된 에이전시(저자는 실제 에이전시의 이름을 언급하는 대신 'the
Agency'라고 하는데, 소설의 배경이 된 에이전시는 해럴드 오버 어소시에이
츠Harold Ober Associates다.—옮긴이)는 비상 휴업 시 긴급 연락
망을 활용했다. 우선 사장(내 보스였는데, 이게 그녀의 직책
이라는 걸 출근하고 몇 주가 지나서야 알았다. 에이전시에서

는 정보를 직접 전달받는 대신 지레짐작으로 알아차려야 했다)이 조직의 2인자에게 연락하면 직급에 따라 차례로 소식이 전달되고, 마지막에 리셉셔니스트인 팸과 여러 에이전트의 어시스턴트들 그리고 조금 이상하면서도 안쓰러운 메신저 이지에게 전화가 가면 오늘은 출근하지 않아도 된다는 걸 모두가 아는 방식이었다. 하지만 나는 첫 출근이라 아직 연락망에 들어가지 않았다.

뉴욕 전체가 그야말로 비상사태인데도 내가 기다리는 열차는 빨리 와서(로리머스트리트에서 L선, 유니언스퀘어에서 5호선 급행) 그랜드센트럴역에 도착한 시간이 8시 반이었다. 커피나 페이스트리, 신문 등을 파는 역내 점포는 전부 문을 닫아서 스산해 보였다. 나는 북쪽으로 걸음을 옮겨 하이힐로 대리석 바닥을 또각또각 찍으며 천장에 별이 총총히 박힌 대합실에 들어섰다. 로비 한가운데 있는(그리고 고등학교 때 친구들과 약속 장소로 이용한) 중앙 안내 부스 가까이 가서야 내 발걸음 소리가 너무 크다는 걸 깨달았다. 늘 수백수천 명의 발소리가 대리석 바닥을 울리는 시끌벅적한 공간에 나 혼자, 아니 혼자이다시피 했다. 그 자리에 꼼짝 않고 멈춰 서자 대합실 전체가 조용해졌다. 내가 거기서 소음을 내는 유일한 존재였던 것이다.

역의 서쪽 출구로 가서 묵직한 유리문을 밀고 살을 에는 바람 속으로 나아갔다. 함박눈이 쌓인 43번가를 조심조심 걸어

서쪽으로 향하자 텅 비고 고요한 그랜드센트럴역보다 더욱
희한한 광경이 눈앞에 펼쳐졌다. 텅 비고 고요한 매디슨애비
뉴였다. 제설 작업도 안 된 거리에서 귓가에 스치는 건 바람
소리뿐이었다. 동쪽에서 서쪽 상점가까지 곧게 뻗은 순백의
눈밭은 티 없이 깨끗했다. 발자국 하나 찍히지 않았고 사탕
껍질 하나, 나뭇잎 하나 나뒹굴지 않았다.

거기서 다시 북쪽으로 터벅터벅 걷다 보니 환호성을 지르
며 두툼한 눈길을 달려가는(혹은 달리려고 애쓰는) 은행원
셋이 나타났다. 그들이 입은 트렌치코트의 끝자락이 망토처
럼 휘날렸다. "안녕하세요." 세 사람이 나를 불러 세웠다. "우
린 눈싸움을 할 거예요! 같이 해요!"

"전 출근해야 해요." 하마터면 '오늘이 첫 출근이에요.'라고
말하려다 간신히 삼켰다. 노련하고 경험 많은 직장인처럼 지
나쳐 가는 게 상책이었다. 이제 나도 그런 사람이니까.

"어디든 다 문을 닫았어요. 눈싸움이나 해요!" 그들이 소리
높여 외쳤다.

"재미있게 노세요." 작별 인사를 하고 천천히 49번가를 향
해 나아갔더니 드디어 에이전시가 있는 폭이 좁고 평범한 건
물이 나타났다. 로비에 들어서자 좁다란 복도 끝에서 삐걱 소
리를 내는 승강기 두 대가 보였다. 보험설계사 사무실과 아프
리카 공예품 수입업체, 의사 혼자 운영하는 오래된 개인 병
원들, 게슈탈트 심리 치료소(1940~1950년대 개발된 과정적이고 종합

적인 심리 치료 방법—옮긴이)가 한 건물을 나눠 쓰는 이웃이었다. 에이전시는 중간 층 전체를 차지했다. 승강기에서 내려 출입문을 찾았지만 잠겨 있었다. 하지만 아직 8시 45분이었고, 내가 알기로 사무실은 9시에 열었다. 크리스마스를 앞둔 금요일에 몇 가지 서명할 서류가 있다고 하여 에이전시에 들렀다가 현관 열쇠를 비롯한 몇 가지 물품을 받아 온 터였다. 아직 남이나 다름없는 나에게 대뜸 열쇠를 내주다니 이상하다고 생각하면서도, 저 삐걱거리는 승강기에서 열쇠고리에 끼워 넣은 게 기억났다. 나는 그 열쇠로 문을 열어 캄캄하고 고요한 사무실로 들어갔다. 로비를 따라 꽂아 놓은 책들을 구경하고 싶었지만, 당장이라도 누군가 들어와서 내 행동을 보며 바로 얼마 전까지 대학원생이었다는 걸 알아챌까 봐 두려웠다. 앞만 보며 리셉션 데스크까지 곧장 걸어가서, 로스 맥도널드의 페이퍼백이 늘어선 전면 복도를 지나 작은 탕비실에서 오른쪽으로 꺾은 다음 리놀륨 바닥이 깔린 회계 부서를 가로질러 사무실의 오른쪽 동으로 들어갔다. 내가 모실 보스의 개인 사무실과 내가 일할 커다란 대기실이 있는 공간이었다.

신발이 흠뻑 젖어 발끝이 얼어붙을 것 같았지만, 등을 곧추세우고 앉아 새로 배정받은 책상 서랍의 내용물(페이퍼 클립, 스테이플러, 불가해한 암호와 함께 줄을 그은 커다란 분홍색 색인 카드)을 살펴보았다. 내 책을 꺼내 읽고 싶었지만 갑자기 보스가 들어올까 봐 차마 그러지 못했다. 요즘 한창 진 리스의 작품을 읽으며 빈곤의 나락에 빠진 여주인공들과 나 자신을 즐겁게 동일시하고 있었다. 그녀들은 레지던스 호텔에서 조식으로 주는 크루아상과 크림 넣은 커피만으로 몇 주를 버티는데, 그나마도 옛 유부남 애인들이 외도를 끝내는 조건으로 숙박비를 대주기에 가능한 일이었다. 그런데 내 보스는 진 리스를 높게 평가하지 않을 것 같았다. 그녀는 면접 때 어떤 책을 읽는지, 어떤 장르를 좋아하는지 물었고, 나는 "가리지 않고 읽는 편입니다."라며 대답을 이어 갔다. "플로베르를 좋아합니다. 얼마 전에《감정 교육》을 읽었는데, 요즘 얘기 같아서 놀라웠죠. 하지만 앨리슨 루리나 메리 게이츠킬 같은 작가들도 좋아합니다. 미스터리를 읽으며 자라서 도널드 웨스트레이크와 대실 해밋도 좋아하고요."

"흠, 플로베르는 아주 훌륭하고 좋지만, 출판계에서 일하려면 살아 있는 작가들의 작품을 읽어야 해요." 그녀는 잠시 말을 멈췄고, 나는 내 대답이 틀렸다는 걸 알아챘다. 이번에도 철저하게 준비하지 못한 내 탓이었다. 사실 출판 일이 어떤 건지, 문학 에이전시가 뭐 하는 곳인지도 모르고, 이 에이전시에 대해서도 아는 게 없었다.

"도널드 웨스트레이크는 나도 좋아해요." 그녀가 담뱃불을 붙이며 말했다. "정말 재미있죠." 내가 사무실에 들어온 이후 처음으로 빙긋이 웃어 보였다.

쭈뼛거리며 머리 위 선반에 꽂힌 책들(애거서 크리스티의 페이퍼백 몇 권과 로맨스 소설 같은 시리즈물)을 살펴보는데 책상에 놓인 묵직한 검은색 전화기가 울렸다. 덜컥 수화기를 집어 들고 나서야 내가 아직 회사의 정식 인사법을 모른다는 걸 깨달았다. "여보세요?" 나는 우물쭈물 전화를 받았다.

"오, 이런." 상대방이 고함을 질렀다. "출근했어요? 그럴 줄 알았어. 집에 가요." 내 보스였다. "오늘은 휴무예요. 내일 봐요." 내가 무슨 말을 해야 할지 머뭇거리는 사이에 잠시 침묵이 흘렀다. "공연히 멀리서 오게 만들어 미안해요. 집에 가서 따뜻하게 쉬어요." 이 말을 마지막으로 그녀는 전화를 끊었다.

밖에 나가 보니 은행원들도 이미 자취를 감춘 뒤였다. 어디 들어가서 축축해진 발이나 녹이고 있겠지. 매디슨애비뉴를 따라 거센 돌풍이 불어와서 휘날리는 머리카락이 눈과 입을 찔러 댔지만, 거리가 너무나도 고요하고 한적하고 아름다워서 손발과 코의 감각이 없어질 때까지 한가로이 걷고 또 걸었다. 월요일 오전 9시 반에 갈 곳 없이 여유를 부릴 수 있는 건 오늘이 마지막이고, 문득 생각해 보니 서둘러 집에 갈 필요도 없었다.

앞으로 또 다른 폭설이 찾아오겠지만 이런 고요함을 불러올, 길모퉁이에 서서 광활한 우주에 오롯이 혼자 있는 기분을 만끽할, 그리고 뉴욕 전체가 멈춰 버릴 폭설은 두번 다시 없을 터였다. 훗날 그만한 규모의 폭설이 내릴 때쯤에는 이미 세상이 변해 있었다. 더 이상은 그런 고요를 맛볼 수 없었다.

나는 브루클린의 집으로 돌아갔다. 물론 공식적으로는, 그러니까 부모님한테는 어퍼이스트사이드의 셀레스트네 집에서 지내는 걸로 되어 있었다. 대학을 졸업하고 대학원 진학을 위해 런던으로 떠났을 때, 셀레스트(우리 부모님이 입에 침이 마르도록 착한 모범생이라고 칭찬하는 친구)는 유치원 선생님이 되어 이스트 73번가의 1번가와 2번가 사이에 월세로 원룸을 얻었다. 내가 축 처진 어깨로 뉴욕에 돌아오자 그녀는 친구가 있으면 자기도 든든하니까 하룻밤 자고 가라며 소파를 내주더니, 이대로 함께 살면서 월세를 나눠 내자고 제안했다. 당시에 나는 공식적으로, 그러니까 부모님이 아는, 그리고 셀레스트 못지않게 착하고 모범적이라고 인정하는 남자친구가 있었다. 대학 시절부터 사귄 똑똑하고 유쾌한 친구인데, 작곡을 전공하고 캘리포니아에서 대학원에 다니는 중이었다. 원래는 런던에서 석사 학위를 마치고 돌아와 잠시 부모님을 만난 다음에 곧장 버클리로 날아갈 계획이었다. 남자친구는 텔레그래프가에서 몇 블록 떨어진 단지에 함께 살 집까지 구해 놓은 상태였다. 아파트 건물이 황량한 안뜰을 몇 겹씩 둘러싸고 있어서 그 중심에 큰 수영장이 있을 것 같은 묘한 기대감을 주는 곳이었다.

하지만 수영장은 없었고, 나는 계획을 바꿨다. 뉴욕에 돌아와 보니 다시 떠날 수가 없었던 것이다. 그리고 돈(Don)을 만났다.

에이전시에 출근한 둘째 날, 지각할까 봐 서두르다 또다시 멋쩍을 만큼 일찍 도착하고 말았다. 이번에는 도어록에 열쇠를 밀어 넣고 문을 살짝만 연 채로 안을 들여다보았다. 사무실은 깜깜했고, 리셉션 데스크의 직원도 안 보였다. 나는 재빨리 문을 닫은 뒤 승강기를 타고 로비로 내려왔다. 매디슨애비뉴는 물론이고 5번가를 비롯한 미드타운 일대는 제설 작업이 끝난 상태였다. 하지만 도시는 아직도 잠에서 덜 깬 듯 잠잠했고, 도로 연석 쪽으로 눈이 2미터 가까이 쌓여서 행인들은 인도 한가운데 파인 좁은 길을 살금살금 걷고 있었다. 건물 로비의 크루아상 가게에서는 손님 몇이 얼빠진 눈으로 유리 진열장을 구경하는 동안 머리에 헤어네트를 쓴 살집 좋은 동남아시아계 여주인이 쌀쌀맞은 눈초리로 그들을 지켜보고 있었다. 오늘의 두 번째 커피를 마실지 말지 고민하며 나도 그들 사이에 끼어 들어갔다.

다시 위층으로 올라와 보니 그사이에 리셉셔니스트가 출근해서 갈색 롱코트를 입은 채 현관 등을 켜고 있었다. 그녀의 데스크와 마주 보는 방에도 불이 켜졌다.

"아, 안녕하세요." 그녀가 딱히 친절하다고 볼 수 없는 태도로 인사했다. 그리고 코트를 벗어 팔에 걸고는 복도 안쪽으로 걸어갔다.

나는 멀어져 가는 그녀에게 외쳤다. "저는 새로 온 어시스턴트예요. 그냥, 음, 제 책상으로 가면 되나요? 아니면 어떻게……."

"잠깐만요, 코트 좀 걸고요."

몇 분 뒤 그녀가 짧은 머리를 찰랑이며 다시 나타났다. "이름이 뭐였죠? 조안?"

"조애나예요."

"아, 맞다. 조앤." 그녀가 느릿느릿 의자에 앉으며 말했다. 키가 큰 편인 데다 우리 엄마가 보면 늠름하다고 할 만한 체격이었다. 몸매를 강조하는 1970년대 스타일의 바지 정장에 터틀넥 스웨터를 받쳐 입었는데, 통이 넓은 바지와 넓은 옷깃이 돋보였다. 의자에 앉은 모습이 당당해 보이는 걸 뛰어넘어 리셉션 데스크는 물론 그 공간을 지배하는 위압감을 내뿜었다. 그녀의 전화기 옆에는 거대한 회전식 명함꽂이가 위용을 자랑하고 있었다. "보스는 아직 안 왔어요. 10시에 출근하거든요." 지금은 9시 반이고, 나는 이때부터 근무 시간이 시작된다고 들었다. "여기서 기다리고 싶으면 그렇게 해요." 그녀는 내가 엄청난 민폐를 끼치고 있다는 듯이 한숨을 내쉬고는 입술을 크게 삐죽거렸다. "아니면 당신 자리로 가도 되고요. 어딘지는 알아요?" 나는 고개를 끄덕였다. "좋아요. 그럼 거기 가서 기다려요. 하지만 아무것도 만지면 안 돼요. 곧 보스가 올 테니까."

"내가 안내할게요." 아까 불이 켜진 사무실에서 목소리가 흘러나왔다. 키가 큰 젊은 남자가 문으로 걸어 나왔다. "난 제임스예요." 그가 손을 뻗어 악수를 청했다. 연갈색 곱슬머리에 한창 유행하는 금테 안경을 쓴 그는 붉은 턱수염까지 덥수룩하게 길러서 소설《사자와 마녀와 옷장》에 나오는 반인반수 '툼누스'를 연상시켰다. 나는 그의 손을 마주 잡고 흔들었다.

"날 따라와요." 하는 그를 따라서 깜깜한 방들이 늘어선 중앙 통로를 지났다. 바로 어제, 벽에 진열된 책들을 천천히 구경하고 싶었던 바로 그 복도였다. 펄 벅과 랭스턴 휴스처럼 놀랍도록 친숙한 이름과 나이오 마시 같은 흥미로운 외국인 이름이 눈에 띄자, 어린 시절 동네 도서관에 발을 들일 때처럼 가슴이 두근거렸다. 도서관을 가득 채운 책들이 저마다의 매력을 발산하는 가운데 이제부터 내 마음껏 골라 볼 수 있다고 흥분하던 바로 그 기분이었다. "우와." 나도 모르게 탄성이 새어 나왔다.

제임스가 멈춰 서서 나를 돌아보았다. "무슨 기분인지 알아요." 그리고 진심에서 우러나오는 미소를 지으며 말했다. "난 벌써 6년 차인데 아직도 그러거든요."

예상대로 10시에 모습을 드러낸 보스는 암갈색 밍크코트를 두르고, 알이 큰 선글라스로 눈을 가렸으며, 머리에는 승마 무늬 실크 스카프를 쓰고 있었다. "안녕하세요." 나는 왕족이나 성직자를 맞이하는 것처럼 의자에서 일어나 인사를 건넸다. 하지만 그녀는 선글라스 때문에 시야가 좁아서인지 쌩하니 내 앞을 지나 자기 방으로 들어가 버렸다.

20분 후 방문을 열고 나온 그녀는 이제 코트를 벗었고 커다란 선글라스는 알이 투명한 커다란 안경으로 바뀌었다. 창백한 얼굴의 절반이 안경에 가려지는 바람에 피부만큼이나 창백한 파란 눈동자가 더욱 옅어졌다. "그래요." 보스는 담뱃불을 붙이더니 L자 모양의 내 책상 끄트머리에 자세를 잡고 서며 말했다. "왔군요."

나는 얼굴 가득 밝은 미소를 지으며 대답했다. "네." 의자에서 일어서는데, 돈의 룸메이트 리에게 빌려 신은 부츠 안에서 발이 살짝 미끄러졌다. 내 로퍼는 돈의 집에서 라디에이터에 말리다가 C자 모양으로 쭈그러져 버렸다. 내가 실제로 사는 곳이 바로 거기였다. 브루클린에 있는 돈의 아파트.

"좋아요. 오늘 해 줄 일이 아주 많아요." 그녀가 기다란 손가락으로 얼굴에 흘러내린 매끈한 머리칼을 넘기며 말했다. "타이핑은 할 수 있다고 했죠?" 나는 기운차게 고개를 끄덕였다. "혹시 딕터폰(대화를 녹음한 테이프를 필요할 때 재생하여 듣는 기계—옮긴이)도 써 본 적 있어요?"

"아뇨." 나는 솔직하게 대답했다. 그런 물건은 들어 본 적도 없었다. 보스가 면접 때 말했던가? 기억이 흐릿했다. 닥터 수스의 작품에나 나올 법한 이름이었다. "하지만 금방 익힐 수 있습니다."

"나도 그렇게 생각해요." 그녀는 자신감 넘치는 발언과 어울리지 않게 담배 연기를 길게 뽑아내며 단언했다. "하지만 조금 복잡할 수는 있어요." 그러곤 타자기 옆에 놓인 하얀 플라스틱 상자에서 뻑뻑하고 얼룩진 덮개를 한 손으로 잡아당기자 1세대 테이프 레코더처럼 생긴 기계가 모습을 드러냈다. 수많은 전선이 복잡하게 얽혀 있고 커다란 헤드폰이 달렸지만 '재생'이나 '되감기' '빨리 감기' '일시 정지' 같은 통상적인 버튼은 보이지 않았다. 카세트 투입구는 보였지만 딱 거기까지였다. 효율성을 중시한 1950~1960년대 기기처럼 매혹적일 만큼 고풍스러우면서도 무시무시할 만큼 미래적이었다.

"자, 이거예요." 보스가 이상야릇한 웃음을 지으며 말했다. "재생과 되감기는 페달을 쓰면 돼요. 하다 보면 속도는 알아서 조절할 수 있을 거예요." 나는 고개를 끄덕였지만 조종 버튼 비슷한 것도 눈에 띄지 않았다. "도중에 헷갈리는 게 있으면 휴한테 물어봐요." 휴가 누군지도, 딕터폰으로 무엇을 하면 되는지도 몰랐지만 나는 다시 고개를 주억거렸다. "타이핑할 것들이 잔뜩 쌓여 있어요. 테이프를 몇 개 줄 테니까 바로 시작해 줘요. 다른 얘기는 그다음에 나누죠." 그녀는 방으로 성큼성큼 들어가더니 카세트테이프 세 개를 가져왔고, 아직 불을 안 붙인 담배 한 개비도 손에 들려 있었다. "여기 있어요. 이걸 전부 맡길게요!" 그러곤 내 책상 왼편으로 난 아치 통로를 빠져나갔다. 거길 지나면 회계 부서가 나오고 탕비실이 이어지며, 그 너머로 다른 에이전트들의 방이 있는 오피스 동과 바깥 세계로 나가는 출입문이 있었다.

사실 난 타이핑을 못했다. 직업소개소 여자의 강력한 권유로 타자 실력을 속였던 것이다. "당신 또래 중에 타자 치는 사람이 누가 있어요." 그녀는 당치 않은 소리라는 듯 예쁜 얼굴을 찡그리며 말했다. "컴퓨터를 만지며 자란 세대잖아요! 그냥 분당 60타 친다고 말해요. 그 정도 타수는 일주일 안에 올릴 수 있어요." 공교롭게도 한때 분당 60타를 치던 시절이 있었다. 뉴욕주는 중학교 의무 교육 과정에 타자가 있어서 8학년 때 수업을 들은 터였다. 그 후 몇 년간 아빠 사무실 타자기로 문서를 작성할 때면 자판을 볼 필요도 없었다. 하지만 3학년 때 매킨토시II가 보급되면서 디지털 시대에 길들여진 두 손가락을 움직여 엉성하게 뚝딱거리는 독수리타법으로 퇴보해 버렸다.

나는 셀렉트릭(1961년에 발명된 IBM의 타자기 모델—옮긴이) 타자기에서 비닐 덮개를 벗겨 냈다. 전에 배운 타자기보다 훨씬 크고 버튼과 레버도 많았다. 하지만(그런데도) 단 하나 찾을 수 없는 버튼이 있었으니, 바로 전원을 켜는 스위치였다. 나는 타자기 앞면과 양옆, 뒷면을 빙 둘러 가며 손가락으로 더듬었다. 아무것도 없었다. 이번엔 벌떡 일어나 몸을 숙인 채 책상 모서리를 돌며 다양한 각도에서 들여다보았다. 다시 앉아서 손을 뻗어 이리저리 만져 보다 혹시 스위치가 밑에 있나 싶어 젖혀 보기도 했다. 초록색 스웨터 안에서 겨드랑이가 축축해지고 땀으로 이마가 반질거리는 것도 모자라서 코끝이 아리며 찡해졌다. 곧 눈물이 흘러내릴 징조였다. 그러다 전원 버튼 같은 건 애초에 없고 플러그를 꽂아야 하는지도 모른다는 데 생각이 미치자 책상 밑으로 기어 들어가 암흑 속에서 코드를 찾아 헤맸다.

"거기 뭐 좀 도와줄까요?" 먼지투성이 전선을 바닥부터 더듬어 올라가는데 머뭇거리는 듯 부드러운 목소리가 들려왔다.

"음, 그래 주실래요?" 나는 최대한 우아하게 몸을 펴며 말했다. 책상 옆에 나이를 가늠하기 힘든 남자가 서 있었다. 보스와 너무 닮아서 아들이 아닐까 싶을 정도였다. 늑대 같은 눈빛과 곧게 뻗은 회갈색 머리카락, 완만한 곡선을 이루는 광대뼈까지 똑같았고, 여드름 자국으로 변색된 부분만 빼면 피부도 보스처럼 눈이 시릴 만큼 뽀얀 색이었다.

남자는 놀랍게도 "전원 버튼을 찾는 건가요?"라고 물었다.

"맞아요." 나는 곧장 시인했다. "나 자신이 너무 바보 같
네요."

그는 이해한다는 듯이 고개를 끄덕였다. "그 버튼은 진짜
이상한 자리에 숨어 있어요. 못 찾는 게 당연해요. 정면에 앉
아서 손을 뻗으면 불편할 수밖에 없는 위치죠. 여기예요." 그
는 내 책상 뒤로 오더니 나와의 간격을 몇 십 센티미터쯤 유
지하며 타자기를 안듯이 왼편으로 팔을 감아 돌렸다. 딸깍하
고 스위치 켜지는 소리가 났다. 기계가 낮잠 자는 고양이처럼
커다랗게 갸르릉 소리를 내며 눈에 보일 정도로 진동하기 시
작했다.

"정말 감사해요." 나는 과하다 싶을 만큼 감정을 실어 인사
했다.

"별거 아니에요." 그가 말했다. 나는 그가 빠져나갈 공간
을 마련해 주려고 책상에 등을 딱 붙였다. 그는 의자 밑에 깔
린 비닐 매트와 덜렁거리는 전선에 걸려 버둥대며 흐느적흐
느적 몸을 뺐다. 그리고 한숨을 내쉬며 악수를 청하는데, 약
지에 수수한 금빛 결혼반지가 끼워져 있어서 깜짝 놀랐다. 왠
지 모르게 독신 같은 분위기를 풍겼던 것이다. "난 휴예요. 당
신은 조애나죠?"

"맞아요." 나는 그의 손을 맞잡으며 말했다. 따스하면서도
메마른, 아주 새하얀 손이었다.

"난 바로 저기서 일해요." 그가 내 책상 바로 맞은편에 있

는, 그냥 창고일 거라 생각했던 문을 향해 고개를 까딱였다. "뭐든 필요한 게 있으면 편하게 들러요. 당신 보스는 (그는 또 한번 무거운 한숨을 쉬었다) 자세한 설명을 안 하는 경향이 있죠. 그러니까 모르는 게 있으면 언제든 나한테 물어봐요." 그러곤 입꼬리를 올리며 순식간에 표정을 바꿨다. "난 근무한 지 오래돼서 여기서 일어나는 일은 속속들이 다 알아요. 뭐가 어떻게 돌아가는지 훤하죠."

"얼마나요?" 나는 불쑥 물었다가 더 정확한 질문으로 바꿨다. "여기서 얼마나 일했어요?"

"어디 보자." 그는 가슴팍에 팔짱을 끼더니 머리를 짜내느라 눈썹을 찡그렸다. 안 그래도 느린 말투가 더 느려졌다. "1977년에 도로시의 어시스턴트로 일을 시작했죠." 나는 도로시가 누군지 안다는 듯이 고개를 끄덕였다. "그렇게 4년을 일했어요." 그의 목소리가 서서히 작아졌다. "잠시 여길 떠나기도 했죠. 1986년에요. 아니, 1987년인가? 하지만 다시 돌아왔죠." 그는 다시 한번 한숨을 내쉬었다. "20년은 된 것 같아요. 여기서 20년을 일했네요."

"우와." 내 입에서 탄성이 흘러나왔다. 나는 스물세 살이었다.

휴가 껄껄대며 웃었다. "그래요, 엄청나죠." 그리고 어깨를 으쓱했다. "난 여기가 좋아요. 물론 싫은 일도 있지만 나한테 잘 맞거든요. 여기서 하는 일 말이에요."

나는 그 일이라는 게 정확히 뭔지 묻고 싶었지만, 그런 유의 질문은 무례한 게 아닌가 싶었다. 엄마는 절대로 남에게 재산이나 직함을 물어서는 안 된다고 가르쳤다. 여긴 에이전시니까, 휴는 아마도 에이전트일 것이다.

다시 홀로 책상에 남겨졌지만, 휴의 방에서 흘러나오는 불빛이 내 오른편 카펫에 드리워진 걸 보니 안심이 됐다. 카세트테이프를 집어 들고 약간 버벅대다가 딕터폰에 쿡 쑤셔 넣고는 또다시 전원 버튼을 찾아 손을 더듬었다. 안 돼. 속으로 외쳤다. 아무 표시도 없는 버튼 하나 외에는 '페달'이고 뭐고 아무것도 없었다. 매끄러운 비닐 덮개를 들어 샅샅이 살펴봤지만 조작 장치 같은 건 하나도 안 보였다.

결국 반쯤 열린 휴의 방문을 살며시 두드렸다. 잠시 후 "들어와요."라는 말을 따라 안으로 들어갔다. 그는 내 것과 비슷한 L자형 책상 앞에 앉았는데, 산더미 같은 서류가 그의 가슴과 목을 가릴 정도로 높이 쌓여 있었다. 가장자리가 닳아서 쭈글쭈글 오그라든 개봉 전후의 봉투, 아직 삼등분으로 접혔거나 일부분만 펼쳐진 서신, 누런 복사본과 그걸 찍어 낸 검은 카본지 뭉치, 분홍색과 노란색 그리고 흰색 색인 카드, 겹겹이 쌓인 서류, 서류, 서류들. 헤아릴 수 없을 만큼 방대한 난장판 앞에서 이게 꿈인가 생시인가 싶어 고개를 저어 보았다.

"일이 조금 밀려서요. 크리스마스 때문에요." 그는 내가 묻기도 전에 대답했다.

"아." 나는 고개를 끄덕였다. "저기, 그런데 딕터폰에……."

"페달이 있어요." 그가 한숨을 지으며 설명했다. "책상 밑에요. 재봉틀이랑 비슷해요. 페달 하나는 재생, 또 하나는 되감기, 다른 하나는 빨리 감기죠."

그렇게 아침 내내 딕터폰의 구식 헤드폰을 통해 보스의 낮고 고상한 속삭임을 듣는, 기묘하게 친밀감이 느껴지는 경험을 했다. 서신은 에이전시의 레터헤드지(노르스름한 색상에 보통 편지지보다 작은 30파운드짜리 종이)에 타자를 쳐서 작성했는데, 몇 장씩 이어지는 것도 있고 한두 줄로 끝나는 짧은 것도 있었다. '일전에 말씀드린 대로 세인트마틴출판사와 체결한 《투 이프 바이 블러드》의 계약서 2부를 첨부합니다. 양쪽 모두 서명해서 가급적 빠른 시일 안에 보내 주시기 바랍니다.' 그중에서 가장 긴 건 편집자에게 계약서의 수정을 요구하는 편지였다. 복잡다단하고 때론 이해조차 안 되는 단어와 조항이 난무했는데, 특히 '전자출판권' 같은 건 내게 의미불명의 용어였다.

서식을 만들고 간격을 띄우는 작업을 비롯한 손운동은 참을 수 없이 지루한 동시에 이상하게 마음을 진정시켰다. 내용은 상당 부분 이해가 안 돼도 타자를 치는 일 자체(손가락으로 자판을 눌러 키가 종이를 때리는 소리를 듣는 행위)가 나를 매료시킨 것이다. 직업소개소 여자의 장담처럼 타자는 자전거 타는 것과 같았다. 손가락이 자기 자리를 기억하고 알아서 자판을 날아다녔다. 정오쯤 되자 내 책상에는 서신 한 뭉치(테이프 하나를 받아 적은 결과물)가 깔끔하게 쌓였고, 휴의 조언대로 주소를 적은 봉투도 편지마다 단정하게 클립으로 끼워 넣었다.

첫 번째 테이프를 꺼내고 두 개째 넣는 순간 갑자기 전화벨이 울렸고, 나는 그대로 얼어붙었다. 적절한 전화 응대법을 아직 모르는 상태였다. "여보세요." 나는 수화기를 귀밑에 끼며 짐짓 자신만만한 척 전화를 받았다. 나의 첫 공식 전화 응대였다.

"조애나!" 명랑한 목소리가 쩌렁쩌렁 울렸다.

"아빠?" 내가 물었다.

"그래, 나다." 아빠가 보리스 칼로프(영화《프랑켄슈타인》의 괴물 역으로 유명한 배우—옮긴이)의 성대모사로 대답했다. 젊은 시절 연극배우로 활동한 아빠는 캐츠킬(뉴욕주 그린카운티의 마을—옮긴이)의 희극 극단에 들어가 방갈로촌이나 리조트에서 공연했다. 토니 커티스나 제리 스틸러 같은 동료 단원들은 훗날 유명 배우가 됐다. 아빠는 치과의사로 전업했다. 농담을 즐기는 치과의사. "네 아빠다. 출근 첫날은 어떻게 보내고 있어?"

"좋아요." 부모님은 내가 취직했다고 고백하자마자 사무실 전화번호를 물었다. 하지만 근무 첫날 전화할 줄은 상상도 못했다. "타자기로 각종 서신을 작성하는 중이에요."

"우리 딸이 정말 비서가 됐구나." 아빠가 놀리듯이 말했다. 과학자가 많은 우리 집에서는 나의 행보 하나하나가 재밋거리였다. "아, 미안. 어시스턴트였지."

"비서랑 비슷한 것 같아도 엄연히 달라요." 정색하는 내 말투에 나조차도 넌더리가 났다. 이것 또한 우리 집에서 입버릇처럼 하는 이야기였다. 조애나는 모든 걸 너무 심각하게 받아들인다니까. 조애나는 농담을 못 받아들여. 우린 그냥 장난친거야, 조애나! 뭘 그런 거로 기분 나빠하니. 잘 알면서도 난 항상 심각해졌다. "이제 원고도 읽을 거예요." 내가 떠올릴 수 있는 비서와 관계없는 유일한 업무였다. 보스는 아직 그런 일을 시키지 않았지만, 채용이 확정된 순간부터 지금까지 몇 주간 만나는 사람마다 에이전트의 어시스턴트는 원고를 읽는 게 주요 업무라고 힘주어 말했다. 타이핑을 언급한 사람은 아무도 없었다. "뭐, 그런 거죠. 그래서 나 같은 이력이 있는 사람을 고용한 거예요. 영문학 전공자를요."

"그래, 그래." 아빠가 달래듯이 말했다. "당연하지. 그건 그렇고, 내가 생각해 봤는데 말이야, 연봉이 얼마라고 했지?"

나는 주변에 아무도 없는지 휘휘 돌아보았다. "만팔천오백이요."

"만팔천 달러?" 아빠가 큰 소리로 외쳤다. "더 되는 줄 알았는데." 그러더니 말도 안 된다는 듯 목구멍에서부터 끓어오르는 소리를 냈다. 이디시어를 쓰는 집안에서 자랐다는 유일한 증거였다. "1년에 만팔천 달러라고?"

"만팔천오백이요." 나한테는 거금이었다. 대학 시절엔 작문 과외로 한 학기에 천오백 달러를 받았고, 대학원 때는 호프집에서 맥주를 서빙하고 옥스퍼드가의 캠핑 매장에서 고객들에게 등산화를 신겨 주며 최저 임금으로 근근이 살았다. 만팔천오백 달러는 상상도 안 될 만큼 엄청난 금액이었다. 빳빳한 지폐 뭉치를 한 번에 건네받는 장면을 떠올려서 더 그럴지도 모른다.

"이런, 조, 그 돈으론 생활이 안 될 것 같구나. 더 올려 달라고 말해 볼 순 없니?"

"아빠, 난 벌써 일을 시작했다고요."

"그야 나도 알지. 지출을 계산해 보니 그렇게 적은 액수로는 힘들 것 같다고 해 봐. 그럼 한 달에, 어디 보자." 아빠는 머릿속으로 복잡한 계산도 할 수 있었다. "천오백 달러잖아. 세금을 떼고 나면 한 달에 팔구백밖에 안 남아. 회사에서 건강보험은 들어 준다니?"

"모르겠어요." 에이전시에서 보험을 지원해 주되 근무 시작일부터 석 달 후(아니, 여섯 달 후였나)부터라는 공지를 받았고, 그래서 그냥 보험료를 내 주는구나 하고 넘어갔다. 솔직히 세부적인 급여 책정은 크게 신경 쓰지 않았다. 진짜 직업이 생겼다는 사실에 다른 모든 걱정이 사라져 버린 것이다. 1996년이었다. 온 나라가 불황에 허덕이고 있었다. 내 주위에 돈 버는 직업을 가진 사람이 몇 안 됐다. 친구들은 대학원에 (문학 석사 과정이나 영화학 박사 과정으로) 다니거나, 포틀랜드의 커피숍에서 일하거나, 샌프란시스코에서 티셔츠를 팔거나, 어퍼웨스트사이드의 부모님 집에 얹혀살았다. 9시부터 5시까지 근무하는 진짜 직업이란 딴 세상 이야기이자 비현실적인 환상이었다.

"알아봐야지." 아빠의 인내심이 바닥나는 게 느껴졌다. "회사에서 보험 지원을 안 해 주면 네가 집에 가져갈 돈이 거의 없어. 셀레스트한테 집세는 얼마나 내고 있니?"

나는 침을 꿀깍 삼켰다. 셀레스트와 약속한 첫 달 치 월세를 주기도 전에, 그녀의 옷장에 원피스 몇 벌과 하나뿐인 좋은 코트를 남겨 두고 돈의 집으로 (비공식적으로) 옮겨 갔기 때문이다. 부모님은 돈에 대해 아무것도, 그의 이름조차 몰랐다. 대학 때부터 사귄, 잘생기고 다정하고 똑똑해서 두 분이 마음에 쏙 들어 하는 남자친구와 결혼 전에 잠시 떨어져 지내는 줄 알고 있었다. 셀레스트네 집에 전화할 때마다 내가 없었지만, 그것 또한 곤란하지만 어쩔 수 없는 젊음의 증후군이라고 생각했다.

"삼백오십 달러요." 아빠한테는 이렇게 말했지만, 셀레스트와 약속한 금액은 월세를 정확히 반으로 나눈 삼백칠십오 달러였다. 늘 그래 왔듯이 곰곰이 따져 보지도 않은 채 받아들였고, 나중에서야 공평하지 않다는 생각이 들었다. 내 물건은 아무것도 없고 잠잘 때 다리도 못 뻗는 아파트에 살면서 월세의 절반을 내는 건 말이 안 된다. 사생활이 전혀 없는 공간에서 막연히 계속 살아가는 건 상상할 수도 없었다.

하지만 셀레스트는 그렇게 붙어 살기를 간절히 원하는 것 같았다. 그녀는 휴만큼이나 고독해 보였다. 자기 안의 불안과 염려 속에서, 마음이 부리는 횡포 속에서 홀로 시달리는 것도 있지만, 그냥 간단히 말 그대로 혈혈단신 외톨이였다. 유일한 동반자는 전설 속의 동물처럼 다리를 질질 끌며 돌아다니는 비대한 수컷 고양이였다. 몸의 앞쪽 절반은 사자처럼 털이 복슬복슬했지만, 그루밍을 할 수 없을 만큼 유연성을 잃은 지 오래여서 뒤쪽 절반은 아예 빡빡 깎아 버렸다. 하루는 시내에서 친구를 만나고 돌아와 보니, 셀레스트가 잔잔한 꽃무늬 플란넬 나이트가운으로 목까지 꽁꽁 싸매고 침대에 누워 그 요상한 반려 고양이를 쓰다듬으며 철 지난 인기 시트콤의 재방송을 보는데, 얼굴이 눈물범벅이었다.

"무슨 일이야?" 나는 환자를 대하는 것처럼 침대 가장자리에 걸터앉으며 조용히 물었다. "셀레스트, 왜 그래?"

"나도 모르겠어." 셀레스트는 얼마나 울었는지 주근깨투성이의 둥근 얼굴(한때는 건강함 그 자체라고 생각한)이 벌겋게 상기돼 있었다.

"오늘 저녁에 뭐 했어? 집에 있었어? 무슨 일이라도 생긴 거야?"

그녀는 도리질을 치며 말했다. "일 끝나고 집에 와서 스파게티를 만들었어." 나는 고개를 끄덕였다. "어차피 요리하는 김에 한 봉지를 다 만들어서 며칠간 두고두고 먹어야겠다 생각했지." 그녀의 통통한 뺨 위로 눈물 한 줄기가 또르르 흘러내렸다. "그래서 조금 먹고, 쉬었다가 조금 더 먹고, 그러다가 조금 더 먹었어." 그러곤 슬픈 눈으로 나를 올려다보았다. "그러다 정신을 차려 보니까 다 먹어 버렸더라고. 스파게티 1파운드 한 봉지를 혼자서 몽땅 먹어 치운 거야."

학교를 졸업하고 몇 년 사이에 살이 조금 찌긴 했지만, 지금 셀레스트를 괴롭히는 건 그게 아니라는 걸 알 수 있었다. 1파운드의 파스타는 저울에서 다른 의미로 해석되었다. 그녀를 몸서리치게 한 건 스파게티 한 봉지를 먹어 치우는 게 가능한 상황, 즉 어떠한 참견도 구속도 없고, 자신의 습관이나 행동을 감시해 줄 사람이 아무도(엄마도 언니도 룸메이트도 교수님도 남자친구도) 없는 삶이었다. "이미 많이 먹지 않았어?"라든지 "나도 좀 먹어도 돼?" 아니면 "오늘 밤에 저녁 같이 먹자." 하다못해 "오늘 저녁은 뭐 먹을 거야?"라고 물어봐 줄 사람. 그녀는 아침에 혼자 일어나 혼자 직장에 갔다가 저녁이면 혼자 돌아왔다.

"삼백오십 달러?" 아빠가 소리를 질렀다. "집을 같이 쓰는데? 넌 소파에서 잔다며?"

"그 동네 아파트치고는 정말 싸게 얻은 거예요."

"네 엄마랑 얘기해 봤다." 이미 인내심이라곤 눈곱만큼도 남지 않은 목소리였다. "이 회사에 다닐 생각이면 (나는 '이미 다니고 있어요.'라고 속으로 중얼거렸다.) 우리 집으로 들어와. 시내까지 버스로 출퇴근하면 네 아파트를 구할 돈도 모을 수 있어. 아니면 집을 사든지. 월세는 쓸데없이 돈을 내다 버리는 것밖에 더 되니."

"집에 들어가서는 못 살아요, 아빠." 나는 신중하게 단어를 골라 나갔다. "버스를 타면 두 시간이나 걸려요. 아침 6시 반에 집을 나와야 한다고요."

"그게 어때서? 넌 아침잠이 없잖아."

"아빠." 나는 차분하게 말을 이어 갔다. "그렇게는 못 해요. 나도 내 생활이 필요하잖아요." 마침 아치 통로 저편에서 보스가 천천히 우리 사무동 쪽으로 다가오는 게 보였다. "그만 끊어야 해요. 죄송해요."

"얘야." 아빠가 단호하게 말했다. "사람이 원하는 걸 모두 가질 수는 없어."

"알아요." 나는 최대한 얌전히 대답했다. 아빠를 너무나도 사랑하고 아빠를 생각하면 가슴이 저리도록 그리웠다. "그건 그렇죠." 하지만 자식들이 으레 그렇듯 속으로는 다른 마음을 품었다. 아빠는 원하는 걸 못 얻었죠. 그렇다고 나까지 실패하란 법은 없어요.

책상에는 서신이 쌓여 가고 시간은 계속 흘러갔다. 1시 반이 되자 보스는 다시 코트를 걸치고 밖으로 나갔다가 작은 갈색 종이봉투를 들고 돌아왔다. 나한테는 언제쯤 식사하라고 말해 줄지 궁금했다. 그럼 나도 똑같이 해야 하나? 점심거리를 사다 내 책상에서 먹어야 하나? 이제 바깥세상이 꿈처럼 느껴졌다. 오직 나와 딕터폰뿐인 세상에서 서신을 타이핑하고 또 타이핑했다. 측면의 다이얼을 돌려 재생 속도를 늦추자 보스의 목소리가 알토에서 베이스로 변했고, 앞으로 되돌아가 듣는 시간이 점차 줄어들었다. 배도 고프고 손가락도 아픈 중에 가장 심각한 건 두통이었다. 보스의 방에서 내 책상 쪽으로 끊임없이 담배 연기가 흘러나온 것이다. 밤늦게까지 바에서 놀고 난 다음 날처럼 두 눈이 따갑고 화끈거렸다.

2시 반쯤 마지막 테이프 작업을 하는데 보스가 내 책상으로 다가왔다. 그 전까지 몇 번이나 내 앞을 본체만체 지나가서 나 자신이 가구가 돼 버린 것 같은 희한한 기분이 든 참이었다. 보스는 "그동안 진척이 좀 있었네요. 어디 한번 볼게요." 하더니 내 책상에서 서신을 낚아채 자기 방으로 가져갔다.

잠시 후에 휴가 자기 방에서 얼굴을 삐죽 내밀었다. "점심 먹었어요?"라고 묻기에 고개를 저었다. 그가 한숨을 내쉬었다. "아무도 얘기를 안 해 줬군요. 점심은 아무 때나 나가서 먹으면 돼요. 당신 보스는 조금 일찍 나가는 편이죠. 난 더 늦게 먹는데, 주로 도시락을 싸 와요." 왠지 그럴 것 같았다. 땅콩버터와 잼을 바른 깔끔한 샌드위치를 세모로 잘라서 유산지에 싸 올 것 같은 이미지였다. "나가 봐요. 배가 많이 고프겠어요."

"정말 그래도 되나요? 보스가 방금 내가 타이핑한 서신을 갖고 들어갔거든요." 나는 그녀의 사무실 쪽을 가리켰다.

"그건 급하지 않아요. 벌써 한 달 가까이 처박아 둔 테이프인 걸요. 가서 샌드위치라도 사 와요."

매디슨애비뉴로 나가자마자 샌드위치 체인점의 진열장에서 눈을 뗄 수가 없었지만, 하나같이 나한테는 너무 비싼 가격이었다. 나한테는 모든 게 그림의 떡이었다. 난 빈털터리였으니까. 아빠가 슬쩍 쥐여 준 몇 달러로 첫 월급이 나올 때까지 버텨야 했다. 월급날은 이번 주 후반쯤 되지 않을까 짐작했다. 난 아직 뉴욕에 은행 계좌도 없었다. 가진 돈이 너무 없어서 계좌를 만드는 게 무의미했다. 런던에는 은행 계좌가 아직 살아 있고 현금도 어느 정도 남았지만, 전자화 이전의 시대라 그게 얼마나 되는지, 계좌에 어떻게 접속해야 하는지 가늠할 수가 없었다. 지갑에 신용카드 두 장이 들어 있지만 어디까지나 비상용인 데다 다른 것도 아닌 점심처럼 하찮은 데 써 버리는 일은 아무리 배가 고파도 절대 하면 안 됐다.

간단하게 커피 한 잔과 사과로 때우자고 마음먹었다. 그럼 기껏해야 2~3달러였다. 매디슨애비뉴 서쪽의 샌드위치 가게에 들어가 잔뜩 쌓인 농익은 바나나 더미를 살펴보았다.

"뭐로 드릴까요?" 카운터에서 흰 옷을 입은 남자가 미소 지으며 물었다.

"칠면조 하드롤 샌드위치요." 생각지도 않은 말이 튀어나왔고, 얼마나 무모한 행동인가 싶어 가슴이 쿵쾅거렸다. "프로볼로네 치즈랑 양상추, 토마토를 넣고 마요네즈도 조금 뿌려 주세요. 아주 조금만요. 머스터드 소스도요."

계산대에 10달러를 넘겨주고 2달러와 25센트짜리 동전 두 개를 거슬러 받았다. 변변찮은 샌드위치 하나에 계획보다 몇 달러나 더 써 버렸다. 심장 박동이 빨라질 정도로 후회막심이었다. 점심은 5달러가 한도였다. 그런데 7달러 50센트? 그건 저녁에나 쓰는 액수였다.

사무실로 돌아와 샌드위치를 책상에 내려놓고 코트를 벗었다. 의자를 빼서 앉으려는 찰나 보스가 자기 방에서 나왔다. "아, 돌아왔군요. 이리 들어와서 앉아 봐요. 할 얘기가 몇 가지 있어요."

나는 흰색 포장지에 단단히 싸인 샌드위치에 안타까운 시선을 던지며 그녀의 사무실로 따라 들어가 책상 앞에 놓인 사이드 체어 중 하나를 골라 앉았다.

"자, 그럼……." 그녀가 널따란 책상으로 가서 자기 의자에 앉으며 입을 열었다. "제리 이야기를 해 보죠."

나는 제리가 누군지도 모르면서 고개를 끄덕였다.

"그의 주소나 전화번호를 묻는 전화가 많이 걸려 올 거예요. 그와 통화하고 싶으니 연결해 달라고 하겠죠. 아니면 나한테라도요." 그녀는 우습다는 듯 피식 웃었다. "기자들이 전화를 해댈 거예요. 학생들, 대학원생들도요." 이번엔 눈을 치켜떴다. "다들 그를 인터뷰하고 싶다는 둥 상이나 명예 학위를 주겠다는 둥 온갖 구실을 댈 거예요. 프로듀서들은 영화 판권 때문에 그를 찾을 거고요. 그런 사람들이 전부 당신에게 몰려들 거예요. 아주 설득력 있고 교묘하게 당신을 꼬드기겠죠. 하지만 무슨 일이 있어도 (그녀는 커다랗고 두툼한 안경 너머로 두 눈을 가늘게 뜨고는 전형적인 갱스터처럼 책상에 몸을 숙인 채 위협적인 말투로 날을 세워 경고했다.) 절대, 절대로, 절대 그의 주소나 전화번호를 알려 줘선 안 돼요. 아무것도 말하지 말아요. 어떤 질문에도 대답하지 말고 최대한 빨리 전화를 끊어 버려요. 알겠죠?"

나는 고개를 끄덕거렸다.

"절대로, 결코, 어떤 경우에도 그의 주소나 전화번호를 발설해서는 안 돼요."

"알겠습니다." 나는 제리가 누군지 모르니 이게 다 무슨 소린지도 모르면서 대답했다. 1996년이라 가장 먼저 떠오르는 제리는 드라마 《사인펠드》의 주인공이었지만, 그가 에이전시의 고객일 리는 없지 않은가. 하지만 또 모르는 일이었다.

"좋아요." 그녀는 다시 의자 등받이에 몸을 기대며 말했다.

"알아들었으면 그만 나가 봐요. 난 당신이 작성한 서신을 살펴볼게요." 그녀가 손짓하는 책상에는 내가 타이핑한 서신 뭉치가 단정히 쌓여 있었다. 그걸 보자 희한하게도 약간의 자부심이 샘솟았다. 노르스름하고 빳빳한 종이에 새까만 글자가 빽빽이 들어찬 모습이 너무나도 아름다웠다.

스커트를 매만지며 보스의 사무실을 나서다 무심코 문 바로 오른편에 있는 서가에 눈길이 갔다. 타자기가 놓인 내 책상을 마주 보는 벽면이었다. 온종일 그 책장을 보면서도 타이핑에 집중하느라 제대로 살펴보지 못했다. 거기에 꽂아 놓은 책은 겨자색, 적갈색, 청록색 표지에 볼드체로 까만 글자가 각인돼 있었다. 여태껏 살면서 수없이 봐 온 책들이었다. 부모님의 책장에서, 고등학교 때 영어부 벽장에서, 내가 다닌 모든 서점과 도서관에서. 그리고 친구들의 손에도 당연히 들려 있었다. 나는 읽어 본 적이 없는데, 처음에는 어쩌다 보니 기회가 없었고, 나중에는 의식적으로 피했다. 현시대에 존재하는 모든 책장에 꽂혀 있는 이 책들을 나는 이제야 알아보았다. 《호밀밭의 파수꾼》 《프래니와 주이》 《아홉 가지 이야기》.

샐린저. 여기가 J. D. 샐린저의 에이전시구나.

그러고는 책상으로 돌아가서야 머릿속에서 불빛이 번쩍였다.

아, 그 자리였어.

돈이 사는 낙후된 아파트는 두 개의 낙후된 대로(그랜드와 유니언)가 교차하는 지점에 있었다. 브루클린의 윌리엄스버그 지구였다. 이 집에는 방이 세 개 있는데, 돈이 쓰는 작은 방을 나서면 바로 거실이 나왔다. 양쪽으로 문이 달린 큰방은 돈의 룸메이트이자 이 집을 빌린 리의 공간이었다. 그리고 내가 처음 방문한 날 문이 꼭 닫혀 있던 가운데 방은《레베카》의 맨덜리 저택이나 그리스 신화에 나오는 비밀의 방 같은 분위기를 풍겼다. (뉴욕에선 조그마한 공간이라도 그냥 놀린다는 건 상상할 수 없기에) 처음에는 그 안에 세 번째 룸메이트가 산다고 생각했다. 하지만 늦가을에 접어든 어느 저녁 마침 그 문이 열렸기에 살짝 들여다보았더니, 아무것도 없는 방을 거대한 옷 무더기(그야말로 산처럼 쌓인)가 차지하고 있었다. 하나같이 비비 꼬이고 구겨지고 돌돌 말려 형체를 알아볼 수가 없는 상태로 슬립, 스커트, 스웨터 등의 옷가지가 바닥에 뿔뿔이 나뒹굴었다. 오래된(무늬나 색깔을 보면 1940년대 또는 1950년대) 옷들 같아서 죽은 예전 세입자의 트렁크나 다락방에서 나온 거냐고 돈에게 물어보았다.

"저건 리의 옷들이야." 그가 눈알을 굴리며 대답했다. "정리할 기운이 없어서 그냥 바닥에 팽개쳐 놓은 거지. 어쩌다 한 번씩은 전부 주워서 세탁소에 가져가기도 해. 하지만 보통은 한 시간쯤 지나서 그냥 포기해 버리지." 그러곤 고개를 저으며 깔깔거렸다.

리는 키만 껑충하니 말랐는데, 너무 깡말라서 핏기 없는 살갗으로 지형도처럼 펼쳐진 혈관이 도드라져 보였고, 어깨까지 내려오는 금발은 늘 기름기로 떡이 졌다. 내가 몇 시에 들어오든 그녀는 언제나 방금 일어난 듯 잠이 덜 깨서 구깃구깃한 실크 기모노나 닳아빠진 남자용 잠옷 바람으로 비척비척 거실까지 걸어 나왔다. 안경도 렌즈가 두꺼워서 커다랗고 파란 눈이 한층 더 불룩해 보였고, 테는 흉측할 만큼 최신 패션과 동떨어져 차마 멋지다고 해 줄 수 없었다. 잠옷 위에 낡은 신사용 코트를 걸치고 담배나 우유를 사러 갈 때 빼고는 집 밖을 나가는 일도 거의 없었다. 아무리 봐도 수입이라고는 없는 것 같은데 어떻게 집세를 내는지(여기저기 옷 주머니와 오래된 가방들을 뒤져 꼬깃꼬깃한 지폐를 찾아낼지도 모르지만) 의문이었다. 돈에게 들은 얘기로는 리는 부잣집, 그것도 진짜배기 자산가 집안의 딸이지만, 10월 내가 이 집으로 들어오기 직전에 아빠가 지원을 끊었다고 한다. "빌어먹을 일자리를 구하라면서 말이야." 돈은 웃으면서 말했지만, 내 눈에는 그녀가 후기 산업 시대의 요구에 발맞추는 게 체질적으로 불가능한 와튼스쿨 중퇴자처럼 보여서 그런 상황이 재밌기는커녕 안타까웠다.

이따금 생활정보지에 구직 광고를 내기도 했지만 그녀는 결국 일을 구하지 못했고, 이제는 오로지 (낡은 드립 기계에 싸구려 에스프레소 가루를 내려 만든 새까맣고 진한) 커피와 담배에 의지해 살아갔다. 어쩌다 한 번씩은 노브랜드 마카로니와 치즈를 먹을 때도 있었다. "잘 생각해 보면 이건 정말 완벽한 음식이야." 그녀가 내게 설명했다. "단백질과 탄수화물을 (그녀는 두 가지 영양소를 발음할 때 손가락으로 체크 표시를 했다.) 동시에 섭취할 수 있잖아. 여기에 냉동 시금치 한 봉지를 추가하면 영양학적으로 완벽한 식사가 되는 거지." 그녀의 고상한 성장 배경은 조언의 형태로 표출됐다. 진짜 압생트를 마시려면 어디로 가야 하는지 알아? 캐시미어 스웨터를 수선하고 싶어? 가장 잘 어울리는 머리 스타일을 찾고 싶은 거지? 리는 뭐든 알고 있었다. 비록 자신은 그렇게 살지 못하지만 말이다. 그녀 자신은 싸구려 와인(보통은 다른 사람이, 주로 내가 사 오는)을 마시고, 다 해진 스웨터를 입으며, 몇 년은 안 자른 것 같은 머리를 하고 있었다.

12월 중순 에이전시에 면접 보러 가기 직전 무릎이 심하게 파열되는 바람에(많이 걸어서 오래된 부상이 악화된 거였다) 움직일 수도 없을 만큼 아파서 진통제를 처방받았다. 그런데 한 알을 삼켰더니 무릎 통증이 가라앉기는커녕 속이 울렁거리다가 뇌까지 스멀스멀 퍼져서 책을 읽을 수도, 생각에 집중할 수도 없어 그냥 잠드는 수밖에 없었다. 혼수상태에 빠지듯 어둡고 흐릿하며 끔찍한 악몽 속으로 빠져들어 이름도 얼굴도 없는 위협적인 존재에게 끝도 없이 쫓겨 다녔다. 그러다가 잠에서 깨어났지만 목은 쓰라리고 몸은 천근만근이라

침대에 일어나 앉을 수도 없었다. 돈을 불렀더니 오라는 사람은 안 오고 리가 나타났다.

"괜찮니?" 그녀가 하얗고 서늘한 손을 내 이마에 대며 물었다.

"진통제를 먹었는데 너무 힘들어." 나는 쉰 목소리로 말했다.

그때 걱정스럽게 나를 바라보던 리의 얼굴에 뭔가를 계산하는 표정이 떠올랐다. "어떤 진통제?" 그녀가 무심하게 물었다.

"저기 병에 든 약이야." 내가 대답했다.

"바이코딘(마약성 진통제. 환각제로 오용되기도 한다.—옮긴이)이구나." 그녀는 약병을 감싸 쥐며 경건하게 말했다. "그럴 줄 알았어." 그러더니 호박색 병에 든 하얀 알약을 짤랑짤랑 흔들었다. "남은 약 안 먹을 거면 내가 가져도 돼?"

이미 벌렁거리던 내 가슴은 한층 더 쿵쾅거리기 시작했다. 정형외과에서 무릎 때문에 받아 온 약을 왜 리가 갖고 싶어 하지? 저걸로 도대체 뭘 하려고? "음, 그건 안 될 것 같아. 나중에 필요해질지도 모르니까."

"한 알만……." 그녀의 간청하는 말투에 소름이 끼쳤다.

"글쎄, 조금만 생각해 볼게." 내가 거절하자 그녀는 마지못해 약병을 내려놓고 토라진 것처럼 방을 나갔다. "나중에 필요할 수도 있어서 그래." 그녀의 등 뒤에서 소리쳤다.

몇 시간 후 유리가 부서지는 소리에 잠에서 깼다. 잠시 후에
는 비명 소리도 들려왔다. 복도로 나가자 찬바람이 불어 닥쳐
진통제로 몽롱했던 정신이 바짝 돌아왔다. 저 멀리 부서진 창
문 앞에 리가 앉아서 자신의 손을 가만히 내려다보고 있었다.
피범벅이 된 손에는 유리 파편이 삐죽삐죽 박혀 있었다. "세상
에." 나는 울렁이는 속을 꾹 누르며 탄식을 토했다.

"난 괜찮아." 그녀가 꿈을 꾸듯 말했다. "하나도 안 아파."
그러면서 나를 올려다봤지만, 나를 관통하거나 지나쳐서 나
보다 5야드 뒤에 있는 또 다른 나를 보는 것 같았다. "소리 때
문에 비명을 지른 거야. 유리 소리 말이야." 그녀는 창문을 가
리켰다. "창문이 깨졌어."

나는 그녀의 얼굴에서 손 그리고 겨울바람에 덜컹대는 창
문으로 차례차례 시선을 옮겼다. "어떻게 된 거야?" 어리둥
절해하며 물었다. 지금 눈앞에 펼쳐진 광경이 도무지 이해되
지 않았다.

"내가 손으로 창문을 뚫었어." 그녀는 자신의 손이 모형이
라도 되는 듯, 이런 게 자기 몸에 붙어 있는 게 신기하다는 듯
계속 손을 내려다보았다.

"어떻게?" 내가 물었다. "왜?" 그때 퍼뜩 말은 이쯤에서 멈
추고 그녀를 병원으로 데려가야 한다는 생각이 들었다. 그녀
의 손과 주변에 피가 흥건히 고여 있었다. 건물 안에 다른 사
람들은 없는지, 구급차를 불러야 할지 고민이 됐다. 돈은 어

디에 있는 거지?

"그냥 그러고 싶었어. 너무 아름다워 보였거든. 아프지 않으리란 걸 알았고, 정말 안 아팠어."

마침 그때 쾅쾅쾅 문 두드리는 소리가 나더니 손잡이가 돌아갔고(리가 또 문을 안 잠근 것이다), 훤칠하게 잘생긴 서남아시아계(검은 머리카락이 귓바퀴 부근에서 탐스럽게 구부러진) 남자가 흰 눈을 뒤집어쓴 채 걸어 들어왔는데, 이런 날씨에 어처구니없게도 얇은 순면 야상을 걸치고 있었다. 예전에 잠깐이지만 한 번 본 적이 있어서 안티오크 출신이며 지금은 프린스턴대학원에서 생물학을 공부하는 리의 친구라는 걸 알았다. 그는 현관 앞에 멈춰 서서 주방 쪽을 바라보다가 리의 방으로 시선을 돌렸다. 나는 말문이 막힌 채 방문 앞에서 그를 멍하니 바라보았다.

"리는 어디 있어요?" 그가 물었다.

"여기요." 내가 대답했다. "피가 철철 나요."

그는 걱정된다기보다는 화가 나는 것처럼 "리!" 하고 부르더니 나를 지나서 방으로 들어갔다. "너 무슨 짓을……." 창가에 있는 리에게 다가가다 말고 눈을 돌려 방 안의 책상을 쏘아보는 통에 내 눈도 그쪽으로 따라갔다. 거기에 호박색 병이 있었다. 그가 약병을 움켜쥐는 동안에도 나는 내 약일 리가 없어, 라고 생각했다. 저걸 먹진 않았을 거야. "바이코딘?" 그가 지친 목소리로 물었다. "이런 게 어디서 났어?"

리가 나를 보며 방긋 웃었다. "조애나한테서." 그녀가 대답했다. "얘가 준 거야." 그러곤 더욱 활짝 웃었다. "고마워, 조애나. 넌 정말 착한 애야." 이번엔 환하게 웃던 얼굴을 찡그렸다. "돈은 완전히 망나니야. 그런 애는 차 버려. 넌 걔랑 사귀기엔 너무 예뻐."

리의 친구가 약병을 흔들었다. 이제야 생각났는데 그의 이름은 판자브였다. 그는 뚜껑을 열더니 알약을 하나하나 손바닥에 꺼내며 수를 세었다. "몇 알이나 먹었어?" 그가 리에게 물었다. 그녀는 피범벅이 된 손가락 세 개를 들어 보였다. "세 알?" 그가 물었다. "세 알 맞아?" 그녀가 고개를 끄덕였다. 그가 나를 돌아보았다 "여기 원래 몇 알이 들어 있었죠?"

정확히 기억이 안 났다. "열 알? 난 한 알만 먹었어요. 오늘 아침에요. 다리를 다쳤거든요. 하지만 난……." 거기서 말을 멈췄다. 내가 약을 준 게 아니라고 확실히 해 둬야 할지 확신이 안 섰다. "그런데 리가 그걸 왜 먹었을까요?" 알약을 하나씩 병에 집어넣던 그는 나를 이상하게 쳐다보았다. "난 그걸 먹고 힘들어 죽을 뻔했거든요." 나는 말을 이어 갔다. "다 토했어요. 뭘 어떻게 할 수가 없어서 잠만 잤죠. 책도 못 읽겠고. 악몽만 꾸다가 일어났어요."

"아, 웃겨." 리가 소리쳤다.

그녀의 친구는 우아한 머리를 절레절레 흔들며 한숨을 내쉬었다. "리가 저걸 내다 팔지 않은 걸 다행으로 생각해요."

그러더니 리를 돌아보며 말했다. "그럼 이제 병원에 가 보자."

얼마 후 돌아온 두 사람은 차가운 맥주를 꺼내 주방 식탁에 앉았다. 리의 손에는 새하얀 거즈가 감겨 있었다. 판자브는 리의 전화를 받는데 목소리가 너무 이상해서 뭔가 잘못된 걸 감지했다고 설명했다. 차를 빌려 프린스턴에서 브루클린 까지 눈길을 뚫고 달려온 것이다. "딱 감이 왔거든요."

나는 고개를 끄덕였다. 돈은 그때까지도 집에 들어오지 않았다.

오후 5시 전화벨 소리에 화들짝 놀라 이 슬픈 몽상에서 깨어났다. "안녕, 예쁜이. 뭐 해?" 수화기 너머에서 돈의 나지막한 목소리가 들려왔다. "일은 어때?" 그는 내 직업 같은 건 애들 장난이라는 듯 일이라는 단어를 강조해서 발음했다. 돈에게 '일'이란 벽돌을 쌓고 바닥을 걸레질하고 공장에서 쇳덩이를 찍어 내는 거였다. 그는 사회주의자였다.

우리의 첫 데이트 장소는 시계를 테마로 한 A가의 이탈리아 레스토랑이었는데, (그가 내 맞은편 자리에 미끄러지듯 앉으며 말하기를) 여기를 고른 건 조금 전 교대 근무를 마친 길 건너 사회주의 서점과 가까워서라고 했다.

"잠깐만, 그럼……" 주문한 파스타를 기다리는 동안 내가 물었다. "너희들, 그러니까 현시대의 사회주의자들은 정말로 연방 정부를 전복시킬 생각인 거야?"

그는 와인을 살살 돌리다가 혀끝에 살짝 머금고는 온몸을 가볍게 떨며 목으로 넘겼다. "아니, 내 말은, 맞아, 그런 사람들도 있어. 하지만 대다수는 아니야."

"그럼 너희 당의 목표는 뭐야?" 나는 진심으로 궁금했다. 우리 할머니는 1930년대 사회당 소속으로 상원 선거에 입후보하라는 권유를 받았다. 종조부는 이스트브로드웨이의 포워드 빌딩에서 열린 노조 집회에 참석했다가 총상을 입었다. 우리 아빠는 한국전쟁에 참전할 때 FBI의 조사를 받았다. 하지만 우리 집에서는 누구도 정치 이야기를 하지 않았다. 1950년대를 겪으면서 그런 충동이 모조리 꺾여 버린 것이다. "너희는 무슨 일을 해? 책 파는 거 말고?"

"우린 교육을 해. 계급 의식을 높이려고 노력하지. 우린 물질주의와 싸우거든. 각종 노조와 힘을 합쳐서 노동자들이 조직을 만들도록 돕는 거야." 그러더니 불쑥 내 손을 잡고는 안 그래도 걸걸하고 낮은 목소리를 낮추며 말했다. "우린 대안을 제시해. 모든 분야에서 지금까지와는 다른 세계관을 제시하지."

다시 수화기를 통해 허스키하면서 까불까불한 그의 목소리가 들려왔다. 그는 담배를 혐오하는데도 목소리만 들으면 꼭 흡연자 같았다. "잘 들어." 그가 흥분해서 말했다. "오늘 일 끝나고 L에서 만나자." L은 윌리엄스버그의 유일한 카페였다. 돈은 이따금 저녁이면 그곳에 자리 잡고 앉아 글을 쓰거나 다리가 덜덜 떨릴 만큼 커피를 들이켜곤 했다. "부동산 업자를 만났는데, 우리가 살 집을 구할지도 모르겠어."

"우리?" 내가 물었다. 우린 알고 지낸 지 기껏해야 몇 달밖에 안 된 사이였다. 난 캘리포니아에 남자친구가 있었고, 그와 결혼할 예정이었다. 먼 훗날 언젠가. "우리가 살 집?"

"그래, 우리. 너도 아는 단어잖아. 너와 (그가 과장되게 천천히 말했다.) 나 말이야."

보스는 5시 정각에 바람을 살랑 일으키며 떠나갔다. "늦게까지 남아 있지 말아요!" 그녀가 소리쳤다. 나는 아직도 타이핑을 하는 중이고 딕터폰은 계속 윙윙거렸다. 몇 분 후 이번에는 스웨터에 다운코트를 걸친 휴가 다가왔다. "그만 퇴근해요. 오늘은 이만하면 됐어요." 회계사들과 메신저가 퇴근하는지 짧은 웃음소리가 들리는가 싶더니(가방이며 외투가 부스럭거리는 소리도 들렸다) 회사 전체가 조용하고 깜깜해져서 우리 사무동에 켜 놓은 불은 내 책상 조명뿐이었다. 나는 작성 중인 편지를 끝마치고 타자기에서 빼낸 다음 의자 등받이에서 코트를 벗겨 들고 출입문으로 향했다.

그러다 문득 샐린저의 작품이 진열된 벽 앞에 멈춰 서서 책등에 찍힌 낯익은 제목들을 바라보았다. 대부분은 부모님 집에도 있는 책이었다. 《호밀밭의 파수꾼》《목수들아, 대들보를 높이 올려라》《시모어: 서문》의 페이퍼백과 《프래니와 주이》

의 깨끗한 하드커버. 하지만 대충 훑어보기만 했다. 왜지? 왜 샐린저를 건너뛰었지? 어느 정도는 그냥 우연이었다. 고등학교 때 영어 선생님은 《호밀밭의 파수꾼》을 숙제로 내준 적이 없었다. 언니나 오빠가 열네 살이 된 내 손에 이 책을 쥐어 주며 "이건 꼭 읽어야 해."라고 말해 준 일도 없었다. 그러는 사이에 나의 샐린저 시기(책 좀 읽는다는 사람이면 누구나 《호밀밭의 파수꾼》에 빠져든다는 열두 살에서 스무 살)가 휘리릭 지나가 버렸다. 지금 내가 읽는 건 어렵고 불편한 소설, 사회적 리얼리즘을 다룬 두툼한 문학 서적이었다.

나는 핀천과 에이미스, 더스 패서스를 탐닉했다. 내가 좋아하는 포크너와 디디온, 볼스의 암울하고 냉혹한 스타일은 샐린저 하면 내 머릿속에 떠오르는 특징들, 즉 참을 수 없을 만큼 귀엽고 난폭할 만큼 괴상하면서 사랑스러운 것들과 극명하게 대조됐다. 나는 과거의 뉴욕을 배경으로 한 샐린저의 동화나 조숙한 아이들이 쉴 새 없이 주고받는 선문답, 물질주의 세상의 횡포에 지친 나머지 소파에서 기절하는 이야기에는 관심이 없었다. 《프래니와 주이》에 나오는 '부 부' '주이' 같은 이름의 등장인물이 궁금하지도 않았다. 표현력이 지나치게 뛰어난 일곱 살짜리가 바가바드기타(힌두교 3대 경전의 하나―옮긴이)를 인용하는 것도 보고 싶지 않았다. 《바나나피시를 위한 완벽한 날》이나 《코네티컷의 비칠비칠 아저씨》라는 책 제목조차 유치하고 너무 젠 체하는 듯 느껴졌다.

나는 책을 재미로 읽고 싶지 않았다. 자극을 받고 싶었다.

부동산 중개업자는 노스 8번가의 예쁜 연립주택으로 우리를 안내했다. 지하철역에서 한 블록 거리에다 바로 옆에 커다란 폴란드 빵집이 있으며 가로등 조명 아래로 가지만 앙상한 나무들이 눈밭에 그림자를 드리우고 있었다. 업자는 "이 뒤쪽이에요."라는 말과 함께 현관문을 열고 우아한 계단을 지나쳐 1층에 있는 집들을 지나더니 건물 뒷문으로 나갔다. 도대체 어디로 가는 거지? 나는 두 남자를 따라가며 생각했다. 눈 덮인 안뜰에 발을 들이자 반대쪽 끄트머리에 자그마한 삼층집이 나타났다. 아무렇게나 방치되어 다 허물어져 가는 건물이지만, 한편으론 동화책에 나오는 비밀의 집 같기도 했다.

집 자체는 비좁고 기묘했다. 나무 바닥은 이상한 벽돌색으로 페인트칠을 다시 했고(집 안에 아직도 냄새가 가득했다) 아치형 문틀엔 문이 없었다. 거실에는 벽장과 작은 주방이 딸려 있고, 소형 가스레인지와 냉장고가 있었다. 좁은 침실 밖으로 시멘트 뜰과 앞 건물 집들의 뒤창이 내려다보였고, 화장실에는 현란한 분홍색 타일이 깔려 있었다. 마룻바닥은 눈에 띄게 한쪽으로 기울어진 상태였다.

"여기가 얼마라고요?" 돈이 업자에게 물었다. "오백이요?"

"오백사십이에요." 업자가 정정했다.

"우리가 들어올게요." 돈이 흔쾌히 말했다.

나는 눈이 휘둥그레져서 그를 바라보았다. "하루 이틀은 우리끼리 논의를 해 봐야지. 다른 집도 몇 군데 돌아보고."

"됐어." 돈이 웃으며 말했다. "여기로 해. 보증금은 얼마죠?"

밖으로 나오자 쌀쌀한 공기가 두 뺨을 기분 좋게 어루만졌다. 진짜로 얻는 건 아니겠지, 하면서도 셀레스트의 집에 다시 가야 한다고 생각하자(단순히 내 짐을 찾으러 가는 거라고 해도) 긴장으로 온몸이 뻣뻣하게 굳어 버렸다. 파스타. 솜을 빵빵하게 채운 소파. 다리 저는 고양이.

잠시 후 우리는 부동산 중개소에 앉아 서류를 작성했다.

"이 친구 이름으로 할 거예요." 돈의 말에 나는 경악스러운 표정으로 그를 쏘아보았다. 심장이 쿵쾅거렸다. 아파트를 내 명의로 빌린다는 건 월세를 내가 책임져야 하고 돈은 아무런 의무도 지지 않는다는 뜻이었다. 540달러면 내 월급의 절반도 넘는다고 생각하니 덜컥 겁이 났다.

"넌 직업이 있으니까." 원래 사는 아파트로 돌아오는 길에 돈이 팔짱을 끼며 말했다. "신용 등급도 좋고."

"내 신용 등급이 좋은지 나쁜지 네가 어떻게 알아?"

"그냥 알아." 그가 잠시 발을 멈추고 주머니에서 낡은 가죽 장갑을 꺼내며 말했다. "나보다는 당연히 좋을 테니까."

"그게 무슨 뜻이야?"

돈은 차가운 공기를 한 모금 크게 들이마셨다. "난 학자금 대출을 체납했거든."

"학자금 대출을 체납했다고?"

"똑같은 말을 반복하지 않아도 돼." 그는 고개를 저으며 환하게 웃었다. "별일 아니야. 어쨌든 은행은 사악한 놈들이라고. 열여덟 살짜리 애들을 통째로 벗겨 먹잖아. 내 2만 달러쯤 못 받아도 망하지 않아." 그러더니 내 오른쪽 뺨에 차가운 키스를 퍼부었다. "넌 뼛속까지 부르주아구나. 괜찮아, 부바. 걱정하지 마. 난 소설을 써야 했어. 학자금 대출 따위 걱정할 시간이 없었다고."

나는 무슨 말을 해야 할지, 이걸 어떻게 받아들여야 할지 몰라 멍해졌다.

"하지만 멍청한 짓이었지." 그가 다시 내 팔짱을 꼈고, 우리는 노스 9번가를 계속 가로질러 매크리트라이앵글 방향으로 걸어갔다. 쥐들이 우글거리는 지저분한 잔디밭일 뿐인데 무슨 이유인지 뉴욕시에서 시립 공원으로 지정한 곳이었다. "돈을 갚을 수가 없어서 상환을 연기했어. 계속 연기할 수도 있어. 6개월에 한 번씩 서류만 작성하면 돼. 그런데 서류 작업도 귀찮아지더라고."

나는 월세 생각을 떨쳐 낼 수가 없었다. 솔직히 말해서 돈이 어떻게 생계를 유지하는지도 의문이었다. 그는 하루의 대부분을 체육관에서 보내며 권투를 했다. "노먼 메일러(무하마드 알리의 경기를 소재로 한 소설을 발표했다.—옮긴이)처럼 보이지만 내가 더 낫지."라는 게 그의 설명이었다. 체육관에 가지 않으면 카페에서 자기 말로는 거의 완성 단계인 소설을 썼다. 예전에는 영어가 제2외국어인 성인들(러시아나 라틴아메리카계 주부들)에게 영어를 가르쳤는데 요즘은 개인 교습만 몇 건 할 뿐이었다. 와인이나 커피를 마시는 데는 돈을 아끼지 않았지만, 그러면서도 (내가 눈치 챈 바에 의하면) 철저한 계획 아래 현금을 조금씩 나눠 쓰고 있었다. 신용카드를 쓰는 일은 없었다. 이제 그 이유를 알았다.

"그러니까 내 말은 대학은 공짜여야 한다는 거야." 그가 말을 이어 갔다. "유럽에서는 1년에 2만 달러씩 내고 대학에 다니는 일은 없어. 내 유럽 친구들은 전부 미국인들이 미쳤다고 혀를 내둘러." 돈은 대화 중에 종종 유럽 친구들을 언급했는데, 그런 이들이 실제로 내 앞에 나타나는 일은 아직 한 번도 없었다. 우리와 자주 어울리는 친구들은 뉴욕 토박이거나 돈의 고향인 하트퍼드 아니면 그가 1년 전까지 살았다는 샌프란시스코 출신이었다. 게다가 대부분 1년 학비가 2만 달러를 훌쩍 넘기는 대학을 나왔다. 그의 친구인 앨리슨은 어퍼이스트사이드의 타운하우스에서 자랐고(인기 작가와 거물 편집자의 딸이었다), 돈의 단짝 친구이자 프로비던스의 학자 집안 출신인 마크와 함께 베닝턴대학(버몬트주에 있다.—옮긴이)에 다녔다. 두 사람도 돈처럼 특권층 자녀로서 몸에 밴 부자의 습성을 떨쳐 내려고 몸부림쳤는데, 앨리슨은 모튼스트리트의 다락방 같은 원룸에 살며 궁상맞게 굴면서도 매일 저녁 외식을 했다. 마크는 비싼 대학 교육을 내팽개치고 가구 제작자가 되기 위해 기술을 배웠다. 지금은 14번가에 있는 본인 소유의 로프트에서 실속 없는 부동산을 대상으로 거액의 건설 도급 계약을 체결하는 사업체를 운영한다.

"아까 그 집에서 이상한 점은 없었어?" 내가 물었다.

"바닥이 살짝 기우뚱하긴 했지." 그가 어깨를 으쓱하더니 나를 부둥켜안고 자기 쪽으로 끌어당겼다. "하지만 그게 뭐 대수야. 월세 오백인 아파트를 어디서 또 구하겠어. 지하철도 가깝고. 주변에 편의 시설도 다 있잖아. 노스 8번가는 아름다운 동네야. 나무도 많고."

나는 "나무가 많지." 하며 미소를 지었지만, 기억나는 거라곤 눈 위에 드리워진 칙칙한 그림자뿐이었다.

집에 돌아와 보니 리와 판자브가 식탁에 앉아 앨리슨, 마크와 함께 맥주를 마시고 있었다. 돈이 두 사람을 초대해 놓고 깜빡한 게(아니면 나한테 알려 주는 걸 깜빡한 게) 분명했다. 나는 두 사람을 (돈의 다른 친구들보다 훨씬 많이) 좋아했지만, 지금은 너무 지친 상태였다.

"도널드!" 리가 환호했다. 번쩍 들어 올린 그녀의 손에는 여전히 붕대가 감겨 있었다. "조애나! 이리 와서 같이 맥주 마시자. 이건 축하주야." 그녀는 의자에서 일어나더니 따뜻한 뺨을 내 차가운 얼굴에 갖다 댔다. 예쁜 원피스(앞쪽에 작은 싸개단추가 쪼르르 달린 짙은 적갈색 크레이프 원피스)를 골라 입고 풀메이크업까지 한 게 눈에 들어왔다. 파운데이션으로 턱의 요철과 잡티를 가리고 마스카라로 속눈썹을 만든 데다 새빨간 립스틱을 발랐다. 머리도 오랜만에 감아서 윤이 나게 구불거렸다. 그냥 봐줄 만한 정도가 아니라 눈이 부시게 아름다웠다. "나 취직했어."

"우와." 하는 소리가 절로 나왔다. 그녀가 진짜로 일자리를 구할 줄은 상상도 못 했다. "어떤 일인데?"

"그게 무슨 상관이야." 앨리슨이 유쾌하게 받아넘기며 판자브와 잔을 부딪쳤다.

하지만 그는 그저 엷은 미소만 짓고 있었다. 오늘도 홑겹 야상에 집 안 공기가 숨 막힐 정도로 답답한데도 목도리까지 둘렀다. 나는 그와 눈을 마주치려고 해 봤다. 사건을 함께 겪었으니 우리끼리만 통하는 게 있다고 생각한 것이다. 하지만 그는 계속해서 식탁만, 무릎만, 맥주만 내려다볼 뿐이었다.

"요즘 어때, 돈?" 그가 한참 만에 입을 열었다. "당 활동은 잘돼 가?"

얼마 있다가 그와 리가 자리를 떴다. 먼저 판자브가 일어섰고, 잠시 후 리가 뒤따라가며 말했다. "이제 옷을 갈아입어야겠어. 온종일 입었거든."

"리." 내가 그녀의 뒤통수에 대고 말했다. "우리 에이전시에 어떤 작가가 소속돼 있게?"

"토머스 핀천." 앨리슨이 커다란 파란색 잔에 와인을 따르며 대답했다. 이 집에서 진짜 와인잔과 비슷하게 생긴 유일한 잔이어서 앨리슨은 여기 올 때마다 이 잔만 사용했다.

"비슷했어." 내가 대답했다. "정답은 J. D. 샐린저야."

집 안이 순식간에 조용해졌다. 앨리슨과 마크, 돈이 모두 입을 떡 벌리고 나를 바라보았다. "받아." 잠시 후 마크가 정적을 깨고 내 쪽으로 맥주잔을 밀어 주었다.

"J. D. 샐린저?" 마침내 돈도 믿지 않는다는 듯 고개를 흔들며 물었다. "진짜야?"

나는 머리를 끄덕였다. "내 보스가 담당하고 있어."

별안간 저마다 하고 싶은 말을 동시에 터뜨렸다.

"샐린저랑 말해 봤어?" 마크가 물었다. "전화 같은 거로?"

"새 작품을 쓰고 있대?" 와인 때문에 입술이 귀신처럼 퍼레진 앨리슨이 물었다. "내가 듣기론……."

"네 보스가 몇 살인데?" 돈이 물었다. "샐린저가 처음 글을 쓴 게, 거의, 1940년대 아니야?"

"친절하든?" 앨리슨이 다시 물었다. "욕하는 사람도 많지만 난 항상 샐린저가 좋은 사람일 것 같았거든. 그냥 조용히 살고 싶은 게 죄는 아니잖아."

"그 인간은 위선자야." 돈이 실실거리며 말했다.

마크가 열을 받았는지 눈을 가늘게 떴다. "너 설마 진심은 아니지?" 그는 맥주 한 모금을 들이켰다. "남에게 방해받기 싫어한다고 다 위선자는 아니야." 마크도 돈처럼 키가 작은 근육질 몸에 어떤 강렬함을 지니고 있었다. 얼굴은 1970년대 영화배우처럼 파란 눈동자와 깎아지른 듯한 턱선, 날렵한 콧날을 자랑했고 금발 머리가 물결치듯 흘러내렸다. 너무 조각 같은 미남이라 남자들조차 그의 외모를 칭찬하곤 했다. 반면 약혼녀인 리사는 희한하게 평범한(놀라우리만큼 평범했다)데다 수다스럽고 거침없는 마크와 달리 조용하고 내성적이었다. 이건 돈이 그녀를 반대하는 수많은 이유 중 일부에 지나지 않았다. 그는 마크가 파혼할 거라고 확신했다.

"내 친구 제스가 몇 년 전 리틀브라운에서 일했거든. 샐린저의 출판사 말이야." 앨리슨이 마크를 보며 이야기하자 마크가 고개를 끄덕였다. "그냥 어시스턴트로 들어간 거라 샐린저나 그의 작품하곤 상관없는 일만 했지. 그런데 그 친구 책상이 안내 데스크랑 가까웠던 거야. 어느 날 밤늦게까지 일하는데 데스크의 전화벨이 끊어질 줄 모르고 울리는 거야. 시간이 9시 반인가 그랬대. 밤 9시 반에 누가 회사로 전화하겠어? 하는 수 없이 받았더니 수화기 너머에서 고래고래 소리를 질러 대더래. '원고는 무사해요! 내가 들고 나왔어요!' 이러면서. 그리고 불이 어쩌고저쩌고하는데 뭐라고 하는지 못 알아듣겠더래. 그냥 막 소리를 질러 대니까. 제스는 미친 사람인 줄 알았대." 우리는 동시에 고개를 끄덕였다. "그런데 다음 날 출근해 보니까 글쎄…….”

“샐린저였던 거군.” 돈이 넘겨짚었다.

“그래, 샐린저였어.” 앨리슨이 짜증스럽게 얼굴을 실룩이
며 인정했다. “그의 집에 불이 났던 거야. 집이 전소돼 버렸
대. 아니, 반소였나. 아무튼 그가 전화했을 때 진짜로 집이 불
타고 있었는데, 출판사에 신작이 무사하다는 걸 알리는 게 급
선무라고 생각한 거야. 가족을 구하거나 소방서에 신고하기
전에 말이야.”

“가족을 안 구하고 신고도 안 했는지 어떻게 알아?” 돈이
따져 물었다.

“제스가 그랬어.” 앨리슨이 대답했다.

“출판사에 전화해서 원고가 불에 타지 않았다고 알리는 게
뭐가 이상해?” 돈은 물러서지 않았다

“여기서 이상한 대목은 그게 아니야.” 앨리슨이 툴툴거렸
다. “모두 퇴근하고 아무도 없을 한밤중에 전화를 했다는 거
지. 뉴햄프셔의 조그만 동네에 불이 났다는 걸 리틀브라운 사
람들이 당연히 알 거라고 생각한 거야…….”

“그거 알아?” 돈의 걸걸한 목소리가 취기 때문에 한층 더
그렁그렁해졌다. “그건 다 헛소리라고. 샐린저는 신작 같은
걸 쓰지 않아. 뭐 하러 그러겠어? 이미 백만장자, 억만장자가
됐는데. 네 친구가 다 꾸며 낸 얘기겠지.”

“맙소사, 돈!” 앨리슨이 게슴츠레한 눈빛으로 얼굴을 붉히

며 꽥 소리를 질렀다. "제스가 왜 거짓말을 하겠어? 그런 이야기를 어떻게 지어내? 화재는 진짜로 일어났어. 그건 유명한 일이야. 우리 엄마가 말해 준 게 기억나. 신문에도 났어. 나도 읽었다고. 제스도 읽었고."

"그것 봐." 돈이 히죽거렸다.

"나도 기사를 봤어." 마크가 흐트러진 머리를 빗어 넘기며 말했다. "좀 다른 내용이긴 한데, 그러니까 뭐였더라,《뉴욕 타임스》에서 봤던가? 샐린저가 글을 쓰고 있긴 한데 출판은 다시 안 할 거라고 했어. 이제는 자기 자신을 위해 글을 쓴다고, 출판 같은 건 안 해도 된다고."

다시 한번 정적이 흘렀다. 돈이 표정을 한결 누그러뜨리며 진지해졌다. 그리고 나를 바라보며 방긋 웃었다. 글쓰기에 대한 생각이 자신과 같아서였다. "글을 쓰면 작가인 거야." 그는 누차 강조하곤 했다. "매일 아침 일어나서 글을 쓰면 그 사람은 이미 작가야. 책을 출판해야 작가가 아니라고. 그건 그냥 돈벌이일 뿐이지."

"얘들아." 복도 쪽에서 들려왔다. 몸을 돌려 보니 리가 혼자 나와 있었다. 평상시처럼 적갈색과 파란색이 어우러진 낡은 새틴 목욕 가운을 두르고 있었다. 화장은 아직 그대로였지만 왠지 슬로모션으로 걸어오는 것만 같았다. "무슨 일이야?" 조금씩 뭉개지는 발음으로 말을 걸어왔다. 순간, 취했구나, 라고 번뜩 깨달았다. 리의 저런 모습은 전에도 여러 번 봤지만

한 번도 이런 의심을 해 본 적이 없었다. 그냥 피곤한 모양이라고 지레짐작했을 뿐이다. 그런데 지금은 내가 다 피곤해졌다. 허기가, 어마어마한 허기가 밀려왔다. 기껏 맥주 반 잔을 마셨을 뿐인데, 그 때문인지 갑자기 머리가 빙글빙글 돌았다. 당장 눕고 싶다는 충동이 덮쳐 왔다.

"금방 돌아올게." 나는 조심스럽게 의자에서 일어났다. 그리고 복도를 따라 내려가서 애처롭게 구겨진 옷더미가 있는 중간방을 지나 화장실 문을 열었더니, 판자브가 변기에 앉아 있는 게 아닌가. "어머!" 나는 깜짝 놀라 외쳤다. "미안해." 그는 이상하게 멍한 눈빛으로 나를 올려다보았는데, 그제야 그의 팔에 병원에서나 쓰는 고무관이 묶여 있고 팔꿈치 안쪽에는 주삿바늘이 꽂혀 있는 게 눈에 들어왔다. 그의 얼굴에 고통과 고통의 부재를 동시에 보여 주는 표정이 떠올랐다. 나는 또 멍청하게 "어머!"라고 외쳤다.

우리는 잠시 동안 서로를 가만히 바라보았다. 그저 멍하던 그의 얼굴에 슬픔이 차올랐고, 그것은 다시 분노로 바뀌었다. 나는 그쯤에서 자리를 피했지만 돈이나 리, 다른 친구들이 있는 주방 식탁이 아닌 돈의 방으로 들어갔다. 프레임도 없는 소파 겸 침대에 털썩 주저앉았다가 이내 벌렁 드러누워 천장을 올려다보았다. 돈이 내 상태를 확인하러 들어왔을 때, 나는 몸을 돌려 그를 보며 말했다. "좋아. 그 집을 계약하자."

＊＊＊

　　다음 날 아침 느지막하게 반쯤 열린 보스의 사무실 문을 부
드럽게 노크한 뒤 테이프를 받아 적은 나머지 분량을 전달했
다. 보스는 오늘도 출근하면서 인사 없이 나를 지나쳤다. 어
제 받은 서신에 대해서도 아직 한 마디도 없었다. 그것들은
여전히 보스의 서명을 기다리며 책상에 가지런히 쌓여 있었
다. "잠깐 앉아 봐요." 그녀의 말에 나는 의자에 앉았다. 그녀
는 책상 서랍에서 담뱃갑을 꺼내더니 천천히 비닐 포장을 벗
겼다. "가끔 어떤 사람들은." 의미심장한 눈빛으로 나를 쏘아
보며 말을 이었다. "제리를 만나길 기대하며 우리 에이전시
에 지원하죠. 아니면 더 나아가서 (그녀가 씨익 웃었다.) 그
와 친구가 된다든가. 제리가 매일 이쪽으로 전화할 거라고 기
대하면서요." 그러고는 안경 위로 눈을 치켜뜨며 나를 뚫어
지게 바라보았다. "그가 전화하는 일은 없을 거예요. 설령 한
다 해도 팸이 나한테 곧장 연결해 주죠. 혹시라도 내가 자리
에 없을 때 연락해 오면 절대로 오래 통화하지 말아요. 당신
하고 잡담이나 하려고 전화한 게 아니니까. 알았죠?" 나는 고
개를 끄덕였다. "제리와 매일 통화할 거라고 착각하지 않았
으면 좋겠어요. 더욱이 뭐랄까, (그녀가 풋, 하고 웃었다.) 점
심 같은 걸 함께 하는 건 기대도 하지 말고요. 일부러 구실을
만들어서 그에게 연락한 어시스턴트들도 있었어요. 나한테

확인도 하지 않고요. 그런 짓은 절대로, 꿈에도 하지 말아요. 그를 귀찮게 하지 않는 게 우리 일이에요. 그가 방해받지 않도록 그의 업무를 대신 처리하는 거죠. 내 말 알아듣겠어요?"

"물론이죠."

"그러니까 절대, 절대로 그에게 전화하지 말아요. 그에게 알려야만 할 것 같은 일이 발생하면, 물론 그런 일은 없을 거라고 생각하지만, 나한테 말해요. 내가 알아서 연락할지 말지 판단할게요. 절대로 그에게 전화하지 말아요. 편지도 절대 쓰지 말아요. 그가 전화를 걸어오면 그냥 '네, 제리. 보스에게 전해 드릴게요.'라고만 해요. 알았죠?"

나는 웃지 않으려고 애쓰며 고개를 끄덕였다. 내가 쓸데없이 J. D. 샐린저를 잡아 두는 일은 생각조차 할 수 없었고, 내쪽에서 먼저 전화할 일은 더더욱 없을 터였다.

보스는 나를 심각하게 바라보며 특유의 낮고 기묘한 웃음을 터뜨렸다. "그는 당신의 글을 읽어 줄 생각이 없어요. 당신이 《호밀밭의 파수꾼》을 얼마나 좋아하는지도 관심 없고요."

"전 써 놓은 글 같은 거 없어요."라고 대답했지만 반쪽짜리 진실이었다. 글은 있었다. 완성한 게 없을 뿐이었다.

"좋아요. 작가 지망생은 어시스턴트로서 최악이니까."

모든 게 잘못됐다. 이틀 내내 타자만 치며 서신을 작성하고 또 작성했는데. 여백, 탭, 공식 성명 등 전부 틀려서 처음부터 하나하나 다시 작성해야 했다. "이번에는 좀 더 세심하게 신경 써 줘요." 보스의 말에 나는 눈물을 삼키며 억지 미소를 지었다.

이제 속도보다 완성도를 중시하자는 마음으로 한 줄 한 줄 확인하며 타자를 치는 동안 보스의 사무실에서는 전화벨이 울리고 또 울렸다. "새해 복 많이 받아요." 그녀의 입에서는 똑같은 인사말이 반복해서 흘러나왔다. "연휴 어떻게 지냈어요?" 일방적인 대화를 듣고 있자니 왠지 쌍방이 주고받는 평범한 대화보다 정신이 사나웠다. 나도 모르게 귀에 들리는 부분에 의존해 상대편의 말을 추측하고 있었다. 반복되는 단어가 금세 귀에 들어왔다. 보스는 대니얼이라는 이름을 자주 언급했는데, 그 사람은 몸이 아프지만(아마도 매우 심각하게) 치료약을 바꾼 뒤로 나아지는 모양이었다. 남편인가? 하고 생각했다. 오빠나 동생? 그보다는 조금 떨어지는 빈도로, 그리고 조금 피상적으로 헬렌이라는 이름도 언급됐다. 하지만 어떤 인물인지는 짐작하기 어려웠다. 아무튼 그런 상황에서 보스의 말들이 자꾸 서신 속으로 끼어 들어가기 시작했다. '확인 서명을 한 샌드위치를 보내 주셔서 감사합니다.' 나는 이렇게 타자를 쳐 버렸다. '2주 안에 다시 전화로 천갈이에 대해 자세히 논의 드리겠습니다.' 그렇게 몇 번이나 반쯤 완성된 서신을 찢고 처음부터 다시 시작해야 했다. 제발 문 좀 닫아요. 마음속으로 보스에게 애원했다. 제발 그만 좀 울려라. 이번엔 전화기한테 빌었다. 거기에 맞춰 다시 전화벨이 울렸다.

"제리." 보스가 쩌렁쩌렁하게 외쳤다. 왜 소리를 지르는 거야? 그녀의 목소리는 오후가 되어 갈수록 점점 더 커졌다. 제발 조용히 좀 말해요. 나는 속으로 외쳤다. "제리, 목소리를 들으니 너무 좋네요. 어떻게 지내요?"

바로 그 순간, 내 소원이 이루어졌다. 보스가 일어나서 문을 닫은 것이다.

쾅. 문이 벌컥 열리더니 보스가 고함을 질렀다. 그러고는 "휴!" 하고 부르며 한 손에 담배를 다소 과장되게 꼬나들고 문간으로 나왔다. "휴! 휴우우우!" 그녀는 내가 여태껏 본 적 없는 빠른 걸음으로 그의 사무실까지 걸어갔다. "어딜 간 거야?" 투덜거리는 말투였다. 나는 휴가 그의 사무실에 있다고 확신했지만 잠자코 있었다.

"잠시만요." 그가 침착하게 대답했다.

"지금 그럴 시간이 없어." 보스는 조급한 마음에 신경질적으로 킥킥거렸다. "오, 이게 웬일이래, 휴."

"알았어요." 휴가 문간으로 나왔다. "불렀어요?"

그녀는 "오, 휴!"라고 말하면서 자기도 모르게 웃음을 터뜨렸다. "방금 제리한테 연락이 왔어."

"제리한테서요?" 휴의 얼굴에서 웃음기가 싹 가셨다. 가석방 담당관이 리셉션 데스크에 와 있다는 소식이라도 들은 것 같았다.

"그래." 그녀는 만족스러운 표정으로 고개를 끄덕였다. "인세 지금 명세서를 보고 싶대. (그러고는 손에 든 메모지를 내려다보았다.) 《아홉 가지 이야기》랑 《목수들아, 대들보를 높이 올려라》, 1979년부터 1988년까지."

"알았어요." 휴는 한 발을 살짝 굴렀다. "페이퍼백? 하드커버? 아니면 문고판?"

보스는 성마르게 도리질을 쳤다. "나도 몰라. 전부 찾아봐. 자료를 취합하는 데 얼마나 걸릴 것 같아?"

휴는 잠시 복도 중간을 가만히 응시했다. 그의 마음이 어딘가로 떠내려가는 것만 같았다. 눈에 보이지 않는 주인에게 시시한 작업을 요구받는 일 없이 온종일 책상에 앉아 서류에만 집중할 수 있는 곳으로. 보스는 교정 신발 같은 베이지색 구두를 신은, 너무 작아서 동물 발굽처럼 보이는 발로 바닥을 톡톡 쳤다. "내일 퇴근 전까지는 가능할 거예요." 휴가 대답하며 되물었다. "더 일찍 끝날 수도 있고요. 그런데 명세표는 왜 달라는 거죠? 그게 왜 필요할까요?"

"누가 알겠어. 그는 항상 리틀브라운을 점검해 보고 싶어 했어. 왜겠어. 그들이 뭔가를 실수한다고 확신한 거야. 사실 출판사는 언제나 실수를 하게 마련이지." 순간, 그녀는 손에 쥔 담배가 어느새 필터까지 타 버린 걸 알아챘다. 담뱃불이 카펫으로 떨어지려는 찰나, 휴의 사무실 밖 진열장에 있는 작은 검은색 재떨이로 던졌지만, 점점이 날리는 회색빛 재가 그녀의 구두와 주변 카펫으로 사뿐히 내려앉았다. "젠장." 그녀가 조용히 욕을 뱉었다. "아무튼 준비해 줘. 제리가 그걸 어디에 쓸지는 걱정하지 말고."

"알았어요." 휴는 처음으로 내 쪽을 바라보며 희미하게 미소 지었다. "제리가 해 달라면 해 줘야죠."

2
사무 설비

그 후 몇 주 동안 주야장천 타자만 쳤다. 얼마나 인이 박혔으면 타자 치는 꿈까지 꿨다. 꿈속의 타자기는 리본도 온전하고 제대로 작동하는 것처럼 보였지만, 아무리 손가락을 놀려도 반응이 없었다. 종이에 글자가 찍히기는커녕 타자기 안에서 새들이 튀어나와 날개를 파닥이며 쩍쩍거리거나 크고 작은 흰나방이 우르르 몰려나와 가루를 날리며 사무실 여기저기에 내려앉았다. 웅웅거리는 기계음이 내가 듣는 모든 대화와 내가 읽는 모든 글의 배경음이 되어 나의 하루하루를 지배해 갔다. 퇴근 시간이 되어 타자기를 끄고 비닐 커버를 덮으면 비로소 고요함이 찾아와 헤아릴 수 없는 기쁨으로 충만해졌다.

제임스는 사무용 기기를 잘 다뤄서 팩스가 고장 나거나 복사기가 막히는 등의 문제가 생기면 불려 다닐 때가 많았다. 팩스도 복사기도 새로 들여온 거였다. 제임스의 말에 의하면 내가 들어오기 불과 2년 전만 해도 이곳 에이전트들은 영국의 자회사와 연락할 때 거대한 텔렉스 기계(인쇄 전신 교환 장치—옮긴이)를 사용했다고 한다. 요전에 서류함에서 텔렉스 종이에 인쇄된 1980년대 후반의 서신들을 발견했는데, 거기에 쓰인 통통하고 매력적인 서체가 영화《그림자 없는 남자》나 증기선 같은 과거의 유물처럼 느껴졌다. 에이전시는 최대한 오래오래 여우 목도리 등으로 대표되는 그 시대에 머물러 있으려고 발버둥 친 것 같았다. 아직도 힘껏 버티고는 있지만, 여러 방면에서 조금씩 현대 문물에 잠식당해 갔다.

몇 년 전 한 에이전트(지금은 은퇴한)가 고객들의 영화 판권 일을 제때 진행하려면 팩스 기기가 필요하다고 동료들을 설득했다. 할리우드에서는 팩스로 연락을 주고받는 게 관례인 데다 계약이 워낙 순식간에 이루어져 우편으로 처리하는 데는 한계가 있었다. 그렇게 해서 커피메이커 옆에 팩스 기기가 설치되고 소임을 다한 텔렉스 기계는 물러났지만, 옛 기술이 다시 필요해질 경우를 대비해 몇 년간 사무실 한편을 차지하고 있었다.

복사기도 최근에 들여놓았다. 몇 년 전까지도 어시스턴트들이 서신을 작성할 때마다 두꺼운 크림색 편지지와 얇은 카본 먹지, 매끄럽고 누르스름한 펄프 종이를 타자기에 샌드위치처럼 겹쳐 넣어야 했다. 먹지가 있어서 펄프 종이에 원본이 그대로 찍혀 나왔다. 서신의 사본은 '서명한 동의서를 확인차 동봉합니다.' 같은 짧은 메모까지 전부 보관했다가 작가별 서류함으로 옮겼다. 이제 먹지 같은 건 신경 쓸 필요가 없었다.

서신만 작성해서 복사기에 휙 돌리면 되니까. 얼마나 다행인가! 보스와 휴와 제임스(그리고 마주치는 모든 직원)는 시시때때로 내게 이 사실을 상기시켰다. 우리 세대는 현대 문명의 이기에 너무 길들었다면서!

제임스는 6년 전 해외 판권을 담당하는 캐럴린의 어시스턴트로 입사했다. 캐럴린은 내 보스보다도 선배이며, 1960년대인가 그보다 전부터 이 일을 해 왔다는데 정확한 시기는 아무도 몰랐다. 아이처럼 자그마한 몸집에 기품 있고 느릿느릿한 남부 억양을 썼으며 머리는 빛바랜 붉은색으로 염색했는데, (얼굴의 주근깨로 보아) 어린 시절에는 머리색이 비슷했다가 자라면서 변한 게 분명했다. 일흔 살 정도로 보였지만 더 많거나 적을 수도 있었다. 작은 체구와 흡연(내 보스처럼 길쭉하고 가느다란 '모어'를 피웠다)으로 인한 주름살 때문에 나이를 가늠하기 어려웠다. 오후 시간이면 책상 앞에서 아기새처럼 머리를 가슴까지 수그린 채 낮잠을 자곤 했다. 처음 그런 모습을 봤을 때는(화장실 가는 길에 그녀의 사무실을 지나다가) 잠보다 더 깊은 상태에 빠져든 줄 알고 화들짝 놀랐다. 하지만 그녀는 늘어지게 하품을 토해 냈다.

제임스는 이제 책장으로 둘러싸인 자기만의 사랑스러운 사무실을 갖고 있었지만, 공식적으로는 캐럴린의 어시스턴트 취급을 받았다. 어느 날 아침 그의 사무실을 지나다가 사자 갈기 같은 머리에 딕터폰의 헤드기어를 삐뚜름하게 걸치고, 조용하지만 빠른 속도로 타자 치는 모습을 목격했다. 그는 돈과 동갑인 서른 살이며 결혼도 했다. 일을 시작한 지 6년 차에 아이비리그 학위를 가지고도 아직 누군가의 어시스턴트인 것이다. 아내도 있는 사람이.

이런 사정을 알고 난 뒤로 그가 타자를 치거나 회계 부서의 커다란 철제 캐비닛에서 서신 정리하는 걸 보면 민망하여 눈길을 돌리곤 했다. 하지만 정작 제임스는 캐럴린을 위해 타자 치는 걸 전혀 개의치 않았다. 오후 4시밖에 안 됐는데도 한밤중처럼 어두웠던 2월 어느 날 그가 직접 들려준 말이었다. 내 보스는 그녀가 자주 언급하고 통화도 하는 대니얼과 헬렌의 문제를 처리하기 위해 일찍 퇴근한 터였다. 나는 아직 그들이 누구인지, 보스의 삶에서 어떤 자리를 차지하는지 잘 모르지만, 그녀가 두 사람에게 상당한 시간을 할애한다는 것만은 분명했다.

보스는 또한 정기적으로 도로시라는 인물을 만나느라 일찍 퇴근했는데, 이 사람은 에이전시의 전 회장이자 엄청나게 유명한 전설의 에이전트이며 아흔 살이 넘어 뇌졸중으로 쓰러진 상태라는 걸 알았다. 결혼도 하지 않고 아이도 낳지 않았다고 한다. "에이전시와 결혼한 셈이죠." 제임스가 알려 주었다. 지금은 에이전시가(그녀의 후계자인 내 보스가) 그녀를 돌봐 주고 있었다. 도로시 역시 이 에이전시의 설립자에게 회장 자리를 물려받았는데, 그 사람이 바로 샐린저를 발굴하고 《뉴요커》지에 그의 글을 계속 투고한 장본인이었다. 결국 윌리엄 맥스웰이 단편 〈매디슨가의 사소한 반란〉을 실어 주었고, 이 소설이 훗날 《호밀밭의 파수꾼》이 되었다.

"지금도 그 카드가 남아 있어요." 휴가 흥분한 목소리로 말했다. 에이전시는 출판사에 투고한 단편소설과 장편소설(물론 단편은 거의 취급하지 않았지만)을 추적하는 기이하고 복잡한 시스템을 사용했다. 출근 첫날 책상에서 발견한 커다란 분홍색 카드에 원고를 수신한 편집자들의 이름과 그들에게서 확인 전화가 걸려온 날짜, 글이 팔렸다면 금액과 계약 사항 등을 빠짐없이 기록하는 식이었다. 설립자가 고안한 것으로 보이는 이 카드는 특별히 우리의 업무를 위해 제작한 거였다. 어지럽게 얽힌 선과 표 안에 타자기로 방대한 양의 정보를 쑤셔 넣는 건 당연히도 우리 어시스턴트의 일이었다. "굉장한 비밀을 하나 더 알려 줄까요?" 휴의 옅은 눈동자에 순간 장난기가 번뜩였다. "《호밀밭의 파수꾼》 카드도 있어요." 이 책의 판권 역시 당연히 도로시가 판매했다.

우리가 지금 회의실로 사용하는, 창문으로 둘러싸인 넓은 공간이 예전에는 그녀의 사무실이었고, 그녀의 어시스턴트로 입사한 휴는 거기 앉아서 그녀가 불러 주는 대로 직접 받아 적었다고 한다. 복사기와 딕터폰이 있는 지금은 어시스턴트들이 정말 편하게 일하는 건지도 모른다.

"타이핑은 무념무상의 작업이잖아요." 제임스가 두 팔을 머리 위로 뻗는 동시에 로퍼를 신은 두 발을 책상에 올리며 말했다. "나는 머리 쓰는 일이 많아요. 편집을 하거나 마냥 어려운 문제를 해결하느라 골치를 썩이죠. 그럴 땐 무작정 타자기를 켜고 (그는 타자기를 정겹게 어루만졌다.) 한참 동안 타이핑을 해요. 그럼 한결 편안해지거든요." 제임스는 다시 똑바로 앉으며 빙긋 웃었다. 그는 자기 자신을, 그리고 우리 일을 너무 진지하게 생각했다. 그런 그가 한 번씩 미소를 지으면 깜짝 놀랄 수밖에 없었다. 휴도 마찬가지였다. "그렇다 해도 회사에 컴퓨터가 없는 건 말이 안 되긴 하죠."

"그렇게 생각하세요?" 내가 물었다. 그런 의견을 직접적으로 듣는 건 처음이라 혹시 함정이 아닐까 두려웠다.

"음, 그렇죠." 그가 벙글거리며 되물었다. "조애나는 안 이상해요?"

나도 그랬다. 당연히 이상했다. 하지만 그때는 내가 무슨 생각을 하는지조차 몰랐다. 어떤 주제에 관해서건 말이다. 내가 솔직해지지 못하는 게 (나 자신에게도 차마 똑바로 말하지 못하는 막연한 의심이었지만) 이 일과 보스 때문이라는 자각은 있었다. 무언가의 일원이 되기 위해서는(나는 그만큼 간절하게 에이전시의 일원이 되기를 바랐다. 나조차도 알지 못하는 이유로, 그동안 내가 소망한 그 어떤 것보다 강렬하게) 나의 겉모습과 의지와 성향을 버려야 했던 것이다.

짐 상자 한두 개로 이사를 마친 후에야 새 집이 왜 그렇게 꺼림칙하고 어딘가 어긋나 보였는지 깨달았다. 주방에 싱크대가 없었던 것이다. 지난번에는 왜 못 보고 지나쳤을까?

"난 알았어." 돈이 시인했다. "하지만 뭐 어때. 한 달에 오백 달러잖아. 설거지는 욕조에서 하면 되지."

"집주인한테 싱크대를 설치해 달라고 하자." 내가 투덜거렸다. "이건 말도 안 돼."

"집주인이 뭐 하러 그걸 설치해 주겠어?" 돈이 순진한 소리 말라는 듯 고개를 흔들며 비웃었다. "그딴 거 없어도 된다는 세입자를 찾으면 그만인데. 순식간에 구해질걸." 그가 손가락을 딱 튕기며 강조했다. "물어볼 수는 있지만, 절대 안 해 줄 거야. 그리고 우린 집주인의 눈 밖에 나겠지."

그날 밤 더욱 절박한 문제가 터졌다. 난방을 어떻게 켜야 하는지 도통 알 수가 없었다. 바닥에 환풍구가 있긴 한데 아무것도 나오지 않았다. 현관문 밖 복도에서 간신히 온도조절기를 찾아 전원을 켜 봤지만 작동하지 않았다.

추운 밤이었다. 뉴욕의 1월치고도 보기 드문 추위였다. 게다가 건물 벽에는 단열재 같은 걸 전혀 넣지 않은 것 같았다. 실내 공기가 바깥 공기만큼이나 차가웠다. 가장 따뜻한 잠옷에 두꺼운 스웨터를 껴입고 담요를 몇 장이나 둘둘 만 채 누웠는데도 오돌오돌 떨렸다.

"오븐을 켜고 문을 열어 놓을게." 돈이 좋은 생각이라는 듯 말했다.

"위험하지 않을까? 점화용 불씨가 꺼지기라도 하면 어떡
해? 그러다 가스에 중독되면?"

돈이 어깨를 으쓱했다. "괜찮아. 이렇게 외풍이 심하잖아.
창문을 다 닫아도 환기는 엄청 잘될걸."

"좋아." 나는 불안한 목소리로 동의했다.

다음 날 아침 우리는 아직 살아 있었고 집은 따뜻했다. 워
낙 좁은 집이라 오븐만으로도 후끈해진 것이다. 나는 출근하
자마자 부동산 중개업자에게 전화했다. 그는 집주인에게 연
락해 주겠다며, 주인 여자의 이름이 크리스티나라고 했다. 그
러면서 "한 성깔 하는 분이죠."라고 덧붙였다.

그날 저녁 집에 들어가 보니 돈이 땅딸막한 여자와 이야기
를 나누고 있었다. 옅은 금발 머리를 둥그렇게 부풀리고 빨간
탱크톱 밖으로 구릿빛 피부가 두툼하게 튀어나온 여자였다.
"안녕하세요." 여자가 강렬한 폴란드 억양으로 인사했다. "부
인이군요. 난 크리스티나예요. 만나서 반가워요. 이 아파트에
이렇게 좋은 분들이, 훌륭한 전문직 커플이 들어오다니 정말
흐뭇하네요. 아래층 남자는 만나 봤어요?"

"으음, 아뇨." 내가 코트를 벗으며 대답했다. 돈이 오븐을
계속 켜 놓았는지 집 안이 제법 따뜻했다. 온종일 켜 놓은 건
가? 우리가 집에 없을 때도?

"멕시코인이에요. 좋은 사람이긴 한데 술을 마시죠. 멕시

코인들은 열심히 일하지만 술고래예요. 폴란드인들은 일도 안 하면서 술만 퍼마시고요. 위층 남자는 폴란드인이지만 사람이 괜찮아요. 노인네죠." 그러더니 갑자기 불쾌한 표정으로 실눈을 뜨며 턱을 내밀었다. "당신들 전에 여기 살던 남자는 어땠는지 알아요? 집을 마구 쳐서 부서뜨렸어요. 벽 여기저기에 구멍이 났죠. 어휴." 그녀는 안 그래도 늘어진 턱살을 한층 늘어뜨리고 입을 삐죽거리더니 고개를 흔들며 넌더리를 냈다. 그리고 갑자기 책상에 앉은 돈을 휙 돌아보았다. 그는 둥근 테 안경을 쓰고 체크무늬 셔츠에 청바지를 입고 있었다. 실은 내 바지였다. 우린 사이즈가 엇비슷했다. "당신 유대인이에요?" 그녀가 물었지만 질문이라기보다는 단정하는 말투였다.

"나요?" 돈이 싱글거리며 말했다. "아뇨. 난 유대인이 아니에요."

"거짓말하지 말아요!" 그녀가 맨 팔뚝을 치켜들며 외쳤다. "척 보면 안다고요." 그러더니 나를 돌아보며 다 안다는 듯한 웃음을 지었다. "내가 폴란드인이라 유대인을 싫어할 거라고 생각하나 봐요. 하지만 난 유대인을 좋아해요. 유대인은 좋은 세입자거든요. 월세를 제때 내죠, 조용하죠, 책을 읽죠." 그러면서 돈의 책상을 가리켰는데 실제로 거기에는 학술 서적이 잔뜩 널브러져 있었다. "유대인은 세입자로서 최고예요. 안 그래요?" 그녀는 나 역시 이 주제에 대해 할 말이 많은 악덕

집주인이라도 된다는 듯 다시 내 쪽을 돌아보며 미소 지었다. 나는 하는 수 없이 빙긋 웃었다. "저 사람 유대인 맞죠?"

"저 친구가 유대인이에요." 돈이 실실거리며 내 쪽으로 손을 까딱거렸다. 맙소사, 정말 이러기야?

"이 여자분이요?" 크리스티나는 잔뜩 인상을 쓰며 머리를 굴렸다. "설마요. 봐요, 이렇게 예쁘잖아요." 그러면서 돈을 매섭게 노려보았다. "날 놀리는군요. 그럼 못써요."

"아무튼 우리는 난방을 어떻게 틀어야 할지 몰라서 연락한 거예요." 대화가 더 길어지기 전에 내가 끼어들었다. "복도에 온도조절기가 있어서 켜 봤는데 소용이 없더라고요."

크리스티나는 머리를 격렬하게 흔들어 댔다. "그건 대가족이 이 건물 전체를 쓸 때 사용하던 거예요. 이젠 작동하지 않아요. 연결을 끊었거든요."

"아, 그렇군요." 나는 들어가 앉아야 할지 어떨지 몰라 아직 문간에 서서 말했다. "그럼 난방을 어떻게 틀죠?"

크리스티나의 금발 머리가 아까보다 더 정신없이 흔들렸다. "난방이요? 난방은 뭐 하러 해요? 조막만 한 집에서. 이렇게 따뜻하잖아요. 난 덥네요." 그녀가 자신의 겨드랑이를 가리키며 말했다. "지금 내 옷차림을 봐요. 이러고도 더워요. 아무것도 안 켰는데 말이에요. 난방 같은 건 필요 없어요."

돈이 초조한 웃음을 터뜨렸다. "그건 오븐을 켜서 그래요. 난방 스위치를 못 찾아서 오븐을 켜고 문을 열어 뒀거든요."

크리스티나의 살집 많은 얼굴에서 두 눈이 점점 가늘어졌다. 그녀는 팔짱을 끼고 한숨을 내쉬더니 입술을 앙다물어 꼿꼿한 일자로 만들었다. 우리는 더 이상 그녀의 친구도, 이상적인 세입자도 아니었다.

"확인은 해 볼게요. 하지만 난방 같은 건 없어도 되지 않아요?" 그녀가 활짝 웃으며 말했다. "대신 오븐이 있잖아요. 저거면 되죠. 오븐이나 히터나 마찬가지예요." 그러더니 나일론 트레이닝복 상의(역시 빨간색이며 소매에 흰 줄이 그어진)를 집어서 꿰어 입곤 턱밑까지 지퍼를 올렸다. "유대인이라고요?" 그녀가 나를 보며 히죽거렸다. "어디서 날 속이려고."

샐린저는 인세 명세서를 요구한 이후 다시 전화를 걸어오지 않았지만(우리는 그가 왜 그런 요구를 했는지 여전히 모르는 상태였고, 제임스와 휴는 이 또한 그의 기벽이라고 결론 내렸다), 보스가 경고한 대로 그를 찾는 전화가 밀려들기 시작했다.

전화를 거는 이들 중 일부는 평범한 노인(샐린저와 동년배)이었고, 그가 얼마나 세상에서 고립되고 싶어 하는지 이해하지 못했다. 그들이 마지막으로 본 샐린저는 《타임》지 표지에 미국 문학의 미래라고 대문짝만 하게 실린 고통받는 젊은 작가였다. 이런 사람들은 자신도 제2차 세계대전에 참전했거나 1930년대 어퍼웨스트사이드에서 자랐다는 이유로 샐린저에게 어마어마한 동질감을 느꼈다. 그리고 샐린저와 사적인 이야기를 나누고 싶어 했다. 그의 소설에 등장하는 인물이 자기 사촌 같다거나, 자기 사촌이 샐린저와 기초 훈련을 함께 받은 것 같다는 것이다. 1950년에 샐린저의 웨스트포트 시골집 근처에 살았다고 주장하는 경우도 있었다. 이제 인생의 황혼 녘에 들어서는 이들은 젊은 시절 자신에게 지대한 영향을 준 이 남자를 만나 보고 싶어 했다. 최근에《호밀밭의 파수꾼》을 다시 읽고, 샐린저의 전쟁 경험에 기반한 이야기라는 걸 이제야 깨달았다는 것이다. 혹은 이제 막《바나나피시를 위한 완벽한 날》을 다시 읽고, 벌지 대전투(제2차 세계대전 최후의 승부처였던 연합군과 독일군의 전투—옮긴이) 이후 자살을 시도했던 자기 자신이 떠올라 흐느껴 울었다고 하소연했다. 인류가 그들이 본 광경을 다시 보는 일은 없어야 한다며.

교과서나 문집 편집자들도 노인들처럼 무해한 그룹이었다. 그들은《테디》를 결혼과 이혼에 관한 소설 모음에 포함하고 싶다거나《노튼 영문학 선집》의 새 에디션에《호밀밭의 파수꾼》발췌문을 넣고 싶다고 솔직하게 부탁해 왔다.

"노튼 선집에《호밀밭의 파수꾼》을 수록하는 것 정도는 허락해 줄 수 있죠?" 나는 휴에게 물었다.

"안 돼요!" 휴가 큰 소리로 외쳤다. "절대 안 돼요. 설마 허락한 건 아니죠?" 얼굴이 사색이 되어서 물었다.

"아뇨. 그럴 리가요." 나는 조심스럽게 물었다. "하지만 작가님의 생각을 물어보지 않아도 되나요?" 다른 책도 아니고 노튼이었다. 미국의 모든 대학에서 교재로 사용하는 선집 말이다.

"아뇨." 휴는 고개를 저으며 윗입술을 앙다물었다. "선집 수록도 안 되고 발췌문도 안 돼요. 샐린저의 작품을 읽고 싶으면 그의 책을 사야 해요."

마지막 그룹은 내가 속된 말로 '미치광이'라고 부른 이들이었다. 숫자로만 치면 다수파는 아니지만 시간은 가장 많이 잡아먹었다. 가끔은 수화기를 든 순간부터 그런 광기가 느껴져서 수화기를 살짝 내려놓으며 재빨리 몸을 피하곤 했다. 하지만 수화기를 들고 이야기를 나눠야 할 때도 있었다. 가령 한번은 친절한 신사분이 "아, 안녕하세요! 전화를 받아 줘서 감사합니다!"라며 뉴저지 남부의 커뮤니티 칼리지 학장이라고 자신을 소개했다. "J. D. 샐린저 씨를 우리 졸업식에 연사로 초청했으면 해서요. 날짜는 5월 28이고, 물론 소정의 사례금을 드릴 예정입니다. 최고급 여관에 모실 거고요." 그리고 더 많은 설명(대학의 역사와 재학생 구성 등)이 이어졌지만, 나는 그가 숨을 들이마시는 순간을 노려 말을 잘랐다.

"초청해 주셔서 정말 감사하지만 작가님은 현재 연설 요청은 전부 거절하고 있습니다."

"그건 저도 알죠." 학장의 공손한 말투가 금세 험악해졌다.

"하지만 특정 학교에는 예외를 둘 수도 있으니까요. (여기부터 각자 나름의 이유를 대기 시작하는데, 이 학장의 경우에는) 아까도 말했다시피 우리 학생들은 상당수가 걸프전 참전용사예요. 샐린저 씨도 참전 경험이 있고, 참전용사가 민간사회에 적응하는 경험을 소설로 쓴 만큼······." 거기서 끝이 아니었다. 나는 설명이 한참 더 이어질 걸 알았다.

"무슨 말인지 잘 알겠습니다. 하지만 작가님은 어떤 종류의 연설도 전부 거절하고 있어요."

"그럼 내가 직접 초대할 수 있게 전화라도 연결해 주면 안되나요? 내가 우리 상황을 설명하면 기꺼이 와 주실 게 틀림없거든요. 우린 매년 연사들한테 최고급 여관을 제공하고······."

"죄송하지만 작가님과 연결해 줄 순 없습니다. 전화번호나 주소를 공개하지 말라는 부탁을 받았거든요."

"그럼 내가 서면으로 초대장을 보내면 대신 전해 줄 수 있어요?"

나는 심호흡을 했다. 거짓말을 하면 훨씬 편할 터였다. "네, 그럼요!"라고 말해 버리는 거다. 편지를 받으면 쓰레기통에 처넣고 답장을 못 받은 이가 샐린저를 탓하게 하면 된다. 하지만 나는 정해진 대본을 충실히 따랐다. 그러면서 사악한 쾌감을 맛보기도 했다. "죄송하지만 그것도 안 되겠는데요. 작가님은 본인 앞으로 도착하는 어떤 우편물도 전달하지 말라고 했거든요."

"그럼 내가 초대장을 보내면 그 편지는 대관절 어떻게 처리할 건데요?" 상대방의 얼굴에서 핏줄 터지는 소리가 생생히 들리는 것 같았다. 이 초청이 그의 사심에서 나왔다는 게 뻔히 보였다. 보잘것없는 자기 학교의 명예가 아니라 철저히 자기 마음속에서 샐린저와 맺은 관계를 위한 거였다. "나한테 그냥 반송할 겁니까? 어떻게 할 거예요?"

낭신이 보낸 초청장은 당신에게 되돌아가든지, 내 보스의 책상 밑에 있는 둥근 쓰레기통(내가 그녀에게 이걸 전달할 용기가 있다면)이나 휴의 서류 더미로 사라질 거라고 솔직히 말했어야 할까?

나는 그렇게 했다.

"하지만 그건 불법 아닙니까? 샐린저 씨 앞으로 온 우편물을 전부 전달하는 게 당신들 의무 아닌가요? 내가 우체국을 통해 보냈다면 말입니다." 이런 논쟁은 잊을 만하면 한 번씩 벌어졌다.

"우리는 작가님에게 고용된 에이전트입니다. 그분을 대신해 일을 처리하는 사람들이죠. 작가님의 뜻대로 행동하는 게 우리의 일입니다."

"하지만 그 사람 뜻을 당신들이 어떻게 알아?" 학장은 이제 호통을 쳐 댔고, 나는 겨드랑이가 축축해졌다. "그가 뭘 원하는지 댁이 어떻게 아냐고? 당신이 대체 뭔데?"

"작가님은 본인이 원하는 바를 상세히 일러 주었고, 우리는 그대로 수행할 뿐입니다." 나는 일사천리로 말을 이어 갔다. 하지만 그의 말에도 일리는 있었다. 우리가 어떻게(내가 어떻게) 샐린저의 뜻을 단정할 수 있단 말인가? 사실은 그도 파인 배런스로 차를 몰고 가서 최고급 여관에 묵으며 참전용사들과 대화를 나누고 싶어 한다면? 그럴 가능성도 완전히 배제할 수는 없을 것 같았다. "죄송합니다, OOO 학장님."(전화 건 사람의 이름을 기억해 뒀다가 불러 주면 상대의 화를 누그러뜨리는 데 도움이 된다는 것도 내가 터득한 기술이었다.) "하지만 샐린저 작가님은 연설 초대를 전부 거절하라는 점을 분명히 밝혔거든요. 전화해 줘서 감사하고 졸업식에 좋은 연사님을 모실 수 있기를 빌겠습니다."

나는 전화를 끊었다. 겨드랑이 밑으로 스웨터가 흠뻑 젖었지만, 보스가 자기 방을 환기하려고 창문을 전부 열어 놓은 탓에 얼음장 같은 바람이 휘몰아쳐 들어와 내 책상 주위에서 소용돌이쳤다. 열이 오른 부위에 차가운 공기가 닿자 온몸이 잠시 부들부들 떨렸다. 말다툼 때문에 아주 많이 불안해진 상태였다. 그러다 깨달았다. 나는 불안한 게 아니었다. 아픈 거였다. 열이 펄펄 끓었다. 어릴 때도 이런 식으로 갑자기 앓아눕곤 했다. 갑자기 머리가 너무 무거워서 들고 있기가 힘들었다.

나는 위태롭게 다리를 휘청거리며 의자에서 일어났다. 사무실을 반쯤 가로질렀을 때, 지금 아드레날린이 폭발해서 경중경중 뛰고 있다는 걸 알아차렸다. 천천히 걸어. 나 자신에게 단호히 명령했다. 화장실의 흐릿하고 파리한 형광등 불빛 아래서 얼굴에 물을 끼얹은 뒤(이마가 차가워졌다) 뒤틀리고 너덜거리는 거울에 나 자신을 비춰 보았다. 두 뺨은 붉게 달아오르고 두 눈은 초롱초롱 빛났다. 이건 아픈 게 아니었다. 불안한 게 아니었다.

흥분감에 상기된 거였다.

엄청난 일이 벌어지고 있었다. 나는 무언가의 일부가 되어가는 중이 아니었다. 이미 무언가의 일부였다.

고교 시절 단짝 친구 제니는 나와 몇 블록 거리인 맥그로힐 빌딩에서 사회 교과서 편집 일을 했다. 그녀가 입사 후 지금까지 심혈을 기울인 건 단 한 권인데, 텍사스주 공립학교에서 사용하는 5학년 사회 교과서를 제작하는 거대한 프로젝트였다. 텍사스는 막강한 힘을 행사하는 주여서 (면적이 방대하고 학교와 학생 수가 많은 만큼 엄청난 재력을 바탕으로) 자신들의 필요에 따라 교과서를 맞춤 제작했다. 한 장 전체를 알라모 전투(텍사스 독립 전쟁 당시 발생한 멕시코군과 미국인 결사대 사이의 전투—옮긴이)에 할애하고 또 다른 장에서는 텍사스주의 역사 전반을 다루면서 (정말 애석하게도) 흑인 인권 운동에 관한 내용은 전혀 없었다. 제니는 이 모든 걸 가볍게 넘기면서도 한편으로는 진심으로 골머리를 앓았지만 자기 직업을 사랑했다. 건전하고 엄격한 일인 데다 회의에서 늘 자신의 존재를 필요로 했으니까. 대학 시절에는 내내 방황하며 두 번이나 학과를 옮기고, 그래도 적응을 못 해서 온갖 약을 달고 살았지만, 이제는 삶의 목적을 찾아 체계적인 인생을 살고 있었다. 그녀에게는 텍사스가 있었다.

"평범하게 지낼 수 있다는 게 너무 좋아." 몇 개월 전 내가 런던에서 돌아왔을 때 그녀가 말했다. 고교 시절의 우리는 평범해지는 걸 원하지 않았다. 평범한 사람들을 보며 조롱했다. 그런 이들을 혐오했다.

"무슨 말인지 알아." 나는 반사적으로 대답했지만 속마음은 달랐다. 평범하게 살고 싶지 않았다. 특별해지고 싶었다. 소설을 쓰고, 영화를 제작하고, 10개 국어를 구사하며 온 세상을 여행하고 싶었다. 이것저것 전부 하고 싶었다. 당연히 제니도 그럴 거라고 생각했는데.

평범함 못지않게 그녀를 만족시킨 건 스스로 벌어 모은 재산이었을 것이다. 그녀는 부모님과 문제가 많아서(주위의 다른 친구들보다 훨씬 더) 빠듯한 성인의 삶에 우리보다 먼저 뛰어들었다. 스워스모어칼리지에서 시를 전공한 졸업생(제니처럼)에게 교과서 편집 일은 문학 관련 직종보다 훨씬 높은 봉급을 제시했고, 그래서 그녀는 덜 매력적인 교육 출판 분야에 발을 딛기로 계산된 결정을 내린 것이다. 당시 나는 그걸 전혀 이해할 수 없었다. 도심에서 멀고 문화 시설도 없는 스탠튼아일랜드의 교외 지역으로 이사하여 파이버 보드로 만들어 죄다 똑같이 생긴 신축 아파트 단지에 살겠다는 계산된 결정 역시 마찬가지였다. 거기서 맨해튼까지 통근하려면 꼬박 한 시간 반이(그것도 편도에) 걸렸기 때문에 다른 생활, 가령 퇴근 후에 안젤리카극장에서 하틀리의 신작 영화를 감상한다든지, '본'에 들러 술을 한잔 한다든지, 머큐리 라운지에서 라이브 음악을 듣는 건 (더더욱) 꿈도 꿀 수 없었다. 기차역에서 약혼자 브렛을 만나 집으로 돌아가는 힘든 여정에 오르기 바빴으니까.

그래도 스탠튼아일랜드가 다른 친구들이 터를 잡는 동네보다 저렴하다고 그녀는 말했다. 그들 대부분은 브루클린에 살았다. 캐럴가든, 코블힐, 파크슬로프의 5번 애비뉴 구역, 포트그린과 클린턴힐, 나중에 프로스펙트하이츠라 부르게 되는 플랫부시애비뉴에 면한 경계가 모호한 광장 그리고 우리 동네 윌리엄스버그와 그 북쪽에 있는 그린포인트 지역은 우리 친구들이나 친구의 친구들, 그냥 친분 있는 사람들, 느슨하게 연결된 오벌린바드바사르대학 출신자 등이 밀집돼 있어, L에서 커피 한 잔을 주문하는 동안에도 아는 얼굴들을 마주쳤다. 가끔 일요일 아침에 집 근처 지중해 식당에 가면 옆자리에 학교 1년 선배인 무용수가 앉아 있다든가, 대기석에서 2년 선배인 화가를 만난다든가 하는 일이 빈번했다. 밤에

는 돈과 함께 타이 음식점에서 로렌을 만나거나 베드퍼드애
비뉴의 1960년대풍 바에서 리, 앨리슨과 합류해 진토닉을 마
셨다. 그러다 전위적인 서커스를 보러 가면 대학 친구 중 하
나는 불을 삼키고, 다른 친구는 자크 르코크(마임 연극을 체계화
한 배우 겸 교사—옮긴이) 스타일의 광대로 분장하고, 또 다른 친
구는 외발자전거를 타고 트럼본을 연주했다. 내게는 이곳이
천국이었고, 제니가 이 동네로 옮겨 오기만 한다면 더 바랄
게 없었다.

하지만 제니는 그런 곳을 지옥으로 여겼다. 그런 유치한 것
들을 벗어던진 지 오래였다. 그녀가 두 눈을 반짝이며 이야
기하는 천국은 차를 몰고 대형 슈퍼마켓에 다녀와서 아파트
지정 주차장에 차를 대고 일주일 분의 식료품을 곧바로 집까
지 운반하는 삶이었다. 그녀는 나처럼 1970년생(그녀의 엄
마는 《릴리스》지에 시를 발표하고 여성 쉼터를 운영하는 흑
인 스포츠 페미니스트였다)인데, 순전히 본인의 의지에 따라
1950년대 가정주부로 전락해 가는 것 같았다. 센트럴파크의
보트하우스에서 치를 결혼식도 왕족 행사처럼 거행할 예정
이었다.

계절이 무색하게 포근한(그래도 어느 시점이 되면 봄이 오
기는 오는구나, 겨울이 영원히 계속되지는 않는구나 싶은) 3
월 말의 어느 날이었다. 49번가를 따라 6번 애비뉴 방향으로
걸어가서 경비실에 방문자 등록을 한 다음 승강기를 타고 한

참을 올라가 널따란 개방형 사무실 중앙에 새로 설치된 제니의 커다랗고 하얀 큐비클을 찾아갔다. 똑같이 생긴 수십 개의 큐비클이 즐비했는데, 다른 직원들의 공간 내벽에는 남자친구나 남편, 활짝 웃는 아이들의 사진 혹은 머나먼 곳에서 보내온 엽서 등이 핀으로 꽂혀 있었다. 제니의 공간에는 브렛의 사진과 여동생 나탈리가 장난스럽게 웃는 얼굴이 나란히 붙어 있었다. 그 외에는 일감으로 가득했는데 사진 옆에도 이메일 인쇄본이 쌓여 있었다. 제니는 그것들을 가리키며 무시무시한 표정으로 "우웩!" 하는 소리를 냈다.

"왜 그래?" 내가 웃으며 물었다.

"보스가 종이 없는 사무실을 만들겠다고 선언했어."

"그게 가능한 얘기야?" 지금이라면 바보같이 들릴 질문이었다. 하지만 1996년에 사무실에서 종이를 완전히 없앤다는 건 도저히 믿기 힘든 얘기였다. 그것도 출판물을 제작하는 회사에서 말이다.

"이제 모든 걸 이메일로 처리하자는 거야. 회사에서도 메모 같은 건 보내지 말고." 제니는 자기 책상을 가리키며 말을 이었다. "이것 때문에 정말 미쳐 버릴 것 같아. 2초에 한 번씩 별 내용도 없는 이메일이 열 통씩 와. 내가 작업하면서 봐 둬야 할 자료(가령 업데이트된 스타일 시트)를 보스가 이메일로 보내 주거든. 그럼 난 출력만 하면 되는데 우리 층에는 프린터가 없어. 아래층이나 위층으로 찾으러 가야 하는

데, 그사이에 누군가 실수로 내 인쇄물을 가져가 버리면 난 돌아와서 다시 인쇄 버튼을 누르고 또다시 아래층으로 내려가서, 으악!"

내가 듣기엔 그렇게 큰일이 아닌 것 같았지만 잠자코 들어주었다. 나는 복사기를 최첨단 발명품으로 취급하는 사무실에서 일했다. 그러니 뭘 알겠는가.

"하지만 진짜 미치겠는 건 이제 회사에서 아무도 말을 안한다는 거야. 전혀." 그녀는 사랑스러운 갈색 눈을 둥그렇게 뜨고 입을 삐죽 내밀었다. "봐봐, 우리 보스는 바로 저기 있어." 그녀는 사무실 반대편의 똑같이 생긴 빈 큐비클을 가리켰다. "엉덩이를 들고 내 책상까지 5미터만 걸어와서 '제니퍼, 멕시코 이민 챕터가 끝나려면 얼마나 남았어?'라고 물으면 되는 걸 저기 가만히 앉아서 이메일을 보낸다니까!" 그녀는 어처구니가 없다는 듯 자기 이마를 찰싹 쳤다.

"그럼 넌 일어서서 저쪽에 직접 대답해 주면 안 돼?" 내가 물었다.

"그것도 안 돼! 한 번 해 봤는데 날 이상한 애처럼 쳐다보면서 '지금은 바빠서 얘기 못 해. 그냥 이메일로 보내 줄래?' 이러잖아."

"그건 진짜 미친 짓이다." 나도 동의하고 말았다.

제니가 코트(아주 오래전부터 입었으며 몸에 걸치면 열두 살처럼 보이는 남색 더플코트)를 입고 우리는 복도로 나가

승강기에 탔다. 어찌나 빠르게 내려가는지 귀가 다 멍멍해졌다. 로비로 나오자 제니는 기분이 급변해서 쾌활함을 잃어버렸다. 그녀의 영역에서 벗어나 무슨 일이 생길지 모르는 바깥 세상으로 나온 것이다. 고등학교 때도 대학 때도 우리는 모든 걸 털어놓았고, 장거리 여행을 하거나 긴긴밤을 함께 보내며 몇 시간씩 이야기를 나눴고, 둘이 힘을 합쳐 세상에 맞섰다. 하지만 이젠 더 이상 완전한 일심동체가 아니었고, 이렇듯 서로에게서 멀어진 채 세상을 어떻게 마주해야 하는지도 알지 못했다.

물론 흔한 이야기다. 나도 안다.

제니와 나는 말없이 록펠러센터의 남쪽을 걷다가 작은 브런치 카페 '딘 앤 델루카'에 들어가서 포장된 채 냉장 진열대에 놓인 샌드위치를 둘러보았다. 나는 가격을 안 보려고 애쓰며(그래 봤자 전부 비싸서 소용없는 일이겠지만) 가장 저렴할 것 같은 채식 메뉴인 모차렐라와 토마토 샌드위치를 골랐다. "흐음." 제니가 신음했다. "9달러짜리 수프를 먹을까, 8달러짜리 샌드위치를 먹을까?" 그녀는 후자를 골랐다. "이렇게 코딱지만 한 샌드위치가 무슨 8달러나 해." 그러고는 눈썹을 치켜올렸다. "그냥 3달러짜리 대왕도넛이나 먹을까 봐." 그녀를 향한 애정이 되살아나 순간 뭉클해졌다. 문학 서적을 읽으면 "이건 순 거짓말이잖아." 하게 돼서 "소설은 절대 안 읽어."라는 사람을 결혼 상대로 골랐지만.

"돈은 어떻게 지내?" 그녀가 쾌활한 척하며 물었다. 내 대학 시절 남자친구를 열렬히 지지한 터라 내가 돈으로 갈아탄 걸 이해하지 못했다. 어쨌거나 브렛은 로스쿨에 지원서를 넣은 참이었으니까. "소설은 잘돼 가고?"

"거의 완성 단계인 것 같아." 제니는 겉으론 언제나 시인이었다. 고등학교, 대학교 시절도 시로 시작해서 시로 끝났다. 그녀의 글은 아름답고 찬란하며 신비했다. 하지만 브렛을 만난 뒤로는 좀처럼 시를 입에 담지 않았다. "최종 수정에 들어간 거지. 문장 하나하나를 천 번쯤 가다듬는 것 같아."

"으음." 제니가 뺨에 손을 괴며 입을 열었다. 나는 그녀가 피곤해 보인다는 걸 알아챘다. 언제나처럼 볼은 발그레하고 두 눈은 초롱초롱했지만, 눈 밑까지 다크서클이 내려오고 표정도 굳어 있었다. "너도 읽어 봤어?"

"나한텐 안 보여 줘. 완성하기 전까진 아무한테도 공개 안 할 거래."

"그 마음은 알지." 그녀가 생각에 잠겨 음식을 씹으며 말했다. 납작하고 반들반들한 빵에 싸인 그녀의 샌드위치는 내 것보다 훨씬 맛있어 보였다. "다른 글이라도 아무거나 읽어 본 적 있어?"

나는 머뭇거렸다. 실은 바로 지난주에 돈이 처음으로 자기 글을 보여 주었다. 퇴근해서 집에 들어갔더니 그가 책상에 흩어진 종이를 뒤적거렸다. 그리고 안절부절못하며 몇 장을 클립으로 고정하더니 내게 들이미는 게 아닌가. 나는 코트도 벗기 전인데, 그가 다가와 한 손은 어깨에 다른 손은 엉덩이에 대고는 그대로 밀어 나를 소파에 앉혔다. "여기 앉아 봐." 그가 낄낄거리며 말했다. "움직이지 마." 그러더니 자기는 일어서서 종종걸음으로 내 앞을 왔다 갔다 했다. "이건 아주 옛날에 쓴 거야. 2~3년 전에. 지금 작업하는 글하고는 많이 달라. 그래도 내가 쓴 단편 중에는 유일하게 봐 줄 만하거든." 그는 거기서 말을 멈추고 손가락으로 머리를 빗어 넘겼다. 포마드를 바르지 않은 곧고 가느다란 갈색 머리에 새치 몇 가닥이 섞여 있었다. "난 단편은 잘 안 맞아. 장편 체질이지." 빙긋 웃으며 말을 이었다. "나는 큰 게 좋아. 큰 그림. 큰 생각. 단편은 너무 시시해."

나는 고개를 끄덕였다. "나한테 이걸 읽어 보라는 거지?" 내가 물었다. "지금?"

그가 고개를 끄덕였다. "코트는 벗고 읽어도 돼."

기껏해야 몇 페이지밖에 안 되는 아주 짧은 글이지만 난해한 산문체라 사건 자체가 명확하게 들어오진 않았다. 어쨌든 대강의 줄거리는 노동 계층의 짧은 갈색 머리 청년이 늘씬하고 아름다운 스웨덴 여성을 만나 그녀의 연한 금발과 완벽한 엉덩이, 기묘한 수동성에 욕망을 주체하지 못하는 이야기였다. 팬티가 몇 번인가 찢겨 나갔다. 그 외에는 사건이라 할 만한 게 별로 없었다. 진짜 이야기(서사의 구조를 갖춰서 시작

과 중간, 끝이 있는)라기보다는 욕망과 혐오, 열등감과 우월
감이 뒤섞인 주인공의 복잡한 감정을 따라가는 스케치나 습
작, 탐험기에 가까웠다. 나는 이 글의 어떤 점에 마음이 불편
해졌는데, 단순히 섹스 장면 때문은 아니었다. 글에서 완벽한
금발 미녀를 벌주고 싶다는 무의식적인 욕망이 엿보였기 때
문이다. 비열한 이야기였다.

내가 돈에게(헤겔과 칸트를 인용하고 프루스트를 사랑하
는 돈에게) 무엇을 기대했는지 모르겠지만, 이런 건 분명 아
니었다.

나는 끝까지 읽고 나서 조심스럽게 "좋아."라며 얇은 종이
다발을 돌려주었다. 그는 내가 읽는 동안 나를 감시하지 않으
려고 무지하게 애쓴 것 같았다.

"그게 다야?" 그가 물었다. "알았어." 그러고는 괴상한 웃음
을 터뜨렸다. "마음에 들어?"

나는 어깨를 으쓱했다. "글쎄, 이 캐릭터는 아무래도 남자
들의 판타지 같네. 완벽한 몸매를 자랑하는 금발 머리가 '뭐
든 당신이 원하는 대로 해 줘.'라고 애원하잖아."

돈은 "자기가 그렇게 얘기하니까 재미있네." 하면서 표정이
어두워지더니 코를 벌름거렸다. "진짜 웃긴 게 뭐냐면, 이건
전적으로 내가 직접 겪은 일이란 거야. 샌프란시스코에서 사
귄 여자친구가 이 캐릭터의 원형이거든. 그리테(Grete)라고."

"그리트(greet, '환영하다'라는 뜻—옮긴이)?" 내가 물었다. 아무

리 스웨덴 여자라고 해도 너무 이상한 이름 아닌가. "그 여자 이름이 그리트였어?"

"그리테. 끝에 약하게 에 발음이 들어가. 목구멍 뒤에서 나는 소리지. 스웨덴어를 모르면 발음하기 힘들 거야."

내가 알기로 돈은 스웨덴어를 몰랐다.

"지난주에 단편을 하나 보여 주긴 했어." 나는 제니에게 말했다. "근데 오래된 거라 지금 쓰는 소설하고는 별로 연관이 없어. 그때랑은 문체도 많이 달라져서 말이야." 잠시 내 샌드위치를 바라보았다. 냉장한 거라 아직 차가운 데다 빵은 질기고 딱딱했다. "너도 브렛한테 네 시를 보여 줘?"

제니는 움찔하더니 나를 냉담하게 바라보았다. "아니, 안 보여 줘." 나는 아주 작은(티끌보다도 작은) 승리감을 맛봤지만 차라리 반대였으면 했다. "그치만 뭐." 그녀는 바삭한 빵을 오물거리며 말을 이었다. "이제 시를 쓰지도 않으니까."

나는 고개를 끄덕였다. 어렴풋이나마 이미 아는 일이었다.

쓸데없이 비싸면서 맛은 평범한 커피를 들고 사무실로 돌아오자 휴가 내 자리로 와서 한 묶음이나 되는 서신을 내려놓았다. 나는 물어보는 눈빛으로 그를 올려다보았다. 여기서 일한 뒤로 긴 침묵에는 이미 익숙해진 터였다.

"샐린저의 편지들이에요." 그가 설명했다.

"정말요?" 내가 물었다.

"팬레터요. 샐린저한테 온." 휴는 한숨을 내쉬며 편지 묶음을 다른 팔로 고쳐 들었다. "여기에 답장을 해야 해요."

"알았어요." 나는 커피를 한 모금 홀짝였다. "내 마음대로 쓰면 안 되겠죠?"

그는 짧게 한 번 고개를 끄덕였다. "표준 문안이 정해져 있어요. 어딘가 있을 텐데. 내가 찾아볼게요."

휴는 무슨 부탁을 받을 때마다 자기 책상에 산처럼 쌓인 서류 더미에서 필요한 자료를 척척 꺼내 와 나를 놀라게 했다. 이번에도 몇 분 지나지 않아 흐물흐물해진 누런 카본 사본을 들고 나타났다. 손이 많이 타서 가장자리가 변색되고 너덜너덜 닳았다.

친애하는 ○○○ 양

이번에 J. D. 샐린저 작가님께 편지를 보내 주셔서 감사합니다. 이미 아시겠지만 작가님은 독자분이 보내 주는 서한을 받지 않습니다. 그런 연유로 귀하의 친절한 서신을 전달할 수 없으니 양해 부탁드립니다. 샐린저 작가님의 작품에 관심을 가져 주셔서 감사합니다.

진심을 담아
에이전시

사본 맨 위에는 1963년 3월 3일이라는 날짜가 찍혀 있었다.

"그냥 이걸 똑같이 쓰면 된다고요? 그대로 타자를 쳐서요?"

휴는 고개를 끄덕였다. "네. 카본지는 버려도 돼요" (대부분의 에이전시 직원들에게 복사기는 아직 신문물이라 여전히 사본을 '카본지'라고 불렀다. 난 이게 좋았다.) "팬레터도 같이 버려요."

"정말요?" 내가 깜짝 놀라 물었다. 에이전시에서는 작은 것 하나 버리는 게 없었다. 서신은 하나도 빠짐없이 꼼꼼하게 복사해서 묶어 놓았다. 그런데 다른 사람도 아닌 샐린저와 관련된 편지를 내버리다니 믿을 수가 없었다. "그냥 쓰레기통에 버려요?"

"네. 그걸 다 쌓아 둘 순 없거든요." 휴가 희미한 미소를 지었다. "그럼 온 사무실을 뒤덮을 거예요. 자료실을 따로 마련하지 않는 한."

나는 머리를 주억거렸다. "많긴 하네요." 휴가 내려놓은 그대로 책상 한구석에 놓인 편지 묶음을 가리키며 말했다.

"오늘 하루에 도착한 게 저만큼이에요." 휴가 담담하게 말했다.

나는 풋, 하고 웃었다. "설마요."

"아니에요. 정말 다 오늘 온 거예요."

"농담하지 말아요. 나머지는 어디 있어요?"

휴는 다시 습관적인 한숨을 내쉬었다. "내 사무실 어딘가요. 12월 안에는 웬만큼 답장을 보내려고 했는데."

"매일 이렇게 많이 와요?" 그렇다면 나는 이제 날마다 온종일 표준 문안만 똑같이 옮겨 적어야 하는 것이다.

"아뇨. 많았다 적었다 해요. 새해가 밝은 직후에는 항상 엄청나게 몰려오죠."

"알았어요. 이것부터 지금 당장 시작할게요." 나는 편지 묶음을 끌어당겨서 칭칭 감긴 고무줄을 풀려고 했다.

"그렇게 서두를 건 없어요." 휴가 어깨를 으쓱했다. "시간 날 때 해 주면 돼요. 보스가 사무실에 없는 금요일 같은 때요. 다른 할 일이 없다면요." 그는 다시 한숨을 쉬며 목을 꺾으려는 것처럼 이상하게 구부렸다. 새롭게 생긴 신경성 습관이거나 내가 미처 눈치 채지 못한 버릇 같았다. "그냥 팬들이니까요. 가장 하찮은 일이죠."

"알겠어요." 나는 다시 대답했지만, 그가 자기 사무실로 들어가자마자 고무줄을 풀어서 편지를 훑어보았다. 스리랑카, 말레이시아, 일본, 북유럽 국가들, 독일, 프랑스, 네덜란드 등 전 세계의 우편 소인이 찍혀 있었다. 엄지손가락으로 조용히 봉투를 뜯어 안에 있는 편지지를 하나씩 펴 보기 시작했다. 편지는 내 예상을 훌쩍 뛰어넘는 장문이었다. 애초에 뭘 기대한 걸까. 팬레터 같은 건 써 본 적이 없으니 내가 뭘 알겠는가. 타자기로 작성한 에이전시 스타일의 편지들도 있었다. 흰 종이에 레이저프린터로 출력한 현대적인 서신들도 눈에 띄었다. 대세는 도톰하고 작은 편지지(분홍색, 파란색, 섬세한 항공 우편, 스마이슨의 크림색, 헬로 키티, 스누피, 구름과 무지개 무늬)에 손글씨를 빽빽하게 채워 넣은 팬레터였다. 자수실로 짠 우정 팔찌가 동봉된 것도, 하얀 강아지 사진이 든 것도 있었다. 그런가 하면 찢어지고 더러워진 종잇장에 동전 몇 닢을 테이프로 붙여 놓은 불가해한 편지도 있었다.

그 후 한 시간가량 타이핑이나 서류 정리도 잊은 채 가끔씩 울리는 전화벨에 짜증을 내며 팬레터를 읽고 또 읽었다. 그중 상당수는 참전용사(대부분 미국인이지만 그렇지 않은 경우도 있는)가 보낸 건데, 샐린저에게 자신의 전쟁 경험을 털어놓았다. 이제 그들도 샐린저처럼 일흔이나 여든 줄에 들어섰고, 요즘 들어 점점 더 자신의 품에서 죽은 전우들이나 죽음의 수용소에서 풀어 준 시체 같은 사람들, 고향에 돌아와서 느낀 절망감이 자주 떠오르는데, 그때 자신이 겪은 일을 이해해 준 사람은 샐린저밖에 없다고 토로했다. 몇몇은, 아니 대부분은 최근에 그의 소설을 다시 읽으며 예전보다 더 그 책들을 사랑하게 됐다고 밝혔다. 그러면서 샐린저가 이런 감정을 알아주고 이해해 주면 좋겠다고, 읽는 내 마음이 살짝 거북해질 만큼 집요하게 되풀이했다.

또 뭐가 있을까? 어떤 사람들이 보내왔나? 내가 '애달픈 편지'라고 이름 지은 서신들은 사랑하는 사람이 암 투병을 하던 생애 마지막 몇 년간 샐린저의 작품에서 위안을 얻었다는 내용이었다. 병상의 할아버지께 《프래니와 주이》를 읽어 준 사람도 있고, 자녀나 배우자, 형제자매를 잃고 《아홉 가지 이야기》를 강박적으로 외웠다는 사람도 있었다. 그리고 또 다시 '미치광이'들이 나와서 뭉개진 연필로 홀든 콜필드에게 폭언을 쏟아 냈고, 구깃구깃한 종이를 펴자 지저분한 머리카락이 한 움큼 떨어져 책상에 흩어지기도 했다.

하지만 대다수의 팬은 10대였는데, 그들이 털어놓은 감정은 간단히 요약될 수 있었다. 홀든 콜필드는 문학 작품을 통틀어서 유일하게 나와 비슷한 인물이다. 그리고 샐린저 씨 당신은 분명히 홀든 콜필드 같은 사람일 것이다. 그러므로 당신과 나는 친구가 되어야 한다. 여학생들은 홀든을 사랑하게 됐다고 고백해 왔다. 그녀들은 홀든을 이해한다며, 그처럼 세상의 위선을 꿰뚫어 보고 인간에게는 감정이 있다는 걸 아는 소년을 만나고 싶지만, 자기 주변에는 워드 스트래들레이터 같은 멍청이만 있다고 한탄했다. 캐나다의 한 여고생은 이렇게 썼다. '우리 엄마는 작가님이 절대 답장을 안 해 줄 거라고 하지만, 난 그렇지 않다고 했어요. 내게 답장을 해 주실 거라고 믿어요. 작가님은 위선자들에게 둘러싸인 삶이 어떤 건지 잘 아니까요.'

이런 친구들은 군데군데 《호밀밭의 파수꾼》에서 빌려다 표현하기도 했다. '망할' '너절한' '더럽게' 그리고 '가짜' 등이 심심찮게 등장했다. 홀든의 말투를 따라 하는 경우는 남학생이 더 많은 것 같았다. 여자들이 홀든과 함께 하고 싶어 하는 것과 달리 남자들은 자기가 홀든이 되고 싶어 하니까.

그중 눈에 띄는 편지가 있었다.

저는 지금까지 《호밀밭의 파수꾼》을 세 번 읽어 봤습니다. 이건 정말 명작이니까 자랑스러워하셔도 돼요. 그렇고말고요. 요즘 나오는 쓰레기 글들은 너무 시시해서 미쳐 버릴 지경이거든요. 진실에 조금이라도 근접한 글을 쓰는 사람을 찾아보기가 힘들어요.

나는 이 소년(주소지를 확인해 보니 노스캐롤라이나주의 윈스턴세일럼이었다)의 당돌함에 감명받았다. 미국에서 가장 사랑받는다고 할 수 있는 현역 작가에게, 엄청나게 팔린 그의 대표 소설이 자기 생각에 명작이니 자랑스러워하라고? 대단하지 않은가. 하지만 소년의 이런 혈기는 바로 홀든에게서 나온 거였다. 샐린저의 주인공을 흉내 내서 샐린저에게 좋은 인상을 주려는 의도겠지.

이 편지를 다 읽어 갈 무렵(소년은 결국 샐린저에게 '전 주변에 여자애들이 있으면 더럽게 긴장됩니다.'라며 연애 상담을 구하는 글로 편지를 맺었다) 휴가 다시 내 책상에 쓰윽 모습을 드러냈다. 너무 조용히 나타나서 나는 유령이라도 본 것처럼 화들짝 놀랐다. "생각해 봤는데, 아무래도 그걸 읽는 게 좋겠어요." 그가 불쑥 말했다.

"편지요?" 내가 편지지로 뒤덮인 내 책상을 가리키며 물었다.

"네. 만일을 대비해서요." 다음 순간 그는 머리에 책을 얹고 균형을 잡는 것처럼 잠시 몸을 똑바로 세웠다가 다시 평상시처럼 구부정한 자세로 돌아갔다. "대부분은 악의 없는 글이지만 가끔 살해 위협 같은 것도 오거든요. 1960년대에는 샐린저도 무시무시한 편지를 꽤 받았어요. 협박 편지요. 그의 아이들도요." 휴가 얼굴을 찡그렸다.

"그럼 어떻게 할까요?" 내가 물었다. "그런 무서운 편지를 찾으면요."

그는 잠시 고민에 잠겼다가 대답했다. "나한테 가져와요. 보스한테 보고할 필요가 있는지 판단할게요. 마크 데이비드 채프먼 사건 이후 우리도 제법 신중을 기하거든요." 나는 다 아는 척하며 고개를 끄덕였지만, 한참 후에야 그 이름이 주는 심각성을 깨닫고 전율했다. 마크 데이비드 채프먼은 존 레넌을 총으로 살해한 뒤 존의 다코타 아파트 계단에 앉아 《호밀밭의 파수꾼》을 읽었다. 그 책을 압수한 경찰은 속표지에서 '이것이 나의 성명서다.'라고 휘갈겨 쓴 글귀를 발견했다. 그는 홀든 콜필드가 시킨 일이라고 주장했다.

나는 책상에 봉투가 벗겨진 채 쌓여 있는 편지지 뭉치를 가리켰다. "벌써 읽고 있었어요. 궁금해서요."

휴는 "좋아요."라고 하면서도 자리를 뜨지 않았다. 내 표정이나 말투에서 무언가를 감지한 걸까? 나조차도 의식하지 못한 내 감정을? "하지만 너무 빠져들지는 말아요."

저녁에 퇴근해 보니 집이 텅 비어 있었다. 돈은 체육관에 있을 가능성이 높았다. 몇 주 후 큰 시합이 있어서 매일 조깅으로 체중을 관리하며 밤마다 훈련을 했다. 나는 파스타 삶을 물을 올려놓고 돈의 책상에서 책 한 권을 꺼냈다. 지난주에 내가 도서관에서 빌려 왔는데 돈이 읽겠다며 빼앗아 간 마틴 에이미스의 《런던 필즈》였다. 그런데 책 밑에서 돈의 난해한 필체로 쓰인 편지가 나왔다. 한순간, 눈 깜짝할 만한 짧은 순간이었지만, 돈이 내게 줄 편지를 로맨틱하게 내 책 밑에 숨겨 둔 줄 알았다. 첫 줄을 읽어 보았다. '나의 사랑하는 미 아모르(Mi amor).' 이런, 하며 편지에 불이라도 붙은 것처럼 책상 위로 떨어뜨렸다. 이 네 단어로 충분했다. 내게 쓴 편지가 아니라는 걸 확신했다. "맙소사." 탄식을 토해 냈다. 현기증이나 뱃멀미 같은 괴로운 감각이 나를 덮쳐 왔다.

천천히 거실을 가로질러 가서 냄비의 불을 껐다. 그리고 다시 편지를 집어 들고 계속 읽어 내려갔다. '미 아모르'가 누군지는 몰라도 돈은 그녀를 그리워했고, 해변에서 함께 한 날들이 벌써 두 달이나 지난 게 믿기지 않으며, 그녀의 아름다운 갈색 어깨가 자꾸만 떠오른다고 했다. 나는 거기서 멈췄다. 여기서부터 진짜 욕지기가 날 게 분명했다. 돈은 내 피부가 비정상으로 창백하다는 말을 자주 했다. 그리고 우리는 해변에 놀러 간 적이 없었다. 물론 크리스마스에 그의 부모님 댁에 가서 친척들과 어색한 인사를 나누기도 했고(그땐 그에 대해 아는 게 별로 없었고, 내가 어쩌다가, 무슨 이유로 그곳에 있는지 모르겠다는 생각에 더 어색했다) 그의 죽마고우들도 만났다. 남다른 우정을 자랑하는 이 친구들은 나이가 서른인데도 공사장에서 트럭을 몰거나, 바텐더 일을 하거나, 아직 부모님 댁에 얹혀살며 프로비던스에 그대로 눌러앉았다. 고향을 떠난 건 돈과 마크뿐이었다.

나는 편지의 날짜를 확인했다. 1996년 3월 16일. 오래전에 쓴 추억의 편지가 아니었다. 불과 5일 전에 쓴 거였다. 석 달 전까지만 해도 그는 매일 전화를 걸어 "그냥 어디 멀리 도망가서 결혼하자." 같은 말을 속삭이곤 했다. 그러다가 문뜩 떠올랐다. 로스앤젤레스였다. 지난 12월 돈은 마지막으로 소설에 필요한 현장 조사를 한다며 일주일간 로스앤젤레스에 다녀왔다. 그 여행에서 이 여자(읽다 보니 이름이 나왔는데 마리아 아니면 마리아나였다)를 만난 건가? 거기서 인터뷰한 사람이었나? 아니면 (이게 더 끔찍하긴 하지만) 날 배려한답시고 답사 여행이라 속이며 그 여자를 만나러 간 건가?

그날 밤 돈이 들어오기도 전에 잠들었는데, 다음 날 일어나 보니 편지는 그가 자기의 생각과 관찰한 내용을 적는 커다란 검은색 수첩에 대충 가려진 채 여전히 거기에 놓여 있었다.

지하철을 타고 에이전시가 있는 미드타운으로 달려가는 동안 불현듯 마크 데이비드 채프먼이 생각났다. 그도 샐린저에게 편지를(팬레터를) 썼을까? 1979년이나 1980년 버전의 내가 순서대로 평범한 흰 봉투를 열다가 광기 어린 항의서를 발견했을까? 살인 계획을? 존 레넌을 비난하는 장광설을? 그래서 명쾌하고 형식적인 거절문을 보냈을까?

사무실에 들어가자마자 휴에게 물어보았다. 휴는 늘 그렇듯 한숨을 내쉬었다. "어쩌면요." 그가 대답했다. "그럴지도요. 정확히는 몰라요." 다시 한숨을 내쉬었다. "그래서 우리가 모든 서신을 보관하는 건지도 모르죠. 그런 편지가 있는지 알아내면 재미있긴 하겠네요. 안 그래요?"

나는 고개를 끄덕였다.

"하지만 그런 게 인생 아니겠어요?" 그의 말에 나는 무슨 뜻인지도 모르면서 다시 고개를 주억거렸다. "세상엔 우리가 영영 모른 채 넘어가는 일이 무수히 많으니까요."

봄

Spring

1
표지, 서체, 제본

샐린저가 전화하는 일은 없을 거라고, 절대 없다고, 내가 그와 통화할 일은 없을 거라는 말을 몇 번이나 들었을까? 너무 많아서 셀 수도 없었다.

그렇게 4월에 들어선 첫날, 금요일 아침이었다. 수화기를 들었더니 상대방이 다짜고짜 고함을 질렀다. "여보세요? 여보세요?" 그 뒤로는 알아들을 수가 없었다. "여보세요? 여보세요?" 또 횡설수설. 그러다가 꿈에서처럼 서서히 그 지껄임이 언어로 들리기 시작했다. "난 제리예요." 상대방이 소리를 질렀다. 맙소사! 그분이야. 그때부턴 두려움에 몸이 가볍게 떨리기 시작했는데, 내가 지금 말하는 상대가(아니면 내게 고함을 치는 사람이) J. D. 샐린저 본인이라는 사실 때문이 아니라 여기서 실수라도 하여 보스의 분노를 살까 걱정된 것이다. 그동안 샐린저와 관련해 들어 온 주의 사항들을 머릿속으로 하나씩 넘겨 보았지만, 대부분은 다른 사람들을 물리치라는 거였고 본인에 관한 건 전무하다시피 했다. 내가 내 글을 읽어 봐 달라고 부탁한다든지 《호밀밭의 파수꾼》

에 대해 지껄여 댈 위험은 전혀 없었다. 아직까지도 안 읽었으니까. "그쪽은 누구죠?" 그가 재차 물었지만 나는 몇 번 만에 가까스로 알아들었다. "조애나입니다." 나는 아홉 번이나 열 번쯤 대답했다. 마지막 세 번은 젖 먹던 힘까지 짜내서 부르짖었다. "새로 온 어시스턴트예요."

"아, 반가워요, 수재나." 그가 마침내 정상에 가까운 목소리로 말했다. "당신 보스한테 할 얘기가 있어서 전화했어요." 그야 나도 그럴 거라고 생각했다. 팸은 왜 메시지를 받아 적지 않고 나한테 전화를 돌렸을까? 금요일은 보스가 출근하지 않고 책을 읽는 날이었다. 나는 그런 사실을 샐린저에게 전달했다. 아니, 전달됐기를 바랐다. "보스의 집에 전화해서 작가님께 오늘 연락드리라고 할까요? 아니면 월요일에 출근하는 대로 전화드릴 수도 있고요."

"월요일에 통화해도 돼요." 그의 목소리가 한 옥타브 낮아졌다. "그럼 반가웠어요, 수재나. 언제 만날 기회가 있으면 좋겠네요."

"저도요. 좋은 하루 보내세요." 이건 내가 평상시에 쓰는 말이 아니었다. 어디서 튀어나온 거지?

"그쪽도요!" 마지막은 다시 고함이었다.

나는 수화기를 내려놓고 발레할 때 배운 것처럼 심호흡을 했다. 온몸이 떨린다는 걸 이제야 인식했다. 자리에서 일어나 몸을 쭉 폈다.

"제리였어요?" 휴가 커피 머그잔을 들고 자기 사무실에서 나오며 물었다.

"네!" 내가 대답했다. "우와."

"귀가 안 들려요. 사모님이 소리증폭기가 달린 특수 전화기를 설치했는데, 그걸 쓰는 것만은 극구 사양하죠." 그는 자신의 트레이드마크인 한숨을 쉬었다. 세상 모든 일에 상심하는 게 그의 특기였다. "그래서 왜 전화했대요?"

"그냥 보스한테 할 얘기가 있다고요." 나는 어깨를 으쓱했다. "보스한테 전화해서 연락드리라고 할지 작가님께 여쭤봤는데, 월요일에 통화해도 된다고 하네요."

휴는 얼굴을 찌푸리며 생각에 잠겼다. "음, 그래도 보스한테 전화하는 게 어때요? 알고 싶어 할 것 같은데."

"그럴게요." 나는 명함정리기를 넘기며 대답했다. 보스는 부재중이었고 집에 자동응답기도 없었다. 그런 기기를 믿지 않는 것이다. 컴퓨터나 음성 사서함을 비롯해 에이전시에 들여놓지 않은 수많은 최신 발명품처럼. 에이전시에서는 업무 시간에 전화가 걸려오면 리셉션 데스크의 팸이 응대했다. 하지만 업무 시간 외에는 전화벨만 하염없이 울리고 또 울렸는데, 회사에서 북쪽으로 스무 블록 떨어진 보스의 아파트도 마찬가지였다. 퇴근 전까지 한 시간에 한 번씩 전화를 걸어 봤지만 연결되지 않았다. 월요일까지 기다릴 수밖에 없었다.

에이전시에서 일한 지 벌써 몇 개월이 지났지만 보스는 한 번도 원고 검토를 부탁하지 않았다. 그런 일을 하지 않는 한 내 업무는 훌륭한 문학 작품에 둘러싸여 일한다는 사소한 장점을 빼고는 예전에 아빠가 말한 대로 비서 일과 다를 게 없었다. 직무에 관련된 질문을 받으면 나도 모르게 거짓말을 하기 시작했다. "읽어야 할 게 너무 많아요." 나는 파티에서 이런 말들을 늘어놓았다. "어딜 가든 원고 뭉치를 들고 다닌다니까요. 그래도 다 못 따라갈 정도예요."

에이전시에는 나 말고도 올리비아라는 어시스턴트가 있었다. 그녀는 실제로 과도한 원고량에 부담을 느꼈고, 나는 그녀의 불평불만을 흉내 내곤 했다. 라파엘전파(자연을 직접 보며 대상을 객관적으로 표현한 19세기 영국의 회화 운동─옮긴이) 그림의 미녀 같은(살결은 천사같이 희고 잿빛 머리는 구불구불 물결치며 빼빼 마른) 올리비아는 그야말로 형편없는 어시스턴트였다. 걸핏하면 계약서나 소포를 잃어버리고 서신을 잘못 분류하며 전화조차 잘 받지 않았다. 게다가 잘생긴 이탈리아 남자친구와 시도 때도 없이 싸웠고(올리비아의 책상을 지나다 보면 남자친구에게 악다구니를 쓰다가 수화기를 쾅 내려놓는 장면을 흔히 볼 수 있었다), 그 남자친구는 이따금 회사까지 그녀를 데리러 와서는 조금 부적절해 보일 정도로 부둥켜안곤 했다. 휴는 그녀의 이름을 언급할 때마다 화를 못 참고 눈알을 굴렸다. 나는 절실하게 그녀와 가까워지고 싶었다. 아니

면 적어도 그녀의 가냘프고 나른한 매력을 조금이라도 흡수
하고 싶었다.

돌아온 월요일, 커피메이커의 부글거리는 소리가 올리비
아의 도착을 알려 주었다. 휴에게 물어보지 않은 질문(그 복
잡한 분홍색 카드의 기록법에 관해)이 있어서 구실 삼아 그
녀에게 말을 걸기로 작정했다. "아, 그건 나도 매일 틀려요."
그녀는 태연하게 대답하더니 블랙커피가 든 머그잔을 두 손
으로 감싸며 자기 책상에 걸터앉았다. 나는 소스라치게 놀랐
다. 사무실 가구를 저렇게 함부로 다루는 걸 보면 보스가 기
절초풍할 터였다. 올리비아는 오늘 커다란 흰색 물방울무늬
가 들어간 까만 시폰 블라우스에 검은색 슬림컷 스커트를 받
쳐 입었는데, 엉덩이가 워낙 작아서 그마저도 헐렁하다 보니
책상에 앉는 순간 무릎 위로 말려 올라갔다. 빨간색 발레리
나 슈즈를 신어서 카펫을 터벅터벅 걸어도 바스락 소리가 나
지 않았다. "그냥 신경 쓰지 말고 대충 해요. 누가 알겠어요?"
그녀는 과장되게 하품을 했다. "커피 마실래요? 난 좀 더 마
셔야겠어요." 커피메이커로 함께 걸음을 옮기는 중에 자기는
원래 화가였으며, 어쩌다 보니 (나처럼) 에이전시에 들어왔
다고 털어놓았다. "그래서 이 일에 관심이 없어요." 그러곤 어
깨를 으쓱하며 말했다. "어서 여길 벗어나야 할 텐데."

"그래도 원고를 읽는 건 재미있지 않아요?" 나는 자리로 돌
아가는 그녀를 쫓아가며 물었다. 그녀는 다시 책상 위로 폴짝

뛰어 앉았다. "다는 아니더라도요. 내 보스는 원고 검토 같은 건 안 시켜요."

"별로요." 그녀가 커다란 파란색 눈동자를 굴리며 말했다. "거의 다 아주 형편없어요. 처음 몇 장만 읽어 보면 알죠."

그 순간 내가 두려워한 대로 보스가 손에 담배를 쥔 채 들어왔다. 가끔 이렇게 사무동으로 직접 통하는 뒷문으로 들어와 나를(그리고 모두를) 깜짝 놀라게 했다. "세상에, 올리비아, 지금 뭐 하는 거지? 당장 거기서 내려와." 그러고는 나를 바라보며 눈썹을 치켜올렸다. '저런 쓸모없는 인간이랑 어울리지 말라고 했잖아.'라고 따지듯이.

올리비아의 직속 상사는 에이전트인 맥스와 루시인데, 두 사람은 하나의 통합된 존재처럼 ('맥스랑루시'라고) 불리곤 했다. 둘이 워낙 단짝이라 온종일 서로의 사무실을 들락거리며 서로의 농담에 목이 쉬도록 웃어젖히고 서로의 담배에 불을 붙여 주었다.

루시는 모든 소속 작가의 영화 판권을 관리하는 한편, 아동 서적 저자들과 세간의 평판이 좋은 몇몇 소설가를 대리했다. 에이전시에서 어시스턴트로 일을 시작했고 이제 기껏해야 마흔 줄에 들어섰을 텐데도 에이전시에서 가장 고전미를 풍겼다. 상아로 만든 담배 홀더를 사용하고 과장된 손동작을 구사했으며 항상 우아하게 늘어지는 까만 크레이프 재질의 시프트 원피스만 입는가 하면, 로렌 바콜 같은 저음으로 도로

시 파커 같은 독설을 가볍게 내뱉었다.

맥스는 몇 년 전 분위기 쇄신을 위해 영입한(이건 공공연한 사실이었다) 인물이었다. 그는 업계에서 가장 유명한 스타 에이전트이며, 내가 좋아하는 작가들(메리 게이츠킬, 켈리 드와이어, 멜러니 선스트럼)과 아직 작품을 읽진 못했지만 관심이 가는 작가들(짐 캐럴, 리처드 바우시)을 대리했다. 그의 고객들은 내가 읽는 잡지(《그랜타》《하퍼스》《디 애틀랜틱》)에 글을 기고하며 KGB나 림보 같은 바에서 낭독회를 가졌다. 맥스의 삶은 책과 관련된 파티의 연속이었다. 매주 갱신되는 그의 회람 서류철에는 거래 메모가 빽빽이 들어찼고, 그가 우리 사무동으로 와서 내 보스를 찾는 이유도 그녀가 부러워할 만한 문제를 상담하기 위해서였다. 같은 책을 놓고 편집자 셋이 다투는데, 작가는 어느 출판사를 골라야 할지 몰라 난감해한다고.

맥스와 루시는 이루 말할 수 없을 만큼 매혹적이어서 나는 그들과 가까이 있는 것만으로도, 두 사람이 담배를 높이 쳐들고 나누는 농담을 듣는 것만으로도 행복했다. 맥스는 키가 작은 데다 훤한 정수리를 곱슬머리가 빙 둘렀고, 루시는 땅딸막한 체구에 니코틴으로 혈색이 어두웠지만, 지성과 재기발랄함(그리고 자신의 일과 책, 작가들에게 쏟아붓는 열정)이 두 사람을 황홀하고 매력적인 영화배우처럼 빛내 주었다. 게다가 친절했다. 올리비아와 나를 사무용 가구처럼 대하는 나이

든 에이전트들과 달리 루시는 내가 입는 옷에 대해, 맥스는 내가 읽는 책에 대해 관심 있게 물어봐 주었다. 그래서 올리비아와 앉아 이야기를 나누는 동안 그런 아이디어가 떠올랐다. 내가 저분들의 원고를 읽으면 어떨까. 내 보스는 원고를 내주지 않았다. 맥스와 루시의 어시스턴트는 원고를 읽는 데 관심이 없었다. 나는 곧장 휴의 사무실로 달려갔다.

"그거 말 되네요." 그가 동의했다. "보스가 지시하는 일에 지장이 없다면요."

"그런 일은 없을 거예요." 나는 맹세하며 말을 이었다. "집에서 읽을 거니까요. 밤에요."

"좋아요. 맥스한테 말해 봐요. 얼씨구나 하며 좋아할 거예요. 당신 보스는 내가 설득할게요."

"네! 정말 감사해요."

하지만 맥스의 사무실로 가기도 전에 보스가 무서운 얼굴을 하고 문간에 나타났다. "제리가 금요일에 전화했어?" 나는 고개를 끄덕였다. 휴도 잔뜩 얼어붙었다. "왜 나한테 말 안했지?"

"말씀드리려고 했어요. 금요일에 집으로 계속 전화했는데 안 받았어요. 전화를 열 번은 걸었을 거예요."

"맞아요." 휴가 맞장구를 쳐 주었다. 나는 고마움에 그를 바라보았다.

"하지만 그러지 말라고 했어요." 내가 더 분명히 밝혔다. 그러자 보스는 휴를 노려보며 고함을 지르려는 듯 입을 벌렸다. "작가님이 그러지 말라고 했어요. 보스 댁으로 전화를 걸지 말라고요. 월요일에 통화해도 된다고요."

"그렇지만 지금이 월요일이잖아! 왜 여태 말 안 했어?"

한 시간 후 목청을 돋운 큰 소리가 나기 시작하자 휴가 내 자리로 와서 함께 보스의 방문을 지켜보았다. "전화를 끊자 마자 나한테 소리를 지를 테니까 나도 여기서 기다리는 게 낫 겠어요." 그가 자조적으로 말했다.

"진심이에요, 제리?" 보스의 외침이 들려왔다. "그야 물론 이죠. 당신이 원한다면요. 우리가 처리할게요." 통화가 끝나 가는 모양이었다. "그럼 통화 반가웠어요." 그녀가 다시 부르 짖었다. "언제든지요."

문이 활짝 열리며 보스가 생각에 잠긴 채 천천히 걸어 나왔 다. "캐럴린이랑 얘기를 좀 해야겠어……." 그녀가 말끝을 흐 렸다. "맥스랑 상의해야 될까 봐." 그러더니 사무실 앞쪽으로 미끄러지듯 나아가다 이럴 게 아니라는 듯 다시 발을 돌려 우 리 쪽으로 돌아왔다. "제리가 새 책을 출간하고 싶어 해." 그 녀가 여전히 꿈꾸는 듯한 목소리로 말했다. "아니, 옛날 책이 지. 예전에 쓴 단편. 《햅워스》. 어떤 편집자가 그걸 단행본으 로 내자며 연락해 왔대. 제리도 그렇게 하고 싶다네."

"《햅워스》요?" 휴가 깜짝 놀라 사레들린 목소리로 물었다.

"제리가 《햅워스》를 책으로 내고 싶대요?"

"그렇게 짧지는 않아." 보스가 대답했다. "중편 정도는 돼. 책으로 낼 수 있지."

"중편이라고 하려면 적어도 90장은 돼야 해요." 휴가 유난히 날카로운 한숨을 내쉬더니 완강하게 말했다. "《햅워스》는 길어 봐야 60장일걸요. 여백을 아주 많이 넣으면 꼴을 갖출 수야 있겠죠." 그는 입을 잔뜩 오므린 채 덧붙였다. "하지만 책으로 만들 수 있다고 해서 무조건 출간해야 되는 건 아니잖아요."

"글쎄." 보스도 한숨을 내쉬며 말했다. "제리는 꽤 진지하게 원하는 것 같던데."

"정말요?" 휴가 물었다. "일시적인 변덕이 아닌 게 확실해요? 내일 당장 마음을 바꾼다든가 하지 않을까요?"

"아닌 것 같아." 보스가 생글거리며 말했다. "8년간이나 고민해 온 일이래."

휴와 나는 서로를 마주 보았다. "8년이요?" 휴가 놀라서 되물었다.

"그렇다니까. 그 편집자가 처음 접촉해 온 게 8년 전이래. 1988년."

"편집자가 직접 접촉했다고요?" 휴는 믿을 수 없다는 듯 머리를 가로저었다.

보스는 "응." 하며 팔을 앞뒤로 흔들었다. 갑작스러운 사태에 신이 난 건지, 충격을 받은 건지 당최 알 수가 없었다. "그들이, 아니 아무래도 1인 출판사인 것 같은데, 그 남자가 직접 편지를 보냈대." 그녀는 손가락 하나를 치켜들며 빙긋 웃었다. "그것도 타자를 쳐서! 제리는 거기에 큰 감명을 받았다더라고."

바로 그 순간 에이전시의 타자기 전용 정책에 샐린저가 관련된 건 아닐까 하는 의문이 처음으로 뇌리를 스쳤다. 어떤 식으로든 최신 기기의 도입을 막은 게 샐린저일 가능성은 없을까? 말도 안 되는 것 같지만 충분히 가능한 일이었다. 아니면 단순히 에이전시가 (이제는 늙어 가는 고교 시절의 미식축구 영웅처럼) 과거의 영광에 머무르려고 고집 부리는 걸까? 현실에 맞게 성장하며 변화하고 적응하는 대신 그저 샐린저의 에이전시가 되기 위해 구습에 안주하는 것이다. 도로시 올딩이 샐린저와 처음 계약을 맺은 1942년의 형식과 절차를 그대로 따르면서.

"그 편집자는 샐린저의 주소를 어떻게 알았을까요?" 내가 물었다. 몇 년 전 어시스턴트가 샐린저의 주소를 기자에게 발설하여 해고됐다는 이야기를 휴에게 들은 적이 있었다.

"그냥 뉴햄프셔주 코니시의 J. D. 샐린저 앞으로 보냈대." 보스가 잇새로 혀를 차며 말했다. "그걸 우체부가 전달해 준 거야. 이게 믿어져?"

"아뇨." 나는 대답은 그렇게 했지만, 마음속으로는 감탄했다.

"그 전엔 왜 아무도 그런 방법을 생각하지 못했을까요?" 휴가 물었다.

"모르지." 보스가 재킷 주머니에서 담뱃갑을 꺼내 비닐을 벗기며 말했다. "나야 모르지만 누군가는 해 봤을지도."

휴는 토할 것 같은 표정을 지었다. "어떤 편집자래요? 왜 우리한테 연락을 안 했죠?"

보스는 껄껄 웃기 시작했다. "왜 그랬는지야 나도 모르지. 버지니아의 작은 출판사라던데. 오키드출판사? 뭐 그런 이름 이었어. 작은 데일 거야. 정말 구멍가게만 한. 아까도 말했지 만 1인 출판사 같아."

"오키시스 아닌가요?" 내가 쭈뼛거리며 물었다. 내가 좋아 하는 시집을 몇 권 출간한 곳이었다. 하지만 아무런 정보가 없었다. 어떻게 발음해야 하는지도 확실치 않았다.

"맞아!" 보스가 소리쳤다. 놀라움에 눈살까지 찌푸렸다. "그 이름을 들어 본 적이 있어?"

"시집을 출간하는 곳이에요." 내가 대답했다. "현대시요. 거기서 낸 시집 몇 권을 재미있게 읽었거든요."

"작은 출판사라니." 휴가 믿을 수 없다는 듯 말했다. "버지 니아의 작은 출판사? 1인 출판사? J. D. 샐린저를? 그런 작 자가 이쪽 요구를 어떻게 맞추겠어요? 자기가 어디에 발을 들이려는 건지 알고나 있대요? 샐린저의 작품을 출간하는 건 시집이랑 차원이 다르다고요."

"누가 아니래." 보스가 낄낄거리며 맞장구를 쳤다. 그리고 담배 한 개비를 뽑아 옷 주름이나 시접에 숨겨 놓기라도 하는지 항상 몸에 지니고 다니는 소형 라이터로 불을 붙였다. 연기를 길게 내뿜고는 미소를 지어 보였다. 분명히 이 상황을 즐기고 있었다.

"지금부터 알아봐야 할 게 많아. 우선 이 오키시스의 (보스는 손에 든 포스트잇을 보며 큰 소리로 이름을 발음했다) 로저 래드버리, 이 친구가 아직도 출판할 생각이 있는지 알아봐야지. 벌써 8년이 지났으니까. 내가 지금 전화하면 미쳤다고 생각하겠지." 그러고는 생각에 잠겨 얼굴을 찌푸렸다. "이 건은 천천히 진행할 필요가 있어. 아주 천천히, 그리고 아주 신중하게. 잠깐 고민 좀 해 볼게."

보스가 무사히 자기 사무실로 들어가 수화기에 대고 무언가를 속삭이는 동안 나는 목소리를 낮춰 휴에게 물었다. "〈햅워스〉가 뭐예요?" 뭔가 은밀한 단어 같았다. 비밀 요원의 암호명처럼.

"샐린저의 마지막 단편이에요." 휴가 자신의 스웨터에서 보이지도 않는 먼지를 털어 내며 말했다. "1965년 《뉴요커》에 실렸죠. 잡지 한 권을 거의 다 차지했어요."

"정말요?" 내가 놀라서 되물었다. "한 권 전체를요?" 도무지 상상도 되지 않았다.

"당시에는 흔한 일이었어요." 휴가 설명했다. "한때 《에스콰

이어》에 노먼 메일러의 소설이 연재된 거 알아요?" 나는 고개를 저었지만, 사실은 아는 얘기였다. 돈이 메일러의 광팬이었던 것이다. "단편소설이 안 들어가는 잡지는 없어요. 여성지도 마찬가지죠. 샐린저도 그런 잡지에 글을 실었어요.《코스모》에도 그의 중편이 실렸죠. 진짜 중편소설이요."

"《코스모폴리탄》이요?" 나는 의심이 가득한 목소리로 되물었다.

"《마드무아젤》에도요. 하나 더 있었는데…….《레이디스 홈 저널》인가,《굿 하우스키핑》인가? 아무튼 둘 중 하나예요……." 그의 목소리가 점점 작아지며 손은 제멋대로 공중을 빙빙 돌았는데, 그게 무엇을 의미하는지 나로서는 알 도리가 없었다.

물론 그런 번쩍번쩍한 잡지들이 한때 진지한 문학 작품을 실었다는 건 나도 알고 있었다. 내 석사 논문 주제인 실비아 플래스도 자신이 '삔질이(광택이 나는 표지를 사용했기 때문이다.─옮긴이)'라고 부르는 잡지들에 열정적으로 글을 팔던 작가였다. 하지만 J. D. 샐린저가《굿 하우스키핑》에 자기 글을 허락하다니(또는《코스모폴리탄》의 멀티오르가슴에 대한 조언 옆에 그의 소설이 실리다니), 왠지 헛웃음이 나올 만큼 터무니없게 들렸다.

"당신 보스가 예전에 어떤 일을 했는지는 알죠?" 휴의 목소리가 갑자기 날카로워졌다.

나는 어리둥절해하며 고개를 저였다.

"첫 연재요." 그는 자기가 말하고 자기가 고개를 끄덕였다. "연재 담당 에이전트로 처음 고용된 분이에요. 잡지에 단편소설을 판 거죠. 우리 에이전시 담당 작가들의 글은 전부 그녀가 팔았어요. 몇 년 동안이나요. 여기 오기 전에 잡지사에서 일했거든요. 픽션 에디터의 어시스턴트로."

"어떤 잡지요?" 내가 물었다.

휴는 눈썹을 치켜올리며 빙긋 웃었다. "《플레이보이》요."

"《플레이보이》요?" 나는 작게 속삭였다. 당연히 농담이라고 생각했다. 보스가, 터틀넥에 슬랙스를 입고 다니는 보스가 포르노 매거진이라니?

하지만 휴는 단호하게 고개를 끄덕였다. "그 잡지에도 진지한 소설이 실려요. 지금도요." 그는 부자연스럽게 목을 가다듬었다. "그래야 '나는 기사가 좋아서 본다'고 당당하게 말하죠. 아무도 안 믿어 주지만요. 그래도 원고료가 높아서 좋은 글이 많이 실리죠."

"보스가 〈햅워스〉를 팔았나요?" 그런 생각을 하자 왠지 모르게 심장 박동이 빨라졌다. "《뉴요커》에요?"

휴는 고개를 저였다. "아뇨. 그건 더 예전 일이에요. 도로시가 처리했을 거예요. 하지만 그 시점에 샐린저는 이미 모든 글을 《뉴요커》에만 싣기 시작했을걸요." 그는 한숨을 쉬며 머리를 비우려는 듯 가로저였다. "이 단편은 캠프에서 집으로 보내는 편지예요."라고 설명하는 그의 목소리가 어딘지 모르게 억눌리고 어색하게 들렸다. 화가 난 거야. 휴는 화가 났어. "시모어 글래스가 일곱 살 때 캠프에 가서 부모님께 쓴 편지죠. 60장 분량이에요. 캠프장에서 집으로 보내는 60장짜리 편지요."

"포스트모던한 느낌이네요." 내가 웃으며 말했다.

휴는 한숨을 내쉬더니 나를 보며 눈썹을 치켜올렸다. "그의 작품 중 가장 졸작으로 평가받는 글이에요. 그가 왜 이걸 단독으로 출판하고 싶어 하는지 모르겠네요." 고개를 흔들며 벽면에 늘어선 샐린저의 책들을 가리켰다. "그는 세간의 주목을 받고 싶지 않다고 하지만, 이게 출판되면 엄청난 이목을 끌 거예요. 난 이해가 안 돼요."

"그러네요." 나는 고개를 끄덕이면서도 조금은 알 것 같기도 했다. 그는 죽어 가는지도 모른다. 외로운 건지도 모른다. 이제는 관심을 받고 싶은 건지도. 한때 자신이 원한다고 생각한 것이 사실은 진짜 원하는 게 아니었다고 깨달은 건지도.

* * *

다음 날 아침 보스가 자기 방으로 들어가기 전에 내 책상 앞에 멈춰 섰다. "오키시스에 전화해서 카탈로그랑 책 견본을 보내 달라고 해."

그러고는 내가 고개를 끄덕이기도 전에 두툼한 카펫 위로 미끄러지듯 떠나갔다. 나는 선반에서 LMP(Literary Market Place, 문학 거래처 일람. 모든 미국 출판사의 이름과 주소, 직원 정보가 나열된 백과사전처럼 크고 두툼한 책자—옮긴이)를 꺼내 들었다. 당연히 '버지니아주, 알렉산드리아, 오키시스출판사: 로저 래드버리'도 수록돼 있었다. 샐린저를 굴복시킨 남자였다. 다른 직원 이름은 명단에 없었다. 나는 심호흡을 한 번 하고 전화를 걸었다.

"여보세요." 전화벨이 한 번 다 울리기도 전에 활달한 목소리가 튀어나왔다.

이 남자가 로저 래드버리일까? 순간 나는 할 말을 잃고 멍해졌다. 에이전시의 직원이라고 밝히면 샐린저를 대신해서 연락했다고 바로 알아챌까? 이번만은 차라리 보스가 대본을 줬더라면 좋았을 텐데 싶었다. "네, 안녕하세요." 나는 마침내 입을 열었다. "오키시스출판사인가요?"

"그렇습니다." 상대방이 대답했다.

"여기는 에이전시입니다." 에이전시의 이름을 언급하는 것만으로도 나는 평정을 되찾았다. "저희가 원고를 제안할 거래처를 새로 추가하는 중인데, 귀사의 최신 카탈로그와 도서 견본을 받아 볼 수 있을까 해서요."

"네." 남자가 반색하며 말했다. "저희 자료를 받아 주신다면 영광이죠!" 우리 에이전시의 이름을 알아챘는지 어떤지는 티가 나지 않았다. 우리가 샐린저를 대리한다는 걸 전혀 모르는 건가? 아닌 게 아니라 제리에게 직접 편지를 보낸 사람 아닌가.

"연락했어?" 전화를 끊자마자 보스가 물어왔다. 그녀가 자기 사무실에서 내 통화를 들을 수 있다는 건 상상도 못 한 터라 지난 몇 달간 다른 대화는 얼마나 엿들었을지 생각하니 얼굴이 살짝 붉어졌다.

"했어요." 내가 대답하자마자 그녀가 의자에서 일어나 내 책상으로 걸어오는 부스럭 소리가 들렸다. 곧이어 휴도 따라 나오는지 비슷한 소리가 이어졌다.

"어떤 출판사인지 한번 보자고." 보스가 호기심을 보였다. "어떤 종류의 책을 다루는지 봐야지. 제리가 책을 내려는 데가 어떤 곳인지. 책 만듦새가 어떤지도 보고. 제리는 그런 걸 많이 따지니까."

"정말요?" 내가 물었다. 샐린저 책의 한결같은(그리고 독특한) 스타일은 순전히 리틀브라운 출판사의 선택인 줄 알았다. 편집자가 책 디자인을 도맡는다고 생각한 것이다. 작가는 이야기를 쓸 뿐이고.

"맙소사!" 보스가 외쳤다. 휴는 너털웃음을 터뜨렸다. "그걸 몰랐어? 제리는 책이란 어떤 모습이어야 한다는 아주 확고한 신념을 갖고 있어. 표지뿐만이 아니야. 서체, 종이, 여백, 제본까지. 표지에 삽화는 절대 금지야. 텍스트만 허용되지. 전부 그의 계약서에 명시된 내용이야."

"작가 사진도 금지고요." 휴가 덧붙였다. "《아홉 가지 이야기》의 표지 때문에 영국 출판사를 고소할 뻔했다니까요."

"그건 과장이 너무 심하다." 보스가 외쳤다. "고소한 건 아니야. 그냥 불만을 나타낸 정도였지."

《호밀밭의 파수꾼》 초판 표지에는 삽화가 들어갔다. 회전목마의 말이 뒷발로 우뚝 선, 기이하면서 아름다운(그야말로 서정적인) 그림이었다. 내 책상에 앉아 곁눈질만으로도 그 표지를 볼 수 있었다. 하지만 첫 책이니 삽화를 금지하기 전이겠구나 싶었다. 작가로서 명성을 얻은 후에야 표지를 좌지우지할 수 있었겠지. 솔직히 그림을 금지하는 그의 마음이 이해되었다. 독자들이 사전 정보 없이, 다른 데 얽매이지 않고 자신의 작품을 접하길 바랐을 것이다. 역시 고매한 생각이었다. 아름다웠다. 하지만 문득 그런 건 불가능했을 거라는 깨달음이 찾아왔다. 다른 사람도 아닌 J. D. 샐린저였으니까. 그의 작품이라는 선입견 없이 책을 대할 수 있는 사람은 아무도, 단 한 사람도 없었을 것이다. 그 자신에 관한 선입견도 마찬가지고. 나 역시 그랬다.

그 후 몇 주간 내 거짓말은 사실이 되었다. 원고를 짊어지고 다니느라 금세 어깨가 쑤시기 시작한 것이다. 맥스와 루시가 주는 원고를 읽으면서 내 삶의 질감이 변했고, 하루하루를 이루는 씨실과 날실이 점점 더 복잡하고 짜릿해졌다. 집으로 가져오는 소설들(원고는 전부 소설이었다)은 올리비아가 단언한 대로 정말 형편없었지만, 괜찮거나 읽을 만한 것, 최소한 강렬하고 특색 있는 목소리를 지닌 것도 꽤 있었다. 맥스나 루시가 그 작가와 계약하지 않을 걸 알면서도, 책을 만드는 과정의 일부가 되었다는 사실에 전율을 느꼈다. 이 직업의, 이런 삶의 위계에서 아무리 밑바닥에 있다고 하더라도 말이다. 맥스나 루시가 내가 추천한 원고를 읽을 때마다 나는 놀라움에 며칠씩 어리벙벙한 상태로 돌아다니곤 했다. 원고를 읽는 건 대학원 시절의 독서와 정반대였다. 약간의 감정과 지성도 이용하지만 순전히 본능에 의존해야 했다. 이 소설이 통할까? 통하게 만들 수 있을까? 내게 감동을 주나? 나를 사로잡았나?

이제 밤마다 원고를 읽었다. 덕분에 끝없이 계속되던 술판과 파티에서 벗어났고, 이걸 빙자해 엄마의 전화를 물리칠 수 있었으며, 내 어설픈 시에서 고개를 돌릴 핑계도 생겼다. 그러면서 아이러니하게도 단편 몇 개를 끼적이고 있었다. 내가 이런 모험을 한다는 건 아무에게도, 특히나 돈에게는 절대 말하지 않았다.

4월 어느 날 오후 맥스가 내 자리로 찾아왔다. 흔치 않은 일이었다. 바쁜 사람이라 보스에게 급한 용무가 있지 않은 한 우리 사무동까지 넘어오는 일은 없었다. 이따금 그녀에게 계약에 관한 조언을 구하러 왔는데, 지금은 (그와 루시 둘 다) 파트너 에이전트가 되어 법률적으로나 재정적으로 온갖 복잡한 일이 많아진 것 같았다. "조애나." 그가 나를 불렀다. "오늘 밤에 다른 일정 있어요? 내 고객이 KGB에서 낭독회를 하거든요. 조애나가 그의 소설을 마음에 들어 할 것 같아서요. 뉴저지를 배경으로 한 멋진 성장 소설이에요. 1980년대 뉴욕도 나오고요. 조애나가 좋아하겠다 싶었죠. 내 느낌이 그래요. 같이 가요. 끝나고 다 같이 저녁도 먹을 거예요."

보스가 큰 소리로 목을 가다듬더니 (우리 대화가 방해된 듯) 방문을 닫았다. 하지만 다른 쪽에서는 (내 이름이 적힌) 또 다른 문이 활짝 열렸다.

* * *

여전히 보스는(그리고 다른 오래된 에이전트들은) 나를 가구 비슷하게 여겼다. 처음 일을 시작했을 때보다 더 심해진 것 같았다. 캐럴린과 보스는 내 책상 앞에서 한 시간 넘게 죽치며 자신들의 일상을 미주알고주알 떠들어 댔다. 어디어디 식당의 로스트 치킨이 맛있네, 캐럴린은 금연을 작심하여 담배 맛을 떨어뜨리려고 냉동실에 넣어 두었네, 두 사람 동네의 버스 노선이 바뀌네, 대니얼은 이번에 또 새로 바꾼 치료약에 적응 중이네, 하면서. 그러던 5월 중순 어느 날(나는 지난주에 조용히 스물네 살이 되었다) 타이핑을 하느라 여념이 없을 때, 캐럴린이 자기 친구 조앤과 존 그리고 두 사람의 딸 이야기를 꺼냈는데, 그 딸의 이름이 굉장히 특이하면서도 이상하게 귀에 익었다. 그녀가 조앤과 존의 이름을 꺼내는 건 전에도 들어 봤지만, 그게 조앤 디디온과 존 그레고리 던이라는 게 그제야 벼락처럼 떠올랐다. 캐럴린은 두 사람과 절친한 사이라 그들의 사소한 사건(화장실을 보수한다든지 비행기를 놓쳤다는)까지 떠들어 댔다.

"캐럴린은 어떤 사람이에요?" 나는 다음 날 당장 제임스에게 물었다. "어떤 이력을 갖고 있죠?"

그가 어깨를 으쓱했다. "나도 잘 몰라요. 입이 아주 무겁거든요. 아마도 부잣집 딸이고 젊은 시절엔 꽤 자유분방하게 논 것 같아요."

나는 그를 빤히 바라보았다. "왜 직접 안 물어봐요? 좋은 분이잖아요."

그가 짓궂은 미소를 지었다. "그리고 술이 들어가면 바로 시동이 걸리죠." 취하면 잠이 든다는 소리처럼 들렸다. 하지만 그건 어지간히 마시고 난 후의 일일 것이다. "캐럴린 책상에 놓인 게 물이 아닐 때도 있다는 건 알죠?"

"에이, 농담이겠죠!" 나는 소리를 질렀다. 그러다가 내 보스의 책상에서 본 온갖 컵과 텀블러가 생각났다. "설마!"

그가 으쓱했다. "우리랑은 세대가 다르니까요."

그 후 몇 주간 회람 서류철을 전달하고 나면 캐럴린의 문 앞에서 알짱거렸고, 직원들이 리셉션 구역에 모여 한 잔씩 하는 금요일에도 반드시 그녀의 옆자리를 사수했다. 하지만 말 한마디 나눠 보지 못했다. 이유는 명확했다. 그녀의 눈에는 내가 안 보이는 것 같았다. 나는 그저 사무실 풍경의 일부였던 것이다. 1년 넘게 에이전시에서 일하는 동안 그녀가 내게 말을 건 적은 단 한 번도 없었다. 그녀의 책상에 회람 서류를 내려놓을 때도 내 쪽으로 고개를 한 번 끄덕일 뿐이었다. 처음에는 불쾌했지만, 시간이 지나면서 과묵하게 품위를 지키는 것이 그녀의 특이한 성격이라는 걸 알았다. 물론 그녀에게 나는 개인이 아니라 직책에 불과하다는 사실을 깨달았다. 여기서 수십 년간 일하며 나 같은 사람을 몇 명이나 봤을까. 수십 명은 되지 않을까? 우리는 쓰고 버리는, 언제든 교체 가능한 인력이었다. 모직 스커트나 줄무늬 넥타이 차림으로 돌아다니며 책에 대한 열망으로 동그란 눈망울을 반짝이는. 그녀는 우리를 거들떠볼 필요가 없었다. 어차피 1년 후면 바뀔 테니까.

5월 어느 토요일 버스를 타고 늦은 생일 파티를 하러 부모님 댁에 갔다. 저녁 식사를 마치자 아빠가 서재로 부르더니 작은 봉투 세 개를 내밀었다. "이걸 너한테 넘겨주마. 너도 이제 직장인이니까 때가 된 것 같구나."

나는 맨 위에 놓인 봉투를 내려다보았다. 시티은행.

아빠는 "청구서야." 하더니 봉투들을 다시 가져가서 반송 주소를 살펴보았다. 그리고 봉투 두 개에서 내용물을 꺼내 높이 들고는 내게 선물하듯 보여 주었다. "여기 두 개는 네 신용카드 청구서야." 내가 어리둥절해하는 걸 눈치 챘는지 아빠는 설명을 이어 갔다. "너 신용카드 두 장 있지?" 나는 고개를 끄덕였다. 아빠는 흰 머리를 만지작거리며 나쁜 소식을 전하기 전에 으레 하듯이 위로하는 표정을 지었다. 10대부터 봐 온 익숙한 표정이었다. "너도 기억할 거라고 생각하는데 [이건 극도로 곤란할 상황일 때 사용하는 가짜 영국식 억양이었다. 액터스 스튜디오(1947년 뉴욕에 설립된 연기자 양성소─옮긴이) 다닐 때 집사 역할을 하며 다진 기술이었다], 너 대학 들어갈 때 우리가 만들어 준 카드였지. 그걸로 책이든 뭐든 (아빠는 양손을 올리며 으쓱했다.) 알아서 사라고. 비행기표나 신발이나." 손바닥에 땀이 배어나기 시작했지만 나는 묵묵히 다시 고개를 끄덕였다. "네가 학교 다니는 동안은 내가 이자를 냈어. 하지만 이제 공부를 마쳤으니 네가 이어받을 수 있겠지." 나는 아빠를 빤히 바라보았다. 너무 놀라 고개도 끄덕여지지 않았다. 대학과 대학원에 다니는 동안 일을 두 개씩 했지만, 기본 생활비는 부모님이 기꺼이 지원해 준다는 생각에 내 돈은 잡다한 일을 하거나 작은 사치품을 사는 데 썼다. 내가 그렇게 생각한 건, 그러니까 두 분이 그렇게 말했기 때문이다. 심지어 엄마는 내가 돈 버는 걸 말렸다. "어차피 일은 평생 해야 하잖니?" 엄마가 늘 하는 잔소리였다. "지금은 학업에만 집중해."

아빠가 세 번째 봉투를 들어 올렸다. "이건 네 학자금 대출이야." 나는 입이 바싹 말라붙었다. 아빠의 설명이 계속 이어졌지만(저금리, 통합 대출, 연방 어쩌고저쩌고, 펠 장학금) 무슨 말인지 하나도 귀에 들어오지 않았다. 학자금 대출? 나는 내셔널 메릿 장학금을 받으며 대학에 다녔는데.

"난 대출 서류를 작성한 기억이 없어요." 이렇게 말하는 동안에도 말라비틀어진 혀가 잇몸 뒤에 쩍쩍 달라붙었다.

"아, 내가 대신 했다." 아빠가 초조하게 손사래를 쳤다. "네 서명을 위조했지. 항상 그런 걸 뭐."

"내 장학금은……." 나는 말을 잇지 못했다. 이제 와 그걸 물어서 뭐 하겠는가. 무슨 소용이라고.

"매년 그 금액으로는 부족했어. 그리고 학자금 대출을 받는 게 너한테도 도움이 되겠다고 생각했지. 이런 건 유용한 빚이고 이자는 세금에서 공제되니까." 무슨 소린지 전혀 못 알아들었지만 나는 최대한 밝게 고개를 끄덕였다. "게다가 이걸로 신용 점수도 쌓여. 집을 사거나 할 때 신용 등급이 높은 게 유리하니까. 신용카드도 마찬가지고. 덕분에 지금 넌 신용 등급이 아주 우수한 상태지."

"좋네요." 나는 억지로 미소를 지으며 대답했다. 아빠는 과장된 동작으로 내게 봉투들을 건네주었다. "제가 집을 산다면 말이죠. 네."

"다음 달부터는 청구서가 너한테 직접 발송될 거야."

"알았어요." 나는 침울하게 대답하고는 눈물을 들키지 않으려고 얼른 등을 돌려 방을 나갔다. 어릴 때 쓰던 침대에 눕자 그제야 뜨거운 눈물이 콸콸 쏟아져서 낡은 베개에 얼굴을 파묻었다. 베갯속에서 먼지가 피어올랐다.

한참 후 겨우 눈물을 닦고 봉투들을 열어 보았다. 첫 번째 신용카드 청구액은 5,643달러였다. 다음 카드는 6,011달러였다. 체이스은행과 시티은행에 만 1,000달러를 빚진 것이다. 내 연봉의 3분의 2에 가까운 금액이었다. 어떻게 5년간 만 1,000달러나 썼지? 대체 어디에? 물론 책을 사긴 했다. 집에 오는 비행기표도. 런던에 있을 땐 식사도 해결해야 했고 전화 요금도 나갔다. 부모님은 일주일에 두 번씩 전화하라면서 그럴 때 이 카드를 쓰라고 신신당부했다. 신발도 몇 켤레 샀다. 배낭도 몇 개. 없어도 생활하는 데 불편하지 않은 물건들도. 이제야 그것들을 전부 되돌리고 싶어졌다. 돈을 함부로 낭비하는 일은 절대 없었지만, 생각지도 못한 청구서를 떠안을 줄 알았다면 쓰지 않았을 돈도 많았다. 나는 정말 바보였다.

학자금 대출 고지서는 훨씬 더 무시무시했다. 내가 진 빚이 전부 얼마인지는 나오지 않았지만(그랬다면 더 우울했겠지만) 앞으로 열흘 안에 5월분인 473달러를 납부해야 한다고 명시돼 있었다. 2주 치 봉급이었다. 월세를 내고 나면 남는 돈도 별로 없었다. 지금 내 수중에는 473달러가 없고 열흘 안에 생길 일도 없다는 당면한 문제에 신경 쓸 겨를이 없었다. 나는 월세와 식비조차 간신히 해결하는 처지였다.

"조?" 엄마가 거실에서 부르는 소리가 들렸지만 차마 대답이 나오지 않았다.

열흘 정도 지나 오키시스에서 보낸 소포가 도착했다. 에어캡 봉투 겉면에 에이전시의 이름이 자필로 적혀 있었다. 그날 오후 보스는 이 문제에 관한 입장을 정리하려는 듯 자료를 훑어보고 또 훑어보았다. 그리고 하루가 다 지날 무렵 내게 꾸러미를 돌려주었다. 벌써 며칠째 비가 내리는 스산한 날이 이어지고 있었다. 휴가 그녀의 사무실로 달려 들어가 창문을 하나하나 닫는데도 보스는 불평하지 않았다. "좋아." 그녀가 피곤한 목소리로 말했다. "이걸 제리한테 보내는 게 좋을 것 같아. 동봉할 편지 내용을 불러 줄게. 아니, 내일 해도 되겠다."

"네." 나는 깜짝 놀라서 대답했다. 보스는 내일로 미루는 사람이 아니었다. 당장 해치워야 직성이 풀리는 사람이었다. 어쩌면 《햅워스》 사태가 저절로 녹아서 사라져 버리길 바라는 건지도 모른다. 책을 보내지 않고 내일까지 기다리면 샐린저가 정신을 차릴지도 모르니까. 내일이면 그가 전화가 걸어와서 "그 작자는 위선자야. 내가 제정신이 아니었나 봐."라고 말할지도. 이 거래는 어마어마한 양의 작업을 필요로 하지만 에이전시의 수중에 떨어지는 돈은 설령 있다 해도 미미한 액수일 터였다. 하지만 그 출판사의 책이 우리 손에 들어온 이상 상황은 조금씩 구체화되고 있었다.

다음 날 아침(여전히 춥고 비가 내리는)이 돌아왔고, 나는 타자기로 얼떨떨할 만큼 짧은 서신을 작성했다. '제리, 오키시스출판사에서 최근에 출간된 책 몇 권과 최신 카탈로그를 동봉하니 살펴보기 바랍니다. 어떻게 생각하는지 답변을 기다리겠습니다.' 그리고 코니시로 부쳤다. 다시 기다림의 시간이 찾아왔다.

답을 기다리는 동안 보스는 다른 어떤 일에도 집중하지 못했고, 나는 일을 시작한 이후 처음으로 밀려드는 타자 업무에서 벗어났다. 대신 책상에 앉아 원고를 읽었다. 샐린저가 연락해 올까 봐 일상적인 전화는 전부 피했다. 그리고 보스에게 배운 대로 계약서를 세세히 살피며 잘못된 문장과 단어를 찾았다. 지루한 작업이지만 잡념 없이 몰입할 수 있어서 좋았다. 이것까지 끝내고 나자 더는 할 일이 없어서 샐린저의 팬레터로 눈을 돌렸다.

몇 달째 내 책상에 방치된 편지들이 휴의 서류 더미와 비슷한 높이로 쌓여 갔다. 그래서 바로 지난주에 내 책상 오른쪽 아래에 있는 커다란(텅텅 빈) 서류함에 전부 쑤셔 넣었다. 팬레터는 조금씩이라도 매일 꾸준히 배달되었고, 1~2주에 한 번씩은 샐린저의 출판사에서 커다란 꾸러미에 담아 보내왔다. 나와 비슷한 누군가가 매주 몇 시간씩 매달려서 그쪽 주소를 지우고 우리 주소를 써 넣은 것이다.

하루는 샐린저에게 연락이 오기를 기다리며 새 팬레터를 넣으려고 서랍을 열었다가 공간이 꽉 찬 걸 알았다. 한 번에 하나씩 하자. 나 자신을 토닥였다. 오늘 하루에 다 할 필요는 없어. 심호흡을 한 번 하고 맨 위에 있는 편지 몇 통을 집어 들었다. 아, 어디 보자. 윈스턴세일럼에 사는 소년이군.

저는 홀든을 생각할 때가 많습니다. 느닷없이 그가 머릿 속에 떠오를 때면, 그가 동생 피비와 춤을 추거나 펜시고 등학교의 화장실 거울 앞에서 빈둥거리는 모습을 상상해 봅니다. 처음에는 그를 생각하면 제 얼굴에 바보 같은 미소가 걸립니다. 참 웃기는 친구야, 하면서 말이죠. 그러다가 더럽게 우울해집니다. 제가 그렇게 우울해지는 건 아주 감정적인 상태일 때 홀든이 생각나기 때문일 겁니다. 저는 꽤 감정적일 때가 많습니다……. 대부분의 사람은 제가 어떤 생각을 하고 어떤 감정을 느끼는지 개의치 않는 것 같습니다. 그러다가 제게서 약한 모습을 보면, 젠장, 감정을 드러내는 게 대체 왜 약한 건지 모르겠지만, 시비를 걸어 댄다고요!

나는 타자기에 종이를 끼워 넣으며 표준 문안을 치기 시작했다. '이번에 J. D. 샐린저 작가님께 편지를 보내 주셔서 감사합니다. 이미 아시겠지만 작가님은 독자분이 보내 주는 서한을 받지 않습니다. 그런 연유로 귀하의 친절한 서신을……' 친절한 서신? 나는 거기서 멈추고 생각해 봤다. 최소한 이 답장만이라도 현대식으로 바꿀 순 없을까? 이 아이에게 작게나마 희망을 심어 줄 순 없을까? '꽤 감정적'인 아이에게? 나는 부욱 하고 타자기에서 편지를 당겨 빼서 쓰레기통에 던져 버렸다. 이 팬레터는 잠시 제쳐 두고 다른 걸 집었는데, 이번에는 '애달픈 편지'였다. 일리노이주에 사는 이 여성의 딸(샐린저를 좋아하는 작가 지망생)은 겨우 스물두 살에 백혈병으로 세상을 떠났다. 여성은 죽은 딸을 추모하는 문학 잡지를 창간해서 딸이 가장 좋아한 단편을 따라 '바나나피시'라는 이름을 붙이고 싶다고 했다. 샐린저 작가님이 허락해 주실까?

이것도 그리 간단한 문제는 아니었다. 나는 편지를 손에 든 채 휴의 사무실로 어슬렁어슬렁 들어가 상황을 설명했다. "'바나나피시'를 잡지명으로 쓰게 해 줄 수 있을까요?" 내가 물었다. "미친 사람 같지는 않아요." 나는 흰 종이에 '타임스 뉴 로먼' 서체로 쓰인 편지를 높이 들어 올렸다. "작가님이 이걸…… 승낙하실 가능성이 있을까요?"

"누가 알겠어요?" 휴는 한숨을 내쉬었다. "하지만 제리한테 물어볼 순 없어요. 그게 궁금한 거라면요." 나는 실망해서 고개를 끄덕였다. "그리고 우린 사용 허가를 내줄 수 없어요."

"그럼 그냥 표준 문안만 써서 보내요?" 생각만으로도 가슴이 죄어 오는 것 같았다.

"네." 그가 고개를 끄덕이며 말했다.

방을 나서는데 휴가 내 뒤통수에 대고 소리쳤다. "그런데 제목에는 저작권이 없는 거 알죠?"

나는 우뚝 멈춰 섰다. "무슨 말씀이세요?"

"제목에는 저작권이 부여되지 않아요." 그가 설명했다. "그러니까 내가 책을 한 권 써서 '위대한 개츠비'라고 이름 짓는 것도 얼마든지 가능하죠. 《위대한 개츠비》의 본문 내용을 표절하지만 않는다면요." 나는 아직 완전히 이해하지 못했다. "그분도 '바나나피시'라는 잡지를 창간할 수 있어요. 법적으로 아무런 문제가 없죠. 제목에는 저작권이 없으니까요. 단어에도 저작권이 없어요."

"어머!" 나는 탄성을 질렀다. "감사합니다."

"하지만 그 여자분께는 표준 문안을 보낼 거죠?" 휴가 장난스럽게 웃으며 과하게 힘이 들어간 말투로 물었다.

"당연하죠!" 나는 이미 책상까지 반은 도착한 상태였다.

'이미 아시겠지만.' 나는 타자를 치기 시작했다. '작가님은 독자분들이 보내 주는 서한을 받지 않습니다. 그런 연유로 귀하의 친절한 서신을 전달할 수 없으니 양해 부탁드립니다. 귀하의 잡지에 바나나피시라는 이름을 사용하고 싶다고 문의

하셨는데, 저희는 그런 승인을 해 드릴 수가 없습니다. 그 단어의 사용권이 샐린저 작가님께 있지 않기 때문입니다. 제목에는 저작권이 부여되지 않습니다. 단어에도 저작권이 부여되지 않습니다. 그러니 얼마든지.' 나는 계속 써 내려갔다. 원하시는 대로 하셔도 됩니다. 이쯤에서 멈춰야 했지만 나는 그대로 편지를 이어 갔다. '삼가 고인의 명복을 빕니다. 새로 추진하시는 일을 통해 다소나마 위안을 얻길 소망합니다. 문학잡지는 따님을 추모하는 데 더할 나위 없는 매체라고 생각됩니다. 마음속 깊이 행운을 빌겠습니다.'

뒷걸음치고 싶은 마음이 들기 전에 재빨리 서명하고 발송했다. 원본 편지는 쓰레기통에 버리는 게 원칙인 걸 알지만 차마 내버릴 수가 없었다. 윈스턴세일럼 소년의 말이 떠올랐다. '대부분의 사람은 제가 어떤 생각을 하고 어떤 감정을 느끼는지 개의치 않는 것 같습니다.' 나는 바나나피시 편지를 손에 꼭 쥐고 서류 서랍을 열어 아무런 목적 없이 비어 있는 마닐라 봉투(마닐라 종이로 만든 서류 폴더—옮긴이)에 꽂아 넣었다.

지난 1월 에이전시에서는 클레어 스미스트의 공식 은퇴 파티가 성대하게 열렸다. 에이전트로 일한 클레어는 내가 첫 출근을 했을 때 이미 사무실을 비운 상태였지만, 파티 전에 한두 번 얼굴을 비췄고, 그때마다 그녀의 우렁찬 웃음소리가 복도에 메아리쳤다. 몸집은 작아도 에너지 넘치는 데다 그렇게 나이 든 것도 아닌데(60대 초반 정도로 추정된다) 왜 벌써 은퇴하는지 궁금했다. 플로리다로 이주해서 골프나 치며 유유자적할 타입으로는 보이지 않았다. 내 궁금증을 채워 준 건 물론 휴였다. 그녀는 암에 걸렸다고 했다. 폐암. 말기. 사무실에 놀러 올 때면 머리에 터번을 썼는데, 나는 순전히 패션 소품인 줄 알았다. 내 보스의 패션(큼지막한 반지와 목걸이, 형태가 모호한 옷)은 터번의 바로 전 단계였다. "하지만 음……." 나는 그만 하라는 내면의 경고를 무시한 채 말을 이었다. "담배를 피우지 않았나요? 지난번에 왔을 때요."

"맞아요." 휴가 한숨을 쉬었다. "피웠죠. 이제 와서 끊는 건 아무 의미가 없다면서요."

점심 미팅 때부터 마티니를 연거푸 마시던 지난 시대에 클레어는 출판계를 주름잡는 진정한 여장부였다. "그분은 정말 탁월한 에이전트였어요." 제임스가 침울하게 말했다. 그녀는 내 보스에게도 친구이자 조언자인 중요한 사람이었다. 보스는 중서부의 독일계 집안 출신으로 감정 표현을 꼴사납게 여기는 금욕적인 성격이었다. 가장 좋아하는 말이 "조금 더 분발해!"였다. 그래서 매일 함께 일하면서도 그녀가 애도 중이라는 걸 깨닫는 데 이렇듯 오랜 시간이 걸린 것이다. 그녀는 클레어가 떠나기 전에는 과거의 에이전시를, 5월이 된 지금은 클레어를 떠나보낸 상실감에 아파하고 있었다.

1월만 해도 나는 클레어가 은퇴하면 그녀의 고객들은 어떻게 되는지 궁금해할 정신조차 없었다. 하지만 몇 달이 지나면서 서서히 알았다. 내 보스가 넘겨받은 것이다. 그리고 그들은 떠나가고 있었다. 줄줄이. 하루가 멀다 하고 보스의 사무실 전화가 울렸고(팸이 그녀에게 직접 연결해 주었다는 건 상대가 주요 고객이나 편집자라는 의미였다) 그녀는 진심으로 기뻐하며 반겼다. "스튜어트, 오랜만에 목소리를 들으니 참 좋네요! 어떻게 지냈어요?" 재빨리 방문이 닫혔다. 그렇게 10분쯤(때로는 훨씬 길거나 훨씬 짧았지만) 지나면 문이 벌컥 열리면서 그녀가 큰 소리로 휴를 불렀다. 그리고 방에서 튀어나오는 그에게 말했다. "하나 더 빠져나갔어."

보스가 맡은 고객은 손에 꼽을 정도밖에 없었다. 여성 건강 전문 기고가(어느 정도 이름 있는 환경 전문 기고가인데, 자기 이야기를 여성지에 투고한 다음 뒷일을 맡아 달라고 본인이 우리에게 계약서를 보내왔다) 역시 같은 방식으로 연락해 왔지만, 이미 저작이 몇 권 있었다. 또 한 명은 열렬하고 광적인 추종자들을 거느린 신비한 사변소설 작가였다. 그리고 마지막 한 명은 그나마 샐린저의 명성에 발꿈치만큼이라도 따라가는 유일한 사람이라 나는 그를 보스의 '두 번째 고객'으로 여겼다. 권위 있는 MFA 프로그램에서 강의한 유명 시인이며, 소설을 몇 권 출간해 호평을 받았다. 그중 한 소설은 부조리하게도 역시나 광적인 숭배자들이 생겼고, 그 밖에 격조 높으면서 조용히 생각해 볼 만한 추리소설 시리즈도 있었다. 한

번은 보스가 좀처럼 내비치지 않는 경외감을 담아 "그는 어떤 글이든 쓸 수 있어."라고 평하기도 했다.

"상황이 변하고 있어." 어느 날 오후 보스가 언제나처럼 손에 담배를 쥔 채 내 타자기 앞을 서성이며 말했다. 인터컨티넨탈 호텔에서 지인과 점심을 먹고 돌아온 참이었다. 시간은 4시가 다 되어 가고 있었다. 나중에 돌이켜 보니 그때 보스는 조금 취했던 것 같다. 아직도 《햅워스》 건으로 샐린저의 답을 기다리는 중이었다. "예전의 문학 에이전시는 명예를 중시했어. 인간 대 인간으로 비즈니스를 했지. 편집자들이랑 점심을 먹으면서. 그들이 좋아할 만한 원고를 보여 주면 그쪽에서 사는 거야. 그렇게 편집자와 작가가 연을 맺으면 오랜 시간을 함께 했지. 작가 인생 내내 함께였다고!" 나는 맥스웰 퍼킨스와 토머스 울프를 떠올리며 고개를 끄덕였다. "요즘 사람들은 그저 옮겨 다니기 바빠. 책 한 권 팔고 나면 편집자는 뒤도 안 보고 떠나. 작가들이 책을 한번 내려면 돌고 돌아 편집자를 세 명은 거쳐야 한다고." 그녀는 격분해서 고개를 흔들었다. 부드러운 회갈색 머리카락이 물결치듯 얼굴로 흘러내렸다. 그녀는 아름다운(윤기 있고 매끄러우며 흰 머리도 없는) 머릿결이 무색하게 바가지머리처럼 이상한 스타일로 자르고 다녔다. "그러고 나면 출판사는 책이 잘 안 팔렸다며 다음 책은 같이 못 하겠다고 통보하는 거야."

나는 동감하며 고개를 끄덕였다.

"예전의 에이전트들은 정직했어. 동시다발적인 제안 같은 건 안 했지(그녀는 입에 담기도 혐오스럽다는 듯 콧등을 찡그렸다). 경매에 붙여서 출판사들을 입찰 경쟁에 끌어들이지도 않았어. 그건 에이전시의 방식이 아니야. 우린 한 번에 한 편집자에게만 보내. 작가와 편집자를 연결해 주는 거지. 도의를 지켜야 하니까."

나는 맥스가 책을 경매에 붙인 걸 알았지만(보스가 그 사실을 안다는 것도 알았지만) 말없이 고개를 끄덕였다. 사실 경매를 반대하는 그녀의 의견이 완전히 납득되지도 않았다. 내가 이해한 게 맞는다면, 이건 작가에게 최대한의 수익을 가져다주는 방식이었다. 그게 왜 잘못된 거지? 보스는 내가 물어보지도 않은 내 질문에 답하기 시작했다.

"그래서는 좋은 게 하나도 없어. 작가를 위해서라고 하지만 (그녀는 거만하게 손사래를 쳤다.) 결코 얻을 수 없는 이익을 부풀려서 환상을 심어 줄 뿐이야."

그러더니 안경을 벗고 가느다란 엄지와 검지로 눈꼬리 안쪽을 문질렀다. 그때까지 나는 그녀가 안경을 벗은 걸 본 적이 없었다. 맨눈이 드러나자 10년은 어려 보였고, 거대한 안경테 때문에 작아 보였던 연한 눈동자가 두 배는 커진 것 같았다. 이제 보니 눈동자 색도 파란색이 아닌 초록색이었다. 늘 우리 엄마 또래일 거라고 생각했는데(예순다섯 정도) 이제 보니 그냥 어린 정도가 아니라 훨씬 연하인데 노숙하게 꾸

미고 다니는 것 같았다. 교정 신발과 카프탄(터키 등지에서 입던 소매가 길고 앞자락을 띠로 매는 형태의 상의—옮긴이), 알반지 등으로. 무대 의상 같은 걸까? 무엇을 위한?

"생각해 봐. 작가한테 돈을 주면 다 써 버리고 말아. 그게 작가들의 습성이야. 초장부터 거금을 쥐여 주면 작가는 그걸 죄다 써 버린다고. 처음엔 돈을 조금만 주는 게 좋아. 먹고사는 건 문제없지만 자기가 부자라는 생각은 못 할 만큼. 안 그러면 다음 책은 영영 못 쓰거든."

보스에게 에이전시는 단순한 사업체가 아니라 삶의 방식이자 문화, 공동체, 가족이었다. 차라리 아이비리그의 비밀스러운 모임이나(내가 그런 수준까지 목격하는 데는 시간이 걸리겠지만) 종교에(관습이 정해져 있고 섬길 신들이 있다는 점에서) 가까웠다. 가장 높은 신은 샐린저였고, 피츠제럴드는 신의 아들, 딜런 토머스와 포크너, 랭스턴 휴스, 아가사 크리스티가 그 밑에 있는 신들이었다. 에이전트는 신들을 섬기기 위해 그곳에 존재하는 성직자에 불과해서 언제든 대체될 수 있었다. 그 말은 곧 내 보스가 (그녀의 관점에서는) 클레어의 고객들을 대리할 자격이 있다는 것이었다. 하지만 그보다도 보스는 그런 작가들이 자신과 같은 눈높이에서 세상을 본다고 믿었다. 에이전시를 향한 충성이 먼저고 클레어는 그다음이라는.

그만큼 보스는 살아 있는 작가들에 대해 아는 게 없었다.

그들이 가장 충성하는 건 자기 자신이고 그다음은 자신의 작품이라는 걸 알고는 진심으로 충격을 받았으니까. 나는 보스 앞에서 아무 말도 못 했지만(내 나이가 스물넷이었으니까) 진실을 가르쳐 줘야 했다.

돈은 지쳐 버렸다. 시답잖은 일을 하는 것도, 주머니에 땡전 한 푼 없는(어쩌다 있어도 가벼운) 처지도 지긋지긋해졌다. 결국 여름까지 소설을 완성하여 에이전트들에게 보내기로 작정했다. 이제 퇴근해서 집에 가 보면 그는 체육관이 아닌 자기 책상에서 모니터를 노려보며 손톱을 물어뜯거나 미친 듯이 자판을 치느라 바빠서, 잠시 일어나 내게 잘 다녀왔냐고 인사하는 것조차 버거워했다. "자기가 집에 왔다고 갑자기 흐름을 전환할 순 없어." 그는 퉁명스럽게 말했다. "난 일하는 중이라고." 그야 나도 충분히 이해했고, 혼자 일이나 독서를 할 자유가 생겨서 반갑기도 했다. 그러면서도 그가 소설을 팽개치고 내게 키스를 퍼부은 다음 소파에 앉아 오늘 있었던 이야기를 들어 주지 않자 왠지 모르게 기분이 상했다.

5월 어느 날 저녁에 퇴근하려는데 전화벨이 울렸다. "L에서 만나자." 돈이었다. "그만 집에서 탈출하고 싶어. 카페에 앉아서 일하는 것도 괜찮지 않아?"

"그거 좋겠다." 나도 동의했다.

그리고 한 시간 후 삐걱대는 나무문을 열고 카페에 들어갔더니 작고 둥그런 테이블 앞에서 노트북에 고개를 처박고 있는 돈이 보였다. 얼굴 위로 머리카락이 흘러내리고 무릎에는 수첩이 펼쳐져 있었다. "부바." 그가 일어나서 두 팔로 나를 감싸 안았다. "비에 쫄딱 젖었구나."

우리는 커피와 함께 크림치즈와 구운 피망을 곁들인 베이글(L의 특선 요리)을 먹었다. 돈은 평상시처럼 모니터를 노려보다 이따금 한두 자를 입력했고, 나는 유선 노트에 내 자작시를 적어 놓고 요점을 붙잡으려 애썼다. 그러다가 가끔 돈이 테이블 너머로 내 손을 잡고는 힘을 꽉 주었다. 그의 손은 내 손이랑 크기가 거의 비슷했다. 손가락 길이까지도 비슷했지만 바닥 면적이 넓고 언제나 따뜻해서 아이 손 같았다. 순간 대학 때부터 사귄 남자친구의 기다랗고 섬세하며 서늘한 손이 떠올랐다. 나는 그의 손이 책장을 넘기거나 사과를 자르는 모습에 푹 빠져들었다. 그 손으로 내 갈비뼈며 목을 어루만져 주는 게 좋았다. 욕망으로 숨이 가빠졌다. 그만! 나는 정신이 번쩍 들게 커피를 한 모금 마시며 진정했다. 돈과의 미래를 상상해 본 적은 없었다. 그럴 만한 시간도 없었다. 그는 마치 강풍처럼 내 인생에 들이닥쳐서는 내가 정확히 알지도 못하면서 진실이라 믿은 모든 사소한 전제에 의문을 품게 만들었다. 사람은 응당 세금을 내야 하고, 매일 여덟 시간씩 자야 하며, 스웨터를 갤 때는 안에 얇은 종이를 대야 한다는. 하지만 내가 정말로 그에게 끌린 이유를 생각해 보면, 바로 이

거였다. 밤중에 카페에서 소설을 쓰는 일에 무한한 기쁨을 느끼는 남자라는 것. 나는 우리에겐 공통된 소망이 있다고 생각했다. 다른 무엇보다 간절한 소망. 바로 작가의 삶.

몇 분쯤 흘렀을까, (시도 어느 정도 마무리되어) 노트에서 눈을 들었더니 돈이 카페 중앙의 어딘가를 멍하니 바라보고 있었다. 몸을 돌려 그의 시선을 따라가 보니 한 여자가 카운터에서 커피를 주문하고 있는 게 아닌가. 윌리엄스버그는 작은 동네라 예전에도 저 여자를 본 기억이 있었다. 훤칠하고 가녀린 체형에다 이목구비도 인상적이었다. 커다란 매부리코에 작고 움푹 들어간 눈, 길고 곡선이 뚜렷한 입매. 머리는 검은 직모인데 관자놀이 부근에 샛노란 줄이 들어가 있었다. 긴 다리를 감싼 스키니 바지 차림이 갤러리에서 일할 것처럼 패셔너블하면서도 수수해 보였다.

"아는 여자야?" 나는 돈에게 물었다.

"아니, 하지만 알고 싶어지네." 그가 대답했다. "저 여자를 보면서 이런 생각이 들었어. 못생겨도 섹시하다는 소릴 듣는 남자가 많잖아. 남자는 객관적으로 못생겨도 진짜 섹시할 수 있어. 제라르 드파르디외처럼. 하지만 못생긴 여자는 대체로 그냥, 그러니까, 못생겼어." 그는 낄낄거리더니 양손을 머리 뒤에서 깍지 꼈다가 쭉 뻗었다. "그런데 몇 안 돼도 안 그런 여자가 있는 거야."

"저 여자처럼." 내가 천천히 말했다. 돈이(명목상이긴 해도 내 남자친구가) 내 뒤에 서 있는 여자의 매력을 평가하다니 믿어지지 않았다. 하지만 그는 그러고 있었다.

"그래, 잘 봐봐." 그는 테이블 너머에서 내 쪽으로 몸을 기울이며 말했다. "몸매는 끝내주지만 코가 너무 크잖아. 그런데 오히려 그 점 때문에 더 매력적이야."

나는 "흐음." 하며 다급히 노트북을 가방에 집어넣었다. "난 집에 갈게."

돈이 나를 쳐다보았다. "그럼 같이 가."

"아니, 넌 그냥 앉아 있어. 여긴 네 흥미를 끄는 것들이 (나는 두 팔을 활짝 뻗었다.) 어마어마하게 많은 것 같으니까. 나중에 봐."

퀼트 이불을 돌돌 만 채 침대에 누워 책을 읽고 있었더니, 한 시간이 조금 더 지나서 돈이 들어왔다. 그는 침대 끄트머리에 앉아 이불 위로 내 팔을 쓰다듬었다. "있잖아, 부바, 남자들은 원래 여자 구경을 좋아해. 몸에 밴 습성이지."

"그래?" 나는 로리 콜윈의 《패밀리 해피니스》에서 눈을 떼지 않으며 말했다. 어퍼이스트사이드의 유부녀가 장기간의 외도를 통해 가정의 평온을 찾아 나가는 이야기였다.

"그래." 돈이 말을 이었다. "난 그 여자한테 반한 게 아니야. 그냥 흥미로웠어. 그렇게 객관적으로는 매력 없게 생긴 여자가……."

"알아, 알아." 나는 더 듣고 싶지도 않았다. "어떤 마음인지 이해됐어."

"넌 이해 못 해." 무뚝뚝한 말투는 아니었다. "너는 인생이 동화 같아서 남자가 여자와 사랑에 빠지면 다시는 한눈 같은 건 팔지 않는다고 생각하지. 하지만 현실은 그렇지 않아." 나는 긴 한숨을 토해 내며 책을 내려놓고 그를 마주 보았다. "오 벌린에서 사귄 네 불교도 남자친구는 세상에 너밖에 없고 너만을 여자로 봤겠지. 여성학 수업을 하도 많이 들어서 지나가는 어린 여자를 보고 '섹시한데'라고 생각하는 것조차 무서워했을 거야. 그럼 자기가 천하의 나쁜 놈이 되는 줄 알고 말이야." 그의 말투는 딱딱하게 굳어서 화난 사람처럼 날카로워졌다. "내가 한 가지 알려 주지. 세상 모든 남자는 세상 모든 여자를 훔쳐보면서 저 여자랑 잘까 말까 판단을 내려."

"알았어." 나는 이불을 내던지고 잽싸게 그의 옆을 지나 이를 닦으러 화장실로 뛰어갔다.

"남자란 태생적으로 다 그런 거야." 부츠 한 짝을 벗는 쿵 소리에 이어 나머지 한 짝까지 벗는 소리가 났다. "멈출 수 없는 본능이라고. 자기는 다르다는 놈이 있으면 순 사기꾼이야. 네 오벌린 남자친구도 마찬가지고."

샐린저는 오키시스출판사의 책 어떤 점이 마음에 들었을까? 책 내용이? 디자인이? 우리는 알 길이 없었다. 그러던 어느 날, 자료를 보내고 몇 주쯤 지났을 때, 전화를 받았더니 상대방이 "여보세요? 여보세요?" 고함을 지르고는 보스의 이름을 댔다. 이번에는 샐린저의 목소리와 성량을 제대로 알아들었다. "저 조애나입니다." 내가 크게 외쳤다. 신속한 진행을 위해 나 자신을 '수재나'라고 알려야 할지 잠시 고민한 후였다. "수재나인가요?" 샐린저가 정상적인 통화 음량으로 목소리를 낮추며 물었다.

"네, 작가님." 내가 빙긋 웃으며 대답했다. 수재나가 되어 주면 되지. 까짓것.

"아, 그럼 뭐 하나만 물어봅시다."

"그러세요." 대답해 놓고 가슴이 두방망이질을 쳤다. 샐린저에 관한 보스의 주의사항은 그와 대화를 시작하지 않는 데 초점이 맞춰져 있었다. 그가 대화를 걸어오면 어떻게 해야 할지에 관해서는 아무런 조항도 지침도 없었다. 아마 그런 상황은 몇 년간 발생하지 않았으리라. 어쩌면 몇 십 년간. 이번 《햅워스》건이 우리를 새로운 영역으로 밀어 넣었다. 샐린저 에티켓의 개척 시대로.

"버지니아의 그 친구가 보내 준 책들 봤죠?" 그가 물었다. 목소리는 약간 큰 정도였지만, 청력을 잃은 지 오래되어 말이 다소 두서없게 나오는 것 같았다.

"네, 봤습니다."

"수재나가 보기엔 어땠어요?"

"훌륭한 책들이라고 생각했습니다." 훌륭해? 어디서 이런 단어가 튀어나왔지? "그중에서도 몇 권은 특히 마음에 들었어요. 책 디자인을 물어보신 건가요?"

"책 말이오." 그가 부드럽게 말했다.

"네." 나는 어떻게든 생각을 모아 보려고 했지만 마음대로 되지 않았다. "그중에 몇 권은 특히 마음에 들었어요." 나는 똑같은 말을 반복했다. "하지만 거기 책을 예전에도 읽어 본 적이 있어요. 시집을 많이 출간하거든요. 아주 좋은 시집을요."

"시를 읽어요?" 그가 물었다. 질문이 한층 집중되고 명확해졌다. 심장이 두근거리기 시작했다. 지금 이 순간 보스가 걸어 들어온다면 굉장히 못마땅해할 터였다. "네." 나는 용기 내어 대답했다.

"시를 쓰기도 해요?"

"네." 그가 제발 같은 말을 반복하게 하지 말아 주기를, 금방이라도 보스가 들어올 수 있는 이 시점에 '시'라는 단어를 큰 소리로 발음하지 않게 해 주기를 간절히 빌었다.

"아, 그거 좋군요." 그가 반색을 했다. "그거 아주 반가운 얘기예요."

그때는 몰랐지만 그 후 몇 달이 지나서 (마침내 《시모어: 서문》을 읽고 나서야) 샐린저가 시를 영성과 동일시했다는 걸 알았다. 샐린저에게 시란 신과의 교감을 의미했다. 하지만 나는 보스를 배신하고 있다는 생각밖에 안 들었다. 겉보기에는 아니더라도 정신적으로. 바로 그때 그녀가 회계동을 지나

이쪽으로 다가오는 게 눈에 들어왔다. "보스와 말씀을 나누시겠어요? 지금 막 자리로 돌아오셨어요."

"네, 고마워요, 수재나." 그가 들릴락 말락 한 목소리로 말했다. "좋은 하루 보내요. 대화 즐거웠어요."

"제리예요." 보스가 내 책상 근처에 오기를 기다려 속삭였다.

"오!" 그녀는 외마디 소리와 함께 자기 사무실로 총총 걸어갔다.

필수적인 고함이 시작되었고, 필수적으로 문이 닫혔다. 그리고 한참 조용하다 싶더니 보스가 토끼눈을 하고 사무실에서 어슬렁어슬렁 나왔다. 두 볼이 붉게 상기되어 있었다.

"음, 그대로 진행하고 싶대." 그녀가 담뱃불을 붙이며 말했다. 체념을 가장한 말투였지만, 내 눈에 보스는 흥분돼 보였다. 사실 그동안은 일이라고 할 만한 게 별로 없었다. 그런데 이제 뭔가가 벌어지는 것이다. 이 계약 자체는 물론 작은 건이지만 세상에는 큰 뉴스였다. 누군가 알게 된다면 말이지만. 샐린저는 당연히 출간 발표를 원하지 않았고, 《퍼블리셔스 위클리》에 보고하는 것도, 《뉴욕타임스》에 그가 은둔 생활을 끝낸다는 기사를 내는 것도 반대했다. 우리는 아무에게도 발설해서는 안 됐고, 로저 래드버리 역시 아내에게도 비밀로 해야 했다. 의논할 때도 사무실에서만 특별히 제한해서 조심스럽게(보스의 이 표현은 '올리비아한테 말하지 마'라는 의미였다) 하고 밖에 나가서는 입도 뻥긋하면 안 됐다.

한 시간 뒤 그녀가 건네준 받아쓰기 테이프를 받고서야 그
녀의 감정이 얼마나 고양돼 있는지 확인했다. 편지는 '래드버
리 씨에게'라고 시작되었다. '이 글을 읽기 전에 먼저 자리에
앉는 게 좋겠습니다…….'

보스는 화려한 장식체로 편지에 서명했다. 그날 밤 내가 사
무실을 마지막으로 나섰고, 우편물을 48번가 모퉁이의 우체
통으로 가져간 것도 나였다. 좋아요, 제리. 어디 한번 해 봅시
다. 우체통에 슬쩍 밀어 넣자 편지는 부스럭 소리도 없이 살
며시 떨어졌다. 아마도 샐린저가 원하는 방식대로.

2
구석진 책장

5월도 거의 끝나 가는 어느 날 아침 보스가 또다시 휴를 찾으며 사무실에서 달려 나왔다. 휴는 잔뜩 기겁한 그녀의 목소리를 알아듣고 깜짝 놀라서(나도 마찬가지였다) 이번에는 즉시 튀어나왔다. "방금 주디한테 전화가 왔어." 보스가 힘없이 말했다. "사무실에 찾아오겠대. 그녀의 인세 지급 명세서랑 그동안의 저작을 전부 챙겨 놓고, 또 (짜증스럽다는 듯 손을 위아래로 휘둘렀다.) 뭐 있는 건 다 찾아봐. 기사랑 이것저것."

"그럴게요." 휴가 대답했다.

"주디요?" 내가 속삭이듯 물었다.

"아, 맞아요. 주디 블룸."

나는 입이 떡 벌어져서 되물었다. "주디 블룸이요?"

"네." 그가 무덤덤하게 대답했다. "아동 전문 작가요. 들어 본 적 있어요?"

"네, 들어 봤어요." 나는 웃음을 참으며 말했다.

"클레어의 고객이었어요. 이제 당신 보스에게 넘어가겠죠.

아니면 맥스에게."

나는 경건하게 《별 볼일 없는 4학년》과 《주근깨 주스》 《말괄량이 소녀들》 《포에버》 그리고 가장 좋아하는 《자기 자신을 연기한 샐리 J. 프리드먼(Starring Sally J. Freedman as Herself)》을 챙겨서 보스의 책상 한구석에 차곡차곡 쌓아 놓았다. 책들은 며칠 동안 그대로 놓여 있었다. 그러던 화요일 서신 몇 장을 전달하러 들어가니 보스가 《내 이름은 디니》의 표지를 자세히 살펴보고 있었다. 수요일에는 《포에버》의 첫 페이지를 책등이 갈라질까 조심스러운 듯 슬며시 들여다보고 있었다. 어린 시절 내 책꽂이에 있던 것과 같은 판본이었다. 표지에 금색 목걸이가 돋을새김으로 들어간.

목요일에 출근해 보니 보스는 벌써 책상에 앉아 있었다. 책은 모두 사라지고 없었다. "아, 일찍 왔군. 잘됐네." 내가 코트를 벗는 사이에 그녀가 말했다.

"네, 왔어요!" 나는 짐짓 발랄하게 대답했다. 실은 사무실에서 홀로 보낼 30분을 기대하고 있었지만 말이다. 최근 들어 사무실의 차분한 고요함을 즐기려고 점점 더 빨리 출근하는 중이었다. 가끔은 밀린 일을 할 때도 있었다. 가끔은 그냥 내 자리에서 책을 읽으며 커피를 홀짝이다가 그랜드센트럴역의 이탈리아풍 마켓에서 사 온 끈적끈적한 빵 포장을 사르르 벗겨 냈다. 가끔은 시를 끼적여서 타이핑을 해 보기도 했다.

"그럼." 보스가 내 쪽으로 다가오며 말을 걸었다. "뭐 좀 읽어 볼 수 있어? 원고 말이야. 급하게 읽어 줄 사람이 필요하거든. 오늘 밤에."

"얼마든지요." 나는 미소를 억누르며 침착하게 대답했다. 이날이 오기를 얼마나 기다렸던가.

"주디 블룸이라고 들어 봤어?" 그녀가 미간을 찌푸리며 물었다.

설마 이 대화를 또 하는 건가? "네, 들어 봤어요."

"음, 이번에 새 소설을 썼거든. 나는 읽어도 잘 모르겠어."

"좋아요!" 그리 놀라운 얘기는 아니었다. 보스는 내가 알기로 아이가 없고 그녀 자신도 아이였던 적이 없을 것만 같았으니까(그런 유의 성인들이 있지 않은가). 태어날 때부터 회갈색 바지 정장을 입고 손에 담배를 꼬나든 완성된 모습이었을 것 같은.

"오늘 밤에 읽어 볼 수 있어?"

두말할 것도 없었다.

* * *

그날 해 질 녘 코트를 팔에 걸친 채 집에 도착해 보니(아직 날이 따뜻하진 않아도 낮이 길어지고 공기도 포근해졌다) 복도 라디에이터에 나한테 온 편지가 놓여 있었다. 나는 숨을 헉 들이마셨다. 대학 때부터 사귄 남자친구의 자그맣고 깔끔한 글씨가 파란 잉크로 적혀 있었다. 내가 1년 전에 선물한 만년필로 쓴 거였다.

나는 재빨리 편지를 가방(런던에서 산 검은색 가죽 토트백)의 원고 옆에 반듯하게 끼워 넣고는 쿵쾅거리는 심장을 다독였다. 마음 같아선 당장 여기 복도에서 봉투를 뜯어 읽어 내려가고 싶었지만(상냥한 편지는 아닐 거라고 짐작하면서도) 차마 그럴 엄두가 나지 않았다. 지금 집에서 노트북 앞에 웅크리고 있을 돈이 생각나서는 아니었다. 그가 질투할까 봐 걱정되는 게 아니었다. 분명히 첫 문장을 읽자마자 감정의 물결이 몰아칠 텐데, 그렇게 무너질 나 자신을 감당할 수 없어서였다.

돈과 나, 우리는 그날 밤 파티에 가기로 돼 있었다. 파티는 언제나 있었다. 대학 친구의 부모님이 사는 고급 아파트나 그 친구들이 실제로 사는 허름한 아파트에서. 이런저런 로프트에서. 14번가에 있는 마크의 으리으리한 로프트는 건설 도급 사업장을 겸하는 곳이라 술에 취해 원형 톱에 기대는 일이 없도록 조심해야 했다. 강변 로프트는 커다란 창 너머로 맨해튼 스카이라인이 내려다보였으며, 스튜디오에는 미완의 그림이 가득하고, 주방은 사진 촬영장으로 쓰였다. 덤보 지구의 로프트는 깨끗한 신축 건물이며, 집주인들은 자신의 파티에 진짜 예술가들이 오는 걸 흡족해했다. 이스트빌리지의 공동주택은 주방이 다 부서져 가는 리놀륨 바닥이라 막판에는 불가

피하게 지붕에 올라가 강 건너 윌리엄스버그의 급수탑을 바라봐야 했다. 돈이 예전에 살던 아파트에서도 리와 그녀의 새 룸메이트가 파티를 열었으며, 내 오래된 친구 로빈의 리버사이드 아파트에서는 거대한 반려견이 파티 참석자들의 신발을 핥아 댔고, 레스토랑 밀실에서 열리는 파티에선 언제나 누구도 감당 못 할 거액의 계산서가 찍혀 나왔다.

안뜰에 들어서자 아니나 다를까, 우리 집 불이 켜져 있는 게 보였다. 돈이 집에 있는 것이다. 집에 들어가 보니 그는 글을 쓰는 대신 사각팬티에 러닝셔츠 차림으로 소파에 누워 알로 거스리의 음악을 들으며 《잃어버린 시간을 찾아서》 제3권을 읽고 있었다. 영문 제목이 잘못 번역됐다고 내게 가르쳐 준 책이었다(영문 제목은 'Remembrance of Things Past'로 '지나간 일들을 기억하며'라는 뜻이고, 한국어판에서는 프랑스어 제목을 그대로 직역했다.―옮긴이). 돈은 이 책의 구절을 인용하거나 장면들을 묘사했지만, 내가 일곱 권을 전부 읽었느냐고 묻자(그런 사람은 없다고 확신했기에) "그런 멍청한 질문이 어디 있어?"라며 얼버무렸다. 그가 가장 좋아하는 구절은 작중 화자가 왜 자신은 알베틴이 잠들었을 때 가장 사랑스러워 보이는지 곰곰이 생각하는 부분이었다.

오늘의 모임도 로프트 파티인데, 파이낸셜디스트릭트에서 열리는 어느 잡지의 창립 기념 행사였다. 돈에게 나는 못 가겠다고 말하는 순간, 내가 파티에 가는 것(옷을 갈아입고, 기운을 차리고, 다시 기차에 올라타는 것)을 얼마나 끔찍해하는지 깨달았다. "오늘 밤에 읽어야 할 원고가 있어." 나는 시급한 일을 맡은 데다 오늘은 집에서 혼자 잠옷 차림으로 보낸다는 생각에 쾌재를 부르며 파스타 끓일 물을 올렸다. "내일 보고해야 해."

"그럼 나도 집에 있을래." 돈이 어깨를 으쓱하며 말했다. "할 일도 있으니까." 그는 이제 쉼표 위치만 이리저리 바꾸는 단계에 도달했다. "문장을 다듬어야 해."라는 말도 종종 했다. 나도 동감했지만 속으로는 이미 너무 많이 다듬었고 (그의 단편 하나를 읽어 본 경험에 의거해) 그가 형편없는 소설의 미시 구조를 고갈시키고 있다는 생각이 들었다. 이제 그만 놓아줄 때인지도 모른다고.

"아니야! 넌 가 봐." 나는 스웨터를 훌훌 벗고 낡은 파자마를 집어 들었다. 1960년대풍의 이 적갈색 새틴 잠옷은 고등학교 때 '유니크'에서 산 거였다. 브로드웨이의 거대한 의류 점포인 유니크는 친구들과 전투화나 군용 바지, 중고 리바이스, 빛바랜 검은색 원피스 같은 대안적인 여성복을 사러 다니던 곳인데 이미 오래전에 문을 닫았다.

그는 다시 어깨를 으쓱했다. "내 파스타도 같이 만들어 줄 수 있어?"

나는 파스타 접시를 들고 침대에(아니, 침대로 쓰라고 넘겨받은 프레임 없는 매트리스에) 기대앉아 원고 뭉치에서 고

무릎을 풀고는 다리를 쭉 뻗었다.

돈이 옆에 눕더니 내 무릎에서 겉장을 홱 빼앗아 갔다. "주디 블룸?" 비꼬는 말투가 아니었다. "이 여자도 너희 에이전시에 소속돼 있어?"

나는 고개를 끄덕였다.

"정말 훌륭한 이야기꾼이지. 아이들의 마음을 대변해 주니까. 난《열세 살 토니의 비밀(Then Again, Maybe I Won't)》을 좋아했어. 열한 살 때."

"네가?" 돈이 그렇게 평범한 책을 읽었다는 사실보다 스스로 그걸 인정했다는 게 더 놀라웠다.

"그렇다니까. 나도 한때는 어린애였다고. 믿기 어렵겠지만 말이야. 이제 백만 살은 먹었으니까." 그가 빙긋 웃었다. "하지만 진짜로 그 책을 좋아했어. 나도 그 주인공 토니 같았거든. 우리 부모님도 원래 노동자 계층이었는데, 그러다가 중산층에 가까운 동네로 이사했고, 난 거기에 어울리지 못했지. 이건 궁극적으로 계급에 관한 이야기야."

돈이 주디 블룸의 모든 작품을 마르크스주의로 해석하는 동안 나는 고개를 주억이며 시선은 다시 손에 든 원고로 돌렸다. 집에 오는 지하철에서 읽다 만 페이지였다. 지난 5년간 혹은 더 오랫동안 나는 교수님들이나 대학에서 사귄 교양 있는 친구들이 문학(엄마는 늘 이 단어 'Literature'의 첫 글자를 대문자 L로 써야 한다고 주장했다)이라고 규정하는 책들을 닥치는 대로 읽었다. 그런 친구들은 사립 고등학교에서 한 학기 내내 《황무지》나 사무엘 베케트의 저작을 집중적으로 공부했으니까. 돈의 의견도 물론 귀담아들었다. 그는 철학과 정치학, 번역서를 등한시한 나의 교육 격차에 매번 실소를 금치 못했다. 내가 간간이 《설득》이나 《순수의 시대》《크랜퍼드》 등을 다시 읽으면 "이 부르주아 같으니라고!"라며 호통을 쳤다. "부자들이 결혼하고 바람이나 피우는 책을 읽고 있다니. 저 밖엔 더 큰 세상이 있어, 부바."

그의 말이 옳았지만 아니길 바랐다. 나도 문화적으로 소외된 교외가 아니라 부모님처럼 뉴욕에서 자랐으면 좋았을 텐데. 7학년 때 스페인어가 아닌 프랑스어를 선택했으면 좋았을 텐데. 더 많은 책을 더 다양하게 읽었으면 좋았을 텐데. 오랜 세월 그저 동네 도서관이나 부모님의 서가에서 겉보기에 시선을 끄는 책들을 읽어 대기에 바빴다. 이미 오래전에 모두의 뇌리에서 사라진 1930~1940년대 베스트셀러, 아빠가 좋아한 희극 작품, 아가사 크리스티와 스티븐 킹, 수많은 통속소설. 우연히 디자인뿐 아니라 내용까지 좋은 작품이 걸릴 때도 있었다. 플래너리 오코너, 셰익스피어(요약본과 전집을 모두 읽었다), 브론테, 체호프 그리고 도서관의 '신간 도서' 코너에서 순전히 제목과 표지가 마음에 들어 꺼내 든 현대 작가들의 소설처럼. 하지만 내 침대나 부모님의 소파 혹은 잔디밭에 누워 빈둥대는 시간에, 가족 휴가를 떠나는 자동차 뒷좌

석에서 손도 안 대다시피 한 디킨스 전집을 읽어 볼 수도 있었을 것이다. 아니면 트롤럽이나 도스토옙스키. 프루스트라도. 그렇게 내가 읽지 않은 책, 내가 모르는 책의 목록은 점점 더 길어져만 갔다.

내 인생은 언제나 뒤처진 부분을 따라잡는 프로젝트였다. 맥스가 '상업소설'이라고 분류하는 책들은 이미 안 읽은 지 오래였다. 불안에 가까운 기분으로 제목만 있는 원고의 첫 장을 떼어 냈다. 내가 주디 블룸을 읽기에 너무 커 버렸으면 어쩌지?

하지만 기우였다. 어느 누구도 주디 블룸을 넘어설 순 없었다. 어린 시절 그녀의 책은 내가 겪는 아웃사이더의 혼란과 외로움을 고스란히 보여 주곤 했다. 그러니 새로운 주인공 빅스가 맨해튼 미드타운의 사무실에서 자기 자리에 앉아 점심을 먹는 장면이 나와도 놀랍지 않았다. 그냥 점심이 아니고 근처 델리에서 사 온 테이크아웃 샐러드였다.

마지막 페이지에서 빅스가 오랜 친구인 케이틀린을 생각하며, 그녀가 자신을 믿지 못하고 이런저런 선택을 한 이유를 숨겨 왔다며 회한에 잠기는 장면에서는 조용히 눈물을 흘렸다. 자정이 넘은 시간이었는데, 잠자던 돈이 화들짝 놀라서 일어났다. "무슨 일이야? 부바, 무슨 일 있어?"

하지만 뭐라고 설명할 수가 없었다. 눈물이 그렁그렁한 눈으로 "이건 애들 책이 아니야."라고 중얼거리는 게 고작이었다. 돈은 어리둥절해서 나를 빤히 바라보았다. "보스는 이 책이 이해가 안 간대. 아동 도서나 아이들 자체를 이해 못 해서라고 생각했는데, 이건 애들 책이 아니야. 어른들을 위한 소설이었어."

"알았어." 돈이 다독여 주었다. "너도 이제 그만 자는 게 좋겠다." 그러고는 늘어지게 하품을 했다. "내일 아침에 보스한테 그렇게 보고하면 되잖아."

나는 고개를 끄덕였다. 하지만 원고를 내려놓고 눈을 감자마자 이런저런 생각이 몰려왔다. 케이틀린은 왜 빅스에게 고백하지 못했을까? 빅스가 비난할 걸 알았으니까. 빅스가 이해하려고 애쓰지 않을 걸 알았으니까. 그냥 아무 문제도 없는 척 살아가는 게 더 쉬우니까.

다음 날 아침 평상시보다 일찍 일어나서 차분한 갈색 니트 원피스에 엄마가 사 준 재킷을 맞춰 입었다. 1965년의 대학생처럼 차려입을수록 보스는 나를 더 진지하게(그리고 침착하게) 대해 주었다. 주디 블룸의 소설을 논하는 오늘 아침에는 특히나 진지한 대우를 받을 필요가 있었다.

사무실에 도착할 때쯤이면 흔적도 없이 사라질 테니 부질없는 짓이지만, 파운데이션을 펴 바르고 콧잔등에 파우더를 뿌린 뒤 입술에 립스틱을 칠했다. 그런 다음 원고를 가방에 넣고 집을 나섰다. 얄팍한 현관문이 등 뒤에서 삐걱 닫히더니 무기력하게 찰칵 소리가 났다. 돈은 파이낸셜디스트릭트의 회사 건물들을 돌며 식물에 물 주는 일을 시작해서 벌써 몇 시간 전에 나가고 없었다. 마크가 자기 고객을 통해 주선해 준 일자리였다. 일이 쉬운 데 비해 보수가 터무니없이 좋은 반면, 도이치은행과 모건스탠리 직원들이 출근하기 전에 물을 다 주려면 매일 새벽 4시 반에 집을 나서야 했다.

베드퍼드애비뉴에는 나 같은 사람들(복고풍 사무 복장으로 영화사나 그래픽 디자인 회사, 녹음 스튜디오 등 직장으로 향하는 젊은 남녀들)이 가슴팍에 메신저백을 멘 채 시력 보호용 고글이나 학생처럼 둥근 안경 너머로 졸린 눈을 껌벅이며 보도로 모여들고 있었다. 5월인데도 아직 이상하리만큼 날이 쌀쌀하여 얇은 재킷 속에서 몸이 부르르 떨리고 다리에는 소름이 돋았다. 나는 커피랑 데니시를 사 먹으려고 폴란드 빵집(이 블록에서 내가 가장 좋아하는 가게 세 곳 중 하나)으로 뛰어 들어갔다. 돈을 내려고 가방 안으로 손을 뻗은 후에야 남자친구의 편지가 생각났다. 이제 편지는 원고 밑에 깔려 있었다. 그리움이 물밀듯이 밀려와 가게 안이, 아주 약간이지만, 빙빙 도는 것 같았다.

지하철에서 읽어야지, 생각하면서 커피를 마시고 쫀득한 빵을 한 입 베어 물었다. 하지만 열차 안은 두 번 다 만원이라 위태롭게 철렁거리는 커피를 손에 든 채 봉을 붙잡고 서서 가야 했다. 사무실에 들어가자마자 읽어야지, 생각하면서.

하지만 내가 주디 건을 과소평가했다는 게 드러났다. 보스는 오늘도 나를 기다리고 있었다. 이번에는 담배를 쥐고 내 책상 앞을 서성이면서.

"그래, 어땠어?" 그녀가 인사를 겸해 물어왔다.

"좋았어요." 나는 가방에서 원고를 꺼낸 다음 책상 위에서 톡톡 두드리며 가지런히 정리했다. 그리고 대니시에 박혀 있던 검은 자두 찌꺼기가 잇새에 끼진 않았나 싶어 입 안에서 슬쩍 혀를 굴려 보았다.

"정말? 작품으로서 평가하면 어때? 애들 책은 아니지?" 그녀가 물었다.

"확실히 아동 도서는 아니에요." 나는 진지하게 대답했다. "성인을 위한 소설이죠. 아이들이 주인공인. 아니, 10대죠. 처음 얼마간은." 내가 긴장할 거라고는 생각도 못 했지만 누가 봐도 떨고 있었다.

보스는 초조하게 내 책상을 손가락으로 톡톡 두드렸다. "지금 걱정되는 건 이거야. 내가 이걸 팔 수 있을까? 정말로 성인 독자들이 애들 책을 읽을까?"

이건 애들 책이 아니에요, 라고 반박하다가 그녀의 말투에 담긴 무언가(초조함, 불쾌함, 피곤함)에 말을 멈췄다. 보스가 원하는 건 내 의견이 아니야, 라고 번쩍 깨달은 것이다. 주디 블룸의 열성 독자인 내 의견을 들어 보는 게 유용할 수도 있겠다고 생각했을 수는 있다. 맥스나 루시가 내 의견이 도움이 될 거라고 귀띔했을 수도 있다. 두 사람 다 내가 읽은 원고에 근거해서 고객을 받아들였으니까. 하지만 내 보스는 달랐다. 스물네 살짜리의 조언을 바라는 사람이 아니었다. 내가 자신에게 찬성하기를 바랐다. 그게 내 임무였다.

"훌륭한 소설 중에는 어린이가 주인공인 경우도 많아요." 완전히 잘못된 방향이라는 걸 알면서도 나는 말을 이어 갔다. "《올리버 트위스트》나……."

"이건 《올리버 트위스트》가 아니야." 보스는 우울한 미소를 지으며 말했다. "하지만 너라면 읽을 것 같아?"

나는 고개를 끄덕였다. 나뿐만이 아닐 거라고 확신했다. "수많은 사람이 이 책을 읽을 거예요. 이 책을 구매할 거예요. 그녀의 책을 읽고 자란 사람이라면 누구나요."

보스는 도통 이해가 안 간다는 표정으로 나를 바라보았는데, (나중에야 깨달았지만) 주디 블룸의 인기가 어느 정도인지 모른다거나 그녀의 책이 아동소설의 서사를 새롭게 해 준 점에 무지해서가 아니라, 보스가 문학과 책과 이야기와 작가들과 맺는 관계가 나와는 사뭇 다르기 때문이었다. 그녀는 내가 《자기 자신을 연기한 샐리 J. 프리드먼》이나 《내 이름은 디니》를 좋아한 것과 같은 방식으로 책을 좋아한 적이 없다. 돈이(가슴이 이상하게 찌릿하며 그를 향한 애정이 샘솟았다) 《열세 살 토니의 비밀》을 좋아한 방식과도 달랐다. 그녀는 온종일 침대에 누워 책만 읽거나 밤새 머릿속으로 복잡한 이야기를 지어낸 적이 없었다.《빨간 머리 앤》이나《제인 에어》의 이야기 속으로 들어가 나의 가시 돋친 욕망과 소망을 이해해 주는 진정한 친구를 만나고 싶다고 꿈꿔 본 적도 없었다. 원고가 책으로 출판되도록 안내하는 일에 며칠씩 매달리며 (평생을) 살아왔으면서, 어떻게 나와 같은 방식으로 책을 사랑하지 않을 수 있지? 책은 사랑받아야 마땅하다고 생각하지 않나?

나는 그녀의 냉철하고 이지적인 눈을 힐끗 들여다보았다. 내가 틀렸나? 전부 오해인 건가? 그녀도 한때는 나와 같았을까? 하지만 시간이(그리고 출판계가) 그녀를 바꿔 놓았을까?

"난 이걸 팔 수 있다는 확신이 안 서." 그녀가 솔직하게 말했다. 그 순간 나는 답을 찾은 것 같았다. 그녀는 사업가였다.

"그녀에겐 고정 독자층이 있어요." 내 입에서 생각보다 열정적인 목소리가 흘러나왔다. "어린 시절 그녀의 책을 읽고 자란 수많은 독자요." 나는 계속해야 할지 고민하며 잠시 말을 멈췄다. "하지만 그게 아니더라도 여자들은 두 주인공에게 공감할 거라고 생각해요. 보편적인 이야기라고 할 수 있으니까요. 여자들의 우정이요." 재킷의 까칠한 부분이 책상을 긁는 것 같은 소리였지만 엄연한 사실이었다.

보스는 나를 바라보며 미소 지었다. "흐음, 그럴지도."

설마 정말 진심으로 주디 블룸에게 당신 소설을 못 팔 것 같다고 말할 작정이었나? 이렇듯 탁월하게 잘 읽히고 흥미진진하며 수많은 독자가 사서 읽으려고 할 소설을? 고객들이 줄줄이 빠져나가 다시 돌아오지 않는 상황에서?

"자, 그럼." 보스가 새 담배에 불을 붙이며 말했다. "재미는 충분히 본 것 같으니까 (재미요? 느릿느릿 사무실로 걸어가는 그녀를 보며 나는 속으로 따져 물었다.) 그만 일을 시작하도록 해. 오늘 받아 적어야 할 게 아주 많아." 그러더니 테이프 몇 개와 참고용 서신 몇 장을 건네주었다. "일단 오전 중에는 이 정도만 완성해 줘."

새로 내린 진하고 씁싸래한 커피를 들고 자리로 돌아와 첫 번째 테이프를 끼워 넣자마자 전화벨이 울렸다. 이제 막 9시가 지난 참이었다. 이렇게 이른 시간에 누가 전화를 건단 말인가. "여보세요?" 비음 섞인 목소리가 초조하게 들려왔다. "여보세요?"

"네, 안녕하십니까." 나는 차분하게 대답했다. 언제부턴가 전화 응대가 좋아졌다. 그 신비로운 통제력과 익명성을. 전화상으로 나는 누구든 될 수 있었다. 레너드 코헨 노래의 주인공인 수재나도 될 수 있었다. 통화 중에 모든 대답은 내게 있었다. 아주 간단한 대답이었지만. 아뇨, 절대 아닙니다. 죄송하지만 안 됩니다.

"혹시……." 수화기 너머의 목소리는 보스를 찾았다. 샐린저 관련 전화라는 느낌이 왔다. 그것도 미치광이 부류의.

"아뇨, 저는 그분의 어시스턴트입니다. 무슨 일이죠?" 한참 동안 침묵이 이어져서 호통이 떨어지겠거니 하고 기다렸다. 이런 사람들은 자신을 어시스턴트한테 연결해 줬다는 걸 깨닫고 격분하는 경우가 있었다. 한낱 부하를 상대하기에는 너무나 중요한 용무인 데다 나 따위가 이 요구의 복잡한 성격을 이해할 리 없다는 듯.

"아, 내가 전화한 건⋯⋯." 남자는 잠시 멈추고 목을 가다듬더니 좀 전보다 나지막하고 덜 주저하는 목소리로 다시 입을 열었다. "저는 로저 래드버리라고 합니다. 오키시스출판사에서 연락드렸습니다. J. D. 샐린저 선생님 건으로요. 제가⋯⋯." 보스의 편지(비밀 유지를 강조한) 때문에 겁을 먹은 게 분명했다. 내가 어디까지 알고 있는지 확신할 수 없으니, 자칫 거래가 이루어지기도 전에 파기될까 봐 두려운 거였다. 그저 두려운 마음도 있었을 것이다. 오랫동안 원하던 것을 손에 넣었을 때 느끼는 두려움 말이다.

"래드버리 씨." 나는 그의 말을 끊으며 큰 소리로 외쳤다. "보스가 연락을 기다리고 있었어요. 지금 사무실에 있는지 알아보겠습니다." 보스는 당연히 사무실에 있었지만, 전화가 걸려오면 바로 연결하지 말고 항상 이렇게 말하라는 게 내가 받은 지침이었다. 그녀가 지금 대화할 기분인지 확인하거나, 최소한 지금 대기 중인 전화가 있다고 경고해 줘야 했다. 하지만 내 책상과 그녀의 사무실을 잇는 내부 연락 장치가 없기 때문에(있는데 내가 못 찾은 건지도) 반쯤 열린 그녀의 방문을 살며시 두드려야 했다.

"으—응." 보스는 내게로 몸을 돌리지도 않은 채 짜증스럽게 대답했다.

"음, 로저 래드버리 씨와 전화가 연결돼 있습니다."

그녀는 자리에서 벌떡 일어나더니 분노의 가면을 쓰고 돌아섰다. "이런, 참 나, 연결해 줘. 나가서 문 닫고." 나는 눈시울이 붉어진 채 황급히 돌아서서 책상까지 몇 발자국 달려간 다음 조용히 해당 버튼을 눌렀다.

한 시간 뒤 타이핑 작업을 다 마쳤을 무렵, 황갈색 피부의 깡마른 여자가 통이 좁은 청바지에 몸에 꼭 맞는 흰 티셔츠 차림으로 회계동에서 내 책상 쪽으로 머뭇거리며 다가왔다. 문턱을 넘어 내 영역으로 넘어오려다 말고 무언가에 시선이 팔려 모퉁이 쪽으로 물러서더니 구석진 책장 앞에 몸을 웅크렸다. 주디 블룸의 저작을 꽂아 놓은 곳이었다. 아니겠지. 나는 여자의 얼굴이 찌푸려지는 걸 보며 생각했다. 아니야, 그녀일 리가 없어. 내가 상상한 주디 블룸과는 거리가 있었다. 난 도대체 그녀를 어떻게 상상한 걸까? 좀 더 통통하고 웃는 얼굴로? 나도 모르겠다. 어쨌든 그녀가 분명했다. 내 보스를, 에이전시를 지켜야 한다는 강력한 충동이 밀려와서 당장 자리를 박차고 나가 그녀를 맞이하며, 사무실을 리모델링한 지 얼마 안 돼서(사실이었다!) 책들이 뒤죽박죽이라고, 지금 재배열하는 중이라고 설명할까 고민했다.

내가 행동에 나서기도 전에 보스가 "주디!"라고 외치며 사무실에서 뛰쳐나왔다. 팸이 알려 준 게 분명했다. 주디는 여전히 얼굴을 찡그린 채 몸을 일으켜 좁은 책장에서 멀어져 갔다. "이렇게 만나서 반가워요!" 주디는 고개만 겨우 까닥이고는 보스를 따라 그녀의 방으로 들어갔다.

몇 분 후 그들은 무거운 침묵을 지키며(주디는 굳은 표정으로 후미진 책장을 힐끗 한 번 돌아보았다) 점심을 먹으러 나갔다. 내 앞을 지나칠 때도 굳이 속도를 늦추지 않았다. 나는 타이핑한 서신을 모아서 서명을 위해 보스의 책상 한구석에 놓고는 코트를 걸치고 가방을 집어 들었다. 49번가의 모퉁이에서 갑자기 나 자신에게 한턱 내고 싶어져(가끔 이럴 때가 있었다) 교자를 먹으러 우리 건물 1층의 일식집으로 들어갔다. 정장 차림의 일본인 사업가들로 북적여서 유일한 여자이자 유일한 백인인 내게는 달콤한 익명성이 보장되는 장소였다. 이곳과 너무나 동떨어진 존재라 인파 속으로 사라져 버리는 것이다.

카운터석의 높은 스툴에 앉아 교자(가장 저렴해서 내가 사먹을 수 있는 유일한 메뉴)를 주문하고 나자 다시 편지 생각이 났다. 가방에 손을 넣어 보니 신문의 예술면과 점심때 읽으려고 놔둔 지난주판《뉴요커》에 밀려 맨 밑바닥에 깔려 있었다. 나는 편지를 꺼내서 다른 방법을 생각하기도 전에 엄지

손가락으로 봉투를 주욱 뜯었다. 안에는 남자친구가 좋아하는 얇은 항공우편 용지 같은 편지지 두 장이 들어 있고, 양면에 그의 단정한 글씨가 빼곡했다.

첫 줄의 '사랑하는 조'를 읽는 순간 생각지도 못한 격렬한 흐느낌이 터져 나왔다. 이제 나를 '조'라고 부르는 사람은 가족과 옛 친구들 그리고 대학 때 남자친구인 그뿐이었다. 그가 너무 보고 싶었다. 그의 모든 것이 속속들이 그리워졌다. '사랑하는 조'라니. 맙소사, 내가 무슨 짓을 저지른 거지? 잠시 후 푸르스름한 만두피에 기름기가 반지르르 돌면서 끝을 살짝 그을린 교자가 나왔다. 나는 슬그머니 편지를 봉투에 집어넣고는, 아직 너무 뜨거울 걸 알면서도 가지런히 놓인 교자 중 하나를 집어 들고 크게 한 입 베어 물었다. 뜨거운 기름과 육수가 사방으로 튀어나와 다시 한번 눈물이 핑 돌았다. 이때 덴 입천장이 며칠 후까지도 따끔거렸지만 그 순간만큼은 기꺼이 고통을 즐겼다.

다음 날 아침 보스가 출근한 직후에 그녀의 사무실에서 전화벨이 울렸다. "주디, 안녕하세요!" 광기에 가까운 쾌활한 목소리가 들려왔다. 그리고 방문이 닫혔다. 문이 다시 열렸을 때, 그녀는 문틀에 서서 허망하게 눈을 깜빡이고 있었다. "휴?" 휴는 보스의 부름을 받고 사무실에서 뛰어나와 기대감에 찬 눈으로 그녀를 바라보았다.

"흐음, 끝났어."

"주디요?" 휴가 물었다. 그녀는 고개를 끄덕였다. "떠나겠대요?" 질문이라기보다 단정에 가까운 말투였다.

"응." 보스가 창백한 눈썹을 치켜올리며 털어놓았다. "그녀가 떠난대."

"어디로 가는지는 안 물어볼게요."

"무슨 상관이야." 보스가 중얼거렸다.

보스가 주디에게 새 소설에 관해 뭐라고 말했는지 궁금해졌다. 하지만 고개를 숙인 채 눈앞의 계약서만 바라보면서 지극히 불경한 생각을 떠올렸다. 내가 주디였어도 떠났을 거라고.

3
월드와이드웹

일주일 후 제니가 퇴근길에 우리 사무실에 들렀다. 타운에서 이른 저녁이라도 먹고 가자는 내 설득에 넘어간 거였지만, 그녀가 이 제안을 순전히 죄책감이나 의무감에서 받아들였다면 '피로스의 승리(작은 부분에서는 이겨도 전체적으로는 손해를 보는 승리—옮긴이)'가 되지는 않을지 걱정이었다. 그녀는 에이전시를 구경하게 됐다면서도 전혀 들뜨지 않았는데(나야 저쪽 사무실에 몇 번이나 가 봤지만) 다른 무엇보다 그 부분이 가슴 아팠다. 자신하곤 상관없는 내 인생의 사소한 부분에 더이상 신경 쓰지 않는다는 거니까.

그래도 그녀 나름대로는 노력을 해서 5시 정각 우리 사무실에 도착했다. 6월인데도 기후 패턴은 여전히 3월에 머물러 있어서 더플코트를 입고 있었다. 휴의 사무실 창밖으로 (내 자리에서 간신히 내다보이는) 하늘이 점점 불길하게 우중충해지더니 음산한 빗줄기가 떨어지며 맹렬한 바람이 블라인드를 뒤흔들었다. "어서 와!" 나는 큰 소리로 반기며 와락 끌어안았다. 볼썽사나운 광경에 리셉션 데스크의 팸이 얼른 눈을 돌렸다.

"나 왔어." 제니는 활짝 웃으며 말했지만 불편한 눈빛이 역력했다.

나는 "안쪽으로 들어가자." 하면서 복도를 따라오라고 손짓했다. "코트를 가지러 가야 해. 내 책상도 보여 줄 겸."

"좋아." 제니가 자기 엄마한테 쓰는 말투 비슷하게 말했다. "여기 진짜 어둡다." 그녀가 속삭였다. "전기료를 아끼려고 이러는 거야?"

나는 도서관 사서처럼 입술에 손가락을 갖다 댔다. 쉬이이 잇! 그리고 미소 지었다. 형광등 불빛으로 눈이 부신 회계 부서를 제외하면 사무실 조명은 대부분 전등갓을 씌운 램프여서, 구석구석 들어찬 방들은 현대적인 사무실보다 훨씬 어두웠다. 벽마다 창문이 줄지어 있고 천장 조명도 환한 제니네 회사와는 천지 차이였다. 하지만 나는 이런 점을 좋아했다. 은은하게 마음을 달래 주는 램프의 불빛, 푹신한 카펫을 밟는 동료들의 조용한 발소리, 가죽 안락의자와 어두운 나무 서가. 누군가의 집이나 개인 도서관에서 일하는 느낌이었다.

"아니면 장례식장이나!" 49번가를 걸으며 제니가 외쳤다. 그녀의 사무실로 돌아가는 방향이었다. "술집이라고 해도 믿겠더라. 게다가 보스가 진짜로 담배를 피우다니 믿을 수가 없어. 그것도 자기 책상에서!" 그러는 제니는 고등학교 2학년 때부터 대학생과 사귀며, 그 부작용으로 친구들 가운데 가장 먼저 담배에 손댄 아이였다. 그때는 엄청난 충격이었다. "온종일 그 사무실에 있으면 우울하지 않아? 다들 너무 침울해 보여. 정말로 장례식장에 들어간 기분이더라. 구닥다리 램프하며, 카펫하며."

"뭐, 조금." 나는 전혀 그렇지 않으면서 맞장구를 쳤다. 나는 램프와 카펫이 좋았고, 조용하면서 은은한 불빛이 흐르는 사무실이 좋았다. "윌리엄스버그로 넘어가서 저녁 먹지 않을래? '플래닛 타일랜드'에 가도 좋고." 나는 제니를 우리 동네로 끌어들여 저녁을 먹거나 커피를 마시며 우리 집과 사랑스러운 주변 환경을 보여 줄 계획이었다. 거기서 오후 시간을 보내노라면 흠뻑 빠져들어서 이사 올지도 모른다는 희망을 품고서.

"지금 브루클린까지 가는 건 무리 같아. 거기서 페리를 타러 돌아오는 데도 한참 걸리니까." 그녀가 거절했다.

"그렇게 멀지는 않아." 나는 반박하기 시작했다. 사실이었다. 맨해튼에서 기껏해야 한 정거장이었다. 지금 서 있는 데서 20분 거리. "지하철로 다운타운까지 가면 안 돼? '그레이도그'는 어때? '존스 피제리아'도 괜찮고." 제니는 존스 피제리아를 좋아했다.

그녀는 메리제인 구두를 신은 발을 어색하게 옮겨 바닥에 디뎠다. "그냥 이 근처 어디에서 먹으면 안 될까? 난 한 시간쯤 후에 페리를 타야 해."

"여기서?" 그때 우리가 서 있는 곳은 웨스트사이드였다. 극장가 끄트머리라 컨벤션 참가자나 여행객을 노리는 값비싼 식당과 코팅된 메뉴판을 내놓는 스테이크 하우스, 이탈리아 체인점, 시끄러운 아이리시 펍 등으로 가득했다. 저런 식당에서 기꺼이 저녁을 먹을 만한 사람은 내 주위에 아무도 없었다.

"우리 보스가 가끔 데려가는 곳이 있어." 제니는 이제 완전히 나를 달래는 말투였다. "이름은 엉터리 같지만 음식 맛은 정말 좋아."

"거기 이름이 뭔데?" 내가 물었다.

"파스타 파스타!" 그녀가 활짝 웃으며 말했다. "파스타 파스타 느낌표."

나는 칸막이 자리에 앉아 펜네 파스타에 포크를 찔러 넣으며 바보가 된 기분이었다. 제니가 옳았다. 다운타운까지 갈 필요는 없었다. 음식이 문제가 아니었다. 우리는 텍사스와 제니의 결혼 준비에 관한 최신 소식(부모님은 보트하우스가 너무 비싸다고 생각한다는 것)부터 아직도 완성되지 않은 돈의 소설까지 이런저런 이야기를 나눴다.

"브렛은 어때?" 내가 마지막으로 물었다. "이제 지원 결과는 다 나왔어?" 여러 로스쿨에서 보내온 합격 통지서(그리고 불합격 통지서)가 3월부터 속속 도착했다. 뉴욕에서는 두 군데 합격했다는 걸 나도 알고 있었다. 브루클린과 카르도조 로스쿨이었다. 그리고 몇 군데는 대기 명단에 올라 있었다.

제니는 고개를 끄덕였다. "응. 케이스웨스턴(오하이오주 클리블랜드의 명문 사립대학—옮긴이)의 대기 명단에 합격자로 올라가서 거기 들어가기로 결정했어."

"케이스웨스턴?" 나는 물으면서 심장이 쿵 떨어지는 것 같았다. "왜? 카르도조도 합격했잖아?"

"그냥 자기한테는 케이스웨스턴이 더 잘 맞을 것 같대. 아주 좋은 학교야. 그리고 너도 알다시피 그 사람 중서부 출신이잖아. 그쪽 지방이 그리운 거지. 클리블랜드의 로스쿨은 그래도 조금 덜 힘들 것 같은가 봐. 뉴욕은 로스쿨 안에서 경쟁이 너무 치열하니까."

나는 고개를 끄덕였다. "그럼 공부 마칠 때까지 넌 여기서 기다리고?"

제니가 웃었다. "아니, 나도 같이 가지." 그러고는 눈알을 굴렸다. "우린 약혼했잖아."

"아, 그렇지! 내가 깜빡했네." 나는 차갑게 식어 가는 파스타를 입에 욱여넣었다. 파스타 그리고 느낌표. 이걸 재미있게 생각할 친구가 제니 말고 또 있을까?

"난 사실 기대돼. 내가 뉴욕 밖에서는 살아 본 적이 없잖아. 클리블랜드는 멋진 도시야. 훌륭한 미술관도 있고 물가도 아주 저렴해. 지금 아파트보다 훨씬 싼값에, 뭐랄까, 으리으리한 집을 구할 수 있을걸."

나는 오벌린대학(오하이오주 오벌린에 있으며 음악대학과 영문학이 유명하다.—옮긴이)을 나왔다. 클리블랜드라면 모르는 게 없었지만, 마지막 남은 몇 방울의 하우스 와인을 홀짝이며 그저 고개만 끄덕였다. 제니는 와인을 주문하지 않아서 나만 술고래가 된 것 같았다. 내가 아는 다른 모든 사람은 저녁 먹을 때 자동으로 와인을 주문했다. 와인도 안 마실 거면 저녁 먹으러(아무리 너저분한 미드타운의 싸구려 체인점이라도) 나올 필요가 있을까? 둘이서 몇 분간 침묵 속에 앉아 있다가, 제니가 바보 같은 미소(너무나 오랜만에 보는 그리운 미소)를 지으며 말을 꺼냈다. "티라미수를 하나 시켜서 나눠 먹자. 정말 형편없긴 한데, 엄청 맛있기도 해."

"좋아." 내가 말을 끝내기도 전에 그녀는 손짓으로 웨이터를 불렀다.

"그래서 주디 블룸 건은 어떻게 됐어?" 그녀가 물었다. 주디가 우리 사무실에 올 거라고 내가 일주일 전쯤 말했던 것이다. 예전의 제니라면 이런 갑작스러운 사건에 두 눈을 반짝이며 세세한 부분까지 전부 알고 싶어 했을 것이다. 하지만 새로운 제니는 저녁을 다 먹은 후에야 질문을 던졌다. 나는 정말로 관심이 있기나 한 건지 의심하면서 어떤 일이 일어났는지 들려주었다.

"당연히 떠나지!" 제니가 소리쳤다.

"보스가 새 소설을 팔 수 있을지 자신이 없다고 말해서? 그녀의 책들을 사무실 가장 구석진 데 보관해서?" 나는 방긋 웃으며 말을 이었다. "아니면 우리 사무실이 장례식장 같아서?"

"물론 전부 다지." 그녀는 마르살라 접시에 케이크를 약간 섞어서 휘저으며 말했다. "정말이지 너희 에이전시는 디킨스의 작품에서 바로 튀어나온 것 같다니까. 발을 들이는 순간 백년 전으로 시간을 거슬러 올라가는 줄 알았어." 제니는 우스꽝스러운 표정을 지었다. "너희 사무실에 들어가면서 왜 그렇게 기분이 이상한지 알아내려고 애썼거든. 그러다가 네 책상에 도착했을 때야 깨달았지. 컴퓨터가 없잖아!"

"난 뭐든 타이핑을 한다고 말했잖아. 타자기로."

"그래." 제니가 고개를 좌우로 흔들자 짙은 머리카락이 어깨 위에서 반질반질 물결을 쳤다. "하지만 난 그냥 너희 보스가 별나서 그런 줄만 알았지. 늙은 사람이니까. 회사에 컴퓨터가 한 대도 없을 줄은 생각도 못 했어. 지금은 1996년이야. 그래 가지고 어떻게 비즈니스를 해? 다들 이메일을 쓰는데. 세상이랑 소통이 되기는 해?" 그러고는 잠시 말을 멈추고 머리를 비스듬히 기울였다. "내가 주디 블룸이라도 21세기가 도래했다는 걸 인정하지 않는 에이전시에 내 일을 맡기고 싶지 않을 것 같아."

지난 3월 제임스는 최대한 가벼우면서 조심스럽게 보스를 디지털 시대로 진입시킬 수 있는 방법을 찾아냈다. 사무실 전체를 컴퓨터로 채우자는 게 아니었다. 네트워크는 필요 없었다. 그저 어시스턴트의 업무 효율성을 높여 줄 데스크톱 몇 대면 충분했다. 인터넷 연결조차 요구하지 않았다.

"서면으로 정리해서 줘 봐." 마침내 보스가 그렇게 말한 게 지난 4월이었다. "가격을 계산해서."

제임스는 그날 퇴근 무렵 다시 찾아와 그녀의 사무실 문을 과감하게 두드렸다. 그는 "그냥 이것만 전해 주려고요." 하며 깔끔하게 타이핑된 서류 뭉치를 내밀었다.

주디 사건에서 일주일이 지난 6월 어느 날 보스는 내게 제임스를 불러오라고 했다. 그리고 우리가 다가가자 "들어와, 들어와." 하며 맞아 주었다. "아니, 넌 말고(그녀는 내 쪽으로 고개를 기울였다) 제임스만 들어와." 그리고 문이 닫혔다.

30분 뒤 두 사람은 유쾌하게 수다를 떨며 방에서 나왔다.

"검은색으로도 나오나?" 보스가 물었다.

"가능합니다." 제임스가 고개를 끄덕이며 대답했다.

"내가 본 컴퓨터는 전부 그 끔찍한 퍼티(탄산칼슘 분말과 돌가루 등을 개어서 만든 접합제—옮긴이) 색이었어." 보스가 투덜거렸다. "으윽, 왜 그딴 색으로 만드는 거야?"

"검은색을 찾아보겠습니다."

"그렇다고 아직 승인한 건 아니야." 그녀는 내 책상 앞에 멈춰 섰다. "하지만 자네 말에 흥미가 생겼지. 샐린저 업무에 도움이 될 수도 있으니까."

"그럼요." 제임스가 고개를 끄덕였다. 저게 무슨 소리지? 둘이서 팬레터 이야기를 했나? 컴퓨터가 있으면 표준 문안을 끊임없이 타이핑하는 고생을 안 해도 된다고? 이런 생각을 하자 절로 미소가 지어졌다. 그들은 날 짓누르고 있었다. 팬레터. 답신을 기다리는 샐린저의 팬. 컴퓨터가 생기면 도움이 될 터였다.

"일단 검은색이 있는지 알아봐." 보스가 계속 말을 이어 갔다. "그러고 나서 마저 이야기하자고. 가격도 확인하고."

"알겠습니다." 제임스도 희미하게 미소 지었다. 다음에 나오려는 말을 할지 말지 고민하는 모습이 역력했다. "감사합니다."

"나한테 고마워하지 마." 보스가 단호하게 말했다. "아직 승인한 건 아니야. 승인하더라도 그건 오로지 샐린저 업무를 위해서일 테니까. 난 사람들이 온종일 월드와이드웹에 접속하는 게 싫어. 거기서 뭘 하는지 몰라도." 그러고는 인터넷은 완전히 미친 짓이라는 걸 표현하듯 손사래를 쳤다. "온종일 거기 앉아서 (그녀는 내 쪽을 힐끗 쳐다보고 제임스에게 다 안다는 듯 고개를 끄덕거렸다.) 짐바브웨에 있는 친구들한테 이메일이나 보내는 꼴은 못 봐."

"글쎄요, 그런 일은 없을 겁니다." 제임스가 내게 눈짓을 하며 말했다.

다음 날 팸이 화려한 해외 우표가 줄지어 붙어 있는 두툼한 봉투를 내 책상에 내려놓았다. 안에는 '두 번째 고객'의 새 소설이 들어 있었다. 10년 만에 도전한 문학 작품이었다. 그는 지금 교편을 잠시 내려놓고 아내의 친정인 뉴질랜드에 머무는 상태였다. "뭔가 딱 느낌이 와." 보스는 두툼한 원고를 가슴팍에 끌어안더니 흥분해서 발가락을 튕기며 휴와 내게 말했다. 다음 날 아침엔 나를 보며 "이건 아주 굉장하겠어."라고 감탄했다. 하룻밤 만에 다 읽은 것이다. "여러 군데에 제안서를 보낼 거니까 준비해 둬." 나는 헛소리가 튀어나올까 조심하며 고개만 끄덕였다. 여러 군데에 제안하다니, 그건 에이전시의 방식이 아니잖아. 하지만 에이전시의 방식에서 벗어나는 것이야말로 에이전시를 위한 일이었다.

"무지막지하게 바빠질 거야." 보스가 내게 말했다. 어쩌면 이것이 그녀가 보는 현대적 에이전시와 출판사의 공통된 문제인지도 모른다. 비양심적인 게 아니라 너무 복잡하다는 것. 30년 전만 해도 한 장짜리 제안서와 악수만으로 이 책을 팔 수 있었을 테니까.

그 후로 일주일간 보스는 맥스와 상의하며 원고를 보낼 편집자 명단을 작성하고 수정하기를 반복했다. 그중 상당수는 그녀의 인맥을 벗어난 젊고 잘 모르는 이들이었다. 나는 원고를 건네받아 외부에 복사를 맡기고(사무실 복사기로는 300 장짜리 원고를 12부나 찍어 내기 벅찼으므로) 배달부가 도착하기만 기다리며 첫 페이지를 슬쩍 들여다보았다. 보스가 이 소설을 읽어 보라고 하지 않아서 다행이었다. 공항에서 팔려 나가는 폭력적인 스릴러물처럼 섬뜩하고 선정적이면서 다소 여성혐오적인 이야기 같았기 때문이다. 첫 페이지만 읽었는 데도 내 생각이 절대적으로 옳았다는 게 드러났다. 다락방에 서 디오라마처럼 배치된 소녀의 시체 세 구가 발견되는데, 화 자는 이 그랑기뇰(살인이나 폭동 따위를 선정적으로 다룬 연극—옮긴 이) 같은 장면을 극도로 상세하게 묘사했다. 문장은 물론 유 려하고 정교했으며 어조도 (대가의 솜씨라 할 만큼) 절제되 고 매혹적이었지만, 그 페이지에 담긴 무언가가(그로테스크 한 주제를 넘어선 무언가가) 내 속을 메스껍게 했다.

결국은 보스의 말이 옳았다. 이 책은 믿을 만한 출판사에서 새로운 문학 임프린트를 맡은 훌륭한 편집자에게 거금에 팔 렸다. 크로스오버 스릴러 소설. 대성공. "우리가 해냈어!" 보 스는 내 책상 주위에 모여든 직원들을 바라보며 관대하게 말 했다. 저렇게 의기양양해하는 모습을 전에도 본 적이 있던가? 기억이 없었다. 하지만 그녀가 행복해하는 걸 보니 나도(다른 어시스턴트도 모두 그랬겠지만) 기뻤다. 황홀했다.

"보스가 해낸 거죠." 나는 웃으며 말했다. 사실이었다.

"그럴지도 모르지." 그녀가 어깨를 으쓱하며 말했다. 순간 나는 그녀가 어디서도 볼 수 없는 리더, 마지못해 그 자리에 있는 경영자라는 걸 깨달았다. 그녀는 모두의 이목이 자신에게 쏟아지는 걸, 우리 모두를 좌지우지해야 하는 걸 싫어했다. 그래서 내 앞을 지나다닐 때도 웬만하면 말을 걸지 않은 것이다. 거만해서가 아니었다. 수줍고, 조용하고, 내성적이어서였다. "오늘 퇴근 후에 술 한잔씩 하자. 다 같이."

우리는 5시 정각에 사무실 근처 삭막한 1980년대풍 식당의 바에 (전깃줄의 참새처럼 쪼르르) 앉아 칵테일을 마셨다. 사무실을 벗어나자 어쩐 일인지 서로 할 말이 없어졌다. 동료의 신의를 깨뜨릴까 봐 다들 조심스러웠던 것이다. 1차가 끝나고 남은 사람은 캐럴린과 보스뿐이었다. 나머지는 벗어 둔 스웨터나 얇은 점퍼를 집어 들고 도망치듯 줄줄이 빠져나갔다. 6월이지만 날은 아직 추웠다. 눈보라가 한 해의 기후를 정해 버린 것이다. 어느 시점에는 그만 기온이 올라가야 했다.

그다음 주 갈색 옷을 입은 배달원이 회계동에 커다란 상자 몇 개를 내려놓았다. 주디의 책들이 진열된 책꽂이 맞은편이었다. 제임스가 케이블 뭉치를 들여다보며 거대한 데스크톱 PC를 설치하는 게 내 책상에서도 보였다. 딱 봐도 퍼티 색이었다. 나는 화장실 가는 길에 물었다. "검은색이 아니네요?"

"소니에서 나온 검은색 데스크톱이 있긴 했어요." 제임스가 빙긋 웃으며 말했다. "그런데 훨씬 비쌌죠. 당신 보스는 그만한 가치가 없다고 판단했어요. 그냥 지나가는 유행이라고 생각하니까."

"이걸 쓰면 표준 문안을 작성하는 게 한결 수월해지겠어요." 나는 제임스 옆에 몸을 웅크리며 말했다. "특히 샐린저 팬레터요. 오, 말도 말아요." 이제 내 타자기는, 그 부피만 커다란 고철 덩어리는 어떻게 되는 걸까, 문득 궁금해졌다. 집에 가져가게 해 줄지도 모른다. 얄궂게도 스톡홀름 신드롬처럼 그동안 정이 흠뻑 들어 버린 것이다. 저녁에 돌아가면 길거리에서 주워 온 파란 학교 책상 앞에 앉아 흠잡을 데 없이 새하얀 종이를 왼편에 쌓아 놓고 타자를 치는 내 모습이 그려졌다. 소설을 쓸지도 모른다. 타자기가 내는 윙윙, 탁탁 소리를 들으며 상념에 빠져서 예전부터 구상해 온 이야기를 초조하게 풀어 나갈지도.

제임스는 허리를 펴고 일어서며 기지개를 켰다. "그렇진 않을 거예요." 나는 미간을 찌푸리며 그를 바라보았다. "컴퓨터는 이거 한 대거든요." 그는 손등으로 이마에 맺힌 땀을 닦아 냈다. "유일한 컴퓨터죠." 나는 어리둥절해하며 제임스와 설치되다 만 모니터를 번갈아 쳐다보았다. "컴퓨터는 한 대만 들여놨어요. 이걸 다 같이 공유하는 거죠. 그러니까 서신은 계속 타자기로 쳐야 해요."

"하지만……." 내가 잘못 들었기를 바라며 다시 물었다. "왜요?" 나는 경악감에 평정심을 잃은 채 그를 바라보았다. "그럼 이건 어디다 써요?"

"저작권 침해를 감시하는 데 쓸 거예요. 요즘 개인이 개설

한 웹페이지가 많잖아요. 그런 데다 샐린저나 피츠제럴드, 딜런 토머스의 작품을 발췌해서 올리죠. 그런 발췌문의 길이가 정당한 한도를 넘어서는지 확인해야 해요. 산문은 800자 이내, 시는 5행 이내여야 하거든요."

"아." 나는 여전히 망연자실해서 신음을 토했다.

"휴가 뭔가를 조사할 때 사용할 수도 있어요. 그럼 도서관을 들락거리지 않아도 되니까." 내가 아는 한 휴는 이런 제안을 몹시 못마땅해할 사람이었다. 도서관에 다니는 걸 좋아했으니까. "다른 직원들도 필요할 때 사용할 수는 있지만 개인적인 용도는 안 돼요."

며칠 후 보스는 사무실을 돌아다니며 모두를 불러 모으더니 우리를 새것 그대로인 베이지색 컴퓨터와 깜깜한 모니터 앞으로 데려갔다. 루시와 맥스는 고등학생처럼 키득거렸다. 보스는 "자, 우리도 장만했어요." 하며 의미심장하게 우리를 돌아보았다. "이게 우리 회사 컴퓨터예요." 그리고 키보드를 가리키며 제임스에게 "지금 켜 놓았나?"라고 물었다. 제임스는 고개를 가로저었다. "좋아. 아직 켜진 않았군." 올리비아가 내 쪽을 보며 히죽거렸다. "이처럼 모두가 볼 수 있게 사무실 한가운데 놓은 건 개인 이메일이나 (그녀는 컴퓨터로 할 만한 다른 행위를 떠올리려는 듯 잠시 말을 멈췄다.) 뭐 그런 유혹을 받는 일이 없게 하기 위해서예요. 컴퓨터에 시간을 허비하는 사람이 많지만, 우리 사무실에선 절대 그런 일은 없을 거예요. 이 컴퓨터는 오로지 조사와 (보스는 휴를 향해 고개를 끄덕였고, 그는 무뚝뚝한 고갯짓으로 답했다.) 에이전시의 비즈니스를 감시하는 용도로만 사용될 거예요. 다른 용도로 쓸 일이 생기면 나한테 와서 물어봐요. 내가 나왔는데 사전 허락 없이 여기 앉아 있는 걸 발견하면, 해서는 안 될 일을 한다고 단정하겠어요." 그녀는 우리가 자신에게 맡겨진 악동들이라도 되는 듯 한 명 한 명의 얼굴을 찬찬히 살피며 화난 표정으로 고개를 마구 휘저었다. "알겠죠?"

"네!" 맥스가 주먹을 높이 쳐들며 큰 소리로 대답했다.

"그만 해요, 맥스." 보스가 날이 선 목소리로 말했다. 이상한 일이었다. 에이전시의 신규 사업은 십중팔구 맥스가 창출해 낸 거였다. 최근에는 200만 달러 규모의 거래를 성사시키기도 했다. 그런데도 보스는 여전히 그를 침입자, 에이전시의 기록 분류 체계에 합당한 존경심을 표하지 않는 반항아로 여겼다. 아무래도 그를 제임스나 휴 같은 '에이전시 사람'으로 보지 않는 것 같았다. 나한테도 대여섯 번이나 넌지시 그런 호평을 해 왔으면서 말이다. 그럴 때마다 기분이 좋긴 했지만(나는 돈이 번번이 놀려 대듯 상당히 '순종적인 아이'였으니까) 이 두 모습이 나의 잠재적 미래라면 내가 어떤 선택을 할지는 너무나도 명백했다. 나는 보스가 아니라 맥스처럼 되고 싶었다. 맥스가 된다는 건 단순히 큰 거래를 중개하는 것만 아니라 다양한 서술 방식을 낱낱이 섭렵하며 현대문학과

밀접한 관련을 맺는 거였다. 다만 내가 대학원 때 하던 것과는 조금 다른 방식, 즉 단어와 언어, 이야기에 깊은 관심을 보이는 훌륭한 작가와 편집자하고 매일 교류하는 거였다. 그런 방식으로 세상과 교감하고 세상을 이해하려 애쓰는 거였다. 세상으로부터 움츠러드는 게 아니라, 삶의 복잡한 문제들에 인위적인 질서를 세우는 게 아니라, 살아 있는 작가보다 죽은 작가들을 선호하는 게 아니라.

하지만 그때 또 다른 생각이 뇌리를 강타했다. 이 일을 시작하기 전만 해도, 바로 그 살아 있는 작가군에 네 이름을 올리고 싶어 했잖아?

그날 밤 욕실에서 양치질을 하는데 돈이 소파에서 나를 불렀다. "부바! 이리 좀 와 봐. 보여 줄 게 있어." 그러자 내 안의 무언가에 금이 가면서 수백만 개의 조각으로 산산이 부서졌다. "제발 날 그렇게 부르지 마." 나는 소리를 지르며 거실로 뛰쳐나왔다. "난 어린애가 아니야." 그의 커다란 눈이 더욱 휘둥그레져서, 순간 나는 (믿기 힘든 일이지만) 그의 눈에 눈물이 차오르는 줄만 알았다.

"내가 왜 널 그렇게 부르는지 알아?" 그가 물어왔다. 나는 도리질을 쳤다. 그러자 그가 이야기를 시작했다.

돈이 가르치는 학생 중에 마샤라고, 지금까지도 친구로 지내는 남자가 있었다. 1990년대 초 러시아에서 이주해 온 그는 공산주의 때문에 어마어마한 시련을 겪었고(단순히 철학으로서가 아니라 실제 그 치하에서 박해를 당했다), 돈은 사회주의에 관해 무한정 토론을 이어 갈 수 있는 실제 소비에트 공산당원을 만났다는 사실에 감격했다. 그런 토론은 말다툼으로 끝나곤 했지만. 마샤는 아내(역시나 돈의 학생이었던)와 함께 워싱턴하이츠에 살았는데, 널찍하고 어두침침한 그들의 아파트는 러시아에서 쓰던 잡동사니와 세 아이의 장난감으로 발 디딜 틈이 없었다. 이 집의 막내는 '미라클 베이비'라고 불렸다. 마샤 부부는 둘 다 가무잡잡했는데(파란빛이 도는 까만 머리카락, 황록색 피부, 짙은 눈썹) 유전자가 무슨 마법을 부렸는지, 막내딸은 엄마 뱃속에서 나올 때부터 뽀얀 분홍빛 피부에 금발 곱슬머리, 사랑스러운 회청색 눈동자였던 것이다. 그뿐 아니라 성격도 유난히 명랑했다.

"마치 빛의 아이 같아." 돈이 감탄했다. "그냥 너무 귀엽고 어여뻐서 무슨 짓을 하든 두 팔로 번쩍 들어 껴안아 주고 싶거든." 아이 이름이 애나인지 나탈리아인지 그랬는데, 다들 '부바'라고 불렀다. "왜?" 내가 물었다. 돈은 어깨를 으쓱하며 웃음을 터뜨렸다. 진솔한 웃음이었다. 그에게 기본으로 장착된 아이러니하고 심술궂은 낄낄거림이 아니라. "그 애는 그냥 부바야. 다른 말은 갖다 붙일 수가 없어. 어떻게 설명이 안 돼. 너도 만나 보면 바로 알 거야. 그냥 찬란하게 빛이 나거든." 돈은 머리 위로 두 팔을 쭉 뻗고 하품을 했다. 우리는 손바닥만 한 거실에서 회색 소파에 앉아 있었다. 돈의 친구 바트가 도와줘서 함께 길거리에서 들고 온 소파였다. 바트는 키가 큰 시인인데 녯시의 시구를 빌려 와 자신만의 시를 지었다. "어느 날 오후 마샤네 집에 놀러 갔거든. 너를 만난 직후였어. 부바가 다가와서 내 무릎에 앉는데, 그때 별안간 깨달은 거야. 네가 부바 같다는 걸."

"내가 부바 같다고?" 나는 금발의 곱슬머리도 아니고 회청색 눈동자도 아니었다. 하물며 실제로 어린애였던 시기에도 어린애 같은 면이 부족하다는 말을 들었다. 나는 길고 야윈 얼굴에다 게임도 싫어했다. 어른들과 함께 있는 게 더 좋았다.

"맞아." 돈이 흥겹게 말했다. "넌 온통 장밋빛이고 환하게 빛나잖아. 당당히 세상으로 걸어 나갈 때면 마치 빛으로 가득 찬 것 같아. 그게 내가 본 너의 첫인상이었어."

"그건 사실과 달라." 나는 어색해하며 반박했다. "난 장밋빛이 아니야. 오히려 창백한 편이지."

"사실?" 돈이 되물었다. "사실 같은 건 없어. 사실은 하나로 정해져 있지 않아. 어린 여학생들이나 그렇게 생각하지." 그는 입을 꾹 다문 채 뭔지 모를 감정이 밀려오는 걸 막아내려는 듯이 나를 뚫어지게 쳐다보았다. "세상은 주관적이야. 경험적이지." 그러더니 다시 얼굴에 긴장이 풀리며 눈에 아이러니한 광채가 돌아왔다. 그는 권위적으로 고개를 저었다. "넌 칸트를 좀 읽어야겠다."

나는 언제나 나 자신을 어둡고 무거운 사람으로 여겼다고 해도 과언이 아니다. 나의, 우리 가족의, 불행한 역사를 간직한 우리 종족의 숙명처럼 슬픔에 짓눌린 통통한 아이. 하지만 그 순간 무언가가 변했다. 돈의 말이 옳을 가능성은 없을까? 세상은 내가 나를 인식하는 것과 전혀 다른 방식으로 나를 인식하고 있다면? 그렇다면 한 사람이 복잡하고 지적이며 이 시대의 깨어 있는 선각자이고 게다가 예술가이면서, 다른 한편으로는 온통 장밋빛으로 가득할 수도 있을까? 한 사람이 그 모든 것이면서 동시에 행복할 수 있을까?

다음 날 아침 날씨가 변했다. 공식적으로 여름이 시작되는 날까지 남아 있던 차가운 습기가 하룻밤 사이에 증발해 버렸다. 나는 주방 창문을 통해 쏟아져 들어오는 햇살에 눈을 떴다. 그리고 옷장 뒤편에서 가장 아끼는 원피스를 꺼냈다. 1940년대 스타일을 본뜬 이 진초록 원피스는 옷깃이 달려 있고 앞자락에 세로로 단추를 채우는 스타일인데, 리의 방바닥에 널브러진 옷들의 복각판이었다. 주름이 지긴 했지만(두꺼운 모직 옷에 짓눌려서) 출근길에 펴지기를 바라며 검은색 슬립 위로 뒤집어썼다. 그리고 문을 박차고 나가 상쾌하고 따뜻한 공기를 들이마셨다. 베드퍼드애비뉴에 들어서자 길가에 만개한 무화과나무마다 자잘한 흰색 꽃이 회색 가지를 뒤

덮으며 산업단지처럼 흉물스럽던 거리가 순식간에 정취 있고 아름다운 곳으로 변신했다. 윌리엄스버그의 매력은 예전에도, 지금도 외형적인 데 있지 않았다. 노스사이드의 주요 도로인 베드퍼드는 나지막한 점포와 벽돌로 지은 연립주택이 늘어서 있어 밀워키의 번화가 같았다. 이곳은 우디 앨런의 뉴욕이 아니었다. 고층 건물과 도어맨, 부푼 꿈, 할리우드 몽타주의 뉴욕이 아니었다. 이곳은 나의 뉴욕이었다. 나의 도시였다. 그리고 나는 이곳을 사랑했다.

매일 아침 출근길에 6호선 열차를 타고 51번가로 가서 5번 애비뉴와 렉싱턴애비뉴 모퉁이에 있는 출구로 나가면 웨딩 케이크처럼 화려한 월도프 아스토리아 호텔이 위용을 드러냈다. 보스는 가끔 이 호텔의 펍인 '불 앤 베어(Bull and Bear)'에서 점심을 먹었는데, 출입구가 (클럽의 배타성과 은밀함을 위해) 호텔 후문이 있는 렉싱턴애비뉴 방향, 즉 동남쪽 모퉁이에 나 있었다. 물론 나는 들어가 본 적이 없지만, 아침마다 그 앞을 지나다니다 보니 본의 아니게 그곳의 색바랜 고풍스러운 휘장을 기억했다. 저녁에 사무실에서 지하철역으로 돌아갈 때는 호텔의 웅장한 정문을 지났는데, 황홀한 불빛이 디즈니랜드 입구의 성을 연상시켰다.

이날 아침 지하철역 계단을 껑충껑충 뛰어올랐다. 따뜻한 바람에 원피스 자락이 살랑거렸다. 렉싱턴애비뉴에 올라서

자 기이한 광경이 눈에 들어왔다. 도로가 묘하게 한산한 가운데 소방차들이 사이렌을 끈 채 질주하고 있었다. 청명하고 파란 하늘을 배경으로 새빨간 차들이 달리는 모습은 아름답기 그지없었다. 에이전시처럼 저들도 디지털을 모르는 다른 시대에서, 어린 시절 부모님이 읽어 주던 그림책에서 튀어나온 것만 같았다.

여느 때처럼 일찍 나온 참이라 소방차들이 렉싱턴애비뉴를 빠져나가 사라질 때까지 우두커니 서서 지켜보았다. 고개를 들자 월도프 아스토리아 호텔이 어렴풋이 모습을 드러냈다. 깊이 따져 보기도 전에 50번가의 남쪽 방향으로 길을 건너 호텔의 후문을 밀고 들어갔고, (몰랐지만, 들어가 보니) 특별히 웅장하지도, 그렇다고 허름하지도 않은 층계 밑 공간이 나왔다. 왼쪽에는 아직 문을 열지 않은 '불 앤 베어'가, 오른쪽에는 호텔의 또 다른 식당인 '피콕 앨리'가 있었다. 정면에는 어디로 향하는지 알 수 없는 에스컬레이터가 있었다. 나는 그 위에 올라섰다.

에스컬레이터 끝까지 올라가 복도에 내려서자 검붉은색과 금색 무늬가 들어간 카펫이 깔려 있고, 중간중간에 화분에 심은 커다란 식물이 놓여 있었다. 나는 어디로 가야 할지 몰라 우뚝 멈춰 섰다. 아치형 통로를 향해 똑바로 직진하면 정문이 있는 건물 서쪽에 이르러 파크애비뉴로 나갈 수 있을 터였다. 그렇게 나가도 한 블록만 걸으면 매디슨애비뉴의 우리 사무실로 갈 수 있었다. 그런데 아치형 통로로 들어서기 전에 왼쪽으로 작고 어둑어둑한 상점의 정면이 눈에 들어왔다. 희귀본을 다루는 고서점이었다. 반가운 마음에 숨이 턱 막혔다. 어렸을 땐 부모님과 함께 이런 호텔에 머물곤 했다. 텔아비브의 킹 데이비드, 팜비치의 브레이커스, 덴버의 브라운 등. 그럴 때면 저녁을 먹기 전에 엄마와 함께 로비의 상점들을 둘러보면서 선글라스며 펜던트, 스카프 등을 착용해 보았다. 그래, 미국의 문화 수도인 뉴욕의 고급 호텔이면 서점이 있어야 마땅하지.

진열장까지는 충분히 가까운 거리라 몇몇 책 제목이 눈에 들어왔다. 아름답고 화려하게 장식된 《돈주앙》, 오리지널 삽화가 들어간 것으로 보이는 큰 판형의 《피터팬》, 황록색 장정의 《이상한 나라의 앨리스》. 그리고 바로 거기, 한가운데(진열창에서 가장 눈에 띄는 위치에) 불에 타는 듯 새빨간 책이 있었다. 너무 친숙한 표지라 그냥 지나쳐 버릴 뻔했지만, 그걸 발견하고는 가까이 다가가지 않을 수가 없었다. 아무 맥락도 없이 이 책과 마주하다니 신기한 기분이었다. 당연히도 회전목마의 말 한 마리가 그려진 《호밀밭의 파수꾼》 초판본이었다. 종마가 분노에 차서, 혹은 상대를 쓰러뜨리려는 듯 뒷발로 일어선 삽화. 이제는 나도 샐린저와 같은 웨스트포트 주민이었던 화가 마이클 미첼이 이 책의 표지를 위해 그려 준 작품이라는 걸 알았다(휴가 가르쳐 줬다). 하지만 페이퍼백에는 출판사가 고른 노골적인 이미지(빨간색 헌팅캡을 쓴 홀든 콜필드)가 들어갔는데, 두말할 것도 없이 샐린저는 이 그림을 몹시 싫어했다. 샐린저와 제휴를 맺은 에이전시에서도 이 악의적인 판본은 사무실에 비치해 놓지 않았다.

하지만 날뛰는 말이 그려진 초판본은 내 책상 맞은편에 몇 권이나 꽂혀 있어서 책등에 적힌 글씨체가 뇌리에 각인된 상태였다. 꿈에 나온 적도 있었다. 그런데 이 책은 그보다 조금 더 완벽하게 새것에 가까웠다. 빨간색은 더욱 강렬하고 하얀색은 더 하얘 보였다. 가격표에 적힌 숫자도 달랐다. 2만 5000달러였다.

서점에서 모퉁이를 돌자 여자 화장실이 나왔다. 나는 묵직한 황금색 수도꼭지를 돌려 손을 씻고, 수건만큼 두툼하고 부드러운 종이 타월로 물기를 닦은 뒤 머리를 매만지고 입술에 립글로스를 발랐다. 욕조에서 설거지를 하고 라면으로 저녁을 때우는 일상에서 벗어난 5분간의 휴가였다. 그 순간만큼은 지금 부모님이 로비에서 기다리는 중이며, 어릴 때처럼 함께 메트로폴리탄미술관에 가서 로댕의 조각상에 둘러싸인 채 천창 아래서 점심을 먹을 거라고 상상의 나래를 폈다. 다시 가방을 둘러메고 나와 서점을 지나서 아치형 통로를 따라갔더니 사업가들로 북적이는 호텔의 위층 로비가 나왔다. 그들은 한 명도 빠짐없이 남자인 데다 머리는 짧고 구두는 반짝였다. 게다가 모두 젊어서(더러는 나보다도 젊어 보였는데, 산뜻하고 주름 없는 얼굴에 가슴 시릴 만큼 밝고 따스한 미소를 짓고 있어서 돈의 딱딱한 미소와 너무나도 대비되었다) 도대체 이 사람들은 누구이고, 여기서 뭘 하는 건지 궁금해졌다. 저들을 저런 식으로 웃게 하는 건 돈의 힘일까? 재력과 안정감?

이제 9시 반이 다 돼서 널따랗고 위풍당당한 정면 계단을 따라(푹신한 카펫 속으로 구두가 푹푹 들어갔다) 아래층 로비로 내려갔다. 그러자 아까보다 더 많은 남자가 체크인이나 체크아웃을 하고, 이름표를 달고, 내선 전화로 통화를 하고, 컨시어지나 도어맨에게 말을 걸고 있었다. 삼삼오오 모여 폭소를 터뜨리거나, 혼자 서 있거나, 도표와 그래프로 채워진 빽빽한 서류철을 넘겨 보는 남자들도 있었다. 내가 지나가자 그들은 힐끗 돌아보며 내가 화폐와 특권의 영역인 그들 세계의 일부라도 되는 양 미소를 보내고 고개를 끄덕였다.

도어맨은 모자를 젖히며 "좋은 아침입니다, 미스."라고 말을 붙였다. "택시를 잡아 드릴까요?"

"아, 아뇨. 감사합니다." 내 입에서 나오는 말인데 내 목소리 같지 않았다. "날이 너무 좋아서 좀 걸으려고요. 몇 블록만 가면 되거든요."

"정말 화창한 날씨죠." 그가 고개를 끄덕였다. "한껏 즐기십시오."

"감사합니다." 나는 또다시 낯선 목소리(월도프 아스토리아 호텔의 객실에 투숙하며 궂은 날씨 때문에 택시를 타고 다닌 사람의 목소리)로 말하고는 그가 잡아 주는 문을 빠져나와 튤립 부대가 중앙분리대를 점령해 버린 파크애비뉴로 들어섰다. 꽃들은 무거운 봉오리를 나처럼 바닥으로 숙인 채 따스한 바람에 살랑이고 있었다.

* * *

마침내 해가 쨍하고 모습을 드러내자 에이전시의 어둠이 약간 답답하게, 심지어 우울하게 느껴졌다. 나는 봄이 왔어요, 라고 외치고 싶었다. 수녀처럼 수수한 검은색 시프트 원피스를 입은 루시와 헐렁한 갈색 정장을 입은 보스에게, 우리의 발소리를 죽여 주는 진초록색 카펫과 각 방의 진갈색 책장에도. 겨울에는 아늑한 피난처 역할을 해 준 어둠이건만, 이제 나는 따스한 햇볕에 맨팔을 드러낸 채 산책하고 싶은 마음에 점심까지 남은 시간만 계산하고 있었다. "원피스가 예쁘네요." 루시가 자기 사무실 앞을 지나가는 나를 보며 말했다. "복고풍이에요?" 내가 대답하기도 전에 의자에서 몸을 일으키고 다가왔다. "예전부터 물어보고 싶었는데 말이에요." 평상시의 괄괄한 목소리보다 한 톤 낮춰서 물었다. "제대로 먹고 다니는 거예요?"

나는 무슨 소린지 몰라 얼떨떨해하며 물었다. "뭘 먹어요?"

"글쎄." 루시는 초조하게 웃음을 터뜨리더니 과장된 손짓으로 내 원피스를 가리켰다. 그녀의 손끝을 쫓다가 문득 그 말뜻을 혹은 의도를 발견했다. 내 원피스가 병병하게 떠 있었던 것이다. "자기가 왠지 좀 (그리고 적절한 단어를 찾다가) 수척해 보여서요." 나는 미친 듯이 울음이 터질 것만 같았다. "어시스턴트 봉급으로 생활하는 게 얼마나 힘든지 나도 알아요." 그녀는 다시 생글거리며 웃었다. "여기서 그걸 나보다 잘 아는 사람은 없을 거예요."

"잘 먹고 있어요." 나는 활짝 웃으며 대답했다. "그럼요."

하지만 실상은 어떤가? 새로 추가된 청구서들 때문에 버둥거리며 살았다. 매일 아침 은행에 전화해서 잔고를 확인하고, 1센트 단위까지 예산을 짜서 꼼꼼하게 수표책을 써도 수시로 잔고 부족 상태에 빠져들었다. 일주일에 한 번, 토요일 아침에 장을 볼 때면 계산대까지 가기 전에 카트에 담긴 물품의 금액을 신중하게 계산해서 쿠키나 시리얼 등 너무 사치스러운 것들은 도로 빼 놓았다. 점심은 5달러로 제한했기 때문에 근처 샌드위치 체인점에서 비참할 만큼 작은 그릭 샐러드를 사 먹었다. 종종 끄트머리가 갈색으로 변한 흐물흐물한 양상추, 색이 연한 겨울 토마토, 반투명 토마토 슬라이스와 윤기 나는 오이 몇 조각, 페타 치즈 부스러기 위에 얄팍하고 짤짤한 올리브를 딱 하나 올린 메뉴였다. 그 올리브 하나면 다른 건 다 용서가 됐다.

하지만 오늘만은 한 번도 해 본 적 없는 일을 실행에 옮겼다. 에이전트들이 점심을 사 오곤 하는 49번가의 우아한 음식점으로 곧장 걸어간 것이다. 가게 안에서는 '우주의 지배자들'이 여성 파트너의 팔을 주무르며 프리제 샐러드를 주문하고 있었다. 구릿빛 피부의 그 호리호리한 여성들은 가느다란 구릿빛 손목에 카르티에 팔찌를 차고 있었다. 이 집 샌드위치는 페이스트리처럼 은색 케이크 받침대에 진열돼 있었다. 나는 한참을 고민한 끝에 얇고 납작한 빵에 분홍색 햄이 들어간 샌드위치를 골랐다. 계산대에서 초콜릿 쿠키도 하나 집어 들고 커피까지 주문한 다음 빳빳한 20달러 지폐를 내밀었다. 그 시점에는 다행히 잔고 부족 상태가 아니었는데도 거스름돈을 지갑에 넣는데 가슴이 마구 쿵쾅거렸다. 샌드위치를 들고 어깨에 떨어지는 햇살을 받으며 5번 애비뉴로 걸어갔다. 그리고 관광객들로 북적이는 성패트릭성당의 계단에 앉아 빵을 크게 한 입 베어 물었다. 푸짐하고 짭조름하며 기름지고 따뜻한 한 입이었다. 지금껏 먹어 본 샌드위치 중에서 가장 맛있다는 데 의심의 여지가 없었다. 반만 먹고 나머지는 내일 먹으려고 도로 싸 놓았다가 결국 못 참고 전부 먹어치웠다.

다음 날 아침 그동안 한 번도 안 입은 봄옷을 꺼내 입었다. 오래전에 엄마가 선물해 준 빨간 원피스인데 내가 가진 옷 중

에 가장 짧아서 치맛자락 아래로 창백한 무릎이 드러났다. 옷
장 뒤편에서 신발도 꺼냈다. 여성스러운 검은색 가죽 샌들 하
이힐인데, 이것 역시 엄마의 협찬품이었다. 우리 아파트에는
거울이 없어서 이 조합이 어울리는지 알 도리가 없지만, 하이
힐에 짧은 원피스를 입으니 더 강인하고 꼿꼿해진 느낌이었
다. 연기 선생님이 늘 지적한 것처럼 머리를 척추 위에 똑바
로 세울 수 있을 것만 같았다. 나는 언제나 구부정한 자세였
으니까.

  이날 아침은 지하철역을 벗어나자마자 두 번 생각할 것도
없이 50번가를 건너서 월도프 아스토리아 호텔의 후문을 연
다음 에스컬레이터를 타고 올라가 서점을 지나면서《호밀밭
의 파수꾼》이 아직 있는지 진열창을 힐끗 확인했다. 위층 로
비에는 오늘도 갓 면도한 은행가와 컨설턴트 그리고 정체를
알 수 없는 사람들이 복작거리며 빳빳한 정장 차림으로 컨퍼
런스 의제나 판매 보고서를 보다 내가 지나가자 사심 없는 눈
길을 보냈다. 갑자기 나도 그들의 세계에 속한, 그들 중 하나
가 되고 싶다는 갈망이 솟아올랐다. 이 세계에서 편안하게 살
며, 지갑에 든 반짝이는 카드를 믿고 소파에 앉아 저렇게 커
피를 주문하고 싶었다. 어린 시절 아빠와 함께 (갑자기 이 기
억이 사납게 밀려왔다.) 이런 로비에 앉아 지나가는 사람들
을 보고 이야기를 지어내며 많은 시간을 보냈다. 사회주의자
아버지와 사회운동가 어머니(우리 할머니는 아직 그랜드가

에 살아서 나도 가끔 놀러 간다) 사이에서 대어난 우리 아빠는 강요된 빈곤 속에서 자란 탓에 어른이 돼서는 작은 사치를 누리는 걸 굉장히 즐거워했고, 그중에서도 퇴폐적인 게으름의 상징인 고급 호텔을 가장 좋아했다.

나는 계속해서 척추를 가지런히 쌓아 올린 채 아찔한 미소를 지으며 정장 입은 남자들 사이를 헤치고 계단을 내려갔다. 그러다가 고개를 들어, 더 높이 들어 로비의 높다랗고 화려한 천장을 올려다보았다. 테두리를 빙 두르며 황금 나뭇잎을 그려 넣었는데, 그 무늬가 어찌나 정교하면서 아름다운지 '숨이 멎을 것 같다'는 의미를 처음으로 알 것 같았다. 천장의 무늬(나뭇잎과 포도 덩굴과 다이아몬드)가 눈에 들어왔을 때, 천장의 아득한 높이와 황금 넝쿨과 작디작은 나 자신 사이의 어마어마한 공간감에 다시 한번 정말로 숨이 멎은 것이다. 그 순간 구두의 얇은 힐이 두툼한 카펫에 걸렸고, 나는 꼼짝없이 발을 헛디뎌 작은 계단참에서 굴러떨어지겠구나, 나를 둘러싼 세계가 빙글빙글 돌아가겠구나 싶었다. 심장이 두방망이질 치는 통에 더욱 확신했다. 하지만 다음 순간 아무렇지도 않게 난간을 붙잡으며 중심을 잡았고, 그대로 남은 계단을 마저 내려갔다.

여름

Summer

1
투고

　두 사람은 만나기로 했다. 제리와 로저 래드버리가. 둘이 직접. 이건 큰 사건이었다. 제리는 사람을 만나지 않았다. 제리는 사람을 피해 왔다. 수십 년간 알고 지낸 지인들마저도. 두 사람은 내 보스와 에이전시를 통하지 않고 당사자끼리만 서신을 주고받았다. 하루는 보스가 "서신의 사본을 보내 주면 좋을 것 같은데요."라고 말하는 소리가 들렸다. 하지만 제리는 서신의 사본을 보내 주지 않았다. 로저도 마찬가지였다. 보스는 고개를 절레절레 흔들더니 불안하거나 불쾌할 때 짓는 웃음을 지으며, 이건 '지극히 이례적'인 일이라고 했다. 그들이, 그 서신들이 그녀의 신경을 긁었다. 제리가 엉뚱한 조건에 동의하면 어떡하지? 아니면 어떤 식으로 자신을 위험에 빠뜨리면? 로저는 확실히 점잖고 성실한 사람으로 보이긴 하지만, 만약 그렇지 않다면? 어떤 식으로든 샐린저를 속이는 거라면? 무엇을? 보스는 어느 것 하나 확신할 수 없었다.

　설령 안다고 해도 소용없었다. 우리가 나서서 처리할 수 있는 일은 아무것도 없었으니까. 이제 상황은 비즈니스의 영역을 초월해 버렸다. 제리와 로저는 친구가 되어 갔다.

적어도 제리는 로저의 친구가 되어 가고 있었다. 로저는 샐린저의 열정에 조금 과하게 당황해서, 진짜로 친해지는 걸 조금 과하게 불안해했다. 그는 점점 더 자주 전화를 걸어왔다. 샐린저의 편지를 받을 때마다 전화했다. 샐린저에게 편지를 보낼 때도 자기가 말실수를 하지는 않았을지 걱정이라며 전화했다.

결국 내가 로저의 걱정과 불안을 들어 주게 되었다. 팸은 로저한테 전화가 오면 나에게 먼저 연결하라는 지시를 받은 모양이었다. "디자인 견본을 만들어 봤어요." 6월 말에 걸려온 전화에서 그가 말했다. "두 개요. 작가님의 디자인 취향을 알 것 같아서요. 아마 둘 다 마음에 들어 할 것 같아요. 아니면 둘 중 하나를 더 좋아할 수도 있고요."

"그래요?" 나는 놀란 기색을 숨기며 말했다. 우리는 아직 이 거래의 세부 사항을 논의한 적이 없었다. 계약서도 없었다. 계약서 초안조차 나오지 않았다. 내가 생각하기에도 계약서에 서명하기 전에 책의 레이아웃을 짜는 건 지극히 이례적이었다. 부정이 탈 것 같은 기분마저 들었다.

"제가 타이핑을 전부 다시 했어요." 그가 말을 이어 갔다. "그래서 견본을 만들어 볼 수 있었죠. 스캔을 해도 되지만 선생님은 타자로 친 걸 좋아할 것 같아서요."

"흐음." 나는 샐린저가 과연 그 차이를 눈치 챌까 궁금해하며 수화기에 대고 추임새를 넣었다. 오늘은 금요일이라 보스는 집에 있었다. 로저는 금요일 아침에 전화할 때가 많았고, 나는 이것이 의식적인 선택이며, 그가 나를 자문 역할로 이용하는 거라고 의심했다. 아니면 심리치료사라고나 할까. 이 거래는 이미 그에게 엄청난 불안을 안겨 주는 게 분명했다. 그냥 원래 걱정이 많고 수다스러운 사람일 수도 있지만. 그는 나에게 딸들 이야기부터 앞으로의 출간 계획, 지금까지 수집한 고서들, 아내가 자신의 출판 사업에 온화한 반감을 갖고 있다는 것까지 죄다 들려주었다.

"그런데 그게 또 도움이 됐어요. 본문을 타자로 치면서 사소한 오타 몇 개를 발견했거든요." 그는 《뉴요커》에서 오타를 잡아냈다는 사실에 약간 흐뭇해하는 것 같았다.

"정말요?" 나는 깜짝 놀라 물었다. 《뉴요커》의 팩트체킹 및 교열부는 전설적인 곳이었다. 실수를 놓칠 리가 없었다.

"오, 그렇다니까요." 로저가 단언했다. "사소한 오타지만 오타는 오타죠. 제가 발견해서 전부 고쳐 놨어요. 작가님은 작은 부분에도 엄격하기로 유명하니까 수정을 원할 것 같아서요."

"네, 분명히 그러시겠죠." 나는 조심스럽게 레터헤드지를 타자기에 밀어 넣으며 말했다. 하지만 셀렉트릭 타자기는 소음이 너무 심해서 통화 중에 타자를 칠 수가 없었다. 돈이나 우리 엄마, 제니 등 기분 나빠 하지 않을 만큼 친한 사람이 아닌 이상.

"책 분량을 늘리려고 여백을 상당히 넓혔어요. 너무 얇으면 책등에 제목이 수직으로 안 들어가니까요. 작가님은 수직 제목을 원하거든요. 수평 제목을 싫어합니다. 그러다 보니 어떤 부분은 여백이 진짜 넓어졌어요. 그런데 작가님은 그걸 더 좋아하더라고요. 페이지에 텍스트가 너무 많지 않은 걸요. 그래야 이야기가 숨을 쉴 수 있다면서요."

"수평 제목이요?" 나는 그런 용어를 들어 본 적이 없어서 로저가(아니면 샐린저가) 지어낸 게 아닌가 싶었다. 얼핏 '조이 디비전'의 앨범 제목같이 들렸다. 아니면 추상시 모음집이거나.

"네, 맞아요!" 로저는 지나치게 흥분을 잘해서 흰 토끼(《이상한 나라의 앨리스》에 등장하는 캐릭터—옮긴이) 같다고 느껴질 때가 많았다. 내 상상 속의 그는 작고 통통하며 옆 가르마로 머리를 길게 빗어 넘긴 모습이었다. "수평 제목이요. 책등에 제목을 옆으로 뉘어서 넣는 거예요. 그걸 읽으려면 우리도 고개를 옆으로 돌려야 하죠. 사실 대부분은 제목을 그런 식으로 인쇄해요. 수직으로 넣으려면 책등이 꽤 두툼해야 하거든요. 작가님의 책들을 확인해 보세요." 나는 눈앞의 책장으로 시선을 돌렸다. "전부 수직 제목일 거예요." 눈을 가늘게 뜨고 보니 그의 말이 옳았다. 정말로 그랬다. 모든 책 제목의 글자 하나하나가 책등을 따라 차곡차곡 쌓여 있었다.

그다음 주 수요일 샐린저는 워싱턴DC까지 차를 몰고 달러가 국립박물관에서 로저를 만나 점심을 먹었다. 어느 명소 못지않게 붐비는 공공장소였지만 팬들이 우르르 몰려들거나 사진기자들이 모여드는 일은 (로저는 반쯤 기대한 것 같지만) 없었다. 두 사람은 함께 앉아 로저의 견본 디자인을 살펴본 다음 로비로 올라가는 계단 옆 작은 폭포에서 헤어졌다.

"작가님이 계산하겠다고 고집 부렸어요." 로저가 내게 보고했다. 버지니아주 알렉산드리아의 로저 래드버리(교외 주택의 자기 방에서 《아홉 가지 이야기》를 읽으며 잠들던 아이)에게 J. D. 샐린저와 샌드위치를 먹는 날이 찾아왔다는 사실에 얼떨떨해하는 것 같았다. 그래서 당연히 내게 사후 보고를 하려고 목요일 아침에 전화한 것이다. "1월 1일에 펍에서 또 만나기로 했어요." 그가 알려 주었다. "제리의 생일이죠."

"내년 1월 1일이요?" 내가 물었다. 책을 제작해서 출판하는 데 보통 6개월 넘게 걸린다. 로저가 정말로 설날까지 이 책을 서점에 진열할 수 있을까?

"네, 맞아요. 물론이죠. 더 기다릴 필요가 없죠." 그가 단언했다. "남은 일이 그렇게 많지도 않아요. 작가님은 제가 예상한 디자인을 골랐어요. 각 페이지 맨 위에 제목을 넣는 건 하지 않기로 합의했어요. 이건 서간문이니까요. 그렇잖아요. 편지니까. 페이지 맨 위에 제목이 들어가면 독자들이 산만해지죠. 작가님도 동의했어요."

두 사람은 거의 모든 사항에 의견이 일치한 것 같았다. 딱 하나만 빼고. 샐린저는 오타를 수정하는 걸 원치 않았다. 심지어 로저가 자신에게 상의도 없이 고쳤다며 발끈했다.

"전 이해가 안 돼요." 로저가 답답하다는 듯이 말했다. "제가 그걸 바로잡은 게 진심으로 기분 나빴나 봐요." (그는 앞으로 일어날지도 모르는 재앙을 입에 올려야 할지 망설이는 듯 잠시 말을 멈췄다.) "순간 '그냥 다 관두세.'라고 할 줄 알았다니까요. 작은 오타 몇 개를 고쳤다고 말이에요. 하지만 뭐 어쩌겠어요. 잘못된 글자는 그대로 돌려놨습니다."

"이유도 말하던가요?" 내가 물었다. 왠지 모르게 (근거는 없지만) 샐린저가 이렇게 반응할 거라고 예상했다. 샐린저는 이걸 통제의 문제로 받아들인 것 같았다. 로저가 오타를 교정할지 미리 물어봤다면 "그럼요, 정정해 줘요."라고 했을지도 모른다. 자신과 상의도 없이 덜컥 그렇게 해 버렸다는 사실이 기분 나빴던 거다.

"대충은요." 자신의 실수를 되짚어 보니 점심을 함께 하며 치솟았던 아드레날린이 사그라지는 듯 목소리가 점점 작아졌다. "별말은 안 했어요. 그저 《뉴요커》에 처음 실린 대로 똑같이 인쇄하고 싶다고. 마치 오타가 의도적이었다고 말하는 것 같았어요. 대놓고 그렇게 말하진 않았지만요. 하지만 그러고 보니……." 목소리가 아득하게 멀어져 가는 바람에 나는 저쪽에서 전화를 끊었거나 통신 연결이 끊어진 줄 알았다. 그런데 이내 목을 가다듬는 소리가 났다.

"괜찮아요?" 내가 물었다. 난 그가 좋았다. 진심으로. 그가 괜찮기를 바랐다. 이 일을 망치지 않았으면 했다. 더 이상 오타 수정 같은 건 하지 않기를.

7월 초 야간 옥상 파티에서 《뉴요커》의 젊은 편집자 둘과 이야기를 나눴다. 둘 다 나보다 몇 살 위였고(돈보다는 몇 살 아래) 위트 스틸먼 영화의 등장인물처럼 전형적인 프레피 룩이었다. 다른 말로 하자면 내가 상상한 《뉴요커》 편집자의 모습 그대로였다. 물론 내 삶에 지대한 영향을 미친 잡지를 만드는 사람들의 모습을 감히 상상이나 할 수 있었을 경우의 이야기지만, 나는 그렇지 못했을뿐더러 내가 그런 사람들과 현실에서 같은 공간에 놓일 줄은, 게다가 이날 밤처럼 그들에게 둘러싸일 줄은 꿈에도 생각지 못했다.

나는 어릴 때부터 《뉴요커》를 성서처럼 읽으며 자랐다. 아빠가 정해 놓은 복잡하고 체계적인 순서에 따라 영화 평론에서 시작해 연극 면으로 갔다가, '장안의 화제(Talk of the Town)'를 훑고 특집 기사로 마무리를 하면서. 하지만 이 잡지의 더욱 큰 문화적 의미를 깨달은 건 대학에 들어가고 나서였다. 그 전엔 뉴욕에 살고 있거나 우리 아빠처럼 뉴욕 출신들만 보는 잡지인 줄 알았다. 뉴요커들 말이다. 게다가 이 잡지를 읽는 건 아빠와 나, 우리만의 비밀이라고 생각했다. 작고 보수적인 우리 동네에서 《타임스》를 구독하는 건 우리 집뿐이었던 것처럼 아무도 《뉴요커》를 읽지 않았다.

《뉴요커》에디터들은 당연히 에이전시를 알고 있어서(둘 다 비슷한 시기에 설립되어 서로 밀접한 관계를 맺어 왔다) 우리는 피츠제럴드 이야기를 나눴고, 나는 늘 그렇듯 샐린저에 관한 질문을 받았다. 아뇨, 실제로는 못 봤어요. 네, 기자들한테서 찾는 전화가 많이 오죠. 아뇨, 새 소설을 집필하는지는 잘 모르겠네요. 그리고 더욱 불가사의해 보이는 에이전시의 절차와 방침(색인 카드! 타자기! 캐럴린의 책상에 늘어선 '물'이 든 텀블러)을 털어놔서 그들을 웃게 했다. 더불어 나는 《뉴요커》(옛날 그대로의 고색창연함을 자랑하는)조차 완전히 전산화되어 딕터폰도 없다는 걸 알았다.

반면 그들은 에이전시의 기행(출판계의 특정 부류에서 두드러지는)에 대해 이미 알았고, 더 많은 이야기를 듣고 싶어 했다. 그래서 샐린저의 팬레터에 대해 말해 주었다. 헬로 키티 편지지를 보내온 일본 소녀, 수많은 퇴역군인, 딸을 잃은 어머니 등. 지저분한 종이에 몽당연필로 눌러 썼는지 행간이 번져 얼룩덜룩한 편지를 보내는 미치광이들 이야기도 들려주었다. 홀든의 목소리로 편지를 보내오는 아이들이 있다는 것도 말해 주었다. 그런 팬들을 흉내 내기도 했다. "친애하는 제리, 염병할 노인네에게. 빌어먹을 시간을 내서 답장을 보내 주시면 전 미친놈처럼 팔짝팔짝 뛸 겁니다."

"맙소사." 한 편집자가 외쳤다. "정말요?"

"그렇다니까요."

"굉장하네요." 다른 한 명이 웃다가 터져 나온 눈물을 탄탄한 엄지손가락으로 닦아 내며 말했다. "샐린저가 아직도 그렇게 인기가 많은 줄 몰랐어요. 10대는 누구나 샐린저 시기를 겪나 봐요."

"그럼요." 나도 모르게 이런 말이 나왔다. "그런 이야기는 세월이 지나도 변치 않는 힘이 있잖아요." 이게 무슨 소리지? 난 10대는 말할 것도 없고 아직까지 그의 작품을 안 읽었는데. 그만 해, 라고 나 자신에게 명령했다. "팬레터를 보내는 분들의 상당수는 샐린저와 비슷한 연배예요. 《호밀밭의 파수꾼》이나 다른 단편들을 발표 당시에 읽었고, 최근 들어 다시 읽어 보니 예전엔 안 보인 것들이 보인 거죠. 전쟁 같은 거요. 그의 이야기는 궁극적으로 전쟁에 관한 거니까요."

"나도 다시 읽어 봐야겠어요." 한 편집자가 말했다. "고등학교 때 《아홉 가지 이야기》를 정말 좋아했거든요."

"나도요." 다른 한 명이 맞장구를 쳤다. "《호밀밭의 파수꾼》도 좋아했죠. 하지만 안 그런 사람이 어디 있겠어요?"

마침 공기도 쌀쌀해지고 사람도 많이 줄어서 나는 줄곧 묻고 싶었던(하지만 차마 묻기 힘들었던) 질문을 던졌다. "《뉴요커》에서 일한다는 건 어떤 기분이에요?" 거의 속삭인다고 할 만큼 목소리를 낮춰 묻는 순간, 바람이 거세게 불어와 내 머리와 스커트를 마구 흩날렸다. 옥상 파티라면 돈과 나도 처음은 아니었다. 이스트빌리지 빈민가의 맨 꼭대기, 강 건너로 우리 동네(도미노 설탕 공장과 폐허가 된 사우스사이드의 창고형 건물들)가 언뜻언뜻 보이는 5층 건물 옥상, 신발 밑창이 타르지(방수재로 이용되는 종이—옮긴이)에 쩍쩍 달라붙는 사우스 사이드의 폐허 건물 등.

하지만 이곳은 새로 지은 높다란 오피스 빌딩의 옥상 정원이었다. 반짝이는 회색 타일 바닥에 예쁜 간이 의자가 놓여 있고, 네모난 화분에 심은 하늘하늘한 식물들이 바람에 휘어져 허리를 숙였다. 웨이터가 돌아다니며 차가운 화이트 와인을 새 잔에 찰랑찰랑 따라 주었다. 우리는 한 모금씩 와인을 음미했고, 젊은 편집자들은 내 질문에 곰곰이 생각에 잠겼다. 한 명은 키가 작고 까무잡잡했으며, 윤기 나는 머리카락이 눈을 가렸고, 장난꾸러기처럼 웃었다. 다른 한 명은 키가 크고, 적갈색 머리에 주근깨가 있으며, 유난히 사람을 똑바로 쳐다보았다. 그러고 보니 둘 다 잘생겼다, 라는 생각이 퍼뜩 들었다. 그리고 때를 맞춘 듯 둘 다 웃는 얼굴로 나를 돌아보며 어깨를 으쓱했다. 내 질문에 대한 대답은 아니었다.

그때 돈이 우리 주변으로 쓰윽 들어왔다. 그의 모습이 처음으로 어색하게 느껴졌다. 보통 이런 데 오면 돈은 슬렁슬렁 파티장으로 걸어 들어가 방 안을 구석구석 살펴본 다음 곧바로 자기만의 영역 표시 작업에 들어갔다. 이제 사귄 지도 오래돼서 사람이 다섯 명 이상만 모인 장소에 가면 그가 어떤 행동을 할지 예측할 수 있었다. 우선 자기가 아는 남자들과 돌아가면서 몸통을 절반씩 안고 하이파이브를 한 다음 평상시에는 업신여기는 듯한 말들("어이, 요즘 좋아?")을 강하게 열정적으로 주고받았다. 그러고는 갈색빛이 도는 술 종류를 찾는데, 술잔은 길이가 짧을수록 좋고, 거기에 얼음까지 넣어 대화가 잠시 중단됐을 때 쨍그랑거릴 수 있으면 최상이었다. 손에 든 술을 마시며 방 안을 둘러볼 수 있는 최적의 장소에 자리 잡는 건 (이제는 나도 알지만) 매력적인 여자들이 도착하는 걸 감시하면서 이미 참석한 여자들의 매력을 더욱 자세히 평가하기 위해서였다.

아무튼 오늘 파티에서 그는 묘하게 가라앉아 있었다. 마크의 결혼식이 다가오면서 날이 갈수록 우울해하며 자기 안으로 숨어들기는 했다. 하지만 보통 때는 어떤 파티든 가기 전에 목욕재계(샤워, 면도, 콘택트렌즈 착용)를 하며 흥분을 가라앉혔다. 그런데 오늘은 거뭇거뭇한 수염도 눈에 띄고 안경(둥근 금속 테)까지 쓰고 와서 평상시보다 어려 보이는 데다 키는 둘 중 작은 편인 편집자보다 더 작아 보였다. 돈은《뉴요커》를 부르주아적인 사치품 목록에 올려놓으면서도 그 잡지를 읽었고, 때로는 나보다 훨씬 자세히 탐독했다.

내가 몇 주 전에 이 모순을 언급하자 그는 "논픽션은 훌륭하거든."이라고 변명했다. "하지만 픽션은 한심하지. 혐오스러울 뿐이야. 게다가 톱 해트에 외알 안경을 쓴 한량이 나오는 '장안의 화제'에서는 얼마나 거드름을 피워 대는지. 우웩. 그걸 볼 때마다 속이 뒤집힐 것 같지 않아?" 그러곤 낄낄거리며 너무 예뻐 깨물어 주고 싶은 아이를 무릎에 앉히려는 것처럼 나를 자기 쪽으로 끌어당겨 안았다. "물론 너는 구역질 나지 않겠지. 그런 허튼소리를 좋아하니까. (이쯤에서 태도를 바꿔 높게 재잘거리는 목소리로) 아, 다 같이 '알곤킨'에 모여서 술 마시로 했는데, 너도 같이 가서 우리랑 헛소리나 지껄이자." 나는 그가 수많은 파티에서 자신의 의견을 (그것도 큰 소리로) 내세우는 걸 들어 왔다. 이스트빌리지 빈민가의 다른 옥상 파티나 그가 '진실'되고 낭만적이라고 인정한 술집('홀리데이 칵테일 라운지' '인터내셔널' '타일 바', 드릭스의 아이리시 바)에서 열리는 파티에선 변질되고 밋밋한 현대소설의 본질을 조목조목 까발리곤 했던 것이다.

그런데 오늘 밤 그는 말 그대로 내 그림자 속에 숨어서, 내 발에서 뻗어 나간 어두운 자아처럼 나보다 한두 발 뒤에서 눈을 둥그렇게 뜬 채 술만 홀짝였다. 그날 파티장을 나와("언제 우리 사무실에 놀러 와요." 키 큰 편집자가 내 손에 명함을 쥐여 주며 말했다. "구경시켜 줄게요.") 6호선 유니언스퀘어역에 가려고 맨팔에 싸늘한 공기를 느끼며 53번가와 렉싱턴애비뉴까지 걸어가는 동안, 어느 북 파티에서 맥스의 고객이 무심코 내게 들려준 말이 기억났다. "나는 여자를 볼 때 그 친구들을 보고 판단해요." 당시에는 이상하고 무례한 말처럼 느껴졌다. 하지만 지금은 그 말의 의미를 알 깃 같았다. 사람은 자신이 어울리는 사람들과 같은 수준이라는 것. 돈의 친구들은 솔직히 말해서 하나같이 이상하고, 어떤 식으로든 망가진 사람들이었다. 앨리슨과 마크, 리는 특권 교육을 받고 자라 비극적으로 성장이 멈춘 바람에 실패가 두려워 아무것도 못 하는 사람이 되었다. 프로비던스의 친구들은 발달이 정체되어 분노에 차 있었다.

돈은 왜 작가들과 어울리지 않을까? 성공한 작가들, 책을 출간한 작가들, 아니면 출판 여부와 관계없이 그저 야심만만하고 흥미로운 작가들 말이다. 왜 《뉴요커》편집자들과 논쟁하거나 농담을 주고받지 않았을까? 왜 그들과 친해지지 않았을까? 인맥을 만들 수도 있었을 텐데? 자기 소설도 말하면서? 왜 그들과 그람시나 프루스트 이야기를 나누지 않았지? 머릿속에 떠오른 답이 나를 오싹하게 했다. 돈은 《뉴요커》에서 일하는 친구를 원하지 않았다. 그가 바라는 건 브룩스 브라더스의 크림색 옥스퍼드 셔츠를 입고 줄무늬 넥타이를 맨 친구, 건강보험에 가입하고 하버드를 졸업한 친구, 이번 호 '장안의 화제'에 첫 기사를 게재한 친구가 아니었다. 돈은 바보들(무너져 내렸고, 실패했거나 실패하는 중이며, 슬프고 혼란스러운)과 어울리며 그 안에서 왕 노릇을 했다. 그래 봤자 당연히 바보들의 왕일 뿐인데도.

그럼 난 뭐가 되는 거지?

다음 날 아침 출근하자마자 팬레터로 시선을 돌렸다. 늘 그렇듯이 홀든을 향한 애정 선언문, 전쟁 이야기, 절망과 구원을 오간 사연들이 펼쳐졌고 일본과 덴마크, 네덜란드에서 온 편지도 놀라울 만큼 많았다. 일본인들은 홀든을 정말로 사랑했다. 나는 표준 문안 서신과 수정된 표준 문안 서신을 몇 장씩 작성하고, '애달픈 편지' 몇 장을 서류함에 보관한 다음 명랑하고 소녀다운 글씨체로 주소가 쓰인 봉투를 열어 보았다. 편지는 그 자체로 하나의 단편소설처럼, 소녀의 이야기가 노트지에 연필이 번진 상태로 석 장에 걸쳐 적혀 있었다. 고등학교 1학년인 소녀는 본인의 말에 의하면 학교를 싫어했고, 낙제 위기에 놓인 영어 수업은 더더욱 질색이었다. 영어 교사는 어쩌면 괜찮은 사람일지도 모르지만 어린 학생들을 전혀 이해하지 못해서, 그들의 삶과 아무런 관련도 없는 바보 같은 책들만 과제로 내주었다. 지난 1년간 소녀의 마음에 든 책은《호밀밭의 파수꾼》뿐이었다.

상황이 이렇다 보니 소녀는 여름 학기를 다니거나 1학년 영어 수업을 다시 들어야 하는데, 너무 창피해서 그걸 견딜 수 있을지도 모르겠고 엄마가 자신을 죽이려 들 게 분명했다. 벌써 학년이 다 끝나 가는 시기인데 낙제점 이상으로 성적을 올릴 방법이 없을지 선생님에게 물어봤다. 그러자 선생님이 알려 주었다. "가능할지도 모르겠구나. J. D. 샐린저 작가님한테 편지를 써 봐. 그분이 답장을 보낼 마음이 들 만큼 아주 잘 쓰는 거야. 정말로 답장이 오면 A를 줄게."

흐음. 나는 편지를 내려놓고 샐린저의 책이 있는 벽면을 벌써 백만 번째 응시했다. 이제 점심시간이고, 발송할 서신들도 이미 깔끔하게 쌓아 놓았다. 우편물을 하나씩 우편 요금 계량기에 돌려 소인을 찍고 코트를 걸친 다음 소녀의 편지도 슬쩍 가방에 밀어 넣었다. 그리고 샐러드를 사기 위해 줄을 서서 다시 한번 편지를 읽어 보았다. 틀린 글자도 많고 필체도 엉망이지만 글 자체는 못 쓰지 않았다. 열정과 세부 묘사를 담아 자신의 이야기를 생동감 있고 진솔하게 전했다. 게다가 J. D. 샐린저에게 편지를 써서 '내가 A를 받을 수 있게 답장해 달라'고 말할 수 있는 순진무구한 대담함(배짱과 건방)을 갖고 있었다. 나는 그녀가 마음에 들려고 했다. 샐린저도 예전에 형편없는 학생이었다. 어쩌면 그도 이 소녀를 마음에 들어 할지 모른다. 어쩌면 (윈스턴세일럼의 소년이 말했듯이) 그녀의 편지를 보고 기뻐서 팔짝팔짝 뛸지도 모른다.

나는 물기 많은 상추가 든 플라스틱 통을 손에 든 채 편지를 계속 읽어 나갔다. "전 A 학점이 너무너무 필요해요. 그럼 전체 학점도 올라가서 낙제를 피할 수 있어요. 엄마는 늘 저한테 화가 나는 모양이에요. 무슨 말인지 알 거예요."

하지만 무언가가 내 신경을 건드렸다. 샐린저라면 그녀에게 뭐라고 할까? 나는 49번가를 건너 매디슨애비뉴의 사무실로 돌아가면서 이 문제를 곰곰이 생각해 보았다. 햇볕이 옷 밖으로 드러난 팔뚝을 따뜻하게 데워 주었다. 샐린저는 학교를 스스로 그만두었다. 휴와 로저가 가르쳐 줘서 아는 사실이지만, 팬레터들도 샐린저의 생애에 일어난 사건들을 언급하는 경우가 많았다. 그런 면에서 매우 유익했다. 팬레터 말이다. 내가 알기론 홀든도 몇몇 학교에서 퇴학을 당했다. 둘 중에 이런 방법으로 자기 자리를 지키려고 한 사람이 있을까? 《호밀밭의 파수꾼》을 안 읽어서 홀든은 잘 모르겠지만, 샐린저는(그라면 분명히) 그러지 않을 터였다. 자신의 실패를 당연하게 받아들였을 것이다.

책상으로 돌아와 올리브 한 알까지 먹어치우고 셀렉트릭 타자기로 몸을 돌려 소녀에게 보낼 답장을 탁탁 치기 시작했다. 성적이나 엄마한테 혼날 일을 두려워하는 건 홀든의 정신(혹은 샐린저 정신)에 위배된다고. 진심으로 홀든처럼(혹은 샐린저처럼) 되고 싶다면 그런 점수를 받을 만하다고 인정하며 낙제한 성적을 받아들이라고. 자신이 얻지 못한 점수를 교묘히 손에 넣으려는 건 겁쟁이의 도망법, 위선자의 도망법이라고. 'A 학점 혹은 최소한 낙제를 피할 점수를 원한나면, 그걸 얻을 방법은 하나뿐이에요. 공부를 하고 주어진 과제를 제출하는 거죠. 보고서를 작성하거나 시험을 볼 수도 있을 거예요. 선생님한테 한 번만 더 기회를 달라고 간청할 수도 있겠죠. 잘못했다고 사과하거나 겸손하게 몸을 낮춰야 할 거예요.

하지만 그게 유일한 방법이에요. 속임수로 얻은 A는 아무런 의미도 없어요.'

편지 끝에 내 서명을 하며 행복감에 가슴이 뛰었다. 나는 옳은 일을 했다. '샐린저라면 어떻게 했을까?'라는 고급 기술을 터득한 것이다. 하지만 선을 넘은 것도 사실이었다. 마음이 끌리는 호기심이나 공감 어린 개입 혹은 단순한 동정심과 지나친 관여 사이의 가느다란 선을. 나는 왜 이 편지들을 그냥 내버려 두지 못할까? 우편 요금 계량기로 걸어가면서 나 자신에게 물어보았다. 모든 팬에게 똑같이 표준 문안만 보내면 되는데, 왜 그게 안 되지? 답은 간단했다. 나는 팬레터를 사랑한 것이다. 그 편지들은 흥미진진했다. 가령 금요일 아침 책상에 혼자 앉아 읽고 있으면 분노와 애정, 경멸과 공감, 존경과 혐오가 뒤섞인 이상한 힘이 불끈 솟아오르곤 했다.

이 사람들은 나에게(혹은 글쎄, 아니지, 내가 관리하는 샐린저에게) 결혼 생활에서 오는 불만, 죽은 자식들, 지루함과 절망에 대해 써서 보내 준다. 자기들이 좋아하는 노래와 시를 적어 주고, 그랜드캐니언이나 하와이 등지의 여행 이야기를 들려주며, 아끼는 인형에 대해 알려 준다. 그들은 내게(샐린저에게) 다른 누구에게도 밝히지 않았을 비밀을 말해 준다. 그런 사람들에게, 계속해서 똑같이, 세상에서 가장 형식적이고 비인격적인 방식으로 답장을 보낼 수 있을까? 그들을 그냥 모른 체할 수 있을까? 당신들 말 따위 아무도 신경 안 쓴다고, 아무도 듣지 않는다고 낙담시킬 수 있을까?

그 주 토요일은 할머니 생신이라 부모님 댁에 가기로 했다. 다음 날 아침에 온 가족이 둘러앉아 베이글과 비알리, 훈제 연어와 사블레 쿠키를 먹을 예정이었다. 우리 할머니는 아흔여섯 정도 된다. 실제 나이는 아무도, 할머니 자신도 모른다. 다른 나라에서 태어났으며 출생 신고서는 물론 다른 어떤 기록도 없다. 기억하는 건 미국에 도착한 게 1906년이라는 사실뿐이었다. 그것도 대략.

"너한테 줄 선물이 있어." 가방에 옷가지를 챙기는데 돈이 말했다. 나는 미심쩍게 그를 쳐다보았다. 돈은 공산주의 원칙 때문이라며 선물 같은 걸 용납하지 않았다. 나는 가난하고 인색해서라고 생각하지만. 작년 크리스마스에도 자기 부모님과 줄줄이 많은 형제자매를 만나러 가며 선물을 준비하지 않았다. 두 달 전에 지난 내 생일도(그래서 나는 이때 스물넷이었다) 나와 함께 축하하는 건 거절한 거나 마찬가지였다. "나가서 네 친구들이랑 노는 게 더 재미있을 거야."라면서.
친구들은 정말로 나를 데리고 나가서 기뻐했고, 나도 꼭 그가 아쉬운 건 아니었지만 파트너 없이, 그것도 동거하는 파트너 없이 생일을 축하하는 기이한 상황에 기분이 울적해졌다.

집에 돌아와서 돈에게 이런 미음을 토로했더니, 생일은 유치한 것이며 당연히 부르주아적이라고 설명했다. "생일은 홀마크(각종 기념일 카드를 판매하는 미국 최대의 카드 제조사―옮긴이)가 만들어 낸 거야. 대중을 속여 돈을 쓰게 하고, 물질주의가 정답이라고 믿게 하려는 또 다른 방편이지."

돈은 할머니 생신에 우리 집에 함께 가는 것도 자신은 생일 파티를 반대한다며 거절했지만, (이번에도 역시) 그가 주장하는 이념적 입장이 그저 곤궁과 궁핍의 연막 아닐까 의심스러웠다. 우리 할머니 선물은 말할 것도 없고, 버스표 사는 것조차 아까운 건 아닐까. 사실은 나도 혼자 가는 게 좋았다. 지난번 집에 갔을 때는 조금 망연자실해졌지만 말이다. 부모님이 이번에는 어떤 걸 내밀까? 내 유치원 등록비 고지서? 어린 시절 보모에게 지불한 비용급?

그런데도 (바보같이) 시원하고 널찍한 부모님 댁에서 안락하게 지낼 생각에 마음이 부풀었다. 통풍구를 통해 내 방까지 쾌적한 공기를 들여보내 주는 중앙 집중식 공기정화기, 어릴 때부터 쓰던 푹신한 침대와 분홍색 잔무늬가 들어간 침구, 푸른 잔디밭과 그 위에 그림자를 드리우는 거대하고 무성한 정원수. 아빠와 베이글을 사러 나가는 일요일 아침. 조금이나마 남의 보살핌을 받는 게 기대되었다.

"선물이라고?" 나는 조심스럽게 물었다.

"이걸 가져가." 그가 빙긋 웃으며 말했다. "네 가방 이리 줘

봐." 그가 커다랗고 조금 구깃구깃한 마닐라 봉투를 가방에 넣는 동안 나는 입구를 벌려 주었다. "집에 갈 때까진 열어 보지 마."

나는 버스에서 바로 열어 보았다. 그가 쓴 소설 《동조자 (Fellow Traveler)》가 들어 있었다. 첫 데이트 때 그가 가르쳐 준 제목이었다. "책의 더 큰 주제를 지칭하는 거야." 그가 술 잔에 든 와인을 빙빙 돌리며 설명했다. 나는 고개를 끄덕였다. "이 용어의 뜻은 알지? 동조자." 나는 몰랐다. "너희 할머니가 사회주의자였다며? 그런데 동조자가 뭔지도 모른단 말이야?"

"할머니는 벌써 1950년대에 정치 얘기를 그만두셨어. 그 이유야 명백하잖아."

"그래도 그렇지!" 돈은 믿을 수 없다는 듯이 고개를 저었다. "동조자는 공산당원은 아니지만 당에 동조하는 사람이야."

"공산주의에 관한 소설이야? 혹시 공산당 이야기야? 현재의 공산당?" 이상하면서도 재미있을 것 같았다.

"아니, 아니야. 그럼 너무 지루하지." 그러면서 웃었는데, 세상에 불가능 따위는 없을 것 같은 환하고 즐거운 미소였다. "하지만 계급 문제는 다뤘어. 무언가의 일부이면서 동시에 그 바깥에 존재할 수 있는 가능성을 보여 주지. 주인공[사실은 안티히어로(전통적인 주인공과 달리 비영웅적인 인물—옮긴이)에 가깝지만, 어쨌든]은 주류 사회에 들어가지만, 거기에 완전히 스며들지는 않아. 그의 여자친구(헤어진 여자친구)는 아주, 아주 유복한 집안 딸이야. 그를 자기 세상으로 끌어들이려 하지만 소용없는 짓이었지." 미소가 사라진 그의 얼굴에서 작은 웃음이 새어 나왔다. "그는 노동자 계급이니까." 소설의 여자친구는 돈이 대학 때 사귄 실제 인물에서 빌려 왔는데, 베벌리힐스였나, 뭐 그런 동네 출신으로 돈은 호화로움의 극치인 것처럼 묘사했지만 내 귀에는 그저 평범한 로스앤젤레스의 중상류층처럼 들렸다. 게다가 대학 졸업 후 돈을 차버렸는데, 그는 아직도 깨끗이 용서하지 못했다.

버스가 고향에 진입할 무렵엔 벌써 원고를 반쯤 읽었다. 이 소설의 주인공인 검은 머리 젊은이는 뉴욕시에서 살짝 외곽에 자리한 일류 리버럴아츠칼리지를 나왔고, 이유는 구체적으로 밝히지 않았지만, 지금은 오피스 빌딩에서 경비원으로 일하며 회사에 드나드는 섹시한 비서들을 관찰하는 데 시간을 허비하고 산다. 처음 40페이지 정도는 그런 여자 중 한 명이 자기 자리에서 자위하는 모습을 주인공이 지켜보는 걸 묘사하는 데 할애했다. 그날 밤 채널을 돌리다 포르노 영화에 멈춘 그는 화면의 여자가 대학 때 여자친구라는 걸 알아본다. 부유하고 건전한 로스앤젤레스 출신으로 신분 차이를 극복하지 못해서 헤어진 여자였다. 구글도 없는 시대라 그녀에게 무슨 일이 일어난 건지 알아내기 위해 그가 직접 길을 나선다.

나는 그렇게 이해했다. 이번에도 너무 난해한 산문체라(의

도적으로 모호하게 서술한) 중간중간 무슨 일이 일어나는 건지 알아차리기 힘들었다. 내가 읽기 시작한 데이비드 포스터 월리스의 모호함과는 달랐다. 몇 주 전에 맥스를 따라 KGB에서 열린 월리스의 낭독회에 갔는데, 사람이 너무 붐벼서 복도에 서 있어야 했지만(땀투성이에 반다나를 두른 월리스는 도착하자마자 나를 가볍게 스쳐 지나갔다), 그의 언어에 담긴 박력과 에너지에 꼼짝도 할 수 없었다. 다음 날 맥스가 점심을 먹으러 나갔을 때 그의 서재에서 《무한한 재미》를 슬쩍해 내 자리에 앉아 읽는데, 심장이 어찌나 두근대는지 입에 넣은 샐러드를 씹는 것조차 잊어버렸다.

맥스가 돌아오기 전에 책을 제자리에 놓고 스트랜드 서점에서 《머리카락이 신기한 여자(Girl with Curious Hair)》 중고책을 저렴하게 샀지만 돈에게는 비밀로 했다. 그는 뭐든 돈을 주고 사는 걸 경멸하는 데다(책은 도서관에서 빌려 보면 되잖아?) 지나친 관심을 받는 작가들 또한 경멸했으니까. 월리스에 대해서도 "베스트셀러 따위나 내는 작가가 글을 잘 써 봤자 얼마나 잘 쓰겠어?"라고 무시했다. 아주 잘 쓰네, 라고 지금의 나는 생각했다. 혁명적이라 할 만큼, 삶을 송두리째 바꿔 놓을 만큼 훌륭했다. 월리스의 문장은 신비한 생명으로 가득 차서 이야기를 앞으로 나아가게 하고, 등장인물의 심리 속으로 독자를 더욱 깊숙이, 깊숙이 밀어 넣었으며, 겹겹이 쌓인 층위를 하나씩 벗겨 내며 핵심에 이르렀다. 글이 페이지 밖으로 팔딱팔딱 뛰어나왔다.

하지만 돈의 문장은 페이지를 넘길수록 점점 더 지루해지는 것 같았다. 의미를 드러내기는커녕 점점 더 모호해졌다. 그래도 날카로운 지성이 소설을 뒷받침했고 이야기의 뼈대도 탁월했다. 여기서 이야기를 활짝 열어 이야기가 숨을 쉬고 자신을 주장하게 해 줄 필요가 있었다.

승객이 하나둘 하차할 즈음 나는 이미 편집에 들어가 있었다. 진짜 이야기가 좀 더 빨리 나올 수 있게 앞부분을 다듬고, 문장의 상당 부분을 간소화하면서, 설명을 늘리고 묘사를 줄여 사건을 명확히 함으로써, 어떤 일이 실제로 일어난 건지 헷갈리지 않고 이야기 속으로, 언어의 리듬 속으로 빠져들 수 있게 했다. 현재 장면을 늘리고 과거 회상을 줄였다.

"조!" 아빠가 보도 연석에서 환하게 웃으며 나를 불렀다. 색 바랜 파란색 라코스테 골프 셔츠에 남색 바지를 입었는데, 바지가 엉덩이 밑으로 흘러내려 무의식적으로 갱스터 스타일을 흉내 낸 꼴이었다. 희끗희끗한 머리는 엄마가 질색하는 형태로 이마 위에서 부풀렀다. 아빠에게 품은 모든 분노가 단숨에 사라져 버렸다. "우리 딸 멋지구나. 아주 귀티가 나."

두 시간이나 버스를 타고 와서 방금 내렸으니 그럴 리는 없었다. 나는 "아빠." 하며 와락 끌어안고는 '올드 스파이스(남성용 화장품 브랜드—옮긴이)'와 '아이보리 비누'의 향기와 그 밑에 은은하게 깔린 '펩토 비스몰(위장약 브랜드—옮긴이)'과 치과에서 사용하는 의료용 손세정제 냄새를 들이마셨다. 그러고 나자 울음이 터져 나왔다.

"이런, 이런." 아빠는 놀라서 내 등을 토닥였다. 나는 우리 집에 뚝 떨어진 외계인처럼 언제나 부모님을 깜짝깜짝 놀라게 했다. 신기할 정도로 엄마를 빼닮지만 않았다면(고등학교 때 한 친구는 엄마의 열여덟 살 때 사진을 보고 나인 줄 착각하기도 했다) 입양됐을지도 모른다는 의심을 품고 살아왔을 것이다. "뚝." 아빠가 진정시켜 주었다. "이러다 나까지 울겠다. 너도 그건 싫잖아. 다 늙은 남자가 꼴사납게. 우웩." 그러더니 나를 품에서 떼어 얼굴을 들여다보았다.

"그렇죠." 나도 장단을 맞추며 말했다.

"자, 할머니도 벌써 왔어. 널 보고 싶다고 성화다." 아빠가 주차장 쪽으로 손짓을 하며 재촉했다. "어서 가자." 그러면서 내 어깨에서 토트백을 빼앗아 들었다.

"내가 들고 가면 돼요."

"허튼소리."

베니 굿맨의 노래를 흥얼거리는 아빠의 차를 타고 양옆으로 가로수가 무성한 검은 포장도로를 달려가는 동안 갑자기 세상이 변하면서 활짝 열리는 것 같았다. 가슴이 찌릿하고 아파 왔다. 어쩌면 내가 틀렸을지도 모르겠다. 어쩌면 돈의 소설은 천재적일지도 모른다. 의도적인 불가사의함 때문에《무

한한 재미》보다 훨씬 뛰어난 작품이 될지도. 문제는 나일지
도 모른다는 생각이 들었다.

그날 저녁 전화벨이 울렸다. 나는 사울 삼촌이겠거니 하며
주방에서 내선 전화를 받았다. "조?" 나지막한 목소리가 내
이름을 불렀다. 대학 시절 남자친구였다.

나는 "어머……." 하다가 말을 멈췄다. "내가 여기 있는 건
어떻게 알았어? 내가 있는 줄 알고 전화한 거야?"

"네 아파트에 전화했더니, 너의, 그, 남자친구가……." 그는
잠시 말을 멈췄다. "남자친구 맞지?" 나는 얼굴이 후끈 달아
올랐다가 그의 다음 말에 무참히 일그러졌다. "알고 있어. 조
엘한테 들었거든……." 조엘은 셀레스트가 1년 전쯤 시내로
이사하면서 차 버린 남자친구인데, 두 사람은 아직도 고통스
럽게 연락을 이어 갔다.

"나, 나는……." 또 한번 울음이 터져 나오려 해서 말을 이
을 수가 없었다.

"에이, 괜찮아." 그가 속삭이듯이 말했다. 원래 최고로 좋
은 상황에서도 웅얼거리는 게 그의 말투였다. 그의 그런 점
이 좋았다. 그가 낮은 목소리로 웅얼웅얼 말하면 (단어가 전
부 뭉개지며) 오직 나만을 위해 말하는 것 같았다. "알아. 이
해할 수 있어. 여기엔 널 위한 게 아무것도 없었잖아. 너는 너
자신이 되고 싶었던 거야. 내 여자친구로만 남는 게 아니라."

그건 나 역시도 깜짝 놀랄 만큼 온전한 사실이었다. "내 편지 받았어?"

차마 입이 안 떨어져서 고개만 끄덕였다. 그리고 부모님이나 할머니가 근처에 있는지 돌아보곤 마침내 "응."이라고 대답했다. 세 분은 아직 집 반대편에서 외출 준비를 하는 것 같았다. 나는 전화선을 구석방으로 끌어당겨 엄마의 낡아빠진 검은색 리클라이너에 앉았다. "그냥 사과하고 싶어서, 그게, 편지를 쓸 땐 화가 많이 나서 그냥 분풀이로 한 말이지 진심은 아닌 게 많아."

"사과 같은 거 안 해도 돼." 하면서 마침내 뜨거운 눈물이 주르륵 흘러내렸다. "제발 그러지 마. 난 욕 먹어 마땅해. 네가 화를 내는 게 당연해."

"그 편지는……."

"난 안 읽었어." 그가 더 이야기하기 전에 솔직히 털어놓았다. "벌써 한 달째 내 가방에 들어 있어."

그는 "안 읽었구나." 하더니 웃음을 터뜨렸다. 내가 사랑한 웃음소리. "왜 안 읽었어?"

"무서웠어." 익눌린 흐느낌이 커다랗게 새어 나왔다.

"그래, 그럴 만도 하지. 분노에 찬 편지였으니까." 그는 다시 웃었다. "그래서 전화한 거야. 난 이제 괜찮다는 걸 알려주려고. 편지 쓰면서 다 풀렸나 봐. 너 때문에 정말 많이 아팠거든. 죽을 만큼. 비참했어." 그에게 이런 말을 듣고 있자니 참담했다. "이런 아파트에서 혼자 살고 싶진 않았어. 정말 형편없는 아파트잖아. 너무 우중충해."

별안간 나도 웃음이 터져 나왔다. 몇 달 만에 웃는 건지 알 수 없었다. 까마득하게 오래된 것 같았다. "정말 끔찍하지! 왜 그런 데를 골랐어? 내가 싫어할 걸 알았잖아. 좁은 보행로하며! 왜 그렇게 어두침침한지."

"모르겠어, 조. 나도 모르겠어." 그는 말도 잇지 못할 만큼 박장대소했다. "위치가 좋으니까. 실용적이라고 생각했지."

"알아."

"아무튼 난 이제 화가 다 풀렸다는 것만 알아줘. (그의 목소리 끝이 갈라졌고, 우린 잠시 침묵을 지켰다.) 그저 네가 내 삶으로 돌아왔으면 좋겠어. 전화해 줘. 편지도 써 주고. 네가 그리워. 우린 서로한테 가장 친한 친구였잖아."

바로 그때 아빠가 불렀다. "조, 우린 준비 다 됐다."

"나도 네가 그리워." 하도 울어서 쉰 목소리로 대답했다. 이렇게 시인해 버리고 나면 어떤 결과가 따라올지 지금은 생각하기 벅찼지만, 말을 뱉고 나자 안도감이 찾아왔다. 하지만 서늘한 의자 가죽에 머리를 기대자 신기하게도 내가 안도한 만큼 그에게 화가 났다는 걸 깨달았다. 왜 나한테 화를 내지 않지? 소리를 지르지 않지? 욕하지 않지?

"조?" 그가 속삭이듯 작은 목소리로 나를 불렀다.

"응, 여기 있어. 두려워하지 않으려고 노력해 볼게." 하지만 두려웠다. 이런 사람은 내게 과분하다는 생각에 두려웠다. 내가 한 짓 때문에 두려웠다. 나 자신이 두려웠다.

돌아온 월요일 제임스의 사무실 문을 살며시 두드렸다. 그는 타이핑에 몰두하고 있었는데, 딕터폰의 헤드기어를 안 쓴 걸로 봐서 자기 이름으로 쓰는 서신이나 메모를 작성하는 중이었다. 제임스는 최근 들어 업무량이 늘어났다. 2주 전에 올리비아가 퇴사해서(희한하게도 초보수적인 문학 잡지사에 성미가 고약하기로 유명한 편집자의 어시스턴트로 들어갔다) 맥스가 새 어시스턴트를 찾을 때까지 부담을 덜어 주려고 그에게서 피츠제럴드의 저작물 일부를 넘겨받은 것이다. 이미 어시스턴트 한 명이 들어왔다가 커피를 엎지르고, 전화 응대를 망치고, 한바탕 성질을 부리는 소동을 일으킨 끝에 떠나 버린 후였다.

"조애나." 제임스가 자판에 손을 그대로 둔 채 활짝 웃으며 반겨 주었다. "무슨 일이에요?"

"제가 이런 말을 한 적이 있는지 모르겠는데요." 나는 왼발로 무게중심을 옮기며 입을 뗐다. 바로 어제 엄마가 사 준 파란색 니트와 카디건 세트에 지난가을 엄마가 골라 준 통 넓은 크림색 바지 차림이었다. 재즈 시대의 골프선수처럼 보이지 않을까 걱정됐다. "저기, 돈이 본격적으로 글 쓰는 거 아세요?"

"그러지 않을까 생각은 했죠." 제임스가 웃으며 말했다.

"몇 년째 소설을 쓰고 있어요. 스릴러 소설이에요."

"우와, 멋지네. 재미있을 것 같은데요." 제임스와 돈은 몇 차례 만났는데, 알고 보니 (신기한 우연으로) 과거에 제임스가 돈의 사촌을 담당한 적이 있었다. 하버드 출신인 사촌이 1980년대 월스트리트에서 근무한 경험을 회고록으로 펴낸 것이다. 돈의 가족은 그가 즐겨 생각하는 것만큼 노동자 계층은 아니었다. "담당 에이전시가 있어요?"

나는 고개를 저었다. "얼마 전에야 완성했어요. 이제부터 에이전트들과 얘기해 보려고요."

"나도 한번 보고 싶네요." 제임스는 갈색 브로그 구두를 신은 두 발을 들더니 책상 위에 걸쳤다. "내일 원고를 가져다줄 수 있어요?"

"그럼요." 어깨를 짓누르던 묘한 중압감이 사라졌다. 어떻게 이렇게 쉽지? 에이전트가 되기 위한 첫 수업을 마친 것 같았다. 투고하기.

2
감정 교육

다음 날 아침 출근 시간보다 조금 늦게 도착해 보니(돈이 소설의 사소한 부분을 고치고 또 고치며, 몇 장을 출력하고 또 출력하며 나를 붙들었던 것이다) 사무실이 이상하게 조용했다. 팸이 자기 자리에서 내게 의미심장한 눈길을 보냈다. 캐럴린은 제임스의 방에 앉아 있었다. 나는 최대한 눈에 띄지 않게 슬그머니 들어가 돈의 원고를 (마닐라 봉투에 넣은 채) 그의 책상에 올려놓았다. "고마워요."라고 중얼거리는 제임스의 말투가 뜨뜻미지근해서 왠지 불안했다. 커피머신 앞에서 머리를 맞대고 속삭이던 맥스와 루시는 내가 지나가자 대화를 멈췄다. 그리고 보스는, 놀랍게도, 아직 방 안에 없었다.

미처 자리에 앉기도 전에 배달원이 들어오더니 두꺼운 에어캡 봉투를 내게 건넸다. 기다리던 '두 번째 고객'의 신간 계약서였다. 봉투를 길게 잘라 열어서 대충 훑어본 다음 책상 서랍에서 샐린저 팬레터 한 묶음을 꺼냈다. 스리랑카의 여성 팬에게서 온 편지(글씨가 큼직하고 비스듬히 기울어진 필체였다)를 읽으며 커피를 마시는데, 루시가 머그잔을 움켜쥐고

내 책상 앞에 나타났다. "잠깐 얘기 좀 할 수 있어요?" 그러고
는 자기 사무실 쪽으로 고갯짓을 하자 머리카락이 눈 밑으로
흘러내렸다.

"그럼요." 나는 얼른 일어나 그녀를 쫓아갔다.

"앉아요." 루시가 조용히 말했다. 나는 그녀 맞은편에 있는
작은 소파에 앉았다. 루시는 뭐든 유행을 타지 않는 세련된
검은색을 좋아했다.

"대니얼을 알아요?"

순간 나는 누구? 하며 머리를 굴렸다. 하지만 곧 보스가 항
상 이야기하는 그…… 사람인지 뭔지를 말하는 거라고 깨달
았다. 늘 통화를 하든지, 전화 통화 중에 언급하는 사람 말이
다. 남편은 아니었다. 남자 형제도 아닌 것 같았다. 그에게는
어떤 직함도 호칭도 붙는 법이 없었다. 그와 함께 헬렌이라는
이름도 자주 언급됐는데, 이 여자 역시 보스의 삶에서 어떤
역할을 하는지는 오리무중이었다.

"네, 아는 것 같아요." 내가 대답했다.

"그래요." 루시는 한숨을 내뱉더니 담뱃불을 붙였다. 그리
고 눈물을 그렁거리며 얼굴을 붉혔다. 그녀는 숨죽여 흐느끼
다 두 손에 얼굴을 파묻고 말았다. "미안해요."

"어머!" 나는 깜짝 놀라 외쳤다. "루시." 루시는 평상시에
아주 활달하고 쾌활하며 씩씩하고 현실적인 사람이었다.

그녀는 손수건을 움켜쥐고 눈물을 닦더니 코를 흥 풀었다.

"대니얼이……." 쉰 목소리로 말을 이었다. "대니얼이 어젯밤
에 죽었어요."

"어머나!" 나는 다시 탄식을 토했다. "맙소사. 보스는 괜찮
아요?"

루시는 아니라는 듯 고개를 저었다. 보스는 괜찮지 않았다.
"그분이 편찮으신 건 알았어요."라고 말하는 순간 갑자기
모든 게 깨달아졌다. 수없이 이어지는 통화. 심란해하는 보
스. "아니, 자세히는 몰랐어요. 보스가 처방전 얘기를 자주 했
고, 또 자주 자리를……." 루시의 태도에 담긴 무언가가 내 말
을 멈추게 했다.

"보스가 언제 나올 수 있을지는 우리도 몰라요." 그녀는 떨
리는 손으로 이미 짧아진 담배를 뽑더니 곧바로 책상 위 담뱃
갑에서 한 개비를 새로 뽑아 홀더에 꽂아 넣었다. 누아르 영
화의 등장인물 같았다. "그러니까 당분간 자기가 혼자서 헤
쳐 나가야 해요. 일단 급한 일 있어요? 오늘 당장 해결해야 하
는 거? 자기 혼자서는 못 하는 일?"

나는 고개를 좌우로 흔들었다. 계약서가 몇 건 있었지만 나
중에 처리해도 되는 거였다.

"《햅워스》 건은 어때요?" 루시는 내게 물으며 무심결에 웃
었다. 이 거래는 사무실 전체에 한결같이 즐거운 안도감을 주
는 것 같았다.

"괜찮아요." 지난번 통화가 끝날 무렵에 로저의 어조가 이

상했던 게 떠올랐다. 괜찮을까? 확실치 않았다.

"좋아, 그럼 보스를 잘 커버해 줘요. 알았죠? 전화가 걸려 오면 지금은 회의 중이라거나 잠시 자리를 비웠다고만 해요."

나는 고개를 끄덕였다. 나는 보스의 어시스턴트였다. 그녀를 커버하는 것이 내 일이었다.

그날 오후 제리가 전화를 걸어왔다. 사무실 안은 아직도 긴장감이 감돌며 조용히 가라앉아 있었다. 캐럴린이 보스를 돌봐 주러 갔다.

"조앤!" 수화기 너머에서 고함 소리가 들렸다. 샐린저는 그 사이에 내 이름을 최대한 근접하게 알아낸 것 같았다. 나는 로저가 고쳐 준 건 아닐까 잠시 의심했다. 아니면 팸이나. "시는 어떻게 돼 가요?"

나는 얼굴을 붉혔다. "네, 잘돼 가요."

"매일 쓰고 있어요?" 그가 목소리를 낮추며 물었다. 나는 다시 한번 얼굴을 붉혔다. 로저가 불안해하는 게 순간적으로 이해되었다. 유명인에게 관심을 받는 건 이상한 기분이었다. "매일 아침에 일어나자마자?"

"네." 사실에 가까운 대답이었다.

"그래야죠." 그가 거침없이 말했다. "그럼 물어볼 게 하나 있어요." 안 돼요. 제발 또 그러지 마세요. "그 로저 레드버리라는 친구를 만나 봤어요?"

"아뇨. 하지만 전화 통화는 여러 차례 했습니다."

"그래, 그, 나는 지난주에 가서 만나 봤어요. 조앤도 들었는 지 모르겠지만. 아무튼 좋은 친구 같더군요. 책 디자인을 몇 개 보여 줬는데, 하나는 볼품없지만 다른 하나는 좋았어요. 아주 근사했지."

"네네." 나는 로저에게 했듯이 조용히 장단을 맞췄다.

"이대로 진행해서 그에게 출판을 맡기고 싶어요.《햅워스》 말이에요. 조앤도 들어서 알겠죠."

"네, 압니다."

"그럼 이 로저 래드버리를 어떻게 생각해요?"

아, 질문을 받고 말았다. 어떻게 대답하지? "좋은 사람 같 습니다. 신뢰할 수 있는 사람 같아요." 나는 그렇게 믿었다.

"내 느낌도 딱 그래요." 그는 평상시보다 약간 더 말을 비 틀며 길게 늘어뜨려서 해독하는 데 몇 초가 더 소요됐다. "조 앤의 보스도 그렇게 생각할지는 모르겠군요."

"글쎄요." 나는 조심스럽게 말했다. "선생님을 위해서 신중 을 기하는 게 보스의 일이니까요."

"맞는 말이군요." 그는 다소 격렬하게 재채기를 하더니 코 를 살짝 훌쩍이고는 아까보다 소리를 높여 말을 이어 나갔다. 청력이 오락가락하나? "지금 있나요, 보스? 이야기를 좀 나 누고 싶은데."

"죄송하지만 지금은 자리를 비웠어요. 선생님한테 연락드리라고 전할까요?" 보스가 언제쯤 전화할 수 있을지 모르지만 입에 익은 말이라 자동으로 튀어나왔다.

"그래, 그래요. 하지만 서두를 건 없어요." 샐린저가 포악하게 군다는 기사들은 대체 어디서 나온 걸까? 전화로 만나 본 그는 언제나 친절하고 인내심이 있었다. 에이전시에 전화를 걸어오는 그 누구보다. 수많은 그의 팬보다 훨씬 더.

수화기를 내려놓기 무섭게 휴가 자기 방에서 달려 나왔다. "제리예요?"

나는 고개를 끄덕였다.

"보스는 사무실에 없다고 얘기했어요?"

나는 다시 고개를 끄덕였다.

휴는 입을 꾹 다물어 일자로 만들었다. "같이 나가서 샌드위치나 사 올래요?"

* * *

밖으로 나오자 잿빛 안개 뒤로 태양이 낮게 드리우고 습기 때문에 공기가 눅눅한 뉴욕의 암울한 여름날이 우리를 맞이했다. 우린 둘 다 순식간에 땀을 흘리기 시작했다.

49번가와 파크애비뉴 모퉁이에서 휴가 갑자기 멈춰 서더니 내 쪽으로 몸을 돌렸다. 창백한 눈동자가 쇳덩이처럼 무겁게 가라앉았다. "대니얼은 자살한 거예요."

나는 "아!" 하며 날카로운 숨을 들이마셨다. "아아!"

"그는 (휴도 숨을 크게 들이마셨다.) 정신적으로 문제가 있었어요. 조울증이었죠. 보스가 그를 돌봤어요. 간병을 한 거예요. 녹록지 않은 일이었죠." 우리는 파크애비뉴의 신호등 앞에 멈춰 서 있었다. 중앙분리대에는 아직도 꽃이 한창이고, 월도프 호텔이 정면에 보였다. "무척 힘들었을 거예요. 본인은 인정하지 않지만요. 게다가 도로시까지 돌보잖아요. 물론 돌봄의 성격이 다르지만요." 그는 자신의 트레이드마크인 한숨을 내쉬었다. "도로시는 전담 간병인이 있어요. 그래도 보스는 도로시가 제대로 보살핌을 받는지 살피는 거예요."

"대니얼은 보스의……." 어떻게 물어야 할지 몰라 난감해하는데 휴가 도와주었다.

"애인이에요." 그가 무뚝뚝하게 말했다. 입에 익은 단어가 아닌 것이다. "보스의 애인이었죠. 두 사람이 함께 한 지, 오, 세상에, 20년이 다 됐네요."

애인? 머리가 빙빙 도는 것 같았다. 20년이라니. 그렇게 오랜 세월을 줄곧 그를 돌봐 온 건가? 먼저 사랑에 빠지고 나서 그의 문제를, 어려움을 알아차렸을까? 그의 질환은 두 사람의 삶이 서로에게 완전히 얽혀 들어간 후에 발병하고 겉으로 드러났을까? 아니면 보스는 처음부터 다 알고도 그를 있는 그대로 받아들인 걸까? 애인이라. 나는 다시 생각에 잠겼다. 왜 결혼하지 않았을까? 대니얼의 병 때문에?

파크애비뉴를 건너며 휴의 큰 보폭에 맞추려고 종종걸음을 쳤다. 그와 함께 세상에 나오다니 이상한 기분이 들었다. 내게 그는 순수하게 에이전시에만 존재하는 생명체였다. 자신만의 기이한 성에 숨어 사는 오즈의 마법사처럼. 현실에서 그는 결혼을 했고(의붓딸이 둘 있었다) 나는 그의 아내도 만나 봤다. 긴 머리가 잿빛으로 물들어 가는 아름답고 유쾌한 여자였다. 그런데도 어째서인지 그가 요컨대 브루클린하이츠에 있는 그의 아파트에서 아내와 저녁을 먹거나 영화관이랄까, 아무튼 에이전시가 아닌 다른 어딘가에 가는 모습은 도무지 상상이 되지 않았다.

"보스는 어떻게 견디고 있어요?" 가까스로 입을 떼어 물었지만 그다지 만족스러운 질문은 아니었다.

"나도 통화는 못 해 봤어요. 캐럴린 말로는 괜찮은 것 같대요. 잘 견뎌 내고 있나 봐요." 휴는 땀으로 범벅이 된 이마를 손으로 훔치며 얼굴을 찌푸렸다. "하지만 그게 얼마나 갈지 모르겠어요. 정말 끔찍한 일이에요, 이건."

휴는 3번 애비뉴에서 남쪽으로 방향을 틀며 비좁고 오래된 샌드위치 가게로 나를 안내했다. 너무 조그만 데다 구석에 숨어 있어서 나 혼자는 절대 못 찾을 만한 곳이었다. "안녕하세요?" 그가 계산대의 남자에게 인사를 건넸다. 창문에 달린 커다란 에어컨이 덜컹거리며 내 쪽으로 찬 공기를 불어 주자 땀방울이 마르며 몸이 부르르 떨렸다. "저는 통밀빵에 에그 셀러드 주시고요, (휴가 나를 돌아보았다.) 이 아가씨의 주문도 같이 계산해 주세요."

샌드위치를 넣은 갈색 봉투가 휴의 손에 들렸고, 나는 사무실로 되돌아가는 길에 두 사람이 결혼하지 않은 이유를 물었다.

휴의 턱 근육이 굳으며 위아래로 한 번 꿈틀거렸다. "할 수 없었던 거죠. 정확히 말하자면요." 그가 작은 한숨을 쉬며 말했다. "헬렌이 있었으니까요."

"헬렌은 또 누구예요?"

"헬렌이요?" 휴는 내가 이런 정보를 모른다는 사실에 왠지 놀란 것 같았다. "헬렌은 대니얼의 아내예요. 아내였죠."

나는 잘 따라가다 여기서 멈춰 버렸다. "아내요? 하지만 제가 들었는데, 그러니까 보스가 항상 전화로 그분이랑 통화를 했거든요. 아니면 그분 이야기를 하든지요. 두 분이 친구 사이 같았는데."

놀랍게도 휴가 나를 돌아보며 미소 지었다. "둘은 친구였어요. 지금도 친구 사이죠. 좀 특이한 관계예요." 나는 그를 똑바로 바라보았다. "대니얼은 일주일의 얼마간은 헬렌과 살고 나머지는 보스와 지냈어요. 두 사람이 나눠서 그를 돌본 거죠. 둘이서 그를 공유한 거예요. 내 생각에는."

나는 할 말을 잃고 "아!" 소리만 냈다. 늘 수녀 같은 면모를 유지하고, 바지 정장과 카프탄만 입으며, 에이전시에 헌신하고, 조금 더 분발하라는 자세로 살아가는 보스가 애인을 그의 아내와 공유했다니. 새로운 고객을 찾아 나설 기력이 없을 만도 했다.

"그런데 대니얼은, 음, 보스의 아파트에서 그런 거예요. 그녀도 집에 있을 때요."

휴는 이 일을 설명하려 애쓰느라 얼굴이 상기되었다.

"네?" 내가 되물었다. "무슨 말씀이세요?"

우린 다시 걷기 시작했고, 또다시 파크애비뉴에 가까워졌다. 이대로 레스토랑에 들어가서 시중을 받으며 점심을 먹으면 얼마나 좋을까. 음료도 곁들이면서.

"총을 쐈어요. 자기 머리에." 휴는 상처받은 어린애처럼 고개를 끄덕였고, 난 그제야 그가 눈물을 참고 있다는 걸 깨달았다. 그는 보스와 20년을 함께 일한 사이였다. "보스는 다른 방에 있었어요. 아마 그는 침실에 있고 보스는 거실에 있었던 것 같아요. 하지만 내가 잘못 안 걸 수도 있죠. 그 반대일 수도……."

"맙소사." 이제 우리 건물에 다 왔지만 올라갈 마음이 들지 않았다. 보스가 여기서 북쪽으로 스무 블록 떨어진 아파트에 있고, 20년을 만난 애인이 바로 전날 밤 그 집에서 권총을 자기 머리에 겨누고 방아쇠를 당겼다는 생각을 떨쳐 낼 수가 없었다. 그런 일을 겪고 어떻게 견디지? 어떻게 살아가지?

"그래요." 휴가 정리하듯 말했다. "그러니 알겠죠? 그녀가 돌아오려면 오래 걸릴 거예요."

보스는 한참 동안 돌아오지 않았다. 하루가 걸릴지 몇 시간이 걸릴지 정확히 밝히지 않은 채 지금 자리에 없다는 말만 반복하는 날이 하루 이틀 늘어 갔다. 보스를 찾는 사람이 아주 많은 건 아니지만, 얼마 안 되는 사람들이 전화를 걸고 또 걸어왔다. 날이 갈수록 샐린저는 점점 더 상냥하면서 말이 많아졌고, 로저는 점점 더 안절부절못하면서 말이 많아졌다. '두 번째 고객'은 어떨 땐 부드럽고 매력적이다가, 어떨 땐 성마르며 짜증스러웠고, 전화 수신 상태도 안 좋아서 목소리가 탁탁 끊기며 이상하게 들렸다. "계약서가 준비되면 언제든지 이쪽으로 보내 줘요." 그가 퉁명스럽게 말했다. "선금은 내 계좌로 이체해 주시고요. 은행 정보는 다 갖고 있잖아요."

며칠이 일주일이 되고, 다시 2주가 됐다. 첫째 주의 어느 날 아침 보스가 커다란 비옷 차림에 검은 선글라스를 끼고(발에는 뜻밖에도, 그리고 가슴 아프게도 애들이 신는 좁다란 흰색 캔버스 운동화를 신고) 조용히 우리 사무동의 문턱을 넘어오더니, 자기 방으로 획 들어가 무언가를 챙겨 들고는 아무에게도 말 한마디 없이 다시 획 나갔다. 그녀는 (이건 뜻밖이라고 할 수 없지만) 집을 팔려고 내놓은 참이었다.

두 번째 주 중반에 '두 번째 고객'의 신간을 맡은 편집자가 확인차 전화를 걸어왔다. 우리는 아직 그쪽에 계약서를 넘겨

주지 않은 상태였다. "어떻게 하죠?" 나는 휴에게 물었다. "보스에게 전화할까요?"

휴는 고개를 저었다. "조애나도 지금까지 계약서를 많이 다뤄 봤잖아요. 보스는 당신을 믿고 있어요. 계약서를 작성해 봐요. 서로 조율도 하고요. 괜찮을 거예요."

나는 초조하게 서류를 확인하고 또 확인하며 그가 시킨 대로 했다. 알고 보니 에이전시는 이 출판사와 거래한 적이 몇 번 없어서 참고할 만한 최신 계약서도 없었다. 나는 내가 아는 협약서란 협약서는 전부 끄집어내서 인세와 1차 및 2차 연재권, 재판(再版)과 전자출판권 등의 모든 조항을 비교했고, 약식 계약서에서 우리가 어떤 권리를 팔기로 합의하고 어떤 건 직접 판매하려고 유지했는지도 당연히 전부 확인했다. 이틀간 모든 걸 점검하고 재점검하며 이런 작업을 한 다음에는 보스가 녹음해 주던 것 같은 길고 복잡한 초안을 작성했다. 최근 들어 이런 초안은 나의 예비 작업에 기초해서 만들어지고 있었다. 작가가 서명하기 전까지 이 계약서는 여러 차례 수정을 거칠 터였다. 이 출판사는 에이전시의 기준, 즉 다른 시대의 기준에 익숙하지 않았다.

* * *

보스가 없는 사무실은 이상하리만큼 조용했다. 그녀가 날

마다 얼마나 많은 생동감과 긴박함을 가져다주는지 예전에
는 미처 깨닫지 못했다. 보스가 없으니 모두 조금씩 늦게 출
근하고, 점심시간이 지나도 오래 꾸물거리며, 일찍 퇴근하는
금요일에는 귀가해서 집에만 머물렀다. 여름에 금요일 근무
를 일찍 마치는 건, 그래도 초창기에는 나름 신사들의 비즈니
스였던 출판계의 위대한 전통이었다. 보스의 녹음 테이프가
사라지자 나의 일상은 놀랄 만큼 자유롭고 놀랄 만큼 즐거워
졌다. 이제 다시 밀린 허가서와 서류 작업만 끝내 놓고 샐린
저의 팬레터로 고개를 돌렸다. 윈스턴세일럼 소년의 편지는
몇 개월째 답장을 못 해서 서신 뭉치 맨 위에 머물러 있었다.
그냥 표준 문안대로 보내, 라고 그 편지지를 펼치며 나 자신
에게 말했다.

　저는 홀든을 생각할 때가 많습니다. 느닷없이 그가 머릿
속에 떠오를 때면 그가 동생 피비와 춤을 추거나 펜시고
등학교의 화장실 거울 앞에서 빈둥거리는 모습을 상상
해 봅니다. 처음에는 그를 생각하며 제 얼굴에 바보 같은
미소가 걸립니다. 참 웃기는 친구야, 하면서 말이죠. 그
러다가 더럽게 우울해집니다. 제가 그렇게 우울해지는
건 아주 감정적인 상태일 때 홀든이 생각나기 때문일 겁
니다. 저는 꾀 감정적일 때가 많습니다.

그래, '꾀[원문에서는 소년이 'quite(꽤)'를 'quiet(조용한)'로 잘못 표기했다.─옮긴이]'가 아니라 '꽤'지. 나는 이게 단순한 오타일 것이며, 아름답고 절묘해서 샐린저도 기뻐할 거라고 생각했다. 샐린저도 오타를 냈으니까. 《뉴요커》 재판에도 확실하게 찍혀 있듯이.

하지만 걱정하지 마세요. 아무리 위선자처럼 느껴져도 빌어먹을 감정을 온 사방에 뚝뚝 흘리며 살아갈 순 없다는 걸 알았으니까요. 대부분의 사람은 제가 어떤 생각을 하고 어떤 감정을 느끼는지 개의치 않는 것 같습니다. 그러다가 제게서 약한 모습을 보면, 젠장, 감정을 드러내는 게 대체 왜 약한 건지 모르겠지만, 시비를 걸어 댄다고요! 빌어먹을 제 면전에 대고 제가 실제로 무언가를 느낀다는 사실에 야단법석을 떠는 겁니다.

오, 이런. 나는 휴같이 한숨을 내쉬었다. 내가 이 아이한테 무슨 말을 해 줄 수 있을까?

친애하는 윈스턴세일럼의 소년에게. 나도 꽤 감정적이 될 때가 있어. 네 말이 맞아. 감정을 온 사방에 뚝뚝 흘리며 살 수는 없지. 나도 네 조언을 받아들이려 노력하고, 그럭저럭 성공적인 것 같아. 내 보스의 애인이 자살

했는데, 우린 모두 아무 일도 없는 척을 하고 있어. 난 사랑하는 사람을 캘리포니아에 버려 두고 왔는데, 그는 나한테 화나지 않은 척하고, 난 그가 없어도 아무렇지 않은 척하고 있어. 난 공과금 낼 돈도 모자라면서 저녁을 먹으러 나가 뉴욕 사람들이 할 만한 일은 다 할 수 있는 척해. 우린 모두 감정을 숨기는 일을 제법 잘하고 있어. 그렇지? 하지만 감정을 드러내지 못하면서 어떻게 앞으로 나아갈 수 있을까? 그걸 어떻게 처리하지? 그도 그럴 것이, 나는 가끔 이상한 순간에 울음이 터지거든. 내게 조언을 좀 해 줘.

조애나 라코프

아니, 윈스턴세일럼 소년에게 표준 문안을 보낼 순 없었다. 나는 편지를 다시 접어 한쪽으로 치워 두었다.

그리고 새롭게 기운을 차려서 다른 편지를 집어 들었다. 떨리는 손으로 쓴 노인의 가냘픈 필체였다. 네브래스카 주소를 가진 남자였다. 역시나 참전용사였다.

나도 선생처럼 제2차 세계대전 때 군인으로 복무했습니다. 많은 전우를 잃었죠. 몇 명은 제 품에서 눈을 감았습니다. 다행히 제게는 집에서 저를 기다려 준 훌륭한 아내가 있었습니다. 그렇지 않았다면 전쟁이 끝나고 귀향

했을 때 제게 무슨 일이 벌어졌을지 모르겠습니다. 저는 계속해서 일상을 살아가며 사업체를 운영하고 아이들을 키울 수 있었습니다. 이제 은퇴하고 나니 전쟁이 자주 떠오릅니다. 예전에 제대 후에 《호밀밭의 파수꾼》을 읽고 푹 빠져들었습니다. 홀든 콜필드는 제가 느낀 분노와 고립감을 온전히 표현했죠. 그게 저를 구원하는 데 도움이 된 것 같습니다. 그리고 지난주에 이 책을 다시 읽었는데, 가슴이 복받쳐 절로 눈물이 나더군요.

언제나처럼 나는 이 편지를 한참 붙든 채 읽고 또 읽으면서 적절한 답장을 작성해 보려고 했다. 참전용사들의 편지는 많았다. 하지만 그중 어떤 것들은 (이 편지처럼) 너무나도 감동적이고 진실해서 단순히 정해진 문구의 답장을 보내는 게 (언제나처럼) 힘들었다. 이분의 경우는 절충안을 찾아냈다. 나는 가능한 한 조심스럽게 작가님이 팬레터는 보내지 말라고 요구했기 때문에 유감스럽게도 이 편지를 전해 드리지는 못한다고 설명했다. 하지만 다른 상황이었다면 샐린저 작가님도 선생님의 편지를 읽고 매우 반가워했을 것이며, 특히나 《호밀밭의 파수꾼》이 전쟁의 상처를 치유하는 데 조금이나마 도움이 되었다는 사실에 기뻐했을 거라고 했다. 선생님도 아시다시피 작가님 본인도 전쟁 중에 상당한 고통을 당했다고. 그리고 선생님과 마찬가지로 마지막 숨을 몰아쉬는 전우들을 품에서 떠나보냈다고. 편지 끝에는 '깊은 존경을 담아, 조애나 라코프 드림'이라고 적었다.

그리고 반창고를 뜯어내듯 재빨리 봉투에 주소를 치고 편지지를 접어 넣은 다음 다른 편지를 꺼내 들었다. 안 돼. 이렇게 내 빌어먹을 감정을 온 사방에 뚝뚝 흘리며 살아갈 순 없어.

돈은 본인 말에 의하면 제임스가 자기 소설을 어떻게 평가할지 긴장되지 않는다고 했다. 어떤 소식을 받을지 본인 말에 의하면 애타게 기다리지도 않았다. "세상에 에이전트가 제임스만 있는 건 아니잖아." 그는 조금이라도 진지한 문제를 논의할 때면 종종 그러듯 낄낄 웃으며 말했다. "제임스가 거절하면 이건 그냥 그가 맡을 작품이 아닌 거야. 난 다른 사람을 찾아보면 돼."

그러면서도 여전히 밤이면 몇 번씩 소설을 되풀이해서 읽으며, 불완전한 수식어 하나에 전체 글의 성패가 걸려 있기라도 한 것처럼 이 단어 저 단어를 보며 얼굴을 찌푸렸다. 그는 이제 일주일에 이틀 밤만 운동했는데, 권투 장비가 든 가방을 질질 끌고 조증 환자 같은 상태로 집에 돌아왔다. 아무리 커다란 모래주머니를(혹은 호리호리한 푸에르토리코 소년을) 흠씬 두드리고 와도 마음이 진정되지 않았던 것이다. 마크의 결혼식도 그의 신경을 건드렸다. 지금까지 그 결혼식은 시공

간에서 어느 시점엔가 발생할 실제 사건이라기보다는 추상
적인 관념, 하나의 개념에 지나지 않아서 나는 정확한 날짜
조차 몰랐다. 돈은 신랑 들러리는 피했지만(그 역할은 마크
의 동생이 맡았다) 시를 낭송해 달라는 부탁을 받았다. 그래
서 지금 우리 집에 있는 다양한 시집을 샅샅이 뒤지며 적당한
시를 찾는 중이었다.

  "심각하게 따분하고 자기랑 안 어울리는 사람과 결혼하
는 친구에게 어떤 시를 읽어 주면 좋을까?" 그가 낄낄대며
물었다.

  "몰라. 하지만 내가 제니의 결혼식 때 재활용하면 되겠다."
내가 아는 한 나는 제니의 결혼식에서 그녀의 대학 친구 두
명과 함께 들러리를 설 예정이었다.

  토요일 저녁 하늘이 스산하게 흐려질 무렵, 돈과 나는 옷을
갈아입고(돈은 말없이 산만하게) L선으로 몇 정거장을 이동
해 마크의 로프트 파티가 있는 14번가에 갔다. 결혼식 전에
거창하게 놀아 보자는 아이디어였지만, 8월의 뉴욕에는 아무
도 남아 있지 않았다. 로프트에 가 보니 마크 같은 남자들만
모여[근육질 몸에 칼하트(작업복 위주의 의류를 생산하는 브랜드―옮
긴이) 옷과 레드윙 신발 등 육체 노동자 티를 내는 차림새가
현재 날씨와 전혀 동떨어져 보이는] 병맥주를 마시며 어색하
게 고개를 끄덕이고 있었다.

  마크는 주방 싱크대에 기대서서 앨리슨과 이야기하고 있

었다. 그녀를 여기서 볼 거라곤 생각도 못 했다. 주말이면 부모님의 여름 별장이 있는 빈야드에서 지내고, 거기가 아니더라도 새그하버나 우드스탁, 코네티컷 등지에 살며 겉으로는 절대 언급하지 않는 신탁 연금으로 부족함 없이 살아가는 고등학교 친구들이나 업타운의 여러 사립학교 동문들에게 쉴 새 없이 초대를 받았으니까. 그녀는 돈의 친구지만 최근에는 나하고도(오히려 나와 더) 가깝게 지냈다. 우리는 저녁 식사와 커피를 함께 하고, 그녀의 좁은 스튜디오 소파에서 빈둥거렸으며, 동네에 있는 허름한 러시아 살롱에 가서 손톱에 거무죽죽한 적갈색 매니큐어를 칠하는 모험을 한 다음 우리의 청바지와 티셔츠, 닳아빠진 신발과 매혹적인 대비를 이루는 변신한 손을 가만히 들여다보았다.

"네가 있어서 정말 다행이야." 나는 탄성을 지르며 그녀를 감싸 안았다. 진심이었다. 요즘 내 삶은 돈 아니면 일로 한정돼 있었다. 그 많은 친구는 다 어디로 가 버린 걸까? 돈이 내 삶에 들어오면서 전부 멀찌감치 물러나 버렸다. 내가 뉴욕으로 이사하기 전만 해도 다들 실험적인 연극에서 바퀴벌레를 연기한다든지, 컬럼비아대학에서 우울한 영화를 만든다든지, 갤러리에서 일한다든지, 브라운스빌에서 가난한 아이들에게 혹은 세인트앤아카데미(캐나다 브리티시컬럼비아주 빅토리아에 있는 과거 가톨릭계 미션 스쿨—옮긴이)에서 부유한 아이들에게 춤을 가르친다든지 하며 내 곁에 있어 주었다. 처음 귀국했을 땐 파티와 저녁 식사와 커피와 쇼핑이 ("돌아왔구나."라는 기쁜 비명과 함께) 쉼 없이 이어졌지만, 이제는 다들 너무 바쁘고 자기 삶에서 세세한 부분에 몰두했다. 그렇게 해서 나는 나 자신을 돈에게 종속시키고 말았다.

"결혼 전 파티를 놓칠 순 없지." 앨리슨이 진한 눈동자를 굴리며 말했다. 돈은 그녀가 대학 때부터 마크를 좋아했다고 하는데, 갑자기 그게 정말인지 궁금해졌다. 앨리슨이 나한테 직접 털어놓은 적은 없지만, 확실히 이 결혼식이나 리사에 관한 이야기를 꺼리기는 했다. 돈처럼 그녀도 리사는 매력이라곤 찾아볼 수 없다고, 적어도 마크에 비할 정도는 아니라고 생각했지만, 그런 불균형에 독설을 날리기보단 쿨하게 무시했다. 지금 그녀는 초조하고, 긴장되고, 짜증이 난 것 같았다. 돈처럼 말이다. 순간 그냥 집에 있을걸 하는 후회가 밀려왔다.

"파티 준비는 잘돼 가?" 돈이 마크의 등을 두드리며 물었다. 쾌활하고 상냥하게 굴려고 애쓰는 모습이 꼭 마을 극장에서 공연하는 목가적인 연극에 출연하는 배우 같았다.

"나도 모르겠어." 마크가 커다란 미소를 지으며 말했다. 그가 미소 지을 때면 순수한 친절의 물결과 진실한 행복감이 뿜어져 나왔다. 내 생각엔 이게 마크와 돈의 차이였다. 마크는 자신의 삶에 만족하며 온전히 편안한 마음으로 살아갔다. 자신이 가진 것 외에 다른 건 필요로 하지도, 원하지도 않았다. 돈은 모든 것을, 모든 사람을 원했고 남들도 자신을 찾아 주길 바랐다. "준비가 다 됐어야 할 텐데 말이야. 안 그래?"

"결혼식 날짜는 도대체 언제야?" 내가 물어보자 앨리슨이 눈을 치켜떴다. 마크는 서서히 미소를 잃어 가더니 나를 이상하게 바라보았다. 그러고는 무표정하게 풀린 돈의 얼굴을 보았다. "콜럼버스데이 주말인가? 내가 착각한 거야?"

마크는 이제 웃음기 하나 없이 돈을 쏘아보고 있었다. 그는 맥주를 한 모금 들이켜고 나서 말했다. "다음 주말이잖아. 다음 주말. 피셔아일랜드에서. 페리를 타고 오라고 했잖아. 너 설마……." 그가 두 손을 번쩍 들자 병 속에서 맥주가 출렁거렸다. 마크는 다시 미소를 지었다. 이번에는 온기라고는 없는 난폭한 웃음이었다. "돈." 그가 다그치듯 말했다. "너 페리 예약은 했어? 금요일 리허설 만찬에 참석하기로 돼 있잖아."

다음 주말이라고? 어떻게 내가 그걸 모를 수 있지? 난 자세한 사항은 아무것도 몰랐다. 내 애인의 가장 친한 친구가 결혼하는데. 피셔아일랜드? 난 그게 어딘지도 몰랐다. 막연히 마크의 부모님이 계시는 하트퍼드에서 열릴 거라고, 우린 기차를 타고 가서 돈의 부모님 댁에 머물 거라고 짐작했다. 왜 그렇게 생각했을까? 바로 다음 주말인데.

나는 결혼식뿐 아니라 리허설 만찬도 있으면 뭘 입고 가야 하나 머릿속으로(엄마에게 물려받은 버릇) 내 옷장을 뒤지기 시작했다.

"응, 응, 당연하지." 돈이 얼버무리듯 대답했다. "그 얘기는 나중에 다시 하자."

그럼 어디서 묵지? 호텔? 돈이 예약했을까? 아니면 친구들 집에서 묵나? 마크의 부모님 댁?

그때 올리비아가 들어왔고(내가 얼마간은 말상대라도 확보하고픈 마음에 초대했다), 옆에서는 카키 바지와 폴로셔츠 차림에 안경을 쓴 훤칠한 남자가 심하게 안절부절못하고 있었다. "이쪽은 크리스야." 올리비아가 소개했다. 새 남자친구가 생겼다는 건 전화로 들어서 알고 있었다. 은행에서 무슨 컴퓨터, 알고리즘 관련 일을 한다고 했다. 전 남자친구는 올리비아처럼 화가였는데, 이번엔 그와 반대로 키가 크고 몸이 탄탄하며 우스울 만큼 너무나도 고전적인 미남이었다.

"만나서 반가워요." 나는 그에게 악수를 청했다. 두 사람은 소개팅으로 만났다는 것 같았다.

마크의 침실 문이 열리는가 싶더니, 리사(마크의 약혼녀)가 헐렁한 청바지와 회색 티셔츠 차림에 머리는 길게 묶어 늘어뜨린 모습으로 방에서 나왔다. 그제야 퍼뜩 그녀도 여기에 같이 살겠구나 싶었다. 리사는 그동안 내내(내가 돈을 알아온 세월 동안, 수차례 파티를 하고 다른 데 가다 잠깐 들러 술을 마시는 동안) 여기에 살았지만, 돈은 그 사실을 인정하지 않았던 것이다. 그는 이곳을 '마크의 로프트'라고 불렀다. 나도 그랬다. 언제나. 마크의 로프트라고. 두 사람이 사귄 지 얼마나 됐을까? 벌써 몇 년은 됐을 텐데. 나는 침실 건너편에서 돈이 억지 미소를 지으며 리사에게 인사하는 걸 지켜보았다.

"새 직장은 어때?" 내가 올리비아에게 물었다.

"거긴 그만뒀어." 그녀가 어깨를 으쓱하며 말했다. "끔찍했거든. 호통 치는 소리나 듣고 다니기엔 내가 너무 늙었어."

"올리비아는 이제 그림에 전념할 거예요." 크리스가 서먹한 미소를 지으며 말했다. "우리 게스트룸을 작업 스튜디오로 개조하는 중이거든요. 조명은 별로지만요. 그렇지?" 올리비아가 다시 으쓱했다. "그래도 방 자체는 꽤 넓어요."

"사실은 중대 발표가 있어." 올리비아는 옅은 색 청바지(여태껏 내가 본 그녀의 옷 중에서 가장 얌전한)에 굽 높은 웨지 샌들을 신고 있었다. 크리스는 자기와 관련된 소식이 맞는지 확인하려는 듯 안경 뒤에서 눈을 깜빡이며 그녀를 바라보았다. "사실은 우리 결혼해."

"우와!" 나는 탄성을 질렀다. "잘됐다!" 올리비아는 방금 자기가 한 말의 심각성을 무마하려는 듯 얼굴을 찡그리며 어깨를 으쓱하더니 술병을 입에 대고 천천히 한 모금 꿀꺽였다. 왼손에서 정교한 금빛 약혼반지가 반짝였다. 올리비아가 약혼반지 타입일 거라고는 생각도 못 했다. 제니가 약혼반지 타입일 줄 꿈에도 몰랐던 것처럼. 알고 보면 우린 누구나 약혼반지 타입인지도 모르겠다.

"예쁘네요." 어느새 우리 쪽으로 다가온 앨리슨이 말했다. "요즘이 결혼 시즌인가 봐요."

"그러게." 내가 거들었다. 그런가?

"맞아요." 올리비아가 맞장구를 쳤다. "사실은 내 동생도 결혼해요."

"우와." 앨리슨이 진한 눈동자를 묘하게 번뜩이며 말했다. "그럼 합동 결혼을 하지 그래요. 드라마《브래디 번치》처럼."

"앨리슨." 내가 큰 소리로 외쳤다. "우리 한잔할래? 냉장고에 와인이 있을 것 같은데."

앨리슨은 고개를 저었다. "맥주밖에 없어. 리사는 술을 안 마시니까 마크가 남자답게 맥주만 채워 놓지."

문득 그녀가 돈과 동갑이라는 걸 깨달았다. 전에는 이런 생각을 해 본 적이 없었다. 우리가 같은 또래라고만 생각한 것이다. 아니다. 그녀는 마크와 동갑이고 돈보다 두 살 많았다. 서른둘이었다. 난 어쩜 이렇게 멍청하지? 전혀 눈치 채지 못했다. 당연하잖아. 앨리슨이 아는 사람들은 정말로 다들 결혼했을 것이다. 그녀는 만족스러워 보였고, 체계적이고 생산적인 삶을 살았다. 작은 아파트, 작은 스튜디오, 좋은 직업.

"난 그만 가 봐야겠어." 앨리슨이 먼저 말했다.

"우리도 같이 갈게." 나도 같이 일어설 기세로 말했다. "우리끼리 한잔하자. 진짜 술로."

그녀는 힘없이 웃었다. "귀여운 너랑 놀고 싶기도 하지만, 오늘 밤은 돈의 헛소리를 들어 줄 기분이 아니야. 오늘은 이미 충분히 힘들었거든." 나는 입이 딱 벌어졌다. 이상하게 뺨

을 맞은 것 같은 기분이었다. "그리고 넌 여기 친구들도 있잖
아. (그러면서 올리비아와 크리스를 가리켰다. 난 이제 그들
을 볼 기분이 아닌데 말이다.) 우린 따로 보자. 알았지? 내일
아침에."

나는 말없이 고개를 끄덕였다.

파티는 제대로 달아오르기도 전에 끝났다. 돈과 나는 11시
도 안 돼서 밖으로 나와 뜨뜻한 비를 맞으며 1번 애비뉴의 '미
누들숍'까지 만두와 탄탄면을 먹으러 걸어갔다. 나는 식사를
하면서도 일부러 결혼식 얘기는 한마디도 하지 않았다. 돈이
먼저 꺼내길 기다린 것이다. 하지만 브루클린행 열차를 타러
길을 건너는 사이에 내 안의 무언가가 녹아내렸다.

"우리 부모님한테 차를 빌려 줄 수 있는지 물어볼까?" 내
가 물었다.

"글쎄." 돈이 짜증스럽게 고개를 저었다. "그럼 페리에 차
넣을 자리를 예약해야 하잖아. 너무 늦었을지도 몰라."

"네가 확인해 볼래?" 내가 물었다.

L선을 타러 계단을 내려가는 동안 우리와 비슷해 보이는
사람들의 행렬이 계속 이어졌다. 1950년대식 여름 원피스를
입은 여자들과 청바지 차림에 날씨에 맞지 않게 너무 두툼한
신발을 신은 남자들 천지였다.

"지금은 머리가 너무 복잡해." 돈이 매섭게, 소리를 지르듯
이 말했다. 밝은 빨간색으로 머리를 염색한 여자가 그를 돌아

보자 돈은 노골적으로 그녀를 쏘아보았다. "나중에 얘기하면 안 될까?"

나는 가만히 고개를 끄덕였다. 플랫폼에 이르러서는 의자에 앉아 책을 꺼내 들었다. 맥스의 고객이 쓴 소설인데 자기보다 훨씬 연상인 여자를 강박적으로 짝사랑하는 남자의 이야기였다. 거의 다 읽어 가는 중이라 나는 곧 훌륭한 소설이 끝난다는 상실감에 휩싸여 있었다. 머지않아 등장인물들을 떠나보내야 하는 것이다. 하지만 지금은 일단 내 옆에서 한쪽 다리를 덜덜 떨며 날카롭게 불만감을 드러내는 돈의 존재를 무시하기 위해 계속 읽어 나갔다.

집에 돌아와서는 조용히 옷을 벗고 잠옷으로 갈아입은 뒤 조용히 이를 닦고 침대에 들어가 책을 들었다.

"조애나." 돈이 다른 방에서 내 이름을 불렀다. "마크의 결혼식엔 나 혼자 가고 싶어."

나는 책을 내려놓았다. "혼자?" 생소한 단어를 들은 것처럼 되물었다. "나랑 같이 가기 싫다고?" 순간 그 편지가, 갈색 어깨가, 마리아가 떠올랐다. "왜?"

"이유라면 여러 가지가 있지." 그는 터무니없고 부당한 질문이라는 듯 거만하게 말했다. "너무 많아서 다 말할 수도 없어. 그걸 다 설명할 기분도 아니고."

"설명할 기분이 아니라고?" 나는 뜨악한 얼굴로 그를 노려보았다.

"늦었잖아. 난 피곤해. 지금은 이야기할 기분이 아니란 말이야." 그러면서 한 손을 높이 뻗더니 이내 다른 손을 따라 올리며 기지개를 켰다. "게다가 모든 걸 너한테 설명할 필요는 없잖아." 그는 예의 그 낄낄거리는 웃음을 터뜨렸다. "마크는 내 친구야. 내가 그 결혼식에 혼자 가고 싶다면, 그건 내가 결정할 일이지. 안 그래?"

미친 듯이 눈물이 차올랐다. 결혼식 같은 건 관심 없었다. 마크를 그렇게까지 잘 아는 것도 아니고 리사와는 더 서먹했다. 하지만 돈에게 마음이 쓰였다(아니, 그런 줄 알았다). 가장 친한 친구의 결혼식에 나를 데려가고 싶지 않아 하고(거기서 느낄 어떠한 기쁨이나 카타르시스도 나와 함께 하고 싶지 않아 하며), 그런 마음을 내게 설명할 의무조차 느끼지 않는 사람에게. "아니." 나는 입을 열었다. "아니야. 내 일이기도 해. 넌 오늘 나를 난처하게 했어. 그러니까 내 일이기도 해. 그리고 결혼식 하객들은 내가 왜 없는지 궁금해할 테니까. 그러니까 내 일이기도 해. 그리고 우린 같이 사니까 이건 내 일이기도 해."

그는 무심한 태도를 버리고 떼쓰는 어린애를 달래듯 차분한 미소를 지었다. "부바." 그가 말을 이었다. "아이 참, 화내지 마. 그렇게 대단한 일도 아니야. 내가 괜히 심각하게 말해서 그렇지. 그냥 이런 얘기를 하고 싶지 않았어. 이렇게 될 줄 알았으니까. 난 그냥, 알잖아, 남자들이 다 모일 거니까. 토퍼

랑 윌이랑 그런 애들. 하트퍼드 친구들. 왠지, 그렇잖아, 마크
도 결혼을 하고 한 시대가 끝나는 기분이라서, 그냥 나 혼자
가서 애들이랑 뭉치고 싶었어. 남자들끼리."

"정말?" 그건 설명을 내일로 미뤄야 할 만큼 복잡한 이유가
아니었다. 이걸 믿어야 할지 모르겠지만, 앞선 대화에 이미 너
무 화가 나서 마음을 가라앉힐 수 없었다. "정말이야? 남자들
끼리 뭉치고 싶다고? 거기에 올 여자들 때문이 아니라? (나는
막 절벽 아래로 몸을 던지려는 참이었다.) 가능성이야 무궁무
진하지. 네 많고 많은 전 여자친구 중 한 명이라든가. 네가 책
장 밑 상자에 가터벨트나 뭐 그런 걸 감춰 둔 여자? 아니면 고
등학교 때 너를 짝사랑한 여자? 아니면 그냥 네가 자기 팬티
를 벗겨 주길 바라는 여자? 그런 여자를 만나길 기대하고 있
어? 그러고 나서 다음 주에 너의 갈색 어깨가 그립다고 편지
를 쓰게?"

이번에는 돈이 뜨악한 얼굴로 나를 쳐다보았다. 내가 마주
바라보자 그는 상처 입은 표정을 버리고 느물느물한 가면을
쓰며 쿨하게 즐거워했다.

"우와, 부바, 내가 뭐라고 해야 할지……."

"부바라고 부르지 마." 나는 꽥 소리를 질렀다. "난 어린애
가 아니야."

"난 부바라고 부를 거야." 그가 고집을 부렸다. "널 사랑하
니까."

"날 사랑한다고?" 목소리가 기어들었다. 걸쭉한 당밀 한 줄기가 목구멍으로 흘러 들어온 느낌이었다. 돈은 그동안 단 한 번도 사랑한다고 말한 적이 없었다. 사랑도 부르주아적 단어였다. 그가 날 사랑할 거라고 기대한 적이 있었나? "날 사랑하는데 마크의 결혼식에는 데려가기 싫다고?"

"맞아. 그런 뜻이야."

월요일에는 보스가 한 시간가량 머물다 돌아갔다. 평상시보다 창백했지만 기이할 만큼 차분해 보였다. 그녀는 언제나처럼 아무 말 없이 나를 스쳐 지나갔고, 최소한의 소음만 내며 자기 사무실에 앉아 딕터폰에 무언가를 중얼거리기 시작했다. 이런 평범한 광경이 위로되기는커녕 오히려 눈물이 났다. 나는 얼른 반대편 사무동으로 자리를 피했다.

"조애나." 커피머신 앞을 지나가는데 제임스가 불러 세웠다. "지금 돈의 소설을 읽고 있는데 마음에 들어요."

나는 그 자리에 딱 멈춰 섰다. "정말요?" 놀라움과 안도감이 뒤섞인 채 나를 덮쳐 오더니 거기에 또 다른 감정이 겹쳐졌다. 별로 열심히 하지도 않은 보고서에 A를 받은 것과 비슷한 이상야릇한 감정이었다.

"그래요." 그가 커피에 크림을 부으며 말했다. "뭐랄까, 아주 난해하죠." 나는 고개를 끄덕였다. "하지만 마음에 들어요." 그는 머그잔을 들어 올리더니 머뭇거리며 한 모금을 마셨다. "지금까지는요. 3분의 1 정도 읽었는데, 여자친구를 그 영화에서 보고(이 대목에서 그의 얼굴이 빨개졌다) 자기랑 만나던 때를 떠올리는 부분이요. 그녀가 항상 다른 스웨터를 입고 학교에 왔다고. 수천 벌은 될 것 같다고." 그가 방긋 웃었다. "나도 대학 때 여자애들 방에 가면 무슨 스웨터가 이렇게 많나 생각했거든요." 그리고 내가 말리기도 전에 머그잔을 꺼내서 커피를 따라 주었다.

"여자들은 스웨터라면 사족을 못 쓰긴 하죠." 나는 맞장구를 쳤다.

"아무튼 (그는 어깨를 으쓱하고는 내게 크림 하나를 건넸다.) 마저 읽고 나서 보자고요."

내 자리로 돌아오자 보스의 의자에서 끼익 하는 경고음이 들려왔다. 그녀는 묘하게 무표정한 얼굴로 천천히 내게 다가왔다. "이걸 듣고 받아 적어 줘."라고 말하는 목소리는 언제나처럼 차분하고 생기가 없었지만 활기차게 굴려고 애쓰는 게 보였다.

나는 벌떡 일어나서 테이프를 받아 들었다. "네. 바로 시작할게요."

그녀는 "내일까지 해도 돼." 하면서 길고 가느다란 손가락 하나를 내 책상에 가볍게 올려놓았지만, 시선은 저 뒤쪽 샐린저의 책이 있는 벽에 가 닿았다. 그리고 서서히 내게로 눈을 돌렸다. "그 계약서 건은 아주 훌륭하게 잘해 줬어." 두 번째 고객 이야기였다. "쉽지 않았을 텐데."

그날 오후 보스가 떠난 후(세상으로 나온 짧은 여행에 지쳐 눈은 게슴츠레하고 이마는 축축하게 젖은 채) 수정된 계약서가 돌아와서 훑어보았다. 대부분은 변경됐지만 전자권 조항은 에이전시의 정책에 따라 내가 삭제를 요구했는데도 그대로 남아 있었다. 이 조항은 내가 에이전시에서 일하기 시작할 무렵부터 계약서에 등장해 보스와 다른 에이전트들을 대경실색하게 했다. 대상 도서의 CD-ROM을 비롯해 '여기에 언급되지 않았거나 아직 알려지지 않은 양식'의 모든 디지털 파생물에 대해 출판사에 권리를 부여했기 때문이다.

올해 들어 출판사들과 전자권을 놓고 실랑이하느라 여러 건의 계약이 보류된 상태인데, 그 때문에 맥스가 가장 괴로워했다. 그가 담당하는 살아 있는 고객들은 계약서에 서명할 때 생기는 수익이 절실히 필요했으니까. 하지만 에이전시의 규범을 정하는 건 보스였고, 그녀는 이 애매하고 치명적인 조항이 빠지지 않는 한 어떤 계약도 최종적으로 체결할 생각이 없었다. 몇몇 계약서에는 '전자책'이라는 것도 언급돼 있었다. 처음 이 용어를 접한 보스는 "전자책이라는 게 뭔지는 모르겠지만, 절대 권리를 내주지 않을 거야."라며 분개했다.

보스에게 폐를 끼치지 않고 이 문제를 해결하길 바라며, 나는 또 다른 서신의 초안을 작성해서 '제83.1.a 항: 파업' 계약서에 클립으로 꽂아 놓았다. 주소 라벨에 타자를 치는데 휴가 다가와서 계약서를 집어 들곤 내 메모를 훑어보았다. 그리고 "이거 시간이 좀 걸리겠네요?"라며 반은 단정, 반은 질문처럼 말했다. 나는 어깨를 으쓱했다. "이 작가가 지금 돈이 급할 텐데."

"정말요?" 그런 말을 들으니 왠지 실망스러웠다. 두 번째 고객은 확고한 기반이 있는 사람이었다. 유명하지는 않아도 명망이 높았다. 저명한 작가였다. 돈은 예순 살이 돼도 여전히 가난에 허덕일까? "하지만 교수 일도 하잖아요." 나는 권위 있는 MFA 프로그램의 이름을 댔다.

휴는 짧게 고개를 저었다. "그 얘기 못 들었어요? 지난봄에? 온갖 신문에 도배됐는데."

"전 런던에 있었어요."

"그렇군요." 휴는 숨을 깊이 들이마시다 그 동작을 무효로 하려는 듯 이내 한숨을 내쉬었다. "어디에 좀 휘말렸죠. (그는 적절한 단어를 소환하려는 듯 손을 이리저리 휘저었다.) 일종의 스캔들에요. 무슨 일이 있었는지는 확실하지 않아요." 나는 설명을 기대하는 눈빛으로 그를 바라보았다. "학생에게 성추행으로 고소를 당했어요."

"뭐라고요?" 나는 그와의 전화 통화를 되짚어 보았다. 간결하고 정중하지만 때로는 조바심을 치던. 성추행을 암시하는 행동은 없었다. 하지만 전화 통화에서 콕 집어 성추행 경향을 드러내는 행동이란 도대체 어떤 거지? 거친 숨소리?

"그래서 2년간 정직 처분을 받았죠." 휴가 단호하게 말했다. "무급으로요."

그날 오후 컴퓨터 앞에 앉아 에이전시의 유일한 이메일 계정을 확인했다. 그것을 모니터하고 출력해서 도착한 편지는 전부 해당 에이전트에게 전달하는 게 내 업무였다. 보스가 답장 내용을 불러 주면 나는 그걸 타이핑해서 그녀에게 승인을 받은 다음 컴퓨터에 다시 입력했다. 가끔은 그 일이 끝나면 내 개인 이메일을 슬쩍 확인하기도 했지만, 오늘은 불과 몇 개월 전에 개설된《뉴욕타임스》의 웹사이트에 곧바로 들어갔다. 화면은 느리고, 혼잡하고, 투박한 데다 기사 하나를 다 읽을 만큼 오래 들여다보기도 힘들었다. 하지만 그만한 가치가 있었다. 두 번째 고객의 이름을 치자 그의 사연이 눈앞에 펼쳐진 것이다.

자세한 내용은 내가 생각한 것만큼 나쁘지 않았다. 학과 파티에서 여학생의 가슴을 만진 것 같은데, 그저 가슴을 쳐다본 것뿐이었다고 주장하는 목격자도 있고, 그가 여학생의 가슴을 두고 음탕한 농담을 하는 등 잘못을 저질렀다고 강조하는 사람도 있었다. 어찌되었든 지금은 정치적 정의를 부르짖는 시대였고, 학교 조사위원회에서 다수의 학생이 그에게 불리한 증언을 하자 두 번째 고객은 혹독한 비난을 받았다. 학생들은 그가 성차별주의자이며 여성혐오자라고 진술했다. 그는 강의 중에 막말을 했고 학생들의 작문 실력을 업신여기기

일쑤여서 그에게 가혹한 비난을 받으면 어떻게 글을 계속 써나가야 할지, 심지어 계속 쓰는 게 맞는지조차 모르는 채 절망에 빠졌다.

그의 소설을 팔면서 묘하게 들떴던 마음이 거북함으로 바뀌며 온데간데없이 사라졌다. 돈이라면 어린 여학생 같다고 놀릴 일이었다. 예술가를 작품이 아닌 그 사람의 행동으로 평가하는 것. 위대한 작가지만 훌륭한 인간은 아닌 경우가 얼마나 많은가? 필립 로스가 아내들에게 폭력을 휘둘렀다고 그를 무시해야 할까? 헤밍웨이는? 메일러는? 우리는 왜 항상 남자 작가들의 행위를 용서하고, 용서하지 않으면 내숭 떨고 남을 정죄하는 사람으로 취급받아야 하지? 돈은 그게 자신들의(그의) 특권이라고, 생물학적 특권이라고 하겠지.

두 번째 고객의 소설은, 그러고 보니 그가 수년간 살았던 마을, 유명한 MFA 프로그램이 있는 마을과 그리 다르지 않은 작은 마을에서 벌어지는 일이었다. 그곳에서 연쇄살인범이 어린 소녀들을 끔찍하게 살해하고 내장을 제거한다. 한 여자 때문에 명예를 실추한 남자가 (외부와 고립되어 내부 결속이 긴밀한 마을에서) 고립되고 결속력 강한 마을에서 여성성이 발현되기 이전의 소녀들을 살해하는 소설을 쓰기 시작한 게 과연 우연의 일치일까?

갑자기 몸 상태가 이상해졌다. 목이 마르고 메스껍고 온몸이 더우면서도 추웠다. 에어컨을 최대 강도로 틀어서 그 냉기에 몸이 덜덜 떨렸다. 내가 컴퓨터 앞에 오래 앉아 있는 걸 눈치 챈 사람은 없는지 주위를 둘러봤지만, 사무실이 텅 비어 있었다. 8월이니까. 자리에서 일어나 기지개를 켠 다음 물을 마시러 탕비실로 가며 애드빌(소염진통제—옮긴이)을 먹을까 고민했다.

그러다가 두 번째 고객의 책들을 꽂아 놓은 좁다란 책장 앞을 지나쳤다. 지난 5월에 보스가 말한 대로 전부 이번 소설보다는 '미미한' 작품이었다. 때로 '잔잔하다'고 평가되는 그런 유의 소설 말이다. 그건 평범한 사람들의 삶을 다뤘다는 뜻이었다. 호평을 받기는 해도 연쇄살인범을 다룬 책만큼 어마어마하게 팔리지는 않는다는 의미였다. 두 번째 고객은 정기적으로 들어오는 월급을 박탈당하고 나서 의식적으로(계산된 선택으로) 잘 팔리는 책을 쓰겠다고 마음먹은 걸까?

그렇다면 복수하는 마음으로 쓴 것보다 나은 건가, 못한 건가?

그날 밤 지하철역으로 걸어가면서 깨달았다. 돈 또한 자신에게 상처 준 여자를 살해한 것이나 다름없다는 사실을.

3
3일간의 비

폭풍우가 몰아치는 목요일 저녁 돈은 더플백을 걸쳐 메고 결혼식에 참석하러 떠났다. 내 파란색 방수 점퍼를 걸친 채 "다녀올게." 하며 나를 껴안고 거칠게 키스했다. 가끔 내 옷(리바이스 청바지, 티셔츠, 방한용 스웨터, 프라이 부츠)을 허락 없이 입을 때도 있지만, 이 점퍼는 내가 화나지 않았다는 걸 증명하려고 직접 내준 거였다. 그는 초조하고 신경이 날카로운 데다 짐 싸는 걸 이상하게 힘들어해서(입을 정장이 없다고 걱정하면서) 잠시나마 나와의 동행을 거절한 걸 후회하는 건 아닌가 싶었다. 아니, 잠깐, 애초에 권한 적도 없잖아. 그냥 내가 같이 가는 거라고 멋대로 착각한 거지. 아무튼 나는 그가 짐 싸는 걸 도와주지 않았다.

"결혼식 때 이걸 입어도 될까?" 돈이 뭔지 몰라도 구깃구깃한 옷을 집어 들며 물었다.

"글쎄." 나는 원고에서 눈을 떼지 않은 채 웅얼거렸다. 산더미처럼 쌓인 원고 뭉치 중 가장 위에 놓인 거였다. 이런 산더미에서 훌륭한 작가를 발굴해 냈다는 소문이 무성했지만, 보스에게 쏟아져 오는 제안서들은 그게 전부 낭설이라는 걸 가르쳐 주었다. 나는 매주 수많은 제안서를 꼼꼼하게 살펴서 추려 내야 했다. 구름이나 고양이 무늬 편지지에 쓴 편지, '자프 딩뱃'이나 '루시다 캘리그래피'처럼 신기한 서체로 적은 편지, 꿈을 열거하고 점성술 차트를 해설하는 편지, 모래쥐를 위한 아유르베다 요법이나 페러세일링의 도(道)를 제안하는 편지, 신예 범죄 소설가와 미스터리 작가들이 총이나 단검, 자기 이름에서 피가 뚝뚝 떨어지는 이미지로 직접 로고를 만들어 상단에 붙인 편지, '축축한'이라는 단어가 반드시 들어간 에로 작가들의 편지, 잔학 행위를 진술하는 회고록 작가들의 편지 등.

지금 읽는 중편소설 작가의 제안서는 오히려 단순해서 눈에 띄었다. 평범한 흰 종이에 '타임스 뉴 로먼' 서체. 작지만 평판이 좋은 잡지에 글이 게재된 경험. 석사 학위는 없지만 바너드대학 학부 졸업. 이제 절반쯤 읽었는데, 어린 소녀가 알코올 중독자 아빠의 강요로 술집에 따라가는(학교 가는 대신) 내용이다. 좋은 글이라서 마음에 들었다. 정말로 훌륭했다. 내밀한 시선, 애수를 띤 어조, 치밀한 언어. 훌륭했다.

"저기, 좀 봐 주면 안 돼?" 돈이 짜증스럽게 물었다.

나는 고개를 들고 어깨를 으쓱했다.

"제발, 부바, 이런 건 네가 전문이잖아." 그가 애원했다. "뭘 입으면 좋을지 가르쳐 줘. 난 정장이 없으니까 그냥 셔츠에 바지를 입을까 해. 넥타이랑."

나는 결국 굴복했다. "재킷을 입을 게 아니라면 넥타이를
매면 안 되지. 그럼 성경책 판매원처럼 보인단 말이야." 이건
우리 엄마가 늘 하는 말이었다. 난 성경책 판매원을 직접 본
적도 없었다.

"젠장." 돈이 구아야베라 셔츠(구아바 과수원의 작업복에서 유래
한 쿠바의 전통 셔츠—옮긴이)처럼 생긴 걸 더플백에 던져 넣으며
외쳤다.

그는 안뜰로 내려가서 잠시 멈추더니 날 돌아보고는 입술
을 쭉 내밀며 키스를 보냈다. 나는 손을 흔들려고 높이 들었
지만, 너무 늦었다. 그는 이미 돌아선 후였다.

밤에 혼자 집에 있으려니 으스스했다. 안뜰의 나무 그림자
가 불그스름한 우리 집 바닥으로 음울하게 어른거렸고, 윗집
과 아랫집에서 들려오는 소음은 나의 고독감을 증폭시킬 뿐
이었다. 나는 이 커다란 도시에, 현관문이 얄팍해서 나조차도
강제로 열 수 있을 만한 아파트에 혼자 있었다.

하지만 아침이 되자 묘하게 가벼운 기분이 들었다. 이제 돈
은 없었다. 그에게 전화할 의무도, 서로 어디에 있는지 확인
할 의무도, 내 계획을 그에게 맞출 의무도 사라진 것이다. 나
는 평상시보다 오래 집에 머물며, 내 작은 에스프레소 포트
로 진한 커피를 추출해 마시고(딱 한 잔 분량만 나와서 돈이

집에 있을 때는 이걸 사용하는 게 이기적으로 느껴졌다), 그가 싫어할 게 분명한 길고 헐렁하고 편안한 격자무늬 원피스를 입었다.

윌리엄스버그는 예전 그대로였지만(복고풍 원피스를 입거나 비 때문에 성에가 낀 두꺼운 안경을 낀 젊은이들이 저마다 출근길에 오르고 있었다) 미드타운에 이르자 8월이라는 게 순식간에 실감이 났다. 거리가 한산해진 것이다. 나는 지금까지 형태가 무너져 가는 샌드위치 하나만 사 먹어 본 세련된 식품점에서 큰맘 먹고 커피를 주문했다. 손님이 나밖에 없어서 종업원들은 빳빳한 흰 셔츠 위로 팔짱을 낀 채 지루함을 쫓으려고 발을 굴렀다. 우리 사무실도 한산하긴 마찬가지였다. 에이전트들은 전부 라인벡, 노스포크 등지에 있는 시골 별장으로 떠나거나 에어컨 바람이 시원한 집에서 책을 읽었다. 회계사도 휴가 중이고 경리 두 명도 마찬가지였다. 올리비아는 물론 그만두었고, 맥스와 루시는 아직 새로운 어시스턴트를 구하지 못했다. 심지어 휴마저 자리를 비우고 없었다. 그가 없는 사무실은 뭔가가 어긋난 허깨비처럼 느껴졌다. 이 사무실에, 이 세상에 팸과 나, 경리 보조만 남은 것 같았다.

혼자 있게 되자 가만히 앉아 있기 힘들었다. 책상에서 커피가 식어 가는 동안 이번 주에 쌓인 서류를 모두 챙겨 사무실을 가로질러서는 계약서와 색인 카드, 서신들을 서류함과 캐비닛에 정리해 넣는 데 꼬박 20분을 썼다. 내게는 아직 검토

해야 할 몇 건의 계약서와 작성할 허가서 그리고 당연히도 끝없이 쌓여 가는 원고 뭉치와 샐린저의 팬레터가 있었다.

10시 반이었다. 퇴근하는 1시 반까지 세 시간이 남아 있었다. 서늘하고 탁한 커피를 한 모금 마시며 팬레터 서랍을 열어 아무렇게나 한 움큼 꺼내 들었다. 네덜란드에 사는 남자는(팬레터로 추정하건대 샐린저는 네덜란드에도 엄청난 수의 추종자를 거느리고 있었다) 《호밀밭의 파수꾼》을 너무 좋아해서 올해 초 뉴욕 여행 중에 홀든의 발자취를 따라가 보았다고 한다. 그리고 겨울인데도 센트럴파크에서 실제로 오리를 보았다. 샐린저는 이제 오리들이 겨우내 센트럴파크에서 산다는 걸 알고 있을까? 기숙사에 사는 여학생은 얼마 전 《프래니와 주이》를 읽고 나서 프래니가 임신을 했느냐 아니냐를 두고 친구들과 말다툼을 했다. 이 학생은 임신한 거라고 했고 몇몇 친구는 아니라고 했다. 샐린저는 이 논쟁에 일단락을 내줄 수 있을까?

나는 레터헤드지를 꺼내 들고 네덜란드 남자에게 표준 문안을 작성하기 시작했다. 센트럴파크의 오리를 언급한 팬레터는 아주 많았다. 나도 어릴 때 아주 추운 날씨에도 아빠와 함께 그런 오리들에게 먹이를 주곤 했다. 메트로폴리탄미술관 근처인 이스트사이드의 연못에서 여섯 살 무렵에 입던 티롤리안(알프스 지방의 옷—옮긴이) 코트 차림으로 곱은 손을 움직여 조금씩 빵을 뜯어 준 기억이 생생했다. 이 남자의 말이 맞을까? 오리는 정말로 겨우내 센트럴파크에 머문 걸까?

기숙학교 여학생에게 편지를 쓰면서, 샐린저 작가님은 자신의 글이 작가의 설명이나 해설 없이 있는 그대로 존재하기를 원한다는 말을 덧붙이고 싶은 유혹을 참을 수가 없었다. '설령 학생의 편지를 전달해 줄 수 있다고 하더라도(앞에서 언급했듯이 불가능한 일이지만) 작가님이 그 질문에 답을 주실 것 같지는 않습니다. 작가님의 소설에 모호한 부분이 있다면, 그건 의도적인 것이니까요. 학생도 알고 있겠지만, 작가님은 프래니의 임신 여부에 관한 질문을 자주 받습니다. (내가 받아 보는 팬레터나 휴의 말에 의하면 사실이지만, 그게 다 무슨 뜻인지 나로서는 가늠하기 힘들었다.) 다시 한번 말하지만, 작가님은 사실 여부를 독자가 스스로 결정하도록 놔두신 겁니다. 우리 삶도 그렇지만 문학에도 정답 같은 건 없으니까요.' 내 안의 일부는 이 여학생에게 계속 말하고 싶었다. 자신의 신념을 확고히 지키면서 논쟁이 벌어지면 외부의 권위에 의지하지 말고 스스로 해결해야 한다고. 샐린저에게 편지를 썼다는 사실(답장을 안 해 주리라는 걸 분명히 알았을 텐데도)은 용기와 진취성을 보여 주는 것이니 그런 자질을 잘 이어 나가야 한다고. 바깥세상은 초우트나 엑서터, 디어필드 아카데미보다 훨씬 복잡하기 때문에 자기 자신을 잘 알아야만 헤쳐 나갈 수 있다고. 그리고 내 안의 일부는 샐린저가 직접 편지를 써도 실제로 이런 말을 할 것만 같았다. 아니면《프래니와 주이》말고 시를 읽으라고 하든지. 하지만 나는 그런 말은 하지 않았다. 이미 할 말은 충분히 했다. '행운을 빌며, 조애나 라코프'라는 말로 편지를 맺었다.

답장 끝에 계속해서 내 이름을 적어 넣으며 문득 우습다는 생각이 들었다. 이런 편지를 쓰는 내가 전혀 나답지 않았기 때문이다. 마찬가지로 전화를 받아서 불안해하는 로저를 달래 주고, 프로듀서들에게 아주 능숙한 말투로 "정말 죄송하지만 샐린저 작가님은 본인의 작품이 무대나 스크린에서 각색되는 걸 원치 않습니다."라고 말하는 나도 전혀 내가 아니었지만, 나의 또 다른 버전이기도 했다. '에이전시 타입의 인물인 나'였다.

그때 신기한 깨달음이 나를 덮쳐 왔다. 샐린저와 대화하는 나(초조하게 시에 관해 이야기하는)야말로 진짜 나였다. 그는 아직 내 이름도 정확히 모르지만 말이다.

12시 반이 되자 경리가 자기 자리의 램프를 끄고 사무실을 나갔다. 몇 분 후 화장실에 가려고 리셉션 데스크를 지나다 팸도 이미 자리를 떴다는 걸 깨달았다.

8월의 뉴욕이었다.

내 자리로 돌아오는데 갑자기 전화벨이 울렸다. 팸이 집에 가면 꼭 이런 일이 벌어졌다. 사무실 전체에 전화벨 소리가 울려 퍼졌다. 내 책상으로 달려가서 숨을 헐떡이며 수화기를 들었다. 걸걸한 목소리가 보스의 이름을 외치더니 "바꿔 주세요."라고 말했다. 어쩐지 내가 그를 소환해 낸 것만 같았다.

"작가님." 나는 소리 높여 말했다. "저 조앤이에요."

"조앤." 그의 목소리가 약간 누그러졌다. 하지만 나는 이미 고함 소리에 익숙했다. 이제는 그다지 시끄럽게 들리지도 않았다. "전화 받는 직책으로 옮긴 건가요?"

"팸이 일찍 퇴근해서요." 내가 설명했다.

"그렇군요. 전화 받는 일에 오래 붙들리진 말아요. 그럼 절대 못 빠져나와요. 당신은 시인이잖아요."

"그런데 보스는 오늘 출근을 안 했어요." 긴장되는 대화를 피해 보려고 재빨리 말을 끊었다.

"최근 들어 자릴 비우는 날이 많네요." 그가 지적했다. "무슨 일이 있는 건 아니고요?"

보스가 여름 내내 자리를 비운 걸 알아차린 사람은 그가 처음이었다.

"아뇨, 괜찮아요. 읽어야 할 글이 워낙 많아서요."

"그래, 그래요." 그가 수화기에 뺨을 문지르기라도 한 것처럼 지지직 소리가 났다.

"제가 뭐 도와드릴 일은 없을까요?" 샐린저에게 도움의 손길을 뻗어선 안 된다는 걸 나도 (정말로) 알고 있었다.

"아니, 아니에요. 그냥 《햅워스》 건으로 뭘 좀 물어보려고 했어요. 급한 일은 아니에요."

"알겠습니다. 저는 오늘 1시 반까지 있으니까 무슨 일이 있
으면 언제든 전화 주세요."

"알았어요. 그럼 잘 있어요."

전화를 끊고 나서 샐린저의 책이 진열된 벽에 시선이 꽂혔
다. 고개를 뉘지 않아도 제목을 읽을 수 있는 책들. 이제 1시
반이 다 되었다. 사무실에는 아무도 없었다. 내 전화기는 오
늘 딱 한 번 울렸다. 자리에서 일어나 페이퍼백 버전을 꺼냈
다. 《호밀밭의 파수꾼》《아홉 가지 이야기》《프래니와 주이》
《목수들아, 대들보를 높이 올려라》《시모어: 서문》. 지난 8개
월간 하도 많이 응시한 제목들이라 전부 뇌리에 각인되었다.
베드퍼드나 매디슨애비뉴를 걸어가는데 무슨 주문처럼 느닷
없이 떠오를 때도 있었다. '시모어' '서문' 이렇게. 때로는 잠
이 들려는 순간 눈꺼풀 안쪽으로 그 책들 특유의 서체와 색
상(적갈색, 겨자색, 검은색과 청록색, 크림색)이 어른거리기
도 했다.

나는 가방을 들어 책들을 집어넣고는 그대로 어깨에 멘 채
사무실을 나섰다.

* * *

현대미술관에 갈까, 영화를 보러 갈까, 메트로폴리탄미술

관에 갈까(전부 나 혼자 하는 걸 즐기지만 이제는 돈과 함께 해야 한다는 의무감을 느끼는 활동들) 고민됐지만, 미술관은 줄이 너무 길게 분명하고 극장은 여름 블록버스터가 판을 칠 터였다. 친구한테 전화하거나 놀러 가 볼까 싶었지만, 나한테 어떤 친구들이 있었지, 내 친구들은 어디에 있지, 하는 의문이 들었다.

대신 내가 정말로 하고 싶은 일, 결국 이렇게 되리라고 오래전부터 예감한 일을 했다. 집에 가서 책을 읽은 것이다. 우선《프래니와 주이》였다. 기숙학교 여학생의 의견에 내가 동의할지 궁금하기도 했고, 우리 아빠가 좋아하는 책이기도 했기 때문이다. 아빠는 한때 연기를 했던 만큼 배우인 주이와 자신을 동일시했다. 다음은《목수들아, 대들보를 높이 올려라》《시모어: 서문》《아홉 가지 이야기》로 넘어갔고, 비가 추적추적 내리는 일요일 아침에 에스프레소 포트에서 커피를 또 한 잔 내려 마시며 마침내《호밀밭의 파수꾼》을 펼쳤다. 나는 읽고, 읽고, 또 읽었다. 전화벨(앨리슨이 결혼식 주말을 피해 내 상태를 확인하려고 걸어온)이 울려도 받지 않았고, 틈틈이 복숭아나 치즈 조각, 물컵을 집어야 할 때만 잠깐씩 멈췄다. 욕실에 들어갈 때도 책을 들고 갔고(주이가 대본을 들고 욕실에 들어가듯이) 노동절 휴일인 월요일에는 집에 먹을 게 하나도 안 남아서《호밀밭의 파수꾼》을 들고 근처 지중해 음식점에 갔다. 그리고 하리사(고추를 주재료로 한 북아프리카의

소스—옮긴이)를 뿌린 달걀을 먹으며 계속해서 책을 읽었고, 곧
장 집으로 돌아와 마저 읽으며 눈물을 쏟았다.

샐린저는 발랄하지 않았다. 그의 작품은 향수를 불러일으
키지 않았다. 어린 신동들이 뉴욕의 구시가지를 누비고 다니
는 동화가 아니었다.

샐린저는 내가 생각한 샐린저가 아니었다. 전혀 아니었다.

샐린저는 잔인했다. 잔인하고 재미있고 치밀했다. 나는 그
가 좋았다. 전부 다 마음에 들었다.

가을

Fall

샐린저를 읽어 보았는가? 아마 그럴 가능성이 높을 것이다. 그렇다면 홀든 콜필드와 처음 마주한 순간이 기억나는가? 이전에 접한 그 어떤 것과도 다른 소설, 목소리, 캐릭터, 서술 방식, 세계관이라는 걸 깨닫고 날카로운 숨을 들이마시던 그 순간. 어쩌면 좌절과 분노로 가득 차서 아무도 자신의 복잡한 영혼을 이해하지 못한다고 확신하던 10대 시절, 그 모든 괴로운 감정의 통로와도 같은 홀든이 당신 곁에 있어 주었는지도 모르겠다. 어쩌면 당신도 윈스턴세일럼의 소년처럼 모든 게 너무 벅차기만 할 때 홀든을 떠올리면 마음이 진정되고 미소가 지어졌을지도. 아니면 그 비운의 소녀(혈액에서 암세포가 증식하는 동안 소파에 누워 책을 읽은)처럼 샐린저의 초기 작품에 담긴 치밀함과 톡 쏘는 대사, 느슨한 여백을 좋아했는지도 모르겠다. 《바나나피시를 위한 완벽한 날》《코네티컷의 비칠비칠 아저씨》《에스키모와의 전쟁 직전》 등은 하나같이 유쾌하면서 가슴 아프고, 강렬하게 약동하는 상징으로 가득하니까.

아니면 당신도 나처럼 그 모든 걸 좋아했을지도 모른다. 나는 슬픔으로 인해 분노에 찬 홀든이 좋았다. 불쌍한 시모어가 갓난아기 동생에게 도교 이야기를 읽어 주는 게 좋았다. 배시 글래스가 주머니에 연장을 가득 넣은 실내복 차림으로 초조하게 아파트를 걸어 다니는 게 좋았다. 나는 에스메도 좋았다. 당연하지 않은가. 누군들 그녀를 싫어하겠는가? 특히나 둘째 아들인 버디 글래스가 좋았는데(혹은 그와 살짝 사랑에 빠졌는데) 글래스 가족의 이야기 중 몇 편에 화자로 등장하는 그는 세월이 갈수록 점점 더 슬픔에 잠식되고 만다.

그중에서도 가장 좋은 건 프래니(누구보다도 '프래니')였다. 그녀의 이야기를 기억하는가? 그 이야기의 완벽성을 기억하는가? 그 응축성을? 내가 다시 상기시켜 주겠다. 레인 쿠텔이라는 잘생긴 청년이 프린스턴의 기차역에서 주말을 맞아 경기를 구경하러 오는 여자친구(물론 프래니)를 기다린다. 주머니에는 지난주 초에 그녀가 보내온 편지가 들었는데, 그는 하도 읽어서 사실상 외우고 있다. 프래니가 기차에서 내려설 때, 그는 딱히 사랑이라고는 할 수 없는 감정의 물결에 압도되지만(그는 너무 편협한 사람이라 적어도 스물한 살인 지금은 진정한 사랑을 느끼지 못한다), 애착심과 소유욕에 약간의 자부심이 혼합된 감정일 터였다. 여기서 자부심이란 당연히도 프래니처럼 아름답고 우수하며 독특한 여자를 여기까지 오게 했다는 데서 기인한 것이다. 그런데도 그녀가 "내 편지는 받아 봤어?"라고 묻자 무심한 척한다. "무슨 편지?" 그는 너무, 너무 어리다.

여성 특유의 머뭇거림으로 써 내려간 그 편지는 레인을 향한 사랑만 강조하고 있어서, 그걸 읽는 사람이면 누구나(레인을 제외하고) 이 여자가 너무 과하게 항변한다고 의심할 만하다. 실제로 프래니와 레인이 점심을 먹으러 식당에 갔을 때 프래니는 레인이 이끄는 대화를 (전혀) 따라가지 못한다. 플로베르에 관한 레인의 보고서에 관심을 갖는 척조차 하지 못한다. 비록 이런 식으로 표현하지는 않지만, 가짜들로 가득한 세상이 그녀를 괴롭히기에(그녀의 표현대로라면 '자아'를 통해) 이제는 그렇지 않은 척 활기 있게 살아갈 수가 없다. 교수들의 실력이 뛰어나다고, 작은 잡지에 글을 게재하면 다 시인이라고, 형편없는 배우들이 연기를 잘한다고 속아 줄 수가 없다. 다시 말해 사회적으로 구조화된 거짓말이 거미줄처럼 퍼진 세상에 더 이상 가담할 수가 없는 것이다.

그녀는 자신이 주연으로 발탁된 연극에서 하차했다. 수업 과제로 책을 읽는 것도 그만두었다. 모든 걸 놓아 버렸다. 《순례자의 길》이라는 작은 책 하나만 강박적으로 읽을 뿐이다. 겸손한 러시아 농부가 기도하는 법을 알고 싶어 온 땅을 배회하는 내용이었다. 그가 찾은(그리고 프래니가 자기 것으로 받아들인) 답은 '예수의 기도'라는 간단한 기도문이었고, 프래니는 순례자의 설명대로 그것을 자신의 심장 박동과 일치

시키기 위해 계속해서 기도문을 왼다. 이 책을 읽어 보면 알지만, 기독교에 관한 내용이 아니다. 프래니가 '예수의 기도'를 받아들인 건 예수 때문이 아니라 자신의 골칫거리인 자아를 초월하고, 자신을 갉아먹는 피상적인 생각과 욕망을 멈추기 위해서였다. 자신을 괴롭히는 세상에서 어떻게든 살아갈 방법을 찾아 나간 것이다. 진정한 자기 자신이 되기 위해서. 세상이 강요하는 사람, 레인에게 보내는 편지에서 자신의 지성을 감춰야 하고 살아가기 위해 자신을 굽혀야 하는 사람이 되지 않기 위해서.

어쩌면 당신도 나처럼 처음 읽자마자 프래니 글래스와 자신을 강하게 동일시해서 샐린저가 (기괴하고 공상과학 같은 기교를 통해) 당신의 뇌 속으로 파고든 건 아닌지 의심했을지도 모르겠다. 아니면 당신도 나처럼 모든 것에 대해, 그리고 자기 자신을 비롯한 모든 사람에게 무력감, 절망감, 좌절감을 느끼는 사람이 나 말고 또 있다는 걸 알고 안도감에 흐느껴 울었을지도 모르겠다. 나처럼 선한 의도로 다가오는 아빠한테 잘하지 못하고, 나를 가장 많이 사랑해 주는 남자의 마음을 갈기갈기 찢어 놓은 사람이 또 있다는 사실에. 세상을 어떻게 살아가야 할지 고민하는 누군가가 나 말고도 있다는 사실에.

나도 이제는 샐린저의 팬들이 편지에서 언급한 여러 캐릭터와 장소, 질문들을 이해했다. 센트럴파크의 오리들. 시빌의 발에 키스한 시모어 글래스. 피비. 빨간 헌팅캡. 나도 이제 그 모든 '빌어먹을'과 '미친'과 '개자식'과 '멍청한 놈'을 납득했다. 그러자 몇 개월간 커피 테이블에 방치한 미완성 직소 퍼즐의 사라진 조각을 찾아낸 듯한 효과가 나타났다. 순식간에 전체 그림이 선명해진 것이다.

그리고 두말할 나위도 없이 팬들이 왜 그에게 편지를 쓰는지, 그냥 편지를 쓰는 게 아니라 그토록 절박하게 감정을 이입하고 공감하며 고해성사를 하는지도 알았다. 샐린저의 글을 읽는 경험은 단편소설을 읽는다는 것보다 샐린저가 우리 귓속에 속삭여 주는 그의 이야기를 듣는 일에 가까웠다. 그가 창조하는 세상이 그 즉시 생생하게 살아나고 어마어마하게 고양되어, 마치 신경 끝을 드러내고 세상을 걷는 듯한 기분이 드는 것이다. 샐린저를 읽는다는 것은 때로는 불편할 만큼 친밀함 속으로 끌려 들어가는 행위였다. 샐린저의 등장인물들은 그저 앉아서 자살을 생각만 하는 게 아니다. 직접 총을 집어 들고 자기 머리에 방아쇠를 당긴다. 주말 내내 그의 모든 작품을 속독하는 중에도 종종 책을 내려놓고 호흡을 가다듬어야 했다. 그는 등장인물들의 가장 노골적이고 벌거벗은 면, 가장 사적인 생각과 가장 강렬한 행위를 보여 준다. 거의 과도할 만큼. 그렇게.

그래서, 당연하게도, 그의 독자들은 편지로 답해야 할 것만 같은 충동을 느낀다. 이 부분이 가장 가슴 아팠다. 혹은 이 부분에서 도움을 받았다는 걸 말해 주려고.

하지만 샐린저가 더는 그런 편지들을 받고 싶어 하지 않는
이유도 (정말로, 정말로) 알 것 같았다. 나는 벌써 수백만 번
째 윈스턴세일럼의 소년을 떠올렸다. 빌어먹을 감정을 온 사
방에 뚝뚝 흘리며 살아갈 순 없다. 그건 그렇지만 J. D. 샐린
저에게는 드러내도 된다. 그라면 이해해 줄 거라고 미루어 짐
작할 수 있으니까. 그리고 그는 정말로 이해해 줄지도 모른
다. 그랬는지도 모른다. 휴의 말에 의하면 그는 수년간 팬들
에게 답하려고 애썼다. 하지만 그가 치러야 할 감정의 대가
가 너무 커졌다. 그건, 어떤 면에서는, 나에게도 이미 부담스
러울 정도였다.

돈은 월요일에 기운차고 행복하고 푹 쉰 모습으로 나를 봐
서 반가워하며 집에 돌아왔다. "어떻게 지냈어?" 내가 누운
침대 옆에 앉으며 물었다. 나는 방금 《호밀밭의 파수꾼》을 다
읽어서 머리가 빙빙 돌았다. "부바가 뭘 했는지 빠짐없이 다
말해 줘."

입을 열자 지금 막 일어난 것처럼 쉰 목소리가 나왔다. 주
말 내내 달걀과 커피를 주문할 때 외에는 한마디도 하지 않은
것이다. 바깥으로 보이는 하늘은 생기라곤 찾아볼 수 없는 잿
빛이었다. 나는 "아무것도."라고 대답했다.

"영화도 안 보러 갔어? 네가 영화를 얼마나 좋아하는지 내

가 다 아는데." 그가 내게서 말을 끌어내려고 꼬드기며 빙긋
웃었다. 난 널 알아. 기이한 무표정, 무관심이 나를 뒤덮었다.
하늘이 비를 뿌릴 채비를 하며 어두워지는 게 눈에 들어왔다.
돈이 없는 동안 나는 그를 거의 잊고 지냈다. 그가 결혼식장
이나 해변에서 무엇을 하는지, 내 책망을 두려워할 필요 없이
젊은 여자 하객들을 마음껏 감상했는지, 오늘 아침에 금발 미
녀 옆에서 잠이 깼는지 궁금해하지 않았다. 사실 그가 전혀
생각나지 않았다.

　화요일에는 보스가 완전히 회복한 모습으로, 아니 그쪽을
향해 가는 희망적인 모습으로 돌아왔다. 이미 아파트를 팔고
다른 집을 고르는 중이었다. 현재 1지망인 매물은 거실이 한
단 아래로 움푹 들어가 있고, 이스트리버가 내다보이는 경관
을 자랑했다. 보스는 평면도를 가져와 사무실 여기저기서 우
리 앞에 펼쳐 보이며 비교해 달라고 했다. 우리는 모두 그녀
의 의견에 동의했다. 움푹 들어간 거실은 아름답고 우아하며
캐럴 롬바드 영화에서 튀어나온 것만 같았다.
　그녀는 또한 복귀하기 며칠 전 온천에 다녀와서 우리에게
일일이 본인의 표현대로라면 난생처음 각질을 말끔히 제거
한 팔꿈치를 만져 보라고 권유했다. 여행은 어땠냐고 누가 묻
기만 하면 "내 팔꿈치 좀 만져 봐!"라고 외쳐 댔다. "만져 봐!"
나도 만졌고, 만지면서 시모어 글래스를 떠올렸다. 다른 사람

들의 인간성이 자기 손바닥에 자국을 남긴다고 일기장에 적은 시모어 글래스. '내 손에는 어떤 사람들을 만지면서 난 상처가 있다.' 아무래도 이 세상을 살아가기엔 너무 예민하고 너무 감정적('퍽 감정적')인 시모어 글래스. 아내가 옆에 누워 있는 동안 권총으로 자기 머리를 쏜 시모어 글래스.

9월의 어느 날 아침 제임스가 늘 쓰는 커피잔을 들고 내 자리로 찾아왔다. "돈의 소설을 다시 읽어 봤어요." 그가 나를 뚫어지게 쳐다보며 말했다. 미소를 짓지 않으려고 애쓰는 거였다. "내가 맡고 싶어요. 내가 돈을 맡을게요."

"정말요?" 하며 벌떡 일어서자 그와 눈높이가 비슷해졌다. 그가 말하는 동안 내가 숨을 참고 있었다는 걸 깨달았다. "잘 됐네요."

"오늘 그에게 전화해서 소식을 전할 거예요. 그리고 출판사에 보내 봐야죠." 그는 눈썹을 치켜올리며 그제야 미소를 지었다.

"수정은 안 해도 돼요?" 나는 치솟는 공포심을 잠재우려고 조심스럽게 목소리를 조절하며 물었다. 어떻게 그 소설을 그대로 내보낼 수가 있지? 안 팔릴 텐데. 안 팔릴 게 분명했다.

제임스는 "응, 생각을 해 봤는데요."라며 커피를 한 모금 홀짝였다. "이건 호불호가 갈릴 소설이라 편집자가 돈의 스타일을 마음에 쏙 들어 하든지 (그가 얼굴을 찡그렸다.) 아주 싫어하든지 둘 중 하나일 거예요. 수정할 부분은 있지만, 일단 그냥 보내 보고 마음에 들어 하는 편집자가 나오면 그 사람의 감독 아래 수정하게 하려고요. 수정하는 데도 여러 가지 방향이 있으니까요. 내가 잘못된 방향을 제시하고 싶진 않아요. 돈의 글에 반해 버릴 누군가가 나왔으면 좋겠어요."

나는 고개를 끄덕였다.

"왜요?" 하며 제임스의 미소가 약간 짓궂게 변했다. "소설을 수정해야 할 것 같아요?"

"아뇨!"

"에이." 제임스가 웃으며 말했다.

보스의 사무실에서 의자가 삐걱거리는 소리가 났다. "밖에 무슨 일이야?" 그녀가 물었다.

"제가 조애나의 남자친구를 담당하려고요." 제임스가 안에 대고 대답했다. 컴퓨터를 설치한 후로 그는 보스와 농담을 주고받는 감탄스러운 능력을 키웠다. 아니, 어쩌면 보스가 그와 농담하는 능력을 기른 건지도 모른다. 그는 이제 단순한 신참에이전트(여전히 딕터폰과 서류철에 묶여 있는)가 아니라 '컴퓨터 전문가'이며 에이전시를 디지털 시대로 인도해 줄 통로였으니까.

"정말?" 보스가 물었다. 라이터를 딸깍 하는 소리가 선명하게 들려왔다.

"정말이에요. 그 친구가 흥미로운 소설을 썼거든요." 제임스는 보스의 신랄한 반응을 기대하며 내 쪽을 보고 눈을 굴렸지만, 아무런 소리도 들려오지 않았다. "조애나는 외부에 제안하기 전에 글을 고쳐야 한다고 생각하나 봐요."

"그 말이 아마 맞을 거야." 보스가 웃으며 말했다. 잠시 후 그녀의 방에서 한 줄기 담배 연기가 요술 램프에서 빠져나오는 지니의 흔적처럼 소용돌이치며 흘러나왔다.

《햅워스》를 둘러싼 드라마는 이제 책 내부(행간, 여백, 소제목)에서 외부로 옮겨 왔다. 로저는 작은 문제에 맞닥뜨렸다. 아무리 줄 간격을 넉넉하게 띄우고 여백을 넓게 지정해도 제목이(이 경우에는 샐린저의 이름이) 수직으로 찍힐 만큼 책등을 넓힐 수가 없었던 것이다. "글자들이 겹쳐져요." 그가 걱정스럽게 털어놓았다. "뭉개져 버리는 거예요. 못 봐 주겠더라고요."

샐린저도 당연히 못마땅해했지만 로저로서도 어쩔 도리가 없다는 사실을 이해해 주었다. 그래서 직접 그 문제를 해결하기로 마음먹었다. 책등 디자인을 직접 맡은 것이다. 그리하여 10월 어느 날 팩스가 불이 나도록 바빠졌다. 샐린저가 보스에게 디자인 시안을 팩스로 보내면, 보스가 살펴본 다음에 로저에게 팩스를 보내고, 로저가 수정해서 다시 우리에게 팩스를 보냈다. 이 작업이 온종일 반복됐다. 보스는 회계동 바로 너머에 있는 팩스 앞을 왔다 갔다 하며 직접 팩스를 보냈다.

그 대각선에 놓인 컴퓨터, 근처에 늘어선 커피메이커와 복사기, 전자레인지만이 지금이 1956년이 아니라 1996년이라는 사실을 상기시켜 주었다.

그날 하루가 거의 끝나 갈 즈음 이해 당사자들 사이에 일종의 데탕트가 찾아왔다. 로저가 샐린저의 최신 안에 동의한 것이다. 샐린저의 이름이 책등을 따라 비스듬히 누워서 들어가는 다소 독특한 디자인이었다. 이 합의는 결코 쉽게 이루어진 게 아니었다. 보스가 결국 못 참고 "뒈져 버려요, 로저."라고 소리친 것이다. 아니, 적어도 나와 휴에게는 그렇게 말했다.

"정말 그렇게 말한 건 아니죠?" 휴가 웃으며 물었다.

"확실히 그렇게 내뱉었을걸." 보스가 솔직하게 말했다. "아니면 영원히 안 끝났을 거야. 말도 안 되는 짓이지. 새해까지 서점에 납품할 거라면서 말이야. (출간일은 여전히 1월 1일로 예정돼 있었지만, 내가 그리고 나와 생각이 같을 휴가 보기엔 가능성이 희박했다. 아직 계약서조차 완성되지 않았으니까.) 책등이 어떻게 생겼는지는 아무도 신경 안 써. 샐린저의 책이니까 사는 거라고."

"그렇죠." 휴가 동의했다. "하지만 로저의 출판사잖아요. 왜 그렇게 세련된 디자인을 추구하는지 저는 알 것 같아요."

"당연히 세련돼 보일 거야." 보스가 샐린저의 디자인 시안을 내밀며 말했다.

휴는 눈을 가늘게 뜨고 종이를 바라보았다. "우와, 이런 게 가능은 해요? 글씨를 사선으로 찍는 게?"

"로저가 견본을 주문했으니 곧 알겠지." 하는 보스의 미소에 극도의 사악함이 서려 있는 걸 나는, 한 발 늦게, 알아차렸다.

가끔 점심때 록펠러센터를 지나가다 제니가 일하던 건물이 보이면 슬픔이 왈칵 치밀어 올랐다. 동료들에게 점심 먹으러 나가자고 이메일을 보내는 제니는 이제 저 안에 없었다. 피츠버그에 있었다. 바로 근처에서 일하면서도 자주 못 보긴 했지만(그녀의 삶과 세상은 나의 삶과 세상이랑 너무나 멀어졌다) 서쪽으로 겨우 몇 블록 떨어진 곳에 제니가 있다는 사실이 내겐 언제나 큰 위안이었다. 어떻게든 상황이 달라져서 우리 사이가 예전으로 되돌아갈 희망 같은 게 있었으니까.

제니와 브렛은 대학 근처에 주택이 아닌 아파트를 구했고(알고 보니 피츠버그의 부동산 시세는 생각만큼 낮지 않았다), 그녀는 과학박물관에서 파트타임 학예사로 일하기 시작했다. 명랑하고 상냥한 도슨트가 되어 견학생들을 디스커버리센터(피츠버그에서는 다르게 부를지도 모르겠지만)로 데려가 개미 사육 상자를 관찰하거나 공룡 뼈를 문질러 보게 하는 등 우리가 어린 시절 자연사박물관에서 했던 모든 일을 경험시켜 주는 것이다. 나는 전화로 그녀에게 딱 맞는 직업이라고 말하며, 이렇듯 솔직하게 진실을 말해 줄 수 있어 안도했다.

하지만 전화를 끊고 나자 또다시 홀든이 떠올랐다. 윈스턴 세일럼 소년처럼 나도 홀든을 떠올릴 때가 많아졌다. 홀든도 자연사박물관을 좋아했다. 인디언들과 인공 연못에서 물을 마시는 사슴, V자를 그리며 남쪽으로 이동하는 새들을 구경했다. 그러면서 그는 말했다. '가장 좋은 건 모든 것이 움직이지 않고 항상 제자리에 있다는 점이다. 아무도 자리를 떠나지 않는다.' 인디언들과 사슴과 날아가는 새들은 꼼짝없이 그대로 머물러 있다. '달라지는 건 우리뿐이다.'

어느 날 보스는 한 번도 들어 본 적 없는 고객의 단편을 내게 건네주었다. 나이가 꽤 있고 오래전에 몇 편의 소설로 호평을 받았지만, 이 책들이 한참 동안 재출간되지 못하는 사이에 역사의 뒤안길로 사라져 버린 작가 같았다. 당연히 이름을 들어도 전혀 짐작되는 바가 없었다. 나중에 에이전시의 서가를 뒤져 봤지만 그의 소설을 한 권도 찾을 수 없었다.

"이걸 제안해 보는 게 어때?" 보스가 내게 말했다.

"제가 직접요?" 나는 그녀가 아니라고 할 걸 확신하며 조심스럽게 물었다. 혹시나 내가 긍정적인 대답을 기대하는 건지도 확실치 않았다.

"그래. 당연하지."

좋은 글이었다. 하지만 에이전시의 어법에 따르면 잔잔하고(맥스가 대리하는 일부 고객의 작품처럼 생생한 성적 묘사가 들어간 글을 설명할 때는 '통렬하다'는 표현을 즐겨 썼다) 특별히 서사가 중심이 되는 소설도 아니었다. 하지만 샐린저를 비롯해서 그렇지 않은 작품도 많았다. 이 글은 인물을 따라가는 쪽에 가까웠다.

요즘 같은 시대에 대형 잡지에는 어울리지 않을 글이었다. 하지만 의외의 일도 일어나는 법이다. 《뉴요커》에 우르두어를 번역한 단편이나 철자 'e'를 몽땅 빼 버린 글이 실릴 때도 있었다. 그저 잔잔하기만 한 단편들이 게재될 때도 있었다. 그 잡지의 픽션 담당 편집자가 새로 왔다는 걸 나는 알고 있었다. 틀림없이 새로운 작가를 찾고 있을 터였다. 나는 제안서를 작성해서 앞면에 꽂은 다음 원고를 세상으로 내보냈다.

그날 오후 제임스도 돈의 소설을 발송했다. 그는 물론 '에이전시 타입의 인물'이라 책을 경매에 붙이는 대신 한 번에 한 편집자에게 보낼 터였다. "이게 큰 작품이라면 나도 경매를 붙여 보겠죠." 어쩌면 제임스가 옳을지도 모른다. 우리에게 필요한 건 돈의 글에서 묘한 위엄을 발견하고, 그것을 어떻게 펼쳐내고, 누그러뜨리고, 힘을 빼야 그의 글이 질서정연하게 정돈될지 알아차릴 한 사람이었다. 단 한 사람.

하지만 경매를 붙인다는 사실이 편집자들에게 중요한 소

설이라는 신호가 될지도 모른다. 경매 덕분에 큰 책이 될 수
도 있지 않을까.

아니야, 라고, 나는 원고를 들고 나가는 이지를 보며 생각
했다. 야윈 체구 때문에 몸에 걸친 레인코트가 유난히 커 보
였다. 아니, 그건 돈에게 달린 거야.

보스가 없는 동안 조용한 사무실과 스스로 일정을 관리하
는 삶에 익숙해진 터라 그녀가 복귀한 처음 며칠간은 차분하
고 평화로운 근무 시간을 빼앗는 침입자로 여기지 않으려고
무지하게 애썼다. 그녀가 소리를 질러 댈 때는 더욱 그랬다.
우리 모두 보스 곁에서는 (타당한 이유로) 걸음조차 사뿐히
걸었기 때문에 어느 날 오후 맥스가 그녀의 사무실에서 언성
을 높였을 때 나는 소스라치게 놀랐다. 문이 닫혀 있어서 그가
무슨 일로 고함을 치는지는 알 수 없었지만(드문드문 "헛소
리"나 "용납 못 해요" 같은 말이 들려왔다), 나는 타이핑도 못
하고 내 자리에 그대로 얼어붙었다.

때마침 전화가 걸려왔고, 수화기에선 기분 좋은 영국식 억
양이 흘러나왔다. "조앤 씨인가요?"

"네, 그런데요." 내가 대답했다.

전화를 건 여자는 자신이 《뉴요커》에 새로 온 픽션 담당자
의 어시스턴트이며, 내가 보낸 단편 때문에 연락했다고 설명
했다. 심장이 요동치기 시작했다. 나는 메모 같은 걸 기다리

고 있었다. 거절 통보는 그렇게 전달되는 게 일반적이니까. 설마 글을 싣겠다는 건가? 그런 걸까?

"유감이지만 이번엔 인연이 아닌 것 같네요." 그녀가 커다랗게 하품을 하며 말했다. "죄송해요. 시차증이 너무 심해서요. 도무지 시차 적응이 안 되네요. 여기 온 지 한참이 지났는데 아직도 꼭두새벽에 잠이 깨고 저녁 6시면 곯아떨어져요."

보스의 방은 이제 잠잠해졌다. 맥스가 문을 박차고 나왔다. 그는 "알았다고요." 하며 격분해서 고개를 흔들어 대더니 일부러 내 쪽을 돌아보지 않고 빠져나갔다. 보스는 한숨을 내쉬며 천천히 그 뒤를 쫓았는데, 캐럴린과 상의하러 가는 게 분명했다.

"아무튼 이렇게 전화한 건 우리는 이 글이 정말로 마음에 들었기 때문이에요. 혹시 작가님의 다른 작품이 있으면 꼭 보내 주세요. 계속 연락하도록 해요. 그 밖에 다른 글도 더 보내 주고요." 그리고 아까보다는 조금 작게 하품했다. "정말 아까웠어요."

이 말을 듣자 상식적인 선을 넘어설 만큼 기분이 좋아졌다. 아쉽게 탈락했다. 나는 목표를 높이 잡았고, 거의 성공할 뻔했다.

돈도 아쉬운 고배를 마셨다. 며칠 후 제임스가 어슬렁어슬렁 내 자리로 와서는 편지를 내밀었다. "첫 번째 거절 통보예요." 그가 활짝 웃으며 말했다. "게다가 아주 희망적인 내용이죠." 나도 이제 에이전시 물을 먹을 만큼 먹어서 거절에도 두 가지 종류가 있다는 걸 알았다. 한쪽은 제 스타일이 아니네요, 라든지, 왠지 등장인물에 공감이 안 가요, 아니면 이야기에 개연성이 없는 것 같아요, 아니면 그냥 내년 가을에 발간될 작품과 너무 비슷해요, 혹은 이미 우리와 함께 하는 작가님과 스타일이 너무 비슷하네요, 같은 거였다. 그리고 다른 한쪽에는 문체는 마음에 드는데 이야기의 결속력이 부족한 것 같아요, 라든지 정말 가슴 아프게 잘 읽었고 이 작가님의 다음 소설도 꼭 보고 싶어요, 같은 거절이 있는데, 제임스가 손에 든 긴 편지의 요점도 바로 이런 거였다.

내가 틀렸구나. 돈에게 보내 주겠다고 편지를 복사하러 가는 제임스를 보며 속으로 중얼거렸다.

쌀쌀한 바람을 뚫고 집으로 걸어가는 길에 편집자가 한 말은 결국 거절이라는 생각이 들었다. 좋은 거절도 어차피 거절이었다. 어쩌면 내가 옳았는지도 모른다.

그래도 내가 틀렸기를 바랐다. 바라는 것 같았다. 나도 확실치는 않지만.

나는 픽션 편집자의 어시스턴트에 대해 생각하고 또 생각했다. 그녀는 글을 더 보내 달라고 했고, 나는 왠지 뭔가를 당장 보내 줘야 할 것 같은 다급함을 느꼈다. 내가 산더미에서 발견한 작가, 소녀와 알코올 중독자 아버지의 이야기를 다룬 아름다운 중편소설이 생각났다. 나는 이 잠재 고객을 보스에게 소개할 적절한 순간을 기다리고 있었다.

그날 퇴근 무렵 보스의 방문을 살며시 두드렸다.

"보통 그런 편지들은 그냥 다시 처박아 두는데요." 나는 어색하게 말을 이어 갔다. "지난여름에 괜찮은 제안서를 하나 발견해서요. 그래서 제가, 음, 소설을 보내 달라고 했어요. 실은 중편소설이에요." 순간 내가 몇 가지 원칙을 위반했을 가능성을 퍼뜩 깨달았다. 제안서를 먼저 보스에게 가져와서 작가에게 연락해도 된다는 허락을 구했어야 했다. 온몸의 피가 얼굴로 쏠리는 것 같았다. "취향에 맞을지 모르겠지만, 잔잔해요. 내밀하고요. 하지만 훌륭해요. 제 생각엔 팔릴 것 같아요."

보스는 빙그레 웃어 보였다. "뭐야." 그리고 말을 이었다. "작가한테 글을 보내 달라고 요청하기 전에 나한테 왔어야지. 작가와 접촉할 때는 에이전시를 대표해서 하는 거라고." 네, 알고 있습니다, 라고 말하려 했지만 입에서 소리가 나오기도 전에 그녀가 손을 내밀었다. "어디 한번 보자."

그 주 금요일 우편물을 확인해 보니 리틀브라운에서 보내온 샐린저 팬레터 꾸러미와 수신자가 내 이름으로 된 편지가 몇 통 있었다. 샐린저의 팬들이 내게 답장을 해 온 것이다. 낡은 타자기로 깔끔하게 작성된 편지 하나를 열어 보았다. 정확히 꼬집어 말할 수 없는 이유로 기분이 좋아서 웃음이 나왔다. '라코프 양에게.' 편지는 이렇게 시작되었다. '그게 당신의 진짜 이름이라면 말이에요.' 얼굴에서 웃음기가 싹 가셨다. '너무 우스꽝스러운 이름이라서 나는 가짜라고 확신하거든요. 실제로 누군지는 모르겠지만 자기 자신을 보호하려고 가명을 쓰는 거겠죠.' 내가 너무 크게 웃는 바람에 세부 사항에 집중하는 데 방해가 됐는지, 휴가 의자를 이리저리 움직였다. '아무튼 당신이 누구든 간에 J. D. 샐린저에게 보낸 내 편지를 보관할 권리는 없다는 걸 말해 주려고 편지를 보내요. 난 당신한테 편지를 쓴 게 아니에요. 작가님한테 쓴 거지. 내 편지를 보관해도 된다고 생각한다면 당신이 틀렸어요. 당장 J. D. 샐린저에게 전달하세요.' 나는 이 사람의 이름이 전혀 기억나지 않았고, 그렇다면 아마도 표준 문안을 보냈을 것 같지만 확신할 순 없었다. 지금까지 보낸 답장만 해도, 맙소사, 수백(아니면 수천?) 장은 됐으니까.

발랄하고 소녀다운 글씨체로 쓴 다음 편지를 열어 보았다. 샐린저의 답장으로 A 학점을 받고 싶어 한 소녀였다. 난 뭘 기대한 걸까? 냉정하지만 유익한 내 조언에 대한 감사 인사? 하지만 눈앞에 펼쳐진 건 온갖 욕설로 끓어오르는 분노를 한 바탕 퍼부은 두 페이지 분량의 편지였다. '네가 뭔데 날 비난해?' 그녀가 물었다. '나에 대해 아무것도 모르잖아. 그래 봤자 우리 학교 선생들처럼 자기가 젊었을 때 어땠는지 기억도 못 하는 쭈글쭈글한 년이겠지. 난 조언 따위 구한 적 없어. 너한테 편지를 쓴 게 아니야. J. D. 샐린저한테 쓴 거라고. 자기는 이제 너무 늙었으니까 질투가 나서 나 같은 애들을 벌주고 싶었겠지. 아니면 샐린저는 유명한데 자기는 평범한 인간이라 질투가 났거나.' 그녀의 글에는 모종의 아름다운 진실이 담겨 있었다. 나는 정말로 그저 평범한 인간이었다.

그리고 휴가 내게 왜 표준 문안을 건네줬는지 이제야 깨달은 인간이었다. 나 자신에게서 나를 지켜 주려는 거였다.

"큰 인쇄소들을 알아보고 있어요." 10월 어느 날 로저가 말했다. 그의 말투에는 내가 예전에 알아채지 못한 약간 으스대는 기운이 감돌았다. 이 프로젝트의 규모가 그에게 영향을 미치는 것 같았다. 지금까지 그의 출판사는 작은 책, 남들이 모르는 책, 수천 권도 아닌 수백 권 단위로 팔리는 책을 취급했다. 그런데 이제 (급작스럽게) 샐린저의 작품을 출간하는 것이다. 샐린저였다. 매번 수백만 부가 팔려 나가는. 지난 6월만해도 로저는 초판으로 1만 부를 찍어 낼 계획이었다. 그의 카탈로그에 있는 어떤 책보다도 큰 규모였지만, 그래도 소박하다고 할 수 있었다. 휴에게 들은 말이지만, 보스는 책을 서점에 들여놓기도 전에 수집가들이 1만 권씩 사들일 수 있다며 그를 끈질기게 설득했다.

"그런데 인쇄 부수를 늘리면 또 다른 문제가 생겨요." 로저가 설명했다. "책을 보관할 장소요. 보통은 장인어른 댁 지하실에 쌓아 두는데⋯⋯."

"잠깐, 뭐라고요?" 나는 깔깔 웃으며 물었다. 이제 상황은 완전히 비현실적인 영역으로 넘어가고 있었다. J. D. 샐린저가 누군가의 지하실에 재고를 보관하는 출판사에서 책을 내는 것이다.

"네, 그게, 우리 집 지하실에도 보관하지만 금방 꽉 차 버려서⋯⋯." 그가 말끝을 흐렸다. "그러니까 3만, 4만, 5만 부를 찍으면 창고를 빌려야 해서 다음엔 그걸 알아봐야 해요." 밤잠도 못 자고 이런 계산기를 두드리느라 골머리가 썩고 진이 다 빠져 버린 목소리였다. 인쇄 부수를 늘린다는 건 주립대학 강사인 로저에게 확실히 더 큰 재정적 출혈을 의미할 터였다. 그럴 만한 여유는 있는 걸까?

하지만 샐린저에게 합당한 인쇄 부수를 감당할 만큼 규모가 큰 인쇄소에는 또 다른 문제가 있었다. "제본이 싸구려처럼 보여요." 로저가 넌더리를 내며 말했다. "진짜 바느질 제본이 아니라 무선 제본이에요. 바느질을 하는 게 아니라 접착제로 붙여 버리는 거죠. 작가님이 싫어할 게 분명해요. 몇 년 전 《에스메를 위하여》를 두고 벌어진 언쟁이 생각나네요." 샐린저는 《아홉 가지 이야기》의 영국판 페이퍼백(《에스메를 위하여: 사랑, 비참함 그리고 다른 것들을 담아》라는 제목이 붙은)을 보고 너무나도 충격을 받은 나머지 아주 큰 소동을 일으키며 오랜 세월 함께 했고 절친한 친구였던 출판사 발행인과 연을 끊었다. 로저는 이런 샐린저의 일화를 끝없이 지껄일 수 있는 사람이었다. 전화가 계속될수록 조금씩 (내 마음속에서) 팬들이 차지하는 영역에 가까워지는 것 같았다. "그런 일은 없었으면 좋겠어요. 그건 너무 위험해요." 그가 피곤한 듯 말했다. "난 어쨌든 결정을 내려야 해요."

"작가님이 왜 당신 편지에 응답했다고 생각해요?" 내가 느닷없이 물었다.

"글쎄요, 일단 타자기로 작성했고……." 그가 대답하기 시작했다.

"그랬죠." 나는 최대한 부드럽게 맞장구를 쳤다.

"작가님이 그 점을 좋게 봐 준 건 알아요. 하지만……." 그는 잠시 말을 멈추고 숨소리를 냈다. 가벼운 감기에 걸린 것이다. "제 생각엔 (여기서 한 번 더 멈췄다가) 아마도 제가 그분의 소설을 얼마나 사랑했는지 말하지 않아서인 것 같아요. '아, 호밀밭의 파수꾼은 제 인생 소설이에요.' 같은 말을 일절 안 했거든요. 왠지 본능처럼 그분한테는 아부하면 안 된다는 느낌이 들었어요. 선생님은 천재라는 둥 (여기서 교수답게 우렁찬 목소리를 내며) 미국 문학사에서 중요한 작가라는 둥 그런 칭찬을 하면 안 된다고요. 그런 게 싫어서 코니시에 있는 거잖아요?" 나는 지금 통화 중이라 로저가 내 몸짓을 볼 수 없다는 것도 잠시 잊은 채 고개를 끄덕였다. "매일 사람들에게 둘러싸여 천재 소리를 듣고 싶지 않으니까요. 그냥 자기 자신으로 살고 싶어서요."

"맞아요." 나도 동감했다. 그리고 자기 자신이 누구인지 정확히 안다는 건 정말 행운이라고 생각했다.

《하퍼스》에서도 거절 의사를 보내왔다. 이 잡지의 편집자는 좀 더 아이러니하고, 젊고, '통렬한' 글을 선호했기 때문에 나도 예상한 일이었다.《애틀랜틱》도 거절했다. 이제 작은 잡지들, 작지만 권위 있는 잡지들, 원고료는 적지만(눈곱만큼 주거나 아예 없을지도 모르지만) 보스의 고객이라면 관심을 가질 만한 잡지들을 고려하기 시작했다. 샐린저가 초창기에 글을 실은《파리 리뷰》와《스토리》를 비롯해 그런 잡지는 많았다. 하지만 우아하고 정교한 이 작가의 글을 특히 마음에 들어 할 만한 곳이 한 군데 있었다. 나는 마음이 바뀌기 전에 얼른 제안서를 타이핑해서 원고에 붙인 다음 우편물 발송 묶음 안에 슬쩍 끼워 넣었다. 그리고 혼자 웃으며 속으로 완료, 라고 외쳤다. 두툼한《문학 거래처 일람》을 덮는 순간 또 다른 잡지의 이름이 눈에 들어왔다. 치밀하면서 감성적인 시들과 다른 곳에서는 찾아보기 힘든 소설을 소개하는 잡지였다. 눈앞의 페이지에는 시 담당 편집자의 이름이 적혀 있었다.

나는 두 번 생각할 것도 없이 털썩 자리에 주저앉아 책상 서랍에서 백지를 꺼내고 짤막한 편지를 작성했다. 그리고 다시 서랍에서 내 시 세 편을 꺼냈다. 보스가 아직 출근하기 전, 사무실이 차분한 어둠에 잠긴 이른 아침에 타이핑한 시들이었다. 나는 에이전시의 고객들을 위해 하던 것처럼 원고에 편지를 끼워서 마닐라 봉투에 넣었다.

첫 번째 한파가 일찍 찾아왔다. 10월까지는 여름이 계속됐던 어린 시절보다 훨씬 일렀다. 지금은 11월인데도 찬바람과 차가운 비 때문에 2월처럼 느껴졌다. "크리스티나한테 히터를 고쳐 달라고 하자." 어느 날 밤 내가 돈에게 말했다. 회사에 입고 간 모직 스커트와 스웨터 차림 그대로 소파에서 담요를 둘둘 만 채 다시 코트를 입을까 고민하던 참이었다.

"얘기야 해 볼 수 있지." 돈이 지레 포기하고 말했다. "하지만 들어줄 리가 없잖아. 내 말은 (그는 웃으면서 초라한 우리 주방 시설을 가리켰다.) 싱크대 설치도 안 해 주는 사람이 히터를 고쳐 줄 것 같냐는 거야?"

"난방은 필수 아니야? 세입자가 법적으로 요구할 수 있는 권리가 있지 않아?" 이런 정보가 어디서 튀어나왔는지는 모르겠지만 내 말이 옳다고 거의 확신했다. "난방이 안 되는 집에서 또다시 겨울을 날 순 없어. 이건 말도 안 돼." 난방이 되든 안 되든 돌아오는 겨울을 다시 이 집에서 보낼 생각을 하니 가슴이 이상하리만치 불안하게 뛰었다. 돈과 또 다른 겨울을 맞아야 한다니.

내가 샐린저를 만날 일은 없다는 말을 그때까지 몇 번이나 들었을까? 그가 방문할 일은 없다고, 그는 뉴욕에서 등을 돌렸다고. 이 도시(그가 어린 시절을 보냈고 작품 대부분의 배경이 된)는 그를 고갈시켰다. 이 도시는 《호밀밭의 파수꾼》을 발표한 이후 그가 일을 할 수 없게 방해했다. 그가 서튼플레이스의 아파트에서 매리 매카시의 《그룹》에 나오는 더러운 공산주의자 커플처럼 벽을 검게 칠하고 살 때였다. 이 도시는 그의 두 번째 아내 클레어가 아기를 데리고 그를 떠나가게 했다. 3일 일정으로 방문한 코니시에서 샐린저가 뒤편 헛간에 앉아 글을 쓰는 동안 폭설에 갇힌 채 열둘인지 열네 시간을 아기와 단둘이 보낸 후였다. 샐린저는 아직도 그 서재(아니, 원래 서재에서 길 하나 건너에 있는 다른 서재)에서 온종일 지냈다.

나는 그가 아직도 뉴욕에 관해 글을 쓰는지 궁금했다. 아직도 베시와 레스가 보드빌 시절에 쓰던 작은 테이블과 책과 유물들로 가득한, 글래스 가족의 커다란 이스트사이드 아파트를 상상하며 지낼까? 아니면 이제 뉴햄프셔의 이웃 가족들 이야기에 관심을 기울이고 있을까? 그는 뉴욕을 떠나 궁극적으로 고요함을 얻은 게 아니라 글감을 빼앗긴 건 아닐까? 내 안의 작고 슬픈 목소리가 제기하는 의문들이었다. 그는 전화로 "물어볼 게 하나 있어요."라고 말하곤 했다. 나야말로 그에게 물어볼 게 있었다. 지난 1년간 그의 독자들을 위로하고, 달래고, 진정시키기 위해 그의 의도, 그의 생각, 그의 욕망에 충실하려고 진심으로 노력하면서 서서히 누적돼 온 질문들이었다.

바람이 세차게 몰아치던 11월 어느 오후 키가 크고 호리호리한 남자가 회계동을 지나 이쪽으로 천천히 걸어오며 좌우로 불안하게 시선을 옮기고 있었다. 다림질한 플란넬 셔츠를 역시나 다림질한 것으로 보이는 청바지 안에 넣어 입었으며, 은발을 한쪽으로 길게 빗어 넘겨 브라일 크림(헤어 스타일링 제품 브랜드─옮긴이)으로 완성한 1950~1960년대 헤어스타일을 하고 있었다. 아닐 거야, 라고 생각했지만 멀리서 봐도 커다랗고 새까만 눈과 엄청나게 커다란 귀가 눈에 띄었다. 가련하고 불운한 시모어 글래스가 저 귀를 물려받았다는 걸 이제 나도 알고 있었다. 그는 가벼운 공황 상태에 빠진 듯한 표정을 지으며 느리지만 흔들림 없는 걸음으로 내게 다가왔다.

나는 그에게로 달려 나갈 생각에 벌떡 일어서서 (오늘 방문한다고 사전에 고지를 받진 못했지만 그분이 틀림없기에) 보스의 방으로 안내하려다가 내 타자기 근처에 우뚝 멈춰 섰다. 이렇게 그를 맞이하러 달려가면 그러지 말라는 경고를 받은 어시스턴트 중 하나가 되는 건 아닐까? 샐린저에게 자기 글을 슬쩍 보내려 했던 사람이나 그의 전화번호를 흔쾌히 외부에 흘린 사람처럼? 내가 이 의문에 결론을 내리기도 전에 보스가 방에서 뛰쳐나왔다. 그리고 감정이 복받쳐 목이 메는 소리로 "제리." 하고 외쳐 불렀다. 그가 우리 사무실에 온 건

내가 알기로 상당히 오랜만이라 보스가 마지막으로 봤을 때
보다 눈에 띄게 나이 먹고, 노쇠하고, 연약해졌는지 궁금했
다. 보스는 그를 부축하려는 듯 한 팔로 그의 긴 팔을 붙잡
고 다른 팔로 그를 껴안았다. "제리, 왔군요! 너무 반가워요."

"반가워요, 반가워요." 그가 보스에게 미소 지으며 말했다.
두 사람은 팔짱을 끼고 내가 아직도 몸이 굳은 채 일어서 있
는 책상 쪽으로 다가왔다. 이런 상황에서 보스가 긴장하고 초
조해할 거라고 생각했지만 반대로 그녀는 빛이 나고, 여유 있
고, 흥분한 것처럼 보였다. 당연한 사실이 깨달아졌다. 그녀
는 샐린저를 진심으로 좋아했다. 샐린저를 흠모하고 있었다.
그녀에게 이 직업은 (나도 이미 알고 있었지만) 단순한 직업
이상이었다. 하지만 그 일의 상당 부분은 죽은 이들의 이익을
돌보는 것이었고, 나는 그러한 헌신이 산 자들과의 관계에서
어떤 의미일지 전혀 생각해 보지 못했다. 그녀는 샐린저를 세
상과 연결해 주는 통로였고, 그의 보호자였으며, 그에게 모든
걸 설명해 주는 사람이자 그의 마우스피스였다. 그녀는 그의
삶의 일부였고, 그 역시 그녀에게 그런 존재였다. 그녀는 그
의 친구였다.

"조애나, 이리 나와서 제리한테 인사해." 보스가 방긋 웃으
며 말했다. 6월 초순 이후 처음으로 그녀의 뺨에 혈색이 돌았
다. 나는 고개를 끄덕이며 평상시보다 더 조심스럽게 덩치 큰
책상에서 빠져나왔다. 전선에 발이 걸리거나 서랍에 정강이

를 부딪치는 등 유명인 앞에서 어설픈 행동으로 모두를 당황시킬 거라고 확신했던 것이다. 내 다리는 잘 휘어지긴 하지만 엄청나게 무거운 물질, 요컨대 액체 납 같은 걸로 만들어진 것만 같았다. 그래도 어떻게든 스커트를 매만지고 싶은 충동을 억누르며 보스와 샐린저(제리) 앞에 설 수 있었다.

"제리." 보스가 나를 가리키며 말했다. "이쪽은 제 어시스턴트, 조애나예요."

"안녕하세요, 안녕하세요." 그는 한 손으로 내 손을 잡고는 악수를 하는 것처럼 오래 붙잡고 있었다. 그의 손은 유난히 크고 따뜻하고 건조했다. "소개는 필요 없어요. 우린 전화로 이미 여러 번 통화한 사이니까." 직접 만나서 들어 보니 통화할 때보다 훨씬 발음이 명확하고 목소리는 조용했다. 그는 나의 승인을 기다리는 듯 검은 눈동자를 반짝였다.

"맞아요." 내가 동의했다.

"마침내 이렇게 만나서 기쁘네요." 그는 여전히 내 손을 잡고 있었다.

"저도 뵙게 돼서 기뻐요." 나는 그를 안고 싶다는 강렬하고 기이한(그리고 설명할 수 없는) 충동에 저항하며 그의 말을 바보같이 따라 했다. 보스가 다음 어시스턴트에게 지침을 내리는 모습이 눈에 선했다. "그의 작품이 아무리 친근하게 느껴져도 절대로 그를 끌어안지 말아요."

내 책상에 있는 편지들도 생각났다. 지금 이 순간 내 서랍에는 완성되지 않은 답장 세 장이 팬레터들과 나란히 놓여 있었다. 얼빠진 소리 같지만, 왠지 샐린저가 저 서랍을 열어 자신의 지시 사항을 어긴 편지들을 발견할 것만 같아 두려워졌다.

"자, 그럼." 보스가 나를 어이없는 불안감에서 해방시키려는 듯 손뼉을 치며 말했다. "오늘 의논해야 할 게 많아요. 이제 시작해 보자고요. 제리, 잠시 내 방에서 얘기를 나누다가 점심 먹으러 나갈까요?"

샐린저는 "그거 좋네요." 하며 자그마한 보스 위로 우뚝 선 채 그녀를 따라 방으로 들어갔다. 《햅워스》의 계약서는 작성을 끝내 상태였다. 샐린저가 받아들일 만한 형식을 갖출 때까지 수많은 초안이 만들어졌고, 그걸 내가 직접 타이핑하고 또 타이핑했다. 물론 이건 지극히 이례적인 경우였다. 계약서는 보통 에이전시가 아니라 출판사가 작성했다. 하지만 이번 건은 출판사가 너무 작은 곳이라 표준 계약서가 있는지도 불분명했고, 설령 있다 하더라도 J. D. 샐린저의 책에는 적용하기 힘들 터였다. 보스가 직접 계약서를 썼고, 아마도 샐린저가 거기에 서명을 하러 온 것 같았다. 보스의 어두운 사무실 문이 내 앞에서 단호하게 딸깍 소리를 내며 닫혔다.

내 책상에는 윈스턴세일럼에서 보내온, 레이저 프린터로 깔끔하게 출력한 두 페이지짜리 편지의 맺음말 부분이 펼쳐져 있었다.

조만간 다시 편지하겠습니다. 벌써부터 조바심이 나네요. 아무튼 제 생각은 이렇습니다. 제가 저 자신을 종이에 쏟아부어 '호밀밭의 파수꾼'이라는 형태로 나오게 한 사람이라면, 저한테 편지를 써서 자기도 같은 일을 할 수 있는 척하는(그리고 하고 싶어 하는) 뻔뻔한 녀석을 보고 짜릿함을 느낄 것 같습니다.

문이 찰칵 닫히는 것과 동시에 나는 차가운 철제 서랍을 열어 이미 너덜너덜해진 흰 종이를 매만졌다. 벌써 이 편지를 열 번도 넘게 읽었지만 어떻게 답할지 알 수가 없었다. 무슨 말을 해야 할지 확신이 안 섰다. 그냥 샐린저에게 편지를 넘겨주고 그가 결정하게 하는 편이 낫지 않을까?

보스의 사무실 문은 오랫동안 닫혀 있었다. 너무 길어져서 나는 결국 애처롭게 작은 샐러드를 사러 살짝 빠져나갔다. 그리고 돌아와 보니 문은 열려 있고 두 사람은 나가고 없었다. 한 시간 뒤 보스가 혼자 돌아왔다. 편지는 내 책상에 계속 남아 있게 됐다.

이틀 후인 토요일 붉은 얼굴에 상고머리를 한 거구의 남자가 상자 하나를 들고 우리 집에 찾아왔다. 그는 "안녕하세요." 하더니 집 안을 향해 알 수 없는 손짓을 했다. 몇 시간

후 현관 쪽 벽에 고물처럼 보이는 금속 기기가 설치되었다. 내가 "어떻게 켜는 거예요?" 하고 묻자 그는 "안 돼요!"라고 또다시 알 수 없는 몸짓을 하며 격렬하게 말했다. 나는 항복의 뜻으로 두 손을 들어 올렸다.

잠시 후 크리스티나가 언제나처럼 빨간색 나일론 트레이닝복 상의를 입고 나타났다. "안녕, 부인!" 그녀가 내 손을 잡으며 외쳤다. 그리고 곧바로 남자(그녀의 남편으로 추정된다)와 폴란드어로 고함을 지르며 싸우기 시작했다. 나는 소파로 물러섰다. 10분쯤 지나자 그녀가 "부인." 하고 불렀다. 나는 벌떡 일어섰다. "이게 히터예요. 가스를 연결해야 하는데 남편이 가스관을 깜빡했대요. 내일 다시 관을 가져와서 연결해 줄 거예요. 알았죠?"

"좋아요." 나는 조금이나마 열정을 그러모으려 애쓰며 말했다. 이런 조그만 상자로 어떻게 난방을 하지? 이렇게 생긴 히터는 본 적도 없었다.

"집 안은 따뜻하네요." 크리스티나가 웃으면서 말했다. "아휴! 너무 따뜻하네! 내일까지 괜찮겠죠?"

일요일에 돈과 나는 (교대로) 종일 집을 지켰지만 크리스티나의 남편은 코빼기도 비치지 않았다. 나는 월요일에 전화를 걸어 어떻게 된 건지 물었다.

"거기에 맞는 가스관을 찾느라 애를 먹었는데 이제 구해 놨어요. 저이가 내일 갈 거예요." 그녀가 장담했다.

"저는 내일 출근해야 하는데요. 문을 열어 줄 수가 없어요."

"열쇠는 우리도 있어요. 열고 들어가라고 할게요."

"알겠습니다." 나는 불안한 목소리로 대답했다. 부모님은 집 안에 낯선 사람을 들일 땐 반드시 곁에서 지켜보았다.

"맙소사, 부바." 내가 걱정을 털어놓자 돈이 외쳤다. "왜? 그 남자가 뭐라도 훔쳐갈까 봐?"

화요일 내내 걱정하지 않으려고 기를 썼다. 그리고 시곗바늘이 5시 반을 가리키기 무섭게 사무실을 박차고 나왔다. 30분 뒤 우리 집이 있는 블록에 들어섰는데, 정확히 뭔지는 모르겠지만 예전에 맡아 본 적 없는 이상한 냄새가 공기 중에 떠돌았다. 앞 건물의 현관문을 열고 들어가 우편물을 집어 들고 안뜰로 난 문을 통과하는 순간, 그것이 전속력으로 나를 덮쳐 왔다. 가스였다. 안뜰이 가스로 가득 차 있었다. 얼마나 빽빽이 들어찼는지 곧바로 눈이 매워졌다. 가스가 공기 중에 소용돌이치는 모습이 눈에 보일 정도였다. 내가 가장 두려워하던 일이 벌어지고 말았다는 생각이 들었다. 돈이 집에 와서 오븐을 켰는데 바람이 불어 점화 불씨가 꺼지고 가스가 오븐 밖으로 누출된 것이다. 돈은 죽었을 것이다. 죽음에 가까운 상태이거나. 돈은 오늘 늦게 들어올 예정이었다. 일이 끝나고 체육관에도 들러야 하니까. 하지만 계획이 바뀌었을 수도 있다. 해고당했다거나 이런저런 이유로.

나는 잠시 망연자실한 채 (금이 간 콘크리트 바닥의 중앙

만 응시하면서) 안뜰에 멍하니 서 있었다. 그러다가 숨을 참
으며 계단을 뛰어 올라가서 열쇠로 바깥문을 열고 우리 집 문
까지 열어젖혔다. 안에서 엄청난 양의 가스가 뿜어져 나와 머
릿속이 금세 뿌옇게 흐려지기 시작했다. 오븐은 꺼져 있었다.
문도 닫혀 있고 스위치도 꺼진 상태였다. 나는 공포영화처럼
천천히 뒤를 돌았다. 거기에 새 히터가 있었다. 히터 왼쪽 하
단 모서리에 작은 창이 뚫려 있고, 그 안에서 맹렬한 불꽃이
타오르고 있었다. 그리고 바닥 면에서 튀어나온 두꺼운 연초
록색 관이 마루에 살짝 닿을락 말락 하며 평행으로 뻗어 있었
다. 이 관 밑으로 물웅덩이가 생겼고, 관에서 물보다 농도가
짙어 보이는 액체가 똑똑 떨어지며 마구 분출되었다. 웅덩이
는 불꽃에서 8인치 정도밖에 떨어지지 않았다.

브루클린 유니언 가스는 신속하게 도착했다. "회사에서 한
시간만 늦게 퇴근했어도 이 건물은 폭발했을 겁니다." 출동
한 직원이 말했다.

"그냥 설치가 잘못된 건가요?" 나는 두 손을 비벼 대며 물
었다. 그들의 파란 트럭이 나타날 때까지 앞 건물 계단에 쭈
그리고 앉아 있었던 것이다.

"가스관이 아닌 수도관을 연결했어요." 그가 설명했다. "어
처구니없는 일이죠. 가스가 수도관을 부식시킨 거예요. 게다
가 불꽃도 훤히 드러나 있고……." 그는 고개를 절레절레 흔

들었다. "저런 히터는 또 난생처음 보네요. 어디서 구했는지도 모르겠어요. 동네 철물점에서 산 건 아닐 테고." 그러면서 엄지손가락으로 길모퉁이를 가리켰는데, 정말로 철물점이 있는 방향이었다. "40~50년 전에 만들어진 것 같은데요. 아니면 다른 나라 거든지." 나는 폴란드야, 라고 생각했다.

"안전하긴 한가요?" 내가 물었다.

"안전하냐고요?" 그는 내가 하늘이 파란색이냐고 물은 것처럼 눈을 가늘게 뜨고 살짝 미소를 띠며 날 바라보았다. 주름이 자글자글한 얼굴에 넓은 턱과 파란 눈이 두드러지는 남자였다. "아뇨. 저 히터가 안전하다고는 말 못 하겠네요. 불꽃이 노출돼 있잖아요. 옆을 지나가다 휙 하고 코트에 붙이라도 붙어 봐요. 그게 가장 큰 문제예요. 제대로 설치하더라도 다른 데서 또 가스가 새면 어떡해요. 전기 히터를 쓰는 게 나아요. 아니면 그냥 난방 없이 지내거나." 그는 허리를 살짝 곧추세우곤 고개를 삐딱하게 젖히며 나를 바라보았다. "저기 혼자 살아요? 저런 (그는 가스 냄새가 희미한 공기를 마시며 우리 집 쪽으로 고개를 까딱했다.) 곳에서?" 나는 그가 '쪽방'이라고 하려다가 말을 삼켰다는 걸 감지했다.

"아니, 아니에요." 나는 재빨리 대답했다. "남자친구랑 같이 살아요."

그는 여전히 집 쪽으로 고개를 기울인 채 나를 바라보며 고개를 끄덕였다. 그러다가 갑자기 우아한 몸짓으로 똑바로 서더니 두 손을 주머니에 넣어 팔을 날개처럼 구부렸다. "남자 친구가 당신을 더 잘 돌봐 주면 좋겠네요." 그는 주머니에서 차열쇠를 꺼냈다. "좋아요. 그럼 적어도 두 시간은 저렇게 환기를 시켜요. 우리가 일단 창문은 전부 열어 놨어요. 어디 갈 데는 있어요?" 나는 고개를 끄덕였다. L에 가면 되겠지. 아니면 모퉁이를 돌아서 내 친구 케이트가 얼마 전에 이사 온 커다란 기차칸식 아파트에 가든가. "잘 자요." 그가 인사하며 덧붙였다. "창문은 밤새 열어 두고요. 공기가 통해야 해요. 춥더라도 신선한 공기가 필요하니까요."

"신선한 공기." 그가 트럭에 올라타서 시동 거는 걸 보며 나는 크게 혼잣말을 했다. "그래, 신선한 공기."

그달 말 맥스가 다시 KGB에서 열린 낭독회에 나를 데려가 주었다. 젊고 쾌활한 편집자와 작가들이 낭독이 끝나고 한참 후까지 자리에 남았는데(평상시에는 거의 없는 일이었다), 우리도 그 자리에 끼어 앉아 소다수가 든 위스키를 마셨다. "도대체 그 보스 밑에서 온종일 뭘 해요?" 맥스가 물었다. "그러니까 그 여자는 거기서 종일 뭘 하는 거예요? 담배 피우고 전화 받는 거 말고." 나는 무슨 말을 해야 할지 몰라 굳은 얼굴로 눈만 깜빡이며 그를 빤히 바라보았다. 내가 조용하자 그는 겁을 먹었는지, 위스키를 한 모금 꿀꺽 마시고는 손사래를 치며 사과했다. "방금 한 말은 잊어버려요. 요즘

스트레스가 많아서요."

그는 최근에 보스의 방을 자주 들락거렸고, 그 안에서 소리 지를 때가 많았다. 맥스는 파트너가 될 예정이었는데 협상 과정에서 문제가 생긴 것 같았다. 나도 잘은 모르지만, 판매 수익이 아닌 연공서열에 따라 에이전트의 봉급이 정해지는 에이전시의 구식 제도 때문인 것 같았다. 다른 에이전시였다면 맥스(방대하고 화려한 고객 리스트를 보유하고 수백만 달러짜리 거래에 성공한)는 최고 연봉자에 속할 테지만, 수익을 동등하게 나누는 에이전시에서는 그렇지 않았다. 게다가 파트너가 되려면 얼마인지는 모르지만 에이전시에 돈을 투자해야 했다. 분명 내 연봉보다도 많은 금액을. 나는 그가 왜 남아 있는지 이해가 안 갔다.

"정말 궁금해요." 그는 내가 아닌 머리 바로 위쪽으로 소비에트 시대의 포스터(노동자가 망치 같은 공구를 들고 있는 목판화)가 걸린 벽을 바라보며 말했다. "도대체 그 여자가 뭘 하는지요. 책 파는 데는 관심이 없는 게 분명하니까요." 그는 턱 근육을 당기더니 입가에 주름이 질 만큼 무뚝뚝한 미소를 지으며 별안간 나를 돌아보았다. 왠지 지쳐 보였다. "개인 웹페이지에 샐린저의 이름을 언급한 사람들한테 협박 편지나 보내고 있나요?"

나는 조용히 웃어 보였다. 뭐 거의 비슷했으니까. "《햅워스》건이 있잖아요."

"그렇죠." 그가 남은 술을 입에 털어 넣으며 말했다. "《햅워스》가 있죠. 그 대단한 건이요." 맥스는, 나도 이때쯤엔 알게 됐지만, 젊은 시절에 배우 일을 해서 (우리 아빠처럼) 연기자다운 정확한 발음을 자랑했다. "잠깐만요!" 그가 외쳤다. "조애나가 들어온 건……." 그는 생각에 잠겨 입술을 오므렸다. "그 편지 일 때문이에요? 아니, 조애나가 채용되기 전에 벌어진 일인가?" 나는 어깨를 으쓱했다. 무슨 말인지 파악이 안 됐다. 편지 일이라면 한두 개가 아니었다. 그는 두 손으로 테이블을 탁 쳤다. "잘 들어 봐요." 그의 검은 눈이 즐거움으로 반짝였다. "조애나가 일을 시작하기 직전인 것 같은데, 당신 보스의 회람 서류는 아무리 훑어봐도 죄다 '계약서에서 다음 조항을 삭제해 주십시오.' 같은 것밖에 없었어요." 나는 웃었다. 내가 너무나도 잘 아는 문장이었다. "그러다가 '라이더 양' 앞으로 된 편지가 나왔죠." 그는 잠시 멈춰서 감정을 추슬렀다. "그래서 얼른 읽어 봤더니 이런 내용이었어요. '친애하는 라이더 양, 이번에 J. D. 샐린저 작가님께 편지를 보내 주셔서 감사합니다. 이미 아시겠지만 작가님은 독자분이 보내 주는 서한을 받지 않습니다. (이건 내가 받은 표준 문안의 문장들이라 나는 고개를 끄덕였다.) 그런 연유로 귀하의 친절한 서신을 전달할 수 없으니 양해 부탁드립니다. 그리고 샐린저 작가님이 예전에 작성한 편지를 돌려줘서 감사합니다.' (그는 손을 마구 휘저었다.) 정확하지는 않지만 1958년 편지인가 뭐 그랬어요. '하지만 어떠한 편지도 전달하지 말라는 작가님의 특별한 요청이 있었기에, 안타깝게도 이 서신을 귀하께 반송할 수밖에 없습니다.'"

"그러니까 누군가 샐린저 작가님이 직접 쓴 편지를 보내왔다는 거예요?" 나는 얼떨떨하게 물었다.

맥스는 한 손을 들어 보였다. 기다려요. "그래서 편지 상단의 주소를 보니까 베벌리힐스나 로럴캐니언이나 뭐 그런 데서 온 거였어요. 로스앤젤레스. 할리우드." 그는 의미심장한 표정으로 눈꺼풀을 내리깔았다. "당신 보스가 반송하는 편지에는 뭐라고 쓰여 있나 읽어 봤죠. '친애하는 샐린저 작가님, 저는 선생님의 작품을 무척이나 좋아합니다. 특히 오래전부터 《프래니와 주이》를 가장 좋아해서 그동안 여러 번 읽어 봤습니다.'" 맥스는 어깨를 으쓱했다. "뭐 그런 내용이었어요. 그러고 나서 이렇게 이어졌죠. '선생님이 사생활을 얼마나 소중히 여기시는지도 잘 알고 있습니다. 사적인 편지가 세상에 공개되는 걸 원치 않을 분이라는 것도요. 지난달에 어느 경매에 갔다가 선생님의 편지가 경매품으로 나온 걸 봤습니다. 저는 선생님께 돌려드릴 목적으로 입찰했고, 그 편지를 낙찰받았습니다. 그 편지를 여기에 동봉해 드립니다.'"

"멋지네요!" 나는 취하지 않았지만 약간 알딸딸한 상태로 끼어들었다. 내가 아는 한 샐린저의 편지는 어마어마하게 비쌌다. 옛 친구와 지인들이 보관해 둔 편지를 엄청난 금액에 팔아서 샐린저의 분노를 샀던 것이다. 한때 그는 도로시 올딩에게 그동안 주고받은 서신을 모두 태워 달라고 요청했다. 그녀는 그의 뜻을 따랐다. 나는 이 얘기를 듣고 깜짝 놀랐는데, 강박적으로 기록물을 보관하는 에이전시의 관습을 잘 알기 때문이기도 하지만, 한편으로는 학계나 문학사에 기여해야 한다는 의무감 같은 것도 못 느꼈나 싶어서였다. 아니, 그녀에게는 고객에 대한 의무감만 있었을 것이다. "정말 친절한 행동이네요."

맥스가 다시 한번 손을 들어 보였다. "그 편지는 이렇게 끝나요. '선생님의 마음에 작게나마 위안이 되기를 바랍니다. 진심을 담아, (그는 잠시 멈추고 눈을 크게 떴다.) 위노나 라이더 드림.'"

"농담하지 마세요!" 내가 외쳤다.

"농담이 아니에요." 맥스는 팔짱을 끼며 웃었다. "위노나 라이더였어요."

"그래도 이해가 안 되네요." 나는 이제 얼음만 남은 음료를 홀짝였다. "샐린저가 자기 편지를 돌려받고 싶어 하리라는 건 보스도 당연히 알았을 텐데요. 그러니까 돌려받고 싶지 않았을까요? 편지를 판 사람들을 고소까지 했잖아요?"

"물론 그는 받고 싶어 했을 거예요." 그가 고개를 흔들더니 내가 약간 흐릿해 보이는 것처럼 쳐다보며 말했다. "물론이죠."

"그런데 보스는 왜 편지를 그에게 보내 주지 않았을까요?" 질문의 답은 이미 알았지만 맥스의 입으로 듣고 싶었다.

"그게 에이전시의 방침이니까요." 그는 긴 숨을 토해 내며 몸을 약간 움츠렸다. 그는 책 두 권을 200만 달러에 판 광란의 경매를 막 끝낸 참이었다. 지금 집에서는 갓난아기 둘이 그를 기다렸다. 쌍둥이였다. 이제 북 파티로 점철된 삶은 사실상 끝난 상태였다. 오늘은 오래간만에 누리는 밤이었다. 하지만 무언가가 그를 괴롭히는 게 보였다. "우린 그런 미묘한 부분은 생각해 보지도 않고 규칙대로만 행동하죠. 샐린저가 우편물을 받고 싶어 하지 않는다고? 그럼 어떤 편지도 보내선 안 되지. 그가 받고 싶어 할 만한 편지라도. (그는 다시 한 숨을 내쉬며 솜털 같은 머리칼을 손으로 빗어 넘겼다.) 당신 보스는 이해를 못 해요."

"샐린저를요?" 내가 물었다.

"샐린저를요." 맥스가 동의했다. 그는 다시 한번 사내가 망치인지 모루인지 그런 비슷한 걸 들고 있는 목판 인쇄물로 시선을 돌렸다. 그러더니 침울한 미소를 지었다. "출판도. 책도. 삶도."

출판과 책과 삶. L선을 타러 3번 애비뉴로 걸어가는 동안 시원한 공기를 마시며 생각했다. 한 가지는 바로잡을 수 있을 것 같았다. 하지만 세 가지 다는 무리였다.

다음 날 졸음을 쫓으며 색인 카드를 정리하다가 'S' 항목에 이르렀을 때, (휴가 오래전에 제안한 것처럼) 긴 서랍을 뒤져서 《호밀밭의 파수꾼》 제출 기록을 찾아보았다. 거기에 그 카드가 있었다. 내가 매일 보스의 명령을 받아 타자를 치던, 출판사 이름이 미리 인쇄된, 다른 분홍색 카드들과 똑같았다. 물론 출판 산업이 1950년과 다른 더욱 사나운 짐승이 되었다는 것 정도는 알았지만, 그러면서도 기대하는 마음이 있었다. 무엇을? 맥스가 벌이는 것 같은 치열한 입찰 전쟁의 흔적? 편집자들이 아이비리그 살인 사건을 다룬 논픽션이나 아이오와대학원 출신들의 첫 소설을 놓고 벌이는 《퍼블리셔스 위클리》에서나 읽을 법한 다툼? 제출 일자와 편집자의 이니셜이 여기저기 표시된 카드? 하지만 《호밀밭의 파수꾼》 카드는 새것에 가까울 만큼 깨끗했다. 리틀브라운 이전에 이 소설이 보내진 곳은 딱 한 군데였는데(리틀브라운에 제출하기 수개월 전에) 결국 거절당했다. 누군가는 《호밀밭의 파수꾼》을 거절한 것이다.

소설의 사전 홍보가 요란하거나 딱히 대규모로 이루어지지도 않았다. 이제는 나도 아는 사실이지만, 도로시 올딩이 《호밀밭의 파수꾼》을 팔 때 샐린저는 이미 무명이 아니었다. 《뉴요커》에 실린 단편으로 팬들도 생겼다. 물론 소설 출간 후의 인기와는 비교도 안 되는 수준이었고, 그의 글이 실린 잡지를 읽겠다고 새벽부터 독자들이 신문가판대에 늘어서지도 않았다. 다만 이때는(지금부터 45년 전이니까 그렇게 옛날도 아니다) 소설가들이 그렇듯 화려하게 홍보되는 시대가 아니었다. 그럼에도 불구하고 이 소박한 홍보, 최초의 거절에는 내 마음을 달래 주는 무언가가 있었다. 샐린저도 처음부터 샐린저는 아니었다. 샐린저도 자기 책상에 앉아서 어떻게 이야기를 지어야 할지, 어떻게 소설을 구성할지, 어떻게 하면 작가가 될 수 있을지 등을 고민하던 때가 있었다.

다음 날 아침 보스가 나를 자기 방으로 불렀다. "지난번에 준 그 중편 말이야." 목소리가 너무 낮아서 알아듣기가 힘들었다. "아주 좋았어."

지금 입을 열면 미소가 지어질 게 분명했기 때문에 나는 고개만 끄덕였다.

"소박하긴 하더군. 잔잔하고. 네가 말한 대로." 그녀는 담뱃갑에서 담배 한 개비를 꺼내 신중하게 책상에 톡톡 두드렸다. "지금 이것만 단독으로 팔 수 있을지는 잘 모르겠어. 작가한테 전화해서 다른 글은 없는지 물어볼래? 장편소설이면 가장 좋고. 단편이나 최소한 또 다른 중편으로."

내가 전화를 걸어 에이전시임을 알리며 다른 글을 더 보고 싶다고 했을 때 작가가 기뻐서 숨을 헐떡이는 소리를 들었으면, 보스는 아마 움찔했을 거다. "소설이 있어요." 그녀가 흔쾌히 말했다. "짧은 소설이요."

"보내 주세요. 바로 보내 주세요."

어느 춥디추운 밤 앨리슨과 술 한잔 하러 그녀의 집 근처에
자리한 어둡고 품위 있는 라운지에 갔다.

"넌 왜 그러는 거야?" 마티니를 반쯤 마시다 말고 앨리슨이
갑자기 물었다. "처음 만났을 때부터 물어보고 싶었는데, 돈이
랑 왜 사귀는 거야? 진심으로."

"아!" 하는 내 목소리가 나 아닌 다른 사람이 멀리서 말하
는 것처럼 이상하고 공허하게 들렸다. 반사적으로 프래니와
레인이 떠올랐다. 나는 왜 이러고 있었지? 왜 나 자신에게 그
질문을 한 번도 던지지 않았을까?

다음 날 밤 아직도 마티니의 숙취가 남아 있어서(그 뒤에
찾아온 질문의 영향도) 일부러 집에 머물렀다. 회색 소파에
서 담요를 덮은 채 결혼 준비가 교착 상태에 빠진 제니에게
전화를 걸었다. 보트하우스는 영원히 물 건너갔다. 한때 댄스
홀로 사용해서 빨간색 사탕 상자처럼 장식된 미드타운의 예
식장은 최대한 빠른 예약 가능일이 지금부터 7월을 두 번이
나 넘긴 날짜이며, 브렛의 동화 같은 프러포즈에서 3년 반이
지난 후였다. "그냥 둘이 비밀 결혼식을 해 버려." 나는 귀에
갖다 댄 수화기가 점점 뜨거워지는 걸 느끼며 말했다.

바람이 사납게 불자 길 잃은 나뭇잎들이 돌풍에 휩쓸려 나

방처럼 창문에 부딪쳐 왔다. 나는 모직 가운 위에 낡은 모포를 직접 수선해 만든 숄을 걸치고 있었다. 오늘 밤에도 돈은 시합 전에 체중을 줄이려고 밖에 나가 달리고 있었다. 춥고 어두운 밤길을 달리다니, 나 같으면 전혀 달갑지 않아 할 일이었지만. 흠씬 두들겨 맞지 않으려면 그는 플라이급으로 출전할 수밖에 없었다. 그의 소설이 받은 거절 편지는 이제 여섯 통으로 쌓였고, 돈은 그것들을 냉장고에 자석으로 붙여 놓았다. 시선 끝으로 보이는 여러 출판사의 익숙한 로고와 검은 글자 덩어리가 내게 윙크했다.

"그런 짓을 했다간 브렛의 부모님이 돌아가시고 말 거야." 제니가 핑계를 대듯 말했다.

"흐음." 나는 짜증이 치밀어 오른 목소리로 말했다. 어떻게든 눌러 보려 했지만 실패했다. "하지만 너도 성대한 결혼식을 원하잖아." 불쑥 말하고 말았다. "그렇지?" 왜 이런 걸 지적하려 할까? 왜 그냥 브렛의 보수적인 부모님 때문에 성대하게 치르는 것처럼 넘어가 주지 못할까?

"맞아." 그녀가 조심스럽게 인정했다. "난 가족과 친구들 앞에서 맹세하는 데 커다란 의미가 있다고 생각해. 다 같이 축하하면서 말이야." 그러고는 무언가를 한 모금 마셨다. 달콤한 음료일 가능성이 높았다. 제니와 브렛은 중학생처럼 술을 마셨다. 콜라를 넣은 말리부 럼, 퍼지 네이블. 그들은 크래프트 맥주와 로컬 와인을 마시는 창의적인 계층을 조롱하듯 일부러 세련되지 못한 모습을 드러내려고 기를 썼다. 스태튼아일랜드에서는 말리부병을 대놓고 주방 싱크대에 두었다. "결혼식은 큰 파티를 열기 위한 핑계야."

"멋진 드레스도 사고 말이지?" 내가 억지로 목소리에 생기를 불어넣으며 말했다. 나도 (진심으로) 축하하는 분위기를 맞춰 주고 싶었다. 하지만 여전히 왜 제니에게 이런 것들이 그렇게 중요한지 이해가 안 갔다. 왜 부모님을 파산시켜야 하지? 왜 자기 자신도 고작 큰 파티라고 말하는 일에 그렇게 많은 시간과 에너지를 쏟는 거지? 그러다가 느닷없이 (커튼을 걷은 것처럼) 모든 것이 분명해졌다. 가족과 친구들 앞에서 맹세를 한다는 그녀의 표현은 그저 상투적인 문구가 아니었다. 그러자 내 마음이 녹아내렸다. 그녀는 이게 진짜 나라고 외치기 위해서 이 결혼식이(이 완벽하고 세심하게 계획된 결혼식이) 필요했다. 자신은 이제 1학년 때는 자살을 시도하고, 3학년 때는 시학 교수님에게 병적으로 집착했으며, 정신과 의사들을 당황시키고 부모를 혼란스럽게 했던 아이가 아니며, 한때는 너무나도 완벽하고 훌륭하고 순종적인 사람이었다고 우리 모두에게 알리기 위해.

프래니 글래스가 프린스턴의 식당에서 쓰러져 부모님 댁 소파에 드러눕기 전에 그랬던 것처럼.

내가 한때 그랬던 것처럼.

나의 카드로 만든 집이 무너지는 데는 몇 년이 더 걸렸다.

아니, 뭐, 내 경우는 스스로 무너뜨렸지만. 돈과 함께. 돈은 나의 파괴 도구였다. 제니는 예전에 돈 같은 남자들과 사귀었다. 실은 브렛을 만났을 때도 그런 남자와 (집착적이고 너무나도 소모적인) 관계를 맺고 있었다. 실은 브렛이 그 남자의 룸메이트였다. 결혼식은 그런 난장판의 기억도 씻어 줄 터였다. 그래서 제니가 돈을 싫어하는 건 당연했다. 내 삶이 그녀를 두렵게 하고 뒤로 물러서게 하는 것도 당연했다.

몇 년이 지나면 나도 세계대전을 다룬 역사책을 탐독하는 법대생과 결혼하게 될까? 제니처럼 결혼식에 시간과 에너지를 쏟아붓는 나를 떠올려 보았다. 그보다 더 기가 막힌 건 나와 관심사를, 나만의 독특한 세계관을 공유하지 않는 사람을 인생의 동반자로 선택하는 상상이었다. 그중 어느 것도 머릿속에 그려지지 않았다. 나는 감히 전화 걸 용기도 나지 않는 대학 때 남자친구에게 마음이 흘러가도록 잠시 놔두었다. 자신의 버클리 아파트에서 악보에 메모하거나 레르몬토프를 읽고 있을 게 분명했다. 그리움에 숨이 막혀 왔다. 1년 뒤 나는 거기서 그와 함께 지내며 그의 팔에 안겨 텔레그래프가를 산책하게 될까? 거기가 아니라면 어디? 그러자, 갑자기, 깨달아졌다. 여기는 아니었다. 싱크대도 없는 이 아파트에 살진 않을 것이다. 보스가 맡긴 서신을 타이핑하지는 않을 것이다. 무엇보다 확실한 사실은 달리기를 하러 간 돈을 기다리진 않을 것이다.

"멋진 결혼식이 될 거야." 나는 제니에게 말했다. "정말로 완벽할 거야." 이 또한 거짓말은 아니었다.

* * *

어느 날 아침 또 다른 계약서를 살펴보고 있는데, 보스가 "젠장!" 하고 외치는 소리가 들렸다. 그러고는 잠시 후 내 책상으로 어슬렁어슬렁 다가왔다. "점심때 무슨 약속이라도 있어?"

"특별히 없는데요." 나는 초조하게 대답했다. 설마 점심을 같이 먹자고 할 생각인가? 그럴 가능성은 매우 낮아 보였다.

"나 대신《뉴요커》에 가서 뭘 좀 전달해 줄 수 있어?" 나는《뉴요커》라는 말에 허리를 살짝 곧추세웠다. "이지가 또 못 나왔어." 이지는 궐련을 피워 대는 주름투성이 메신저였다. 끙끙거리는 소리와 손짓만으로 의사소통을 하는데, 폐에서부터 끓어오르는 기침 때문에 일주일에 사흘은 출근을 못 했다. "메신저 서비스에 연락했더니 퇴근 시간이 다 돼서야 사람을 보내 줄 수 있다잖아. 그런데 생각해 보니까 콘데 나스트 빌딩은 길 하나만 건너면 되더라고. 그냥 걸어가도 되잖아?"

나는 "그렇죠."라고 대답하면서도 가슴이 미친 듯이 쿵쾅거렸다. 《뉴요커》. 내가 《뉴요커》 사무실에 가다니. 적갈색 머리의 편집자한테 내가 들를 거라고 연락할까? 아니면 픽션 편집자의 어시스턴트에게? 아니야. 너무 갑작스러운 통지잖아. 입장이 난처해져서 "미안해요. 오늘은 너무 바빠서요."라는 핑계를 댈 수밖에 없을 거야. 하지만 《브라운 더비》(1926년에 개봉한 무성 코미디 영화—옮긴이) 같은 시나리오가 떠올랐다. 내가 친절하고 호기심 많은 편집자에게 소포를 전달하면, 그가 이 작가나 에이전시에 관한(분명히 에이전시를 알고 있을 테니까), 아니면 샐린저에 관한 대화에 나를 끌어들이는 거다. 아니면 적갈색 머리 편집자와 우연히 마주쳐서 그가 "조애나, 내 보스를 소개할게요!" 한다. 그리고 둘 중 한 명이 이렇게 말해 주는 거다. "혹시 에이전시에서 나올 생각 있으면 언제든 전화해요."

한 시간 뒤 나는 (코트도 입지 않은 채) 갈색 꾸러미를 팔에 끼고 뛰쳐나왔다. 매디슨애비뉴에 들어서자 드문드문 햇살이 쏟아지고 공기도 따스한 기운을 되찾을 기미를 보였지만 여전히 추웠다. 소맷자락으로 얼음장 같은 바람이 불어닥치는 바람에 콘데 나스트에서 소유한 모든 잡지사가 모여 있는 길 건너 회색 건물을 향해 걸음을 재촉했다. 나는 《뉴요커》 건물이 가로수가 늘어선 고풍스러운 블록에 자리한 브라운스톤이며, 4시쯤 되면 편집자들이 응접실에 모여 차를 마실 거라고 상상했다. 그곳 역시 에이전시와 비슷하게 돌아갈 거라고 상상한 것 같다.

하지만 콘데 나스트 빌딩은 매디슨과 파크, 렉싱턴 애비뉴의 다른 건물들처럼 특색 없이 칙칙한 오피스 빌딩에 불과했다. 나는 세련된 회색 로비를 재빨리 가로질러 승강기에 올라타고는 우레와 같은 딩 소리와 함께 문이 닫히자 웃음을 억누르려고(《뉴요커》에 들어왔어!) 기를 썼다. 승강기에서 내려 《뉴요커》특유의 로고가 머리 위에 조심스럽게 걸려 있는 리셉션 데스크로 갔다. 그리고 데스크를 지키는 나이 지긋한 여자에게(깔끔하게 파우더를 바른 얼굴이었다) 꾸러미를 건넸다. 혹시나 파티에서 만난 편집자들이 점심 먹으러 나가지는 않을까 하고 주위를 둘러보았지만 텅 비어 있었다.

"우리 보스가 보낸 거예요." 나는 그녀에게 설명했다. "에이전시에서요."

"그러시군요." 리셉셔니스트가 친절하게 웃으며 받아 주었다. 오랫동안 담배를 피운 사람처럼 가래 낀 목소리에 머리는 뒤로 둥그렇게 말아 올렸다. "지금 바로 전달하겠습니다."

그리고 나는 다른 사람과 말 한 마디, 눈길 한 번 주고받지 못한 채 다시 승강기에 올라탔다. 로비에 내려와서는 엄청난 실망감과 싸워야 했다. 이게 다야? 정말? 스웨터 털실 사이로 숭숭 스며드는 바람을 느끼며 매디슨애비뉴를 걷는 동안 속으로 외쳐 댔다. 아침의 열띤 기대는 괴로움과 후회의 아지랑이 속으로 녹아 버렸다.

길 건너편이 에이전시 건물의 입구였지만, 지금 당장은 내 책상으로 돌아갈 마음이 들지 않았다. 뭘 기대한 거지? 재치 있는 편집자들과 나누는 한 시간 동안의 담소? 맙소사, 멍청하기는. 몸서리를 치며 49번가로 돌아서다가 얼굴에 바람을 정통으로 맞았다. 이제 막 정오였다. 아직 점심을 먹기엔 이른 시간이라 거리는 으스스하게 한산했다. 미드타운의 근로자들은 지나치게 따뜻한 사무실에 안전하게 자리 잡고 앉아 끊임없이 울리는 전화를 받고, 광케이블을 통해 서신을 발송하고, 거래를 성사시키고, 재무 상태를 분석하고, 필름을 자르며 앞으로 30분 후 어디서 샌드위치나 스시를 사 올까 고민할 터였다.

5번 애비뉴에서 모퉁이를 돌아 벌써 크리스마스 시즌에 맞춰 꾸며 놓은 삭스백화점의 쇼윈도 앞에 멈춰 섰다. 마네킹들이 올해 유행하는 빨간색, 적갈색, 파인그린색 등 채도가 높은 아름다운 크레페 원피스를 걸치고 있었다. 네다섯, 대여섯씩 무리를 지은 관광객들이 나를 지나쳐 더욱 정교하게 꾸민 쇼윈도(티파니, 버그도프, 벤델) 혹은 센트럴파크를 향해 걸음을 옮기고 있었다. 센트럴파크가 이렇게 가까운데도 점심시간에 찾은 적이 없었다. 에이전시에서 일한 1년 내내 거의 매일 내 책상에서 점심을 먹었다. 왜 샐러드를 들고 햇살을 받으며 벤치에 앉거나, 연못 주위를 산책하거나, 동물원에 갈 생각을 못 했을까?

5분 만에 (패리스극장과 어린 시절 부모님과 함께 차를 마시던 플라자 호텔, 줄줄이 늘어선 마차를 지나 거름 더미를 피하며) 동남쪽 입구에 다다랐다. 바로 거기에 센트럴파크가 있었다. 드넓은 잔디밭, 구불구불한 길, 교차로 등이 눈앞에 펼쳐졌다. 어릴 때 나도 여기서 이상한 나라의 앨리스 동상을 올라타고 놀이터를 돌아다니며 오리들에게 먹이를 주었다. 홀든의 오리들에게. 연못까지 늘어진 거대하고 아름다운 버드나무는 잎이 다 떨어진 채 주름진 가지만 바람에 나부꼈다. 나는 이제 두 손이 시뻘겋게 얼고 손가락도 곱았다. 두 손을 겨드랑이에 끼고 비탈길을 따라 연못으로 내려가 보았다. 홀든은 이곳을 라군(내게는 피터팬의 인어들이 사는 곳으로 마법을 내포한 단어였다)이라고 불렀지만, 우리 가족은 그냥 연못이라고 불렀다. 바로 거기에, 검은 물이 불길하게 느릿느릿 흐르고 햇살 몇 줄기가 한가운데를 가르는 연못이 나타났다. 갈색 참새들이 내 앞의 오솔길을 깡충깡충 뛰어다니고 비둘기 한두 마리가 벤치 뒤에서 먹이를 찾으며 파닥거렸다. 하지만 실제로 오리는 없었다.

공원 위쪽에서 연못의 작은 계곡으로 칼바람이 불어와 한결 추웠다. 바람이 북쪽으로 휙 돌아선다, 라는 구절이 떠올랐다. 머윈(미국 시인 윌리엄 스탠리 머윈—옮긴이)이 첫 번째 아내 디도를 위해 쓴, 가장 아름답고 가장 함축적이며 가장 완벽한 시였다. 연못을 가로지르는 작은 아치형 다리를 걸으며 고개를 들어 5번 애비뉴의 웅장한 건물들과 길가에 늘어선 나무들, 동물원(홀든이 피비를 데려간 곳이자 나 역시도 놀러 가서 물개들이 물고기를 잡으려고 짖어 대며 수조 끄트머리에서 물이 뿜어져 나오는 광경을 구경하던 곳)으로 이어지는 오솔길을 보았다. 그때, 갑자기, 북쪽에서 (그렇다.) 틀림없는 물소리가 들려왔다. 오리 떼였다.

차분하고 의연한 오리들이, 다양한 크기의 갈색 청둥오리 암컷들이 내 쪽으로 다가오고 있었다. 열다섯에서 스무 마리쯤 돼 보이는데 보송보송한 솜털이 무성했다. 오리들은 다리 밑으로 헤엄쳐 들어갔고, 나는 몸을 돌려 오리들이 곤충이나 작은 물고기, 추운 날씨에도 소풍 나온 혈기 왕성한 사람들이 남겨 둔 샌드위치 조각을 찾아 연못 둘레를 빙 도는 모습을 지켜보았다. 너무나 아름다웠다. 오리들은 너무나 아름답고 사랑스럽게, 추위로부터 몸을 보호해 주는 수백만 개의 작은 솜털에 의지해 깊고 검은 연못을 위엄 있게 미끄러져 갔다.

그날 오후 우편물이 도착했을 때, 네브래스카 반송 주소가 적힌 편지가 내 앞으로 전달되었다. 열어 보니 덜덜 떨리는 손으로 쓴 큼지막한 글씨가 작은 백지 두 장을 뒤덮고 있었다. 참전용사였다. 편지는 '친애하는 라코프 양에게'라고 시작되었다.

지난주에 아가씨의 편지를 받고 얼마나 기뻤는지 모릅니다. 샐린저 작가님이 편지를 봐 주지 않는 건 아쉽지만 그리 놀랍지는 않아요. 사실 기대도 안 했고, 더구나 답장은 바라지도 않았죠. 그저 그의 작품이 내게 얼마나 큰 의미인지 알려 주고 싶었을 뿐이에요. 내게 답장을 쓰는 데 시간을 들여 주다니 정말 고맙고, 샐린저 작품에 관한 아가씨의 생각도 흥미롭게 읽었어요. 아가씨는 너무 젊어서 제2차 세계대전을 겪었을 것 같진 않지만, 참전한 우리에게는 끔찍한 시간이었어요. 어쩌면 아버지는 참전하시지 않았나요? 할아버지나? 실은 공군에 복무할 때 라코프라는 친구가 있었거든요. 우린 전쟁 직후에 독일에 주둔했죠. 그 친구가 아가씨의 아버지나 할아버지, 삼촌은 아닐까요? 특이한 성이니까요. 아가씨의 편지를 받기 전까진 라코프라는 사람을 또 못 봤거든요.

가슴이 빠르게 뛰기 시작했다. 우리 아빠는 실제로 공군에 있었고, 실제로 독일에 주둔했다. 슈투트가르트. 하지만 그건 몇 년 후 한국전쟁 때였다. 아빠가 징집된 게 1952년이었을 것이다. 《호밀밭의 파수꾼》이 발표되고 1년 후, 엄마와 결혼하고 1년 후였다. 나는 편지를 내려놓고 생각해 보았다. 이분은 한국전쟁 때 복무를 한 번 더 했고, 그때 아빠를 만난 건 아닐까? 이제는 기억이 가물가물해져서 두 시기를 혼동한 것은 아닐까?

편지를 한쪽으로 치웠지만 여전히 가슴이 두근거렸다. 아빠가 이분을 아실 수도 있을까? 그게 사실이기를 바랐다. 나는 조용히 묵직한 수화기를 들고 아빠의 사무실 전화번호를 누르기 시작했다. 그때 보스의 방에서 커다란 기침 소리와 종이 부스럭거리는 소리가 났다. 나는 수화기를 내려놓았다. 그런데 수화기에서 손을 거두기도 전에 벨이 따르릉 울려서 제자리에서 움찔하고 말았다.

"조애나 라코프 씨 계십니까." 낯선 목소리가 물어왔다.

"전데요."

"네, 저는 OOO입니다." 남자는 내가 전혀 모르는 이름을 댔지만, 말투에서 우리가 아는 사이라고 단정하는 게 느껴졌다. 나는 대체 누구일까 싶어 머리를 쥐어짰다. "몇 주 전에 단편을 보내 주셨죠. 연락드리기까지 너무 오래 걸려서 죄송합니다." 작은 잡지의 편집자였다. 나는 그의 편지나 어시스턴트의 연락을 기다렸지, 이런 전화가 올 줄은 몰랐다. "음, 어젯밤에 드디어 읽어 봤는데 머리에서 떨어지지 않네요. 기쁜 마음으로 저희 잡지에 싣고 싶습니다."

"잘됐네요." 달리 무슨 말을 해야 할지 생각이 나지 않았다. "원고를 살펴봐 주셔서 감사합니다."

"저희 잡지를 고려해 줘서 고마워요." 내가 서부 지방의 특징이라고 여기는 걸걸한 목소리였다. "조애나 씨의 작가분들이 쓰신 글을 더 보고 싶어요." 내 작가들, 이라고 생각하자 미소가 지어졌다. 내 작가들.

소식을 전하자 보스는 "오, 맙소사!" 하고 외쳤다. "네가 해 낼 줄 알았어." 그리고 나를 보며 활짝 웃었다. 그녀는 번쩍 일어서더니 (내가 처음 일을 시작할 때만 해도 없었던 굼뜬 동작으로) 같이 밖으로 나가자는 손짓을 했다. 그녀의 걸음 걸이는 발을 끌며 느릿느릿하게 집 안을 배회하는 리를 떠올 리게 했다. "휴." 그녀가 빙긋 웃으며 외쳤다. "조애나가 글을 팔았어."

"멋지네요." 휴가 푸근한 미소를 지으며 말했다.

"응. 쉽지 않은 건인데 말이야. 아주 잔잔한 글이거든." 그녀 는 고개를 끄덕이며 힘주어 말했다. "게다가 나한테 새 고객도 찾아 줬어." 나는 눈이 휘둥그레졌다. "네가 산더미에서 찾아 낸 여자를 내가 맡을 거야. 두 번째 중편은 아주 좋았어. 어떻 게 팔아야 할지는 아직 모르겠지만. 고민을 해 봐야지. 확실히 괜찮은 소설이니까." 보스는 휴를 보며 말했다. "아주 여유로 우면서도 섬뜩한 이야기야. 아주 좋아. 아주 품위 있어." 두 사 람은 우리 부모님이라도 되는 것처럼 나를 돌아보며 방긋 웃 었다. "네가 저 문을 걸어 들어올 때부터 알아봤어." 보스가 담 뱃불을 붙이며 말했다. "넌 에이전시 타입의 사람이라는 걸 말 이야."

그날 밤 돈을 만나러 L로 달려갔더니, 그 작은 가건물이 꽉 차서 빈 테이블을 기다리는 사람들로 문 앞이 북적였다. 우리 동네는 갑자기 젊고 할 일 없는 아이들로 바글거렸다. 브라운 이나 웨슬리언, 바드를 갓 졸업하고 여름에 프랑스로 배낭여행이나 멕시코로 서핑을 다녀온 스물두 살짜리들이었다. 그리고 우리가 아는 사람들은 점점 더 북쪽으로 옮겨 갔다. 그린포인트(윌리엄스버그 바로 위에 있다. 여전히 폴란드인 비율이 압도적인 동네이며 리놀륨 바닥의 기차칸식 아파트를 아직 좋은 가격에 얻을 수 있었다) 혹은 지하철로 한 정거장 동쪽인 로리머스트리트역 부근의 이탈리아 동네로 떠나가는 거였다. 후자는 리와 돈이 살던 예전 아파트가 있는 곳이며, 우리가 살던 1년 전만 해도 음침한 변두리로 통했다.

돈이 통유리 앞에 놓인 테이블에서 내게 손을 흔들었다. 보통 때 우리가 가장 좋아하는, 쉽게 얻어지지 않는 자리였다. 하지만 오늘 밤은 대기 중인 사람들이 계속해서 그를 밀치고 그의 가방을 떨어뜨렸다. 몇 분에 한 번씩 누군가 문을 열어젖혔고, 그럴 때마다 차가운 공기가 밀려 들어왔다. 나는 커피를 주문했지만, 진짜 원하는 건 음식이었다. 음식과 와인. 베이글이 아니라. 진짜 음식. 저녁 식사. 돈은 다리를 위아래로 까딱거리며 손톱을 물어뜯었다. 손톱 끝마다 피가 맺혔다. 그는 수첩을 꺼내 펼쳤다. 손가락이 닿는 페이지마다 눅눅해졌다.

"나 오늘 소식이 하나 있어." 웨이트리스가 커피를 내려놓자마자 내가 말을 꺼냈다. L의 커피는 사실 형편없었지만, 그렇다고 대기 행렬이 줄어들지는 않는 것 같았다. 나는 주위를 돌아보며 L에 오는 건 커피 때문이 아니라고 생각했다. 여기는 하나같이 매력적인 사람들뿐이었다. 1년 전에도 저렇게들 매력적이었나? 돈이 여기서 가장 나이가 많을 것이다. 아니, L에 오는 건 커피 때문이 아니야. L에 있기 위해서 오는 거지. "소식이 있다니까." 내가 다시 말했다. 이건 내가 습관적으로 쓰는 말이 아니었다. 단지 그의 관심을 받고 싶었다. "있잖아, 내가 글을 팔았어."

돈은 (불쾌하고 짜증스러운 표정으로) 카운터를 흘끗 바라보았다. 젊은 여자들이(아니면 뭐, 내 나이 또래 여자들이) 모여서 커피를 주문하며 테이블을 찾고 있었는데, 돈의 시선은 그들 너머를 응시하는 것 같았다. "이건 미친 짓이야." 그가 불쑥 말했다. "여기서 나가자. 집중이 안 돼."

베드퍼드애비뉴로 나가서 찬바람을 쐬자 돈이 빙긋 웃었다. "훨씬 낫네. 아까 뭐라고 했지?"

길 건너에 있는 플래닛 타일랜드도 사람들로 붐볐지만, 간신히 주방 옆에 있는 작은 테이블 하나를 잡았다. 겨우 1미터도 안 떨어진 곳에서 주방장이 널찍한 은빛 웍을 흔들자 양옆으로 거대한 불길이 솟아올랐다.

"내가 글을 팔았어." 파파야 샐러드와 쌀국수를 주문하고 나서 다시 말했다.

"뭐라고?" 그가 날것 그대로의 적개심을 드러내며 나를 쳐다보았다. "네 글을? 난 네가 완성한 글은 없는 줄 알았는데. 대학 때 이후로."

"고객의 글이야." 내가 설명했다. "보스의 고객이 쓴 글."

"아." 돈은 커다란 숨을 토해 냈다. 그의 얼굴에 미소가 떠올랐다. "그럼 얘기가 완전히 달라지지. 난 또 네가 나한테 위협적인 존재가 돼 버린 줄 알았잖아. 그런 꼴은 못 보지." 그러더니 낄낄거리며 웃었다.

"그런 건 아니야." 나는 나무젓가락을 탁, 하고 반으로 가르며 말했다.

"네 보스의 고객들은 다 죽은 줄 알았는데." 돈이 잔 끝을 티셔츠로 닦으며 말했다.

"이분도 관에 들어가기 직전인 것 같아." 보스와 그녀의 고객을 배신하는 것 같아 죄책감이 들었다.

"에이전시처럼 말이지." 돈의 목소리는 어딘가 달라졌다. L에서 나는 그에게 투명인간이었다. 그런 일은 너무도 빈번히 일어났다. 하지만 지금 그의 눈엔 내가 보였다. 내가 다시 나타난 것이다. 바로 눈앞에 있는데도 그의 눈에서 내가 사라져 버린다고 생각하자 무서웠다(그리고 괴로웠다). "정말 대단하다, 부바. 넌 거물 에이전트가 될지도 모르겠어. 맥스처럼."

그는 얼음물을 길게 삼켰다. "그럼 날 대리할 수도 있겠다. 제임스는 일을 잘 못하는 것 같으니까 말이야."

나는 잔을 들어 물을 한 모금 마셨다. 차마 입 밖으로 낼 수 없는 잔인하고 의리 없는 생각이 머릿속에 맴돌았다. 내가 그를 대리하는 일은 없을 것이다. 그의 책이 팔리지 않을 걸 (너무나도 잘) 아니까. 그래서 돈의 원고를 맥스가 아닌 제임스에게 보여 준 거였다. 맥스는 맡지 않을 걸 알았으니까. 나는 맥스에게 온 원고를 읽어 주는 사람이었다. 이 원고가 다짜고짜 내게 주어졌다면(내 남자친구의 소설이 아니었다면) 형식적인 거절 편지를 보내라고 권했을 것이다.

하지만 그런 말을 하지는 않았다. 당연한 일이지만. 나는 웃으며 파파야 줄기를 몇 가닥 떠서 입에 넣었다. 바로 그때 기이한 일이 일어났다. 어떻게 보면 샐린저의 이야기에서 튀어나온 것만 같은 일이었다. 주방장이 허리춤까지 올라온 불꽃에 칠리 파우더를 쏟는 바람에 탁하고 자욱한 연기가 우리 테이블로 고스란히 날아온 것이다. 우리는 눈이 충혈되며 눈물이 터져 나왔고, 나는 목구멍이 (속수무책으로 끔찍하게) 조여들었다. 그리고 가장 놀라운 건 잠시지만 돈의 얼굴이 불그스름한 연기 속에서 일그러지더니 먼 심연으로 빠져드는 것만 같았다는 사실이다. 그는 아주 멀리 있었다. 아주 멀리.

집으로 돌아와 보니 주소가 손글씨로 적힌 작은 봉투가 나를 기다리고 있었다. 봉투를 뒤집자 내가 시를 보낸 작은 잡지사의 로고가 나왔다.

"그건 뭐야?" 돈이 물었다.

나는 "아무것도 아니야." 하며 얼른 가방에 넣었다.

돈은 책상으로 가서 앉았고(거절 통지서가 쌓여 갈수록 컴퓨터 화면을 응시하는 시간이 늘어났다) 나는 침대로 가서 봉투를 열어 보았다. 시 담당 편집자가 내 시를 게재하고 싶다는 내용이었다.

그날 밤 잠을 이룰 수가 없었다. 돈은 언제나처럼 귀마개를 끼고 안대를 쓴 채 자기 자리에 돌처럼 누워 있었다. 하지만 나는 머릿속이 너무 복잡했다. 나는 에이전트가, 거물 에이전트가 될 수도 있었다. 보스를 위해 새로운 고객을 발굴하다가 기어코 그녀에게 고객 한둘을 물려받을 수도 있었다. 그렇게 될지도 모른다. 불과 한 달 전쯤 제니와 대화를 나누던 그 밤이 떠오르자(그 후로는 통화한 적이 없었다) 에이전시에서 1년을 보낸다는 건 터무니없고 무의미하다는 생각이 들었다. 하지만(그렇지만) 지금 떠날 수 있을까? 보스의 말대로 착실하게 단계를 밟아 가는 지금.

나는 돈을 깨우지 않으려고 조용히 일어나 가스레인지에서 우유를 데운 다음 내 책상(침대에서 1미터도 떨어지지 않은)에 앉아 컴퓨터와 작은 모뎀을 켜느라 잠시 버벅거렸다.

그리고 잠시 후 (몇 번의 깜빡임과 삐익 소리, 지지직 하는 작동음과 함께) 온라인에 접속됐다. 수신 메일함에 대학 때 남자친구의 편지가 있었다. 그의 이름을 보는 것만으로도 가슴이 철렁했다. '한동안 소식이 없어서 연락해 봤어.' 그의 편지는 이렇게 시작되었다. '그냥 잘 지내는지 알고 싶어서. 나랑 연락하는 걸 두려워하는 건 아닌지 걱정돼. 조, 나는 정말로 화나지 않았어. 네가 그리울 뿐이야.' 그는 화가 났다. 화가 났다는 걸 나는 알았다. 화나는 게 당연했다. 나는 그에게 괜찮아, 라고 답장을 쓰고 싶었다. 나한테 화를 내. 욕하고 소리를 질러. 네가 차라리 화를 내면 모든 게 훨씬 쉬워질 것 같아. 난 용서받을 자격이 없어.

하지만 그럴 수가 없었다. 쓰지 못했다. 대신 내가 글을 팔았다고 알려 주었다. 정말 짜릿한 기분이야. 어떻게 설명이 안 돼. 나도 잘 이해가 안 가. 이성적으로는 그냥 상거래일 뿐이라는 걸 나도 알아. 그래도 왠지 그 이상인 것만 같은 기분이 들어. 내가 이 글을 세상에 전달해 줬다는. 내가 보냈기 때문에 사람들이 이 글을 읽는 거야. 내가 보내기 전에 이 글은 작가에게만 속해 있었어. 하지만 이제 세상에 속해 있어(그리고 좀 전에 잡지사에서 내 시를 한 편 실어 주기로 했어. 이런 말을 꺼내는 것조차 두려워. 다른 사람한테 말해 버리면 왠지 일이 잘못돼 버릴까 봐).

아침에 일어나 보니 모뎀이 그대로 켜져 있었다. 우리 전화는 밤새 통화 중이었던 것이다. 나는 얼른 모뎀을 끄고 열어 놓은 창들을 닫다가 새 메일을 발견했다. '넌 예술 제작에 참여하고 있는 거야.' 대학 때 남자친구가 말해 주었다. '네가 직접 만들든, 세상으로 안내하든 너는 옳은 일을 하고 있어. 그 세상에 머물러 봐. 뉴욕에 갈 여건이 되면 꼭 갈게.'

나는 와 줘, 라고 양치질을 하며 생각했다. 제발 와 줘. 런던에서, 카트라이트 가든의 무너져 가는 기숙사와 못 견디게 끔찍한 외로움에서 나를 구해 준 건 그였다. 나의 외로움을 치유할 수 있는 사람은 그밖에 없었다. 그는 나를 위해 벨사이즈 파크에 화려한 몰딩과 높은 천장이 있는 예쁜 아파트를 구해 주었다. 내가 돈과 살고 있는 싱크대도 없는 냉골 아파트와는 전혀 다른 세상이었다. 그가 떠난 후(버클리대학원에 입학하기 전 부모님을 뵙기 위해) 나는 울고 또 울었지만, 그 몇 개월만큼 글에 전념할 수 있었던 시기는 또 없었다. 햄스테드 히스에서 조깅할 때면 시상이 그리고 이야기가 떠오르고 또 떠올랐다. 왜, 왜지? 나는 그가 너무나도 그리웠고 통화할 때마다 흐느껴 울며 미국에 돌아갈 날만 손꼽아 기다렸다. 박사 과정을 밟지 않기로 한 것도 어느 정도는 그가 보고 싶어서였다. 그가 없는 런던은 영화 세트장 같아서 아름다운 주택과 정원이 펼쳐져 있어도 존재하지 않는 삶을 위한 소품 같았다. 그를 사랑하고, 너무나도 사랑하고, 처음 만난 열여덟 살 때부터 계속 사랑해 왔으니까.

그때 생각지도 못하게 샐린저가 떠올랐다. 내 인생은 뭐든 샐린저, 샐린저, 샐린저로 요약됐고, 이 경우는《드 도미에 스미스의 청색 시대》의 한 문장이었다. 이 소설의 화자는 통신 기반의 미술학교 교사인데, 재능 있는 제자에게 편지를 써서 좋은 물감과 붓에 투자하고 예술에 인생을 바치라고 충고한다. '예술가가 되는 일의 가장 큰 부작용은 늘 일말의 불행을 느끼게 된다는 정도입니다.'

나는 그렇게 늘 일말의 불행을 느끼는 걸 감수할 수 있을까? 대학 때 남자친구가 나를 바라보던 눈빛과(그의 눈앞에서 내가 사라지는 일은 맹세코 단 한 번도 없었다) 아침에 느껴지던 그의 따뜻하고 매끄러운 피부가 생각났다. 처음 만난 이후 언제나 그 낮은 목소리의 떨림을 귀로 느끼며 긴긴밤 함께 이야기꽃을 피웠다. 잠시 내가 그를 그리워하게(진심으로 그리워하게) 내버려 두었다. 가슴을 찌르는 고통이 몸으로 생생하게 느껴졌다. 나는 그를 그리며 아파했다. 하지만 지금 나는 늘 일말의 불행을 느낄 필요가 있었다.

일말의 불행을 느끼며 늘 혼자여야 했다.

11월 어느 오후 보스가 담배를 손에 든 채 휴를 부르며 방에서 뛰어나왔다. 무슨 일이지? 휴를 불러 대는 사건이 일어난 지도 벌써 한참이 지났다. 보스는 당연한 일이지만 여름부터 많이 가라앉아 있었다. 이번에는 당황했다기보다 충격을 받은 것 같았다. 휴가 방에서 튀어나오기도 전에 그녀는 가냘 픈 발로 바닥을 구르며 나를 돌아보았다. "좀 전에 누구 전화 였는지 알아?" 내가 고개를 젓는 사이에 휴가 (엄청난 소리 로 서류를 바스락거리더니) 머리를 매만지며 밖으로 나왔다.

"무슨 일이에요?" 그가 물었다.

"방금 어떤 기자한테 전화가 왔어." 보스가 용건을 말했다. "DC의 무슨 신문사래."

"《포스트》요?" 휴가 물었다. 설명을 듣기 전에 상황을 이 해하려 애쓰는 모습이었다. 뛰어난 어시스턴트의 증표였다.

길게 내뿜은 담배 연기가 얼굴 위로 소용돌이치자 보스 는 뒤로 물러서며 연기를 흩어 버렸고 담뱃재가 후드득 카 펫으로 떨어졌다. "《포스트》는 아니야. 《저널》인가? 생전 처 음 들어 보는 신문이었어." 그러더니 우리를 똑바로 쳐다보 았다. "로저 래드버리가 말을 흘린 것 같아. 《햄워스》건에 대해서."

"농담이겠죠." 휴는 뭔가 상한 음식을 씹었는데 뱉어 버릴 지 그대로 삼킬지 고민하는 듯한 표정을 지었다.

"아니야." 보스는 입을 꼭 다물고 험악한 미소를 지었다.

"그래서 기자한테 말했어요?" 휴가 물었다.

"당연히 안 했지." 그녀는 실소를 터뜨리며 고개를 저었다. "팸이 그런 인간을 나한테 연결했다니 믿을 수가 없어."

"로저가 흘린 게 확실해요?" 휴는 턱을 긁었다.

"아니면 기자들이 출판 계획을 어떻게 알았겠어?" 보스는 재빠른 동작으로 휴의 사무실 앞 진열장에 있는 재떨이에 담배를 비벼 껐다. "제리가 퍼뜨리고 다니진 않았을 거 아니야!"

휴는 입을 굳게 다문 채 아무 말도 하지 않았다. 그는 이런 사태가 벌어질 걸 짐작하고 있었다. 처음부터 로저를 믿지 않았던 것이다.

하지만 난 아니었다. 나는 로저를 믿었다. 그가 이런 짓을 할 줄은 몰랐다. 신경과민으로 이상한 행동을 해서 계약을 망칠까 두려웠던 건 사실이다. 하지만 샐린저가 혐오하는 일을 하리라고는 상상도 못 했다. 언론에 알리다니.

"제리한테 알려야 할까?" 보스는 기다란 손가락을 장식장에 튕기며 혼잣말을 했다.

휴는 당혹스러워서 눈썹을 치켜올렸다. "그래야 할 것 같은데요. 제리가 알면 언짢아하겠어요."

나는 당연히 그럴 거라고 생각했다. 내 안의 일부는 도대체 왜 샐린저에게 알려야 하느냐고 반문했다. 그가 기사를 읽는 일은 없을 것 아닌가? 그것도 이름 없는 신문에서. 그럴 리는 없었다. 하지만 로저 때문에 안 되는 거겠지. 작은 신문사에 발설했다면 큰 신문사에도 분명히 이야기할 테니까. 더 큰 문제는(진짜로 위험한 건) 이제 로저를 믿을 수 없다는 점이었다. 그는 샐린저가 자신과 동류로 여긴 남자가 아니었다. 다른 사람들과 마찬가지인 위선자였다.

보스는 수선스럽지 않게 방으로 들어가 문을 닫았다. 그리고 한참 만에 다시 나왔다.

"뭐라고 하던가요?" 휴가 물었다.

"아무 말도. 알려 줘서 고맙다고만 했어. 조금 서글퍼하는 목소리였어." 그녀 자신도 적잖이 서글픈 것 같았다.

"흠, 그 사람을 친구라고 생각했으니까요." 휴가 문간으로 나오며 말했다. 내가 알기로 휴는 처음부터 이 건을 믿지 않았다. 터무니없는 일이라고 생각했다. 하지만 자기가 옳았다는 게 증명돼서 기쁜 것 같지는 않았다. 그 역시도 한없이 서글퍼 보였다.

며칠 후 보스는 이미 퇴근하고(그녀의 담배 연기만 아직도 끈적끈적하게 감돌고 있었다) 주위가 어둑해질 무렵 샐린저가 전화를 걸어왔다. "죄송해요, 제리." 나는 최근에서야 그를 '제리'라고 부를 수 있게 됐지만 아직도 많이 어색하긴 했다. "보스는 이미 퇴근했어요."

"괜찮아요." 그가 예의 상냥한 말투로 대답했다. "내일 얘기하면 돼요. 내일 아침에 전화해 달라고 해 줄래요?"

"내일 출근하자마자 전화 드리라고 할게요."

"아, 조앤, 한 가지만 물어볼게요." 처음으로 이 문장이 나를 불안하게 하지 않았다. "이 로저 래드버리라는 사람을 어떻게 생각해요?"

나는 왜 그걸 다시 묻냐고 질문하지 않았다. "저는 그가 좋아요. 좋은 사람이라고 생각해요."

"나도 그래요." 하는 샐린저의 목소리는 평상시보다 쉬어 있었다. 아마도 약간의 서글픔 때문에. "나도 그래요." 그 일은 끝났다. 나는 직감했다. 거래는 파기되었다. 계약서에 서명했지만, 그들은 제리에게 전권을 부여했다. 제리는 언제든지 거래를 취소할 수 있었다.

"잘 지내요, 조앤."

"제리." 처음으로 그의 이름이 내 입에서 자연스럽게 나왔다. 하고 싶은 말이 너무나도 많았다. "제리, 몸 건강하세요."

다시, 겨울

Winter, Again

윈스턴세일럼의 소년에게는 결국 답장을 하지 못했다.

네브래스카의 참전용사에게도 답장을 쓰지 못했다. 그의 전우가 나와 관계없는 사람이라고 차마 말할 수가 없었다. 아빠가 실망스러워하면서 그렇게 확인해 주었다. 몇 명 되지 않는 친척 중 제2차 세계대전 때 독일에서 복무한 사람은 아무도 없다고. 내가 운명이나 마법, 행복, 인어 라군을 믿는 건 여기서 비롯됐을지도 모른다. 우리 아빠한테서.

여고생에게도 다시는 편지를 보내지 않았다. 내가 감당하기에는 그녀의 분노가 너무나도 컸다. 그리고 내가 무슨 말을 할 수 있겠는가. 기다려. 기다려 보면 너도 알게 될 거야. 남에게 점수가 매겨지지 않고, 네 행동을 너 스스로 평가해야 하는 날이 오면 사는 게 훨씬 쉬워진단다, 라고밖에는.

하지만 말해 줘야 했다. 그녀에게 편지를 써서 정확히 그렇게 말해 줬어야 한다. 그래 봤자 불난 집에 부채질하는 꼴이겠지만. 그녀는 오래도록 나를 따라다녔다. 참전용사와 윈스턴세일럼 소년도 마찬가지였다. 소년의 편지는 아직도 갖고 있는데, 얼마나 여러 번 펴 봤으면 접힌 부분이 부드럽게 닳아 버렸다. 나는 그 편지를 책상 위 코르크 보드에 핀으로 꽂아 두고 내 부적이자 기억을 되살리는 기념품으로 여겼다. 그 편지들을 전부 남겨 둘걸 그랬다는 아쉬움도 있었다. 그것들을, 수많은 이의 인생이 기록된 편지들을 너무 쉽게 내버렸다는 생각은 세월이 갈수록 나를 점점 더 괴롭혔다. 그들을 구원할 수도 있었는데 그러지 않았다.

내가 퇴사 의사를 밝혔을 때 보스는 믿을 수 없다는 듯이 나를 바라보았다. "하지만 이렇게 잘하고 있는데. 글도 팔았고, 또……." 그러고는 말을 맺지 못했다. "네가 에이전시 타입의 사람이라고 확신했는데." 보스의 창백한 눈동자에 슬픈 빛이 어리자 가슴이 아파 왔지만, 저 슬픔은 나와 관계없다는 것도 알았다. 그녀는 지난 한 해 동안 너무나도 많은 것을 잃었다. 맥스도 얼마 전에 악다구니를 쏟아 내며 하룻밤 사이에 방을 비웠다. 어시스턴트를 잃는 것쯤은 거기에 비할 게 아니었다. 나는 간단히 교체하면 되니까. 뉴욕에는 문학의 문안으로 들어가고 싶어 아우성치는, 나와 비슷한 젊은이가 차고 넘쳤다. 하지만(그런데도) 보스의 만류에도 불구하고 나는 고개를 흔들었다.

"이유가 뭐야?" 그녀가 물었다.

"저는 그저……." 여기서 작가가 되고 싶다고 말할 수 있을까? 그럴 용기가 나지 않았다. "하고 싶은 일들이 있어서요.

여기도 좋아요. (나는 두 손을 들어 벽을 둘러싼 책들을 가리켰다.) 여기서 일하는 것도 정말 좋아요. 하지만 지금 하지 않으면 평생 못 할 것 같은 일이 있어서요."

그녀는 "무슨 말인지 알겠어."라고 대답했다. 나는 그녀가 진심으로 이해했다고 믿었다.

나는 돈하고도 작별했다. 당연한 일이었다. 제임스는 그의 소설에 반해 버릴 편집자를 찾지 못했다. 나는 예정대로 크리스마스 때 그의 본가에 따라갔다가 새해 전날에 맞춰 브루클린으로 돌아왔다. 우린 또다시 별로 할 말도 없는 파티에 참석했다. 다음 날 일어나자마자 가장 먼저 떠오른 건 오늘이 제리의 생일이라는 거였다. 그는 이제 일흔여덟 살이 됐다. 오늘은 또한《햅워스》의 최초 출간일이었다. 결국 세상의 빛을 보지 못한, 표지 견본 하나만 제작되어 어딘가에, 아마도 로저의 지하실에 보관돼 있을 책이었다. 로저는 그런 유물을 버릴 사람은 아닐 것 같았다. 내가 회사를 떠날 즈음 우리가 들어 본 신문에도 그 책에 대한 기사가 실렸다.《워싱턴 포스트》였다. 샐린저가 보스에게 거래를 철회한다고 공식적으로 말한 적은 없었다. 그의 침묵이 우리가 알아야 할 모든 것을 말해 주었다. 나도 대학 때 남자친구에게 같은 방법을 썼다. 그는 그 일을 극복했지만, 적어도 본인은 그렇게 말했지만, 나는 그렇지 않았다. 제리와 로저도 그렇게 될까?

어찌됐든 나는 돈에게 사실대로 말했다. "나는 네가 처음에 만난 그 여자와 다른 사람이 된 것 같아."

"변한 건 네가 아니라 나야." 돈이 웃으며 말했다. 낄낄거리는 웃음이 아니라 사심 없는 웃음.

"그렇기도 하지." 이건 사실이면서 사실이 아니었다. 어쩌면 그가 옳은지도 모른다. 정해진 사실 같은 건 없다. 사실은 어린 여학생이나 믿는 거였다.

집을 떠나며 굿윌복지관에 기부할 옷가지를 꾸렸다. 격자무늬 스커트와 로퍼들. 난 이제 어린 여학생이 아니었다.

그때부터 13년이 흐른 지금, 나는 까치발로 아이들 방을 나와 손에 책을 든 채로 내 침대에 쓰러졌다. 침실 창문을 통해 윌리엄스버그 다리를 지나가는 자동차 소리가 드문드문 들려왔다. 내가 예전에 살던 브루클린으로 향하는 차들이었다. 에이전시를 나온 지 1년이 채 안 됐을 무렵 우리 할머니가 돌아가시면서 로어이스트사이드의 이 집을 내게 물려주었다. 나도 할머니처럼 이곳에서 두 아이를 키우고 있다. 내 아이들이 놀러 다니는 공원은 우리 아빠와 삼촌, 그 전에는 할머니와 이모할머니들이 들락거리던 곳이다. 우리 아빠처럼 내 아이들도 윌리엄스버그 다리를 건너 내 친구의 아이들인 자기들의 친구를 만나러 간다. 그리고 홀든처럼(또 나처럼) 내 아이들의 유년 시절은 이 도시의 웅장한 시설들을 배경으로 펼쳐지며 그런 것들에 의해 규정되고 있다. 아이들은 토요일이면 자연사박물관에서 거대한 고래 밑을 지나고, 메트로폴리탄미술관에서 갑옷을 살펴보았다. 그들도 센트럴파크에서 회전목마를 탔다. 연못의 오리들에게 빵 조각을 던져 주었다.

복도에서 남편의 발소리가 들렸다. "일어났구나!" 그가 말했다. 나는 아이들 방에서 곯아떨어질 때가 많았다. 하지만 그들이 일어나기 몇 시간 전에 깨어나서 옷장만 한 크기의 내 서재로 글을 쓰러 왔다. 오래전에, 에이전시에서 일하던 시절에 샐린저에게 배운 교훈이었다.

"응." 나는 하품을 하며 말했다. "어떻게 잠든 건지도 모르겠어."

그는 문틀에 기대 있다가 안으로 들어와 내 곁에 앉았다. "안타깝지만 나쁜 소식이 있어."

나는 잠이 확 달아나 몸을 일으켜 앉았다. 여기서 5000킬로미터 떨어진 새너제이 산기슭에서 우리 아빠가 병상에 누워 있었다. 부모님이 은퇴 후 캘리포니아로 옮겨 간 지 몇 개월 지나지 않아(내가 에이전시를 떠난 지도 얼마 안 됐을 때였다) 아빠의 주치의가 파킨슨병과 비슷한 질환을 확진했다. 벌써 수년 전부터 증상을 느꼈을 게 분명한 질환이었다. "증상을 감추는 데 도사인 환자들이 있죠." 의사가 말했다. "아버님은 배우였잖아요. 그렇죠?"

"아빠 얘기야?" 전화벨 소리는 못 들었지만 지금 그게 문제가 아니었다.

"아니, 아니야." 남편이 조심스럽게 말했다. "J. D. 샐린저 얘기야. 돌아가셨대."

"아." 나는 긴 한숨을 토해 냈다. "아."

"그분은 너한테……." 그의 갈색 눈이 알맞은 표현을 생각해 내려고 안경알 뒤에서 깜빡였다. 내 인생의 책장에서 샐린저는 과연 무엇이었을까? 그가 나를 알게 된 후 13년 동안 나는 《프래니와 주이》 《목수들아, 대들보를 높이 올려라》를 매년 다시 읽었고, 《호밀밭의 파수꾼》도 2~3년에 한 번씩 되짚었다. 내 샐린저 페이퍼백들은 이제 다 헐어서 종이는 누렇게 변색되고 바스러지며, 표지는 테이프로 붙들어 맸다. 새 책을 살 수도 있었지만 그러지 않았다. "그분은 너한테 중요한 사람이니까."

"맞아." 몇 분 후 거실 책장에서 《프래니와 주이》를 뽑아 들었다. 우리 에디션은 하드백인데, 부모님이 캘리포니아로 이사하면서 (《호밀밭의 파수꾼》과 《시모어: 서문》의 페이퍼백과 함께) 물려준 거였다. 내가 에이전시를 다니던 시절에 날마다 응시하던 것과 같은 판본이었다.

사람은 성장해 가며 샐린저에게서 벗어난다는 말이 있다. 그는 한정된 주제와 청소년기의 좌절을 이야기하는 작가라고. 후자는 사실일 것이다. 그에게 팬레터를 가장 많이 보낸 연령대가 스물에서 스물둘이라는 사실로 입증할 수 있다. 내가 중학교 때 그의 작품을 읽었다면 또 어땠을지 모르겠다. 하지만 내가 샐린저를 접한 건 성인이 되어서, 혹은 프래니처럼 이제 막 어린 티를 벗고 세상은 이렇게 살아야 한다는 보편적인 상식에서 벗어나기 시작할 때였다. 그런 이유로 그의 이야기와 등장인물들은 매년 (다시 읽을 때마다) 변화하고 더욱 깊어졌다.

스물네 살의 나는 프래니와 나 자신을 너무나 강력하게 동일시해서(세상과 그것을 지배하는 레인 같은 남자들을 향한 분노) 이야기의 구조적인 완성도라든가 아름다운 정교함과 상징, 사회 풍자와 심리적 사실주의의 균형, 노골적인 대화 등은 눈에 들어오지 않았다. 스물네 살의 나는 저런 글을 쓰고 싶다고 생각했을 것이다. 서른일곱이 된 지금도 나는 여전히 저런 글을 쓰고 싶다고 생각하지만, 왜 그런지 그때보다 잘 알고 있으며, 언젠가 그 '왜'가 '어떻게'로 변하기를 소망한다.

오랜 세월이 지났지만, 나는 여전히(아직도) 프래니처럼 나를 괴롭히는 수많은 자아에 압도된다. 어쩌면 홀든 콜필드처럼 '나이에 비해 어리게 행동'하는지도 모르겠다. 어쩌면 윈스턴세일럼의 소년처럼 언제까지나 '꾀 감정적인' 사람으로 살아갈지도 모른다. 감정을 온 사방에 뚝뚝 흘리고 다닐 순 없다는 걸 알지만, 자기 자신을 억제할 수 없는 그 소년처럼. 어쩌면 난 레인 쿠텔과 너무 비슷한 남자랑 결혼했는지도 모른다. 그리고 3년 후 아이들과 짐을 싸 들고 대학 때 남자 친구에게 돌아왔다.

하지만 지금 나는 (진심으로 마음 아파 하면서) 베시 글래스도 똑같이 사랑했다. 그녀는 일곱 아이 중 둘을 잃었고, 그 중 하나는 제 손으로 삶을 마감했다. 시모어를 갉아먹은 악령이 프래니까지 괴롭힐까 걱정돼서(이성적인 판단이 불가능한 상태라) 유령처럼 집 안을 배회한다. 《주이》에는 참을 수 없는, 그 페이지가 나오면 책을 내려놓고 호흡을 가다듬어야 하는 대목이 있다. 주이가 《순례자의 길》이 시모어의 책이라는 걸 알아채지 못한다며 베시에게 장광설을 늘어놓는 부분이다. 프래니는 엄마한테 그 책을 대학 도서관에서 우연히 발견했다고 말했다. "정말 멍청하군요, 베시." 주이가 화를 내며 말한다. "프래니는 [그걸] 시모어와 버디가 쓰던 방에서 갖고 나온 거예요. [그건] 아주 오래전부터 시모어의 책상에 놓여 있었다고요." 그러자 베시가 말한다. "나는 어쩔 수 없는 경우가 아니면 그 방에 안 들어가. 너도 알잖니⋯⋯. 나는 시모어의 옛⋯⋯ 그 아이의 물건들을 보지 않아."

바로 그 대목에서 눈물이 터져 나왔다. 몇 페이지 뒤에서 주이는 프래니에게 버디와 이야기를 해 보겠느냐고 묻는다. 그러자 프래니가 말한다. "난 시모어와 이야기하고 싶어."

바로 그 대목에서 남편은 내가 목에서부터 끓어오르는 소리로 엉엉 흐느껴 울면서, 우리 아빠가 엄마에게 그리고 이제

나에게 물려준 책을 적시지 않으려고 부질없이 노력하는 걸 알아챘다.

샐린저의 이야기는 처음부터 끝까지 속속들이 상실을 파헤친 하나의 해부학이다. 심지어 (영미권에서 가장 재미있는 이야기 중 하나인)《목수들아, 대들보를 높이 올려라》에도 시모어의 죽음, 그의 자살이 깊게 스며들어 있다. 7년이 지났지만 버디는 아직도 애도를 하고 있다.《호밀밭의 파수꾼》조차 궁극적으로는 슬픔의 초상화다. 홀든의 광기는 전적으로 동생 앨리의 죽음과 연관돼 있다. 그리고 프래니는 임신한 게 아니다. 그녀는 애도하고 있다. 다른 모든 글래스 가족처럼. 온 가족이 슬픔을 극복하지 못한 채 상복을 입고 있다. 온 세상이 슬픔을 극복하지 못한 채 상복을 입고 있다.

남편은 문간에서 깜짝 놀라 나를 바라보았다. "아버지 때문에 그러지? 샐린저 때문에 아버지가 생각난 거잖아. 앞으로 어떻게 되실지." 아빠가 회복할 길이 없다는 걸 우린 알고 있었다. 병이 점점 더 악화되어 거동도 말도 못하다 마지막이 찾아올 것이다.

나는 손등으로 눈물을 닦고 코끝을 훔쳤다. "아니야. 순전히 샐린저 때문이야."

감사의 말

다음 분들께 깊은 감사 인사를 드립니다. 조던 파블린, 티나 베넷, 스테파니 코번, 캐시 저커먼, 캐럴린 블릭, 스베틀라나 카츠, 니콜라스 래티머, 브리타니 모론지엘로, 샐리 윌콕스. 크노프, WME, 장크로 앤 네스빗의 모든 분께 감사드립니다.

초고를 읽고 조언을 해 준 앨리슨 파월과 캐럴린 머닉, 조애나 허숀, 스테이시 고틀립, 애비 래스민스키에게 감사드립니다. 케이트 볼릭, 에번 휴스, 아델 월드먼, 매튜 토머스, 딜런 랜디스 그리고 누구보다 찰스 보크에게 감사드립니다.

제 이야기를 책으로 발전시킬 수 있게 도와준 훌륭한 편집자와 프로듀서 제프리 프랭크, 존 스완버그, 제임스 크로퍼드, 데이비드 크라스노에게 감사드립니다. 〈슬레이트〉와 〈BBC 라디오 4〉 〈스튜디오 360〉에도 감사의 마음을 전합니다.

이 책을 완성할 수 있도록 재정 지원을 해 준 펜클럽(PEN America)에 감사드립니다. 집필 장소를 제공해 준 레딕하우스(Ledig House)에 감사드리고, 오프리 크나아니와 클레어 슈즈도 같은 이유로 감사합니다.

이 책의 상당량을 집필한 장소인 패러그래프(Paragraph)와 조이, 릴라, 사라, 에이미도 고맙습니다.

샐린저의 생애에 대해 제가 몰랐던 부분을 꼼꼼한 조사로 채워 준 케네스 슬라웬스키와 이언 해밀턴에게 감사드립니다.

회고록의 모범을 보여 주며 솔직한 조언을 아끼지 않은 클레어 드더러, 셰릴 스트레이드, 칼린 바우어에게 감사를 전합니다.

사회 초년생이 최고의 직장을 경험하게 해 준 에이전시에 무한한 감사를 드리고, 저의 보스와 여기서 휴라고 이름 붙인 분에게 감사드립니다. 두 분께 책과 비즈니스와 문학, 무엇보다 인생에 대해 제가 감히 상상도 못 한 많은 것을 배웠습니다. 또한 여기서 루시라고 이름 붙인 분에게도 감사 인사를 드립니다.

헨리 더나우, 앤 에델스틴, 코리나 스나이더, 크리스 번에게 감사를 전합니다.

콜먼과 펄에게 감사드립니다.

에이미 로젠버그의 아량과 지지, 편집 감각이 없었다면 이 책은 탄생하지 못했을 겁니다. 감사합니다.

그리고 키릴에겐 감히 말로 다 표현할 수가 없습니다.

마이 샐린저 이어

초판 1쇄 발행 | 2022년 10월 12일

지은이 | 조애나 라코프
옮긴이 | 최지원
펴낸이 | 이정헌, 손형석
편집 | 이정헌
교정 | 노경수
디자인 | 이정헌
인쇄 | 공간코퍼레이션

펴낸곳 | 도서출판 잔
출판등록 | 2017년 3월 22일 · 제409-251002017000113호
주소 | 경기도 김포시 김포한강3로 432 502호
팩스 | 070-7611-2413
전자우편 | zhanpublishing@gmail.com
웹사이트 | www.zhanpublishing.com

표지 사진 ⓒ 이정헌

ISBN 979-11-90234-91-7 03840